那时迷离 著

意外演员
Accident actor

剑未配妥,
出门便是江湖

江苏凤凰文艺出版社

目录 CONTENTS

01	校园门口旅馆离奇的死亡案	001
02	宝剑尚未配妥,出门便是江湖	025
03	你说,凶手为什么会选择她?	050
04	痴情的女人一爱就会爱很久,一出轨就会出很远	072
05	咱有话好好说,先别脱衣服行么?	101
06	心情好得难以言喻,连对面的狗都要打招呼	125
07	我可是心理专家,满足你心理诉求而已	151
08	鱼钩已入海,饵已备好,静待收竿	180
09	糟糕,有狼,这里真的有狼	201
10	好姑娘,你一定要活着出去	229
11	他从牙缝里挤出一个人名:夏秋生!	247
12	爱情里总有一个人先耍流氓	264

01
校园门口旅馆离奇的死亡案

在梦里,向小葵又一次见到那个男人。

那是一个拉着窗帘,幽暗的房间,很大。他身着雪白的衬衣,背光而立,身形颀长,很挺拔的样子。对自己来说,他很陌生,周身却好像闪烁着某种神奇的魔力。那张模糊的脸,如磁铁般吸住了她的目光,这个陌生人,让自己莫名地冷静和心安。就像暗夜的海上,迷路的船长找到灯塔,带领自己重新走到有着光明的所在。

心安的时候她就很想游泳。

突然低沉的男声传过来,"阳光正好,去外面游泳吧。"那声音充满了磁性,且带着强大的穿透力,如电波般直侵入小葵的耳膜。

她跟着他的指示真的推开门,门外真的就有游泳池。果然是阳光灿烂的好天气,一池春水微波荡漾,倒映着蓝天白云。

感受着水的清凉和温柔,游到深处,向小葵有点恐慌无助,自己技术不够好,也就向阳教过她狗刨,她感觉自己体力有些透支,这时背后有人朝她游来,一双温暖有力的手握住了她的手,她很好奇那个人是谁,她想清清楚楚地看看他,她想明明白白地问问他,刚一转身——

啊——

翻身都能从沙发上摔下来,笨得也是没谁了。

明明前一秒还睡得一幅岁月静好的画面。茶几上新泡的玫瑰花茶阵阵幽香,午后的暖阳透过玻璃窗尽情地倾泻在贵妃榻上,平躺在贵妃榻上的女孩肤白,娇俏,青春逼人,眉头微微皱起,睫毛忽而颤动,请忽略掉在地上的一摞凌乱的剧本。整个画面显得十分唯美。

后一秒,她就不争气地摔了个狗吃屎。她的座右铭是,在哪里摔倒就在哪里睡下。所以她抱着薄毯在地上匍匐了一会儿,企图继续刚才那个梦,看清楚那人的长相,好不容易回到水里……那双大手又握住她的手了……她又要转身了……

这一次……又失败了!

"嗡嗡——嗡嗡嗡——"

被电话吵醒了,是哪个挨千刀的?把手机放碗里果然有十倍的扩音效果啊。

向小葵突然像想起什么,三秒内诈尸般一个弹跳坐起,伸了个懒腰,松了松刚才还紧绷的筋骨。一个猴子捞月把茶几上的手机揽过来,盘腿坐沙发上一边打呵欠一边翻手机微信。

收到一条陌生人的语音消息,向小葵绷紧的身体松弛下去,还以为是"花裤衩"呢,他说剧组一开完会就马上给她通报重要情报。她揉了揉惺忪的眼睛,意犹未尽地擦了一把额头的薄汗。

漫不经心地朝语言消息点了上去。

"哼哼,小宝贝儿?小宝贝儿、小宝贝儿。"

什么情况?!向小葵又听了一遍这只有八秒的语音消息。

"哼哼。"一声冷笑后面跟着轻佻而霸道的挑逗,向小葵白皙的脸开始燥热,虚荣心作祟,自己不过是个剧场半青不红的小演员,有倾慕者倒真是好事。这声音倒是蛮磁性,清冽,那个"哼哼",略显冷淡。背景是"呼呼"的风声,和沉稳有力的脚步声。

向小葵首先看了名字,白日衣衫尽。她缓缓地又念了一遍,脑补了一下这个句子的深刻含义,他的朋友圈分享了几首不疼不痒的英文歌曲,并没有更多线索。她撇撇嘴,发过去一个大大的问号。

半天没有收到回复。

向小葵歪着脑袋也学他"哼哼"了两声,意淫狂一点诚意都没有,光天化日之下竟然敢调戏姑奶奶。

她对被这样一个无聊的人打扰美梦感到懊恼,良辰美景白瞎了。

"呸,死变态!"

向小葵泄愤一样回了四字箴言。因为用力过猛,屏幕上被喷上细细密密的口水。难怪都说睡美人,睡美人,睡着了才算得上美人,童话里也不全是骗人的。睡醒了真像母夜叉。

手机另一端的白日衣衫尽此刻正行走在烈日下的戈壁滩上,风卷挟着滚滚黄沙,气势汹汹地奔涌而来,按照习惯对方应该会发龇牙的表情。收到的回复竟然是问号,他俊眉微微一皱,随即判断对方不是本人,且应该是女人,他没有继续交流的欲望。接下来的语音消息证实了他的判断。

这女声单从音色上分析,活力四射,甜美俏皮,他都能想象出来她一脸嫌弃咬牙切齿的模样。要说,这男人还真是奇葩,一点也没生气,还又听了一遍这句脏话,这一次,读出一种恨铁不成钢的恼怒和隐隐的规劝善意。

这小子什么时候口味变了,喜欢火爆麻辣味儿了。

他停下脚步,修长挺拔的身材背对着太阳,黑眸盯着手机屏幕看了两秒,微微提了一下嘴角,把最后三分之一矿泉水喝完,一个空抛,飞腿扫射,动作潇洒流畅,空瓶子准确无误投进五米外的垃圾桶可回收物一边。摸了下额头,全是汗和盐的混合体。他用手腕上的湿毛巾擦了一下脑门儿上的盐粒,把手机揣进裤兜,继续前行。

这边向小葵已经找到黑名单,葱白一样的指头比作手枪正准备处置这死变态,门开了,向阳摘了警帽,扬了扬手里的电话,不满道:"向小葵,我手机充着电好好的,你干嘛拔了换你的?换就换吧,你连摆放位置都一模一样,一样就一样吧,屏保还设成一样。喏,拿错了吧,一天净耽误事儿。"

向小葵这才低头看手里的电话,虽然一模一样,但是屏幕划痕明显比自己的多,反面也没有自己的公主贴画,的确不是自己的,于是心虚地嘟囔着:

"是你拿错了还强词夺理,谁知道你是不是职业病犯了,想窥探人家的隐私。怪你,谁让你给我买一模一样的手机?"

敢情给她买手机还买错了,向阳也不计较,朝胡搅蛮缠的妹妹扮了个无奈的鬼脸。她每次狡辩的时候理直气壮,表情眉飞色舞的,真是当演员的坯子。他觉得好笑,宠溺地看着她表演。毕竟妈妈不在了,临走前交代他一定要照顾好妹妹的。

"有没有电话找我?"

"电话没有。微信,微信有一个白,白日——"

"白衣衣衫尽?噢,我朋友,说什么了?"

"什么朋友?"

"男性朋友。"向阳迟疑地答,妹妹今天很不正常啊,一顿审问。

男,性,性,性,性朋友。

"这前面的聊天记录呢?"

"占内存,删了。"因为工作的关系,向阳的确有随时删聊天记录的习惯,避免手机丢失,要案机密信息泄露。

向小葵呼吸变得急促,趿着拖鞋以火烧屁股的速度跑到向阳面前,瞪大眼睛上下左右打量哥哥硬朗的身骨,那句"小宝贝"在脑子里炸裂、扩散、回响,震得她晕头转向。

卧槽,卧槽,事态不妙啊!本是司空见惯的,只是可怜痴情的刘漫了!

向阳被看得莫名其妙,正了正身子,抖了抖微微汗湿的警服,用"我知道我很帅"的表情摊开手也原地审视了一遍自己。

淡淡地问:"干吗?我是长尾巴了还是你要跳大神?"

"向阳!"向小葵咽了咽口水,欲言又止。她寻思着是直接一语道破还是委婉一点给他留点面子从社会主义核心价值观开始渗透?可是时间不允许了啊,眼看就要到去机场集合的时间了。可是现在不说又不行,自己肚子里根本藏不住事儿。一定是那人勾引哥哥的,"早晚"这二字表明还未得手。可是话说回来,苍蝇也不叮无缝的蛋啊!

向阳不管她，从容不迫地在沙发上坐定，把向小葵泡的花茶端起来，吹了吹上面的花瓣，一口气喝完才开口。

"怎么跟哥说话呢，胆儿肥了是吧，连哥都不叫了。"

向小葵白了他一眼，这件事不服气已经二十多年了，也就比她早一刻钟从娘胎里爬出来，这些年来尽以大哥的身份在家里横行霸道。小时候指使她端茶倒水盛饭，抄作业，倒洗脚水，篡改分数。哪里有压迫哪里就有反抗，机灵鬼小葵自然要报复回去。回家前把自己弄一身泥，嗷嗷哭骗大人是哥哥弄的，于是向阳被爸爸打，妈妈骂是常有的事儿。妹妹一边劝爸妈算了吧哥哥还小，一边殷勤地提供鸡毛掸子皮带搓板等酷刑工具。然后大人不在，两个小孩一个再压迫一个再反抗，就这么斗着斗着就长大了，老向也老了，妈妈在兄妹俩刚毕业那一年，因病去世了。

时间真快，山不转水转，向阳啊向阳，你终于有把柄落本小姐手里了。

"长话短说吧，你什么时候打算娶我的好闺蜜刘漫？她可是等得花儿都谢了，保不齐她哪天就红了，身价倍增，到时候只怕你高攀不上了。怎么不着急你说，气死我了。你到底对她是不是真心的啊？"

"那当然，赤诚之心日月可鉴。等明年吧，毕竟她还小。我也需要时间准备。"向阳晃着玻璃杯，心不在焉地看着各色花瓣在水里沉沉浮浮。玻璃杯经过阳光的反射，光影打在他俊朗的侧脸上。

"小什么啊，你说咱俩都二十五了，我是没有对象可以追，你倒好，有对上眼儿的咋不赶紧下手？准备毛线啊，我跟你说，她现在啊，在我们剧场就已经很抢手了呢。哼，等你准备好，她家崽崽都能打酱油了。你该不是——"

喜欢男人吧。这句话到嘴边，向小葵硬生生憋回去了。

向阳纳闷，这丫头抽什么疯，今天。

"我说你猴急什么，皇上不急太监急。我也刚警校毕业几年，还不是希望工作上再晋升晋升，生活水平再提高提高，努努力安个窝。就咱家这两室一厅的条件，我都得跟咱爸睡一个屋，她来了住哪儿，跟你睡？放心，你哥我心里有谱，她早晚得进咱家门，给你也生俩双胞胎大侄子，咱家有这基因。"

明明是挺正常的思维，向小葵准是八点档的烂俗剧情看多了，脑瓜一转却浮想联翩,难道哥哥计划娶刘漫,连恋爱都懒得谈,其实是为了掩人耳目,纯粹为了给老向家传宗接代,而实际是断背?那他是0还是1?看着挺男人味的,腰窄肩宽,穿制服特别有型,应该是1吧——

向小葵顿觉菊花一紧,不敢直视有点污的自己了。打算速战速决,趁老向不在家,再挽救一下哥哥。

她给向阳续了一杯茶,倚在沙发扶手上,"你挺重口味啊!向sir。交代吧,那个白日什么鬼的怎么认识的?"她虎着小脸,摆出一副什么都知道,抗拒从严的姿态。

向阳听到这个名字,停止嬉笑,身子微微坐正,神情严肃,问:"他说什么了?"然后聚精会神等妹妹公布答案。

"他,他说……"向小葵实在是怕向阳听完脸上挂不住,索性把手机推到他面前。听完语音消息,向阳的嘴角居然噙着一抹满足而微妙的笑。

向小葵想,完了,完了。哥哥这中毒很深啊。这种明媚的笑,自己也没见过几次啊,他,他居然因为一条消息,旁若无人地沉浸其中,回味无穷。

再听向小葵的语音回复,向阳整个人都石化了,内心在咆哮,觉得自己凭经验错拿手机,简直是本年度犯得最低级愚蠢的错误。

向小葵从小就学会看脸色行事,刚才哥哥这晴转多云,可把她吓坏了,忙溜进洗手间,等她把洗得快秃噜皮的双手在毛巾上擦干,干咳了几声走到向阳坐的位置,准备把刚才现编的台词,苦口婆心,声情并茂,软硬兼施,动之以情晓之以理,让哥哥明白自己是一片好心,却发现沙发已经空了。

向小葵暗觉不妙,哥哥从来不会逃避问题。这事儿就这么坐实了?她暗骂了一句脏话。

"行李收拾好没有?赶飞机可得上点心,别误事儿。"

"哎呀,还没呢,刚才睡过头了。应该来得及吧,我很快的。"

"什么?睡过头了?意思是自然醒的?我早上和老向出门你可就开始在沙发上睡了啊。"

"对啊,要不是你的破电话响了,我就要在梦里揭开谜底了。"小葵边收拾行李边说。

"你是不是又做什么乱七八糟的怪梦了？"向阳放下手机，紧张地等小葵回答。

小葵麻利地把化妆包收进行李箱，不以为然地回答道："是挺怪的，一个神秘的白衣男，看不清长相，我还特别听他的话。唉，你为什么这么问？"

向阳提起的心这才缓缓放下，点点头没说话，拎着小葵的行李箱先下楼了。

刚到一楼碰见下完棋准备回家的老向。

"小阳，小葵起了吧？这孩子今天睡的时间可够长的，也没梦魇。我不放心中途回来两趟，都睡得好好的，我就没敢打扰，午饭都在你谢叔家吃的。这段时间小葵他们剧院天天排练可能是太累了。"

"爸，这是我同学治疗的结果，是好事啊，好不容易恢复成这样了，咱平时都注意别提过去的事儿，您趁这几天她出差把家里妈的照片、物件能收的都收起来。咱仨相依为命，就不要互相过不去了，好好过日子吧。"

老向点点头，拍了拍向阳的肩膀，叹口气，还想说点什么，被隔壁的老李喊着去居委会练二胡，也就跟着走了。

小葵走到车前，看见向阳倚靠着车门若无其事地抽烟，烟雾袅袅中，看不真切对方平静沉默的表情下掩盖了什么。他以为换到户外，就不尴尬了？自己就不好意思说了？这事儿就算瞒过去了？殷勤地送机，自己就不会跟组织揭发了？

她暗自腹诽，男人演戏的本领比自己科班表演系出身的都逼真。

去机场的路上，向小葵想起个话头继续，却不知道从何说起，尤其是怕把向阳弄龇毛了，把自己扔高速上。算了，等去了新疆采风回来，《哈拉和卓公主》主角选定，了却一桩心事再说吧。

"停，停——"

向阳打了右转灯，靠边。用无奈的眼神询问，大小姐又怎么了？

向小葵用可怜兮兮的眼神加瘪嘴的表情回答,又落东西了。

"先说,是啥?"

"剧本。刚才背着台词睡着了,好像掉地上了,哥,亲哥,我一定得亲自回去拿,虽然哥哥体力比我好,我又穿高跟鞋走得慢,但我怕麻烦您跑一趟费鞋底板啊。可是你得耐心等我啊,你说我如果不带剧本,就好比战士上战场不带武器,好比大厨做菜没有锅铲,好比医生手术忘带刀,好比——"

通常她还没叨叨完,向阳已经调头回去了。

"别好比了,你还真以为自己选女一有戏啊,充其量就是打酱油的丫鬟,还是第一幕就死的那种。"

"哼,谢谢哈,你打击不倒我的,我跟你讲。我就是觉得自己有戏,我吧最近做梦都梦见自己是主角,连睡姿我都尽量保持公主应有的矜持和优雅,绷脚尖。这样双腿严丝合缝多贵族。心有多大,舞台就有多大。"

说这句话的时候,向小葵端坐在副驾上,双腿并拢,语速不疾不徐,一脸的俯瞰众生相。

"你们剧团不是有一姐 Bobo 吗,再不济也是刘漫,人家多有公主范,轮不到你。"向阳抢过话头,亮明观点,提起刘漫的专业和敬业,他眼睛里都带赞许的光。

"哥,那我呢,我有没有公主范?"向小葵用衣袖半遮挡着脸颊,朝向阳忽闪着睫毛。

"你——有公主病。"向阳说完往车门方向侧了一点,右手挡在胸前做防卫状,防止野蛮丫头打击报复。

向小葵撇了一眼驾驶室的人,欲施加暴力,又怕等会他撂挑子威胁自己,所以还是很识大局地,低身下气祈求哥哥原地乖乖等她回去取武器。

向小葵刚一挪屁股就听见"嘶啦"一声纸被撕碎的声音,摸出来一看,是自己的剧本,而且被自己的屁股蹂躏得皱皱巴巴,外加撕裂,惨不忍睹。

向阳吹起一阵欢快的口哨。幸灾乐祸的样子,真是欠扁。

向小葵轻轻地抚平,满脸都是自责。还好不影响阅读,她松了一口气。又觉得心里一暖,每次自己丢三落四都有哥哥兜底。有一次去外地演出,在火车站忘记带身份证，火急火燎往回跑，眼泪都快急出来了，怕耽误团队演出，在出站口迎头撞上得意洋洋的向阳，一把将证件用双面胶拍她脑门上，骂一句傻老妹儿，然后大步流星地离去。

这就是懂自己爱自己却不正儿八经表达的双胞胎哥哥。

小时候妈妈也给他们像其他双胞胎一样穿一样的衣服，买一样的玩具，上高中哥哥还是会买中性的卫衣，牛仔裤，一人一件。上大学的周末俩人都会约着去看电影，向阳提前给她买好爆米花可乐冰淇淋，很随意地搭她肩膀，喂她吃零食，护她过马路，很多路人还以为是情侣，纷纷驻足回眸，大概是没见过长得这么像这么好看的情侣。毕业以后，毕业以后……

"向阳，咱俩毕业以后关系还好吗？我怎么记不清了？完了，用脑过度，记性都变差了。"

向阳侧头认真地看着小葵，她虽然很喜欢恶作剧，但是这次不像。

他愉快地回了一句："废话，当然好。"

谁都不再说话，哥哥开着车，妹妹低着头小心翼翼地整理着剧本。

向阳吹着口哨，思绪却飘远了。看着她这副爱惜剧本的模样，知道这部舞台剧《哈拉和卓公主》在她心里的地位，每天她都睡不足五个小时，闻闹钟起舞，絮絮叨叨背台词，因为不确定能演哪个角色，所以她把女一到女十八的台词都背过了。她还开玩笑地表示如果需要反串她会自己想法把嗓子弄粗，绝不给剧组添麻烦。再不济演一棵胡杨总行吧。那么热爱表演，那么努力，刚才真不该跟她开这个玩笑。

电台广播里《社会热点》主持人正在回顾一则前天发生的惨案：20岁花季少女李琳琳在学校附近的城农村旅馆离奇死亡，睡相安详，无抵抗伤，手腕动脉被随身携带的折叠刀割破，警方提取到上面只有李琳琳的指纹，因而判定为自杀。据说现场异常惨烈，血淌一地，真可谓触目惊心。家属却不同意警方的验尸报告，坚持认为是他杀，闹到学校要说法。因为女孩的手机不在身边，且关机。根据媒体调查采访，女孩死亡前一天跟父母通过电话，交谈愉快约定放暑假陪家人去海边度假，几天前论文已经通过导师审核，刚找到一份舞蹈老师的兼职工作准备报到。平时性格内敛,人缘好,没有仇人,没有精神病史,胃里没有检验出毒品或者药物。要说是他杀,现场没有任何打斗的痕迹,旅馆老板没有听见异常动静,因为该旅馆设在城农村,附近没有监控,没有目击者见过可疑人员进入该房间,除此之外,警方没有提取到任何有效的指纹头发脚印等第二人留下的证据。案发已经过去60多个小时,警方还没有最新案件进展公布,要说警察的办案效率也够低的,让人大跌眼镜,且不说……"

向阳关了广播,手重重地落在方向盘上,缓缓吐了一口窝囊气。

"哥,别听这些不负责任的主持人乱说,我知道你也参与调查这个案件,昨晚看你写报告了,别给自己太大压力了,也许就是自杀呢,现在生活工作压力多大啊。如果是他杀,也得花时间慢慢调查啊,现在的犯罪分子多狡猾。"

听着向小葵的车轱辘话,丫的跟没说一样,向阳若有所思地沉默着。

到了停车场,他把拉杆箱卸下来,递到小葵手里,语重心长地说:"哥就送你到这里了,你啊,工作上,别给自己太大压力,当不了主角也没事,在哥心里,你永远是主角。"

小葵抿着嘴笑了。"唔,嘴这么甜,是打算抵封口费啊?"

"微信的事情,嘴上长个把门的,千万别——"

"我知道,别告诉漫漫,要脸。"向小葵截获了向阳的后半句话,翻了翻白眼表示不满,哥哥这算是默认了?

"你们团里的谁都不能说,切记啊半个字都不能透露。顺便转告漫漫别有压力,你俩就当去散心了。还有,你晚上别乱跑,出去闯祸,惹是生非,给边疆警察添乱。"

你听听,这到底是不是亲哥哥,闯祸,惹是生非,添乱都说出来了。别人的哥哥离别赠言都是,女孩子家家的,晚上注意安全,别单独出门,有坏人,危险。

"知道啦,婆婆妈妈的。那个白日,你能不能以后别……"

"嘘,"向阳警惕地看看四周,伸出食指放在嘴唇上,然后指指手表,压低声音故作神秘,"快进去吧,这件事……暂时不告诉你。我警告你,不许深究。"

欲盖弥彰，狗急跳墙。向小葵脑子里莫名蹦出这样两个再贴切不过的成语。

向阳觉得自己的语气有点重，伸手把向小葵紧皱的眉头抚平。温度从哥哥的指尖传递到眉心再到心头，她终于定了定心，不管哥哥变成什么样，都是她的好哥哥。

刚进大厅，一身白色运动装的一陈就笑容可掬，精神焕发地出现了，挡住了她的去路。

"小葵，你咋才来，大家都到了，用不用帮你拿行李？"

小葵笑笑，边走边看一陈，意思是这个问题根本不需要问啊，准备递手过去，一陈挠挠头，理解为不需要，然后特别绅士地答，"不方便也没关系，时间还早，我陪你慢慢走啊。"

走了几步，一陈兴致勃勃地问："我有礼物给你，你猜是啥？"

傻子都看见了，那么大一束白百合，他那单薄的身子根本也藏不住啊。

下面就开始了几乎不需要带脑子的对话。

"我猜是百合，还是白色的。"

"恭喜你，猜对了。"

"接机才送花，咱们这马上要出发了，你浪费这钱干啥？"向小葵不咸不淡地问。

"不是买的，刚才有个男的拿着这束花送给一个女的，然后俩人吵架，女的放下花跑了。"

"然后，那男的呢？"——向小葵这句答话纯粹是为了让聊天继续下去，不想扫一陈的兴。如果她不问，一陈也准会说，你猜那男的呢？

"追女的去了。为了让这束花发挥最大价值，我就借花献佛了。"他双手捧着递过来。

要是别的女孩，肯定会想真抠门啊，捡花送人。向小葵倒觉得这男生，真实诚啊。还说出来，这情商，也是醉了。

她礼貌性接过花嗅了嗅，一阵清香沁入心脾，上面沾满晶莹的露珠，开得正好。

一陈早猜到小葵善解人意，不会嫌弃，也会心一笑。

然后向小葵委婉地提出建议："一陈啊，为了方便我们更快捷地换登机牌、过安检，跟其他同事汇合，咱们把花找个地方安置，独乐乐不如众乐乐，如何？"

一陈微抿嘴唇，怔了一下，答应了，大步流星走到花坛前，安置在四季青的中央。一簇绿意中白得脱俗，一陈满意地跟在他手里相处了仅仅十分钟的百合，挥手再见。

好不容易到了候机大厅，小葵微微出了虚汗，她摘下丝巾给脖子散热。扫视了一下，名单上的人员基本都到齐了，除了bobo姐。有的在闲聊，有的在玩手机。看到一陈跟她并肩走进来，都笑着热情地打招呼，然后一陈就在一群小姑娘的簇拥下，过去对台词了，他不住地回头喊小葵也一起过去。他多喜欢和向小葵对台词，可是他又抹不开面子拒绝其他同事。

向小葵看着他细致俊美的脸笑得阳光明媚，整齐洁白的牙齿，给益达代言，绝对完胜彭于晏。她站在原地冲他笑笑摇摇头。没有商人的世故圆滑，虽然是剧团最有发展潜力的男演员，除了舞台上生龙活虎，巧舌如簧，生活中随和单纯，腼腆寡言，跟他在一起永远不会觉得别扭。据说他曾经安慰失恋的清洁工小妹，请人家吃大餐，是团里出了名的好人缘。加上剧团男女比例失调，全团18—60岁女士集体投票给他戴上了团草的高帽子，暗恋他的女孩少说也有十个八个。

小葵在熙熙攘攘的人群里一眼就看到了刘漫，亚麻色长发，素雅的棉麻长衫，仿古的鸡翅木圆形毛衣链随意地垂在胸前，戴着耳机慵懒地听着音乐。

小葵朝她走过去。刘漫向来不喜欢凑热闹，刚给小葵发完短信问到哪里了，又微眯着眼睛假寐，好像跟周遭的人没有任何关联。不熟悉她的人都觉得她清高，不食人间烟火，其实她只是不知道怎么融入进去而已。

小葵走到跟前，干咳一声，清清嗓子，道："漫漫，我来也。"

刘漫缓缓睁开眼睛，流转冷色，弯起嘴角，迈开两条大长腿迎上来，"真磨蹭，讨厌，也不来早点陪我聊天。无聊死了。"

"我哥开车那个技术你是知道的，天天安全第一挂在嘴上，高速上70码，能把人急死。"

刘漫笑，随即看着机场大门的方向，问："向阳哥，走了？"

"嗯，他们单位有急事，"小葵突然想起什么，补了一句，"噢，因为时间紧迫来不及见你，他让我带话给你，让你沉着应战，好好表现，争取演女一。漫漫，如果你选上了，一定要跟高导说说情，让我演你的贴身丫鬟珊度拉。"

刘漫下意识地摸了一下胸口的项链，还在回味小葵的前半句，心不在焉地回："你是不是忘了咱们的一姐Bobo了，咱们能去是因为有人赞助，就是跟团打打酱油，走走形式，就当旅行吧，咱俩不是一直希望能有钱有闲旅行吗？现在就开始做好思想准备吧，还轻松呢。其他人，就当空气好了。"

唉，这话怎么听着耳熟，跟向阳说得一样，果真不是一家人不进一家门。本想说点正能量给姐俩打打气，不能长别人志气，灭自己威风。没想到也是一个不思上进的家伙，我向小葵从小到大就没服过软，有Bobo怎么了，她倒是剧团顶梁柱，不就是有她在导演从不用别人，只有她挑剩下的角色别人才能选，她耍脾气罢演，其他人才有机会顶上？这次选角，我向小葵，绝不，绝不……逞强，认怂还不行吗？

潜规则，潜规则。

真特么的世态炎凉。

向小葵心想，我以全年级专业第一的好成绩毕业，又这么热爱表演，长得也不差，空有一身才华，怎么伯乐都是势利眼呢？

广播适时响起，马上要检票登机了。

有个女孩听到广播嚎啕大哭，一边哭一边对着电话说："你……你怎么那么狠心，真不来送我？我真走了。虽然，虽然你有女朋友，可是……可是我愿意等你，你一定，一定会发现选我才是正确的……"

那声音在空旷的大厅回荡，吸引了众多吃瓜群众纷纷投去看戏的小眼神。

刘漫懒懒地扫了一眼大厅里的人，对向小葵说："没几个投同情票的，通常情况下这种女人如果成功上位，还被叫作小三、破鞋。可是，如果是男人这么对一个女人说，就不同了。"

"如果是男的就显得很痴情，大家会刮目相看的。还真是男女有别哈。"

刘漫捋了一下小葵的斜刘海："默契。"

"Bobo呢，她没来？"向小葵伸长脖子四下搜寻。

刘漫道："VIP室和高导、周总，相谈甚欢呢。人家是头等舱。"

说话间，贵宾室已经打开了，走在前面腆着油肚的周总被旁边的Bobo不知道一句什么话逗得哈哈大笑，露出两颗高调的金牙。后面跟着的高导和助理，笑点有点高，假笑。Bobo本来就高，还踩着一双10寸的高跟，比周总高半头的样子，她还偏偏挽着周总，走在一起特别滑稽的效果，她戴着一副遮半边脸的墨镜，范冰冰同款纱巾，面无表情，殷红的嘴唇夸张得像刚喝过人血。酥胸像小葵早点吃的白馒头，发酵得刚刚好，随着猫步，一耸一耸的，根据地球引力定律。向小葵打赌她去韩国垫过硅胶。短裙大概只到大腿根，黑丝下若隐若现的美腿……

美个大头鬼。

我去，不形容了。

向小葵别过脸去。但是仍然不能无视那些拿手机拍照的粉丝，有人尖叫，Bobo，那是Bobo啊。扮演聂小倩，神仙姐姐，白娘子那个Bobo啊。机场只好出动了十个地勤维持秩序。

向小葵一肚子鬼火，如果说之前对选角还有那么一丢丢寄予希望，现在彻底丢盔弃甲，连去什么哈拉和卓遗址采风的欲望都没有了。无非是去了走走过场，听剧组宣布女一Bobo，随从丫鬟都是平时巴结她巴结紧的人。男主角应该没有什么悬念是一陈，这点她还是比较欣慰的。

一陈被这个女孩拉过去请教演技，那个喊过去请教台词，他挂着招牌式的笑，因为刚才跑得太快有点喘不过气，却不好意思拒绝。不知道为何众人突然哄堂大笑，引起周边的旅客都扭头看乱作一团的一群疯子。

登机队伍自发排列整齐，刘漫瞥了一眼小葵，问："小葵，百合呢？"

"谁叫百合？"

"装傻是吗？我们进来的时候一陈在店里买的，我说了带不上飞机，他说博你欢喜一刻也是值得的。那可是竞价来的，好几百，一陈把另外一个意向买主pk输了，把人家女朋友都气跑了。"

向小葵一脸懵逼："……"

向阳见妹妹过了安检，舒了一口气，打开微信找到白日衣衫尽，发了一个龇牙的表情。对方很快回了一句："请叫我死变态。"

他笑着摇摇头，果断找到通讯录里的唐梓航，拨了过去。

唐梓航此刻刚吃过简单的午餐，大盘鸡＋冰啤。在简陋的餐厅背后，有一棵硕大的胡杨，他靠着树干点燃了一支烟，身形高挑修长，俊朗的脸上沾了些许尘土却依然勾起好看的嘴角，他站在那里本来就跟周围的环境格格不入，总之有种难以言说的气场，让人无法忽视。

他接通电话，一开口，就开始调侃老同学，"向小阳，你手机，怎么回事？"

向阳高中的时候确实叫向小阳，是老向取的，向小葵、向小阳，就是希望他们像向日葵一样阳光健康，当父母的足矣。向阳这是后来才改的，主要是他觉得不够大气，利用了职务之便索性将"小"去掉了。他和唐梓航上高中的时候都是学渣，臭味相投，一起喝酒逃课泡妞。后来高中毕业，向阳勉强考取了警校，唐梓航因为有个有能耐的爹，给他弄到美国去求学深造了，如今还真混出个人样了，是心理学界行业翘楚。刚刚美国密歇根大学心理系硕士毕业，同时也是催眠术大师奥德蒙·麦吉尔的关门弟子。听听这头衔儿都够让人肃然起敬的。

"请把小去了，哥改名了，叫向阳。"

"哦？你是不是以为你把小去了，你就不小了？"

"那也比某人大而不举，强百倍。"

"我不举？你试过？要不要我回上海，找你试试？"

这一局对阵，向小阳对于重口味的对话吃不消，遂败下阵来。

"别，别，玩不过你，我中午还因为你的微信被向小葵怀疑咱俩搞基，断背。"

"她没看见咱俩之前讨论对她的催眠治疗方案吧？"

"没，我删了。她就听见'小宝贝'那句，所以断章取义。不过，她确实在好转，那些记忆好像真的被删了，她今天就出现了那段时间的记忆盲区。"

"不是删除，是隐藏。删除记忆是不可能完成的，除非大脑受过物理损伤。她现在这种失忆，是假性的，记忆的数据库仍然存在，但是记录的地址丢了，主观意识无法搜索到而已。"

向阳有点懵逼。

唐梓航给他举了个例子，好比硬盘上的数据删除，其实数据依然存在只是数据开头打了个标记，以后不去读取而已。

"那还会受到刺激想起来吗？万一无意中发现了这个隐藏文件，接受不了，怎么办？"向阳一脸的担忧。

"早晚都要通过反复刺激治疗，让她正视这段痛苦的记忆，直到她能逐渐接受，那才是彻底好起来。"当他进入她的的内心世界后才发现，她坚强的外表下，有多脆弱，她对那次意外有多愧疚，她从不跟人倾诉，情绪都埋在心底，所以才会经常梦魇。每当他看到小葵缩成一团默默流泪的时候，都无法将她与中学时那个乐观积极的向小葵联系起来。偶尔他也会越过心理医生的职责去握住她的手，或是轻轻环抱一下她。

向阳有些心疼妹妹，叹了口气，寒暄道："老唐，你那边天气怎样？热不热？"

唐梓航听他这么一问，才觉得自己真的很热，餐馆外墙的角落有一个水龙头，他走过去拧开，一股清凉的水冲在皮肤上，凉丝丝的。他把电话夹在耳朵和左肩上，洗了把脸，透心凉心飞扬，这水，真是好东西，以前养尊处优惯了，还没觉得。为了避免浪费，给边疆人民省点水，凉快够了，赶紧关了。

额头发梢上还在滴水，一双深邃的眼，深不见底，目光炯炯有神，偏偏看人的时候眼角还飞着痞痞的笑意。旁边的高鼻梁维吾尔族女服务员看他看得眼睛都挪不动,这男人真性感。他满意地提着嘴角笑了下,表情坏坏的,燃起一支烟,缓缓吐出一串烟圈,像飘逸的青色水母。

"向警官,是继续叙旧寒暄呢,还是说说正题呢?"

"哎哟多亏你小子提醒,差点忘记说正事了,你微信上回复我收到了,我就问你赞不赞同我的判断?关于李琳琳旅馆割腕死亡一案,现场那摊血组成的图案我们大胆猜测,是三个字'小宝贝',尤其是看胶卷照片的底片非常清晰。现在家属闹得厉害,媒体也给我们办案很大的压力,我们局领导坚持认定尸检结果没问题,对于图案字样,从他们多年的办案经验看,是巧合,因为没有性侵痕迹,没有搏斗反抗痕迹,手机也可能是进入旅馆之前就丢的,通话记录调出来了,死亡当天没有和任何人联系。可是这么蹊跷的血流图案,字样绝非偶然,现在只有我和队长认为是刑事案件,可是凶手又没有留下任何蛛丝马迹,反侦察能力非常强,我们已经安排警力围绕死者身边的朋友和同学问询她住旅馆的目的以及追查手机下落。"

话题兜到案子上,向阳脸色不由自主地沉了下来,做报告一样,一气呵成。

"我给你和你的队长投一票,我一个摄影爱好者一眼就看出来了,是'小宝贝'。构图和谐,布局合理。"唐梓航懒洋洋地扭了扭脖子,回头发现自己刚靠过的那棵胡杨枝繁叶茂体态婀娜,正好入镜,调整了下位置,举起挂在脖子上的单反,一顿"咔嚓"。

"你在好好听吗?喂?偷拍美女去了?"

"浅薄。你一定不敢相信我发现了多么完美的体态,前凸后翘,上宽下窄,极尽丰腴之典雅,尽展傲人之奢华的——树!哈哈。摄影角度刚刚好,不拍下来,遗憾终生。"

向阳一头黑线,"我在跟你聊命案,你拍一棵歪脖子树,能不能走点心?命案啊大哥!抛开作案手法和技巧,我是想让你从局外人的角度,心理学家的思维分析一下,这个凶手为什么会这么淡定地留在现场看着死者血流成河,然后还把血凹成这个造型?"

向阳知道,"命案"在唐梓航眼里并不是一个肃穆的话题,他是那种泰山崩于前,还要算算崩塌角度的性子,就算是世界末日,于他来说也没什么大不了。

"拜托，你是有求于我，客气点，少安勿躁。嗯——单凭这点线索，分析的意义不大啊，这类人也许心理变态，无非是出于几种目的，第一挑衅警方；第二，对这几个字情有独钟所以在作案现场忘乎所以；第三是对死者的爱称，留在现场有特别的纪念意义。"

"似乎有点道理，现场除了'小宝贝'三个血字，呈现出的一切痕迹都偏向于自杀现场。但是这么年轻漂亮的女孩，刚找到工作，家庭关系和睦，我想不出有什么自杀的动机。虽然超乎常理，但是我一定要找到突破口追查到底，还死者清白。"

唐梓航把烟头摁灭："这么大案子，一两句也说不清楚，不如，等我回去举杯邀明月，慢慢聊可好？"

向阳胸口一闷，差点没喷出几口血。

虽然知道唐梓航说的确实没毛病，但那种轻佻的口吻就是让他很是憋气。案发已经三天，向阳听完唐梓航的分析，感觉有点道理，地上的血迹组成的三个大字"小宝贝"，虽然歪歪扭扭，绝不是无意中形成，属于人为制造，那么又是谁在现场看着她血流成河，无动于衷，还摆出血字造型挑衅警方，却没有留下任何蛛丝马迹？一切毫无头绪，他甚至预感还会有下一起类似案件发生。向阳想到这里心头一紧，不知道下一个受害者又会是谁。局领导只给了十天时间，如果他和队长找不到犯罪嫌疑人，就以自杀结案。奈何他只是有两三年工作经验的警察，缺乏要案办案经验。就像趴在车窗玻璃上的苍蝇，明明前方光芒万丈，就是找不到出路，无力感在胸中抑扬顿挫急于找个出口宣泄。

他狠狠地捏着方向盘，恨不能把它从车上连根拔起："我说，老唐你能不能一本正经，严肃点？"

"向小阳，你用严肃破案吗？沉住气，时间会给你答案的。"唐梓航嘴角勾起一抹似有似无的笑。

"我……"

"冷静一下吧，兄弟。先不谈你的案子了，我这边老爷子也给我安排了棘手的事情，处理完过两天我就回去找你。"说完这句，唐梓航把手机拎到眼前，不再理会，对着屏幕右下角红色的"挂机"按钮，利落地按了下去。

几秒后，电话又响。

"我说老兄，你还有什么指教？"

电话那头传来严肃冷峻的声音："梓航，怎么跟爷爷说话呢？"

唐梓航薄唇从上扬抿成一条直线，屏住呼吸，听老爷子说完话，礼貌挂线。

收好电话，他皱着眉头，抬头看了一眼无垠的天空，转身走入漫天风沙里，背影萧索又销魂。

向小葵无数次向往大漠孤烟直的壮丽场景，今天却没有什么心情赏景，她和刘漫的手一直紧握着，微微出汗。她知道刘漫每次坐飞机都有点耳鸣，所以想找个话题打岔。

"漫漫，你看沙丘，好美啊，连绵起伏，波澜壮阔，你看太阳，好圆好大，比上海的好看！"

刘漫柔声说："真会聊天。咱俩多久没一起旅行了，真是个难得的好机会，边疆走一遭。忘了剧本吧，宝贝儿，好好享受我们的旅行。"

向小葵嘴硬道："没问题啊，我这不正看风景的吗？"

刘漫捉过她另一只手："剧本都被你捏出汗了，这是你的命啊，全团数你最上心吧。这次新疆之行可是咱俩的共同计划里，第一个实现的，一起旅行。下一个，嗯，等我想想，是一起结婚度蜜月呢，还是一起跳槽干别的行业。"

说起工作，坐在旁边的一陈太阳穴突突跳，低着头，闷声说，"唉，说到结婚想起我妈，最近也是经常电话里催，让我抓紧时间带对象回去。这次从新疆回来，又该回家了，我都不知道该怎么交差才好。小葵，你家里呢？不催你？"

小葵苦思冥想，有点惊讶，道："我爸倒是一直催，我妈呢，我怎么……"

刘漫想起向阳的嘱托，赶紧打岔："那个，你快想想咱们的下一个计划订什么时候合适？"

一陈黑眸盯着向小葵："你们可别跳槽啊。"

019

刘漫打趣道:"一陈,不跳也行啊,你那么受重用,在领导面前替我们小葵多美言两句,你看她要貌有貌,要才有才。别埋没了,早点出人头地啊。"

一陈揉揉鼻子,"放心,我一定会尽力的,小葵,刘漫,咱一定会有出头之日的。"

小葵听一陈这么一说,却摇摇头恢复了满不在乎的样儿,"你俩有出头之日我信,也许我真的不适合走这条路吧,如果我尽力了,还没有结果我会考虑走别的路的,古人云,条条大路通罗马。古人又云,三百六十行,行行出状元。"

"别走啊,小葵你不能走,你走了,我怎么办?"一陈急得提高嗓门。大家纷纷回头看他们,前排 Bobo 也拿下眼罩,极鄙夷地瞥了一眼这边。

小葵低声总结发言:"什么你怎么办,我又不是死了,你继续走在你的星光大道啊,苟富贵勿相忘就行了。"

刘漫心疼地抱了抱她的肩,递了一张纸巾给小葵。她们之间有时候不需要任何话语,一个小动作,一个眼神,一个拥抱,一点默契,这么好,这么纯洁的友情,向小葵当时还不知道,很快,她最看重的东西,就要以一种决绝的态度,别扭的姿势失去了。

北京时间八点四十五分,向小葵她们搭乘的飞机准时降落在乌鲁木齐地窝堡机场的跑道上。下飞机的时候,虽然天色尚早,不过因为时差的关系,大家脸上都堆满了倦容,昏昏欲睡,向小葵精神抖擞地在背着剧本上和沮渠王第一次见面最长的那段对白,像肆虐狂风中的那一根劲草,在一片人仰马翻中屹立不倒。

剧团一行人出航站楼后,高导、周总、Bobo 他们上了一辆七座的奔驰商务车,而迎接向小葵他们的,是半旧的大巴,跟崭新的商务车比起来,那车被风沙摧残的棱角都快没了,屁股后面突突地冒着黑烟,发动机的声音像垂死挣扎病人的喘息声,还是化疗六遍,就快断气那种。

"卧槽,这车也太寒酸了吧,谁安排的啊,这么缺经费还出来干嘛。"不知谁嘀咕了一句。

"就是，自己享受奔驰，给我们安排辆奔腾也行啊。""花裤衩"也不满地抱怨。——因为爱穿花裤衩得名，凡是淘宝上能找得到的花裤衩他全集齐，还专门定制过。书上说这种人明骚异常。

"这么多人，那得多少辆奔腾啊。别太把自己当个人物了，凑合凑合得了。"

"就这条件，不一定住哪里呢？还采风呢，逃难来了吧。"

小葵和刘漫站在人堆里，听着大家的议论，打着呵欠也隐隐担忧起来。

"小葵，你一定累了，我来帮你把行李拿上车。"一陈拨开人群，挤到小葵和刘漫身边，这次学乖了，不由分说一把夺过小葵手里的行李。

刘漫朝他翻了个白眼，慢悠悠道："这女人一副老虎都打得死几只的样子，你哪看出她累了？别尽干些为了异性泯灭人性的事儿。"

一陈看向刘漫，马上头伸向她，不好意思地说："漫姐，为了澄清我正直的为人，请把你的包，挂在我脖子上。"

"开玩笑的。"刘漫笑着把一陈的脸推开，对小葵道："宝贝儿，你两袖清风的，帮我拿一个呗。"

保安老朱已经帮商务车上所有的人把行李装好，殷勤地跑过来："刘老师，我来帮你。"这是剧团里带的后勤组最勤快的一个人，憨厚老实，眼头亮，永远抢活干最后吃饭，深得广大群众喜爱。说话间已经把刘漫的两个背包一个拖箱抢过去。

大家正准备上车，那边奔驰车豁然拉开半扇门，Bobo 姐伸出半张冷艳、风骚的脸，冲一陈招手。

"一陈，come here。我们车还有个座，你上来吧。"她的语气听上去软软的，但绵里藏针，蕴含着一种不容抗拒的威仪，仿佛一陈就是她养的一条贵妇犬，而周遭其他人，在她眼里是家门外的中华田园犬，俗称土狗，自己的贵妇犬怎么能老是混在土狗堆里呢，不怕惹骚上身吗？

一陈听到 Bobo 的招呼，整个人一震。小葵敏锐地发现，他不自然地笑了一下，眼底划过一丝不易察觉的厌弃和抗拒，几秒而已，又恢复了日常礼貌的笑意和谦和。

那只是一瞬间的表情变换，但即便只是一瞬间，也足够让小葵惊得汗毛倒竖。人家能当男主角是有原因的，除了颜值，演技也在那里。

"Bobo 姐，男同志少，我还帮着拿行李呢，坐这车就行了。"一陈委婉而礼貌地拒绝了 Bobo，但这种礼貌就像打在 Bobo 那张涂满胭脂粉脸上的巴掌，不仅震落了她脸上一层粉，还让 Bobo 品尝到了让她咬牙切齿的忤逆，不，简直是当众羞辱。

"ok。"Bobo 从牙缝里挤出一个单词，嘴角勉强弯起一个极不自然的弧度，迅速抽回脸，然后"嘭"的一声把车门关上。

"哇，看不出来啊，一陈，挺有种的嘛，敢违背 Bobo 姐的懿旨，越来越欣赏你了。"小葵背过身，偷偷朝一陈翘起了大拇指。

"千年硬一回。"刘漫冷哼一声，给单衣薄衫的小葵围上温暖的围巾，二人相视一笑。

"上车上车。"三人被后面的人半推着半就着上了车，车上有股咸鱼的味道，让人一上车第一个动作不是坐下而是开窗，更有甚者把头伸出车窗贪婪地吮吸窗外的同样浑浊的空气。直到车子启动，才心不甘情不愿地把头缩回来。

回酒店的路上，一路风景宜人。太阳已经落到山坳里，晚霞在草地上洒满金光，花草在晚风中搔首弄姿，摇曳风中。远处牛儿在光影中啃着草皮，不时发出惬意的叫声，更远处，一群乌鸦在争夺食物，两只鹰俯冲、拔起、盘旋，和乌鸦捉着迷藏。不知谁家奶香扑鼻，该吃晚饭了。

车厢里，为了打发无聊时光，不知谁起了头，大家唱起了嘹亮的《最炫民族风》，歌声盖过发动机哮喘的声音，盖过大漠如泣如诉"呜呜"的风声，直刺苍穹。

苍茫的天涯是我的爱
绵绵的青山脚下花正开
什么样的节奏是最呀最摇摆
什么样的歌声才是最开怀

……

锦江酒店坐落于市政府行政区，距乌鲁木齐市政府仅数步之遥，是一家五星级国际大酒店。酒店主体大楼高两百多米，站在顶层落地玻璃窗前，园林景观豪宅鸿瑞豪庭及商务写字楼尽收眼底。

酒店大堂金碧辉煌自不必说，难得的是，它毗邻红山公园和南湖广场，在寸土寸金的乌市中心地带，与绿色的距离，等同于商业价值，况且红山公园还是是乌鲁木齐的标志，这让入住锦江大酒店，成为了一种身份的象征。

大巴车上下来的人，都很意外剧团良心发现，把他们安排在了五星级大酒店，虽然这里不是上海，普通商务标间，淡季一晚1200的价格，并不算离谱，但在向小葵他们眼中，这价钱已经足够奢侈，奢侈到一扫旅途的委顿，忘却了身心的疲惫，纷纷欢欣雀跃起来。

办理入住登记的间隙，一陈买了两大袋饮料，分给众人，最后一瓶递给向小葵，问她："一会儿出去玩吧，刚才坐车过来的时候，我看到红山公园了，离这很近，就几步路。"

向小葵看了看时间，犹豫了一下说："不去了，漫漫晕车，我陪她回房间休息，再说也快天黑了。"

一陈有些失望，不过并不气馁，退而求其次道："酒店有个后花园，园林景观不错，据说是苏州的大师级师傅设计的，要不一会儿我们去那逛逛？"

刘漫清咳一声，悠悠叹道："一陈，你直接求我跟你换房间得了。"

一陈脸一红，呆呆地看向刘漫，眼神里满是"你说出了我的心声"的嘉许，红着脸开玩笑地看着刘漫："你怎么能这么……了解我呢？"

刘漫"切"了一声，转身看一旁好像事不关己的向小葵。

"我先陪漫漫回房了，吃过饭再看有什么安排吧。"向小葵忽略掉刚才这个不好笑的玩笑，直奔主题，腰酸背痛的她太想跟柔软的大床来个亲密接触。

一陈笑着点头。

"漫漫，晚上要不要去……"花裤衩妖娆地漂移过来。

"不要。"刘漫看都没看花裤衩一眼，直接拒绝。花裤衩悻悻然，撩了下额头的几绺头发，又转头在人群里搜寻目标。

"一陈，我们一会儿去吃烧烤，你一起去吧。"花裤衩换上了新买的花裤衩，撅着印有一朵大菊花的屁股，朝一陈欢快地喊道。

一陈冲他点点头，说："好，我请客。"

这个傻瓜，什么钱都抢着付，他的钱捡来的吗？向小葵还不知道花裤衩他们的心思，拉着一陈就是让他买单的，有一次他们几个喝酒都快喝完了，才打电话给一陈，这家伙到地方屁股都没坐热，就该散场了，他还真把账给结了，真缺心眼儿。

向小葵看不过去，悠悠地对一陈说："我想吃过饭去后花园背台词，如果你有空的话……"

"有，当然有！"一陈听了她的话，两眼放光，帅气的脸像被水浸润的茶花一般舒展开来，立马说："晚上见。我不吃烧烤了，那玩意儿不健康。"

众人散去。花裤衩一个人站大厅，抖着妖艳的纹着长虫的腿，凌乱着。

02
宝剑尚未配妥，出门便是江湖

这时，酒店大堂外缓缓开来一辆黑色的劳斯莱斯，头顶小飞人，直瀑式的银色进气格栅庄重典雅，配上方正的车型，无需速度的加持，单单停在那里，就给人无限的威压。花裤衩他的话把所有人的眼神都吸引到了那辆劳斯莱斯身上，只见它刚停下，门卫就立马过去开门，那神色仪态比伺候自己的爹都隆重。

车上下来一个六十多岁光景的长者和一个身材高挑的年轻女子，男人穿着量身裁剪的西装，中等身材，体型保持得不错，鬓角斑白，颇有王者风范。他下车后，温和的眼神扫过鞠躬的门童，颔首示意，很有修养。

女子容貌脱俗，漂亮的仿佛是从天上飘下来的，不染红尘，脸上没有丝毫脂粉气，白得清新自然，身材堪比名模，步伐飘逸，眼神灵动，Bobo姐也都算人中尤物了，但跟她比起来，好比淡水鱼遇见了美人鱼，差了不知多少层次。男人们眼神都像钉子一样钉在那个女人身上，跟着女子的翘臀，猫步，呈曲线飘移。

花裤衩眼珠子都快掉出来了，翘着兰花指提臀，"我靠，好正点哎。在这种鸟地方也能碰上这等尤物。"

紧跟着180码漂移驶入的是一张半旧长城suv。应该是刚刚历经长途跋涉，蒙尘裹泥，如果没有猜错近期还发生过剐蹭，车头漆都掉了一块，从驾驶室下来的男人，着急忙慌把钥匙随手扔给门童，迈着修长的腿，快速朝大厅观光梯跑。

向小葵刷着朋友圈，准备横穿大厅从侧廊回房间，两个人走90度夹角路线,在大厅屏风前悲催交集,"哐当"一声,向小葵的左胳膊遇到坚硬的胸膛,像脱臼了一样,人也被撞得反弹了几米。手机应声也掉在地板上,心疼得她大叫一声"啊——呀——啊呀妈呀。"

唐梓航摇摇头,边道歉边弯腰捡起手机,检查了一下,屏幕没碎,一抬头,就看到向小葵,眼前这个肤白貌美,撅着小嘴儿的女孩,让自己有一瞬间失神。

向小葵扬着脸,带着对侵犯者的那种挑衅眼神儿,看着他。他也定定地看着她。突然想起来她有段记忆隐藏了,她根本不认得自己。

唐梓航礼貌地把手机递给向小葵,"不好意思。"

向小葵接住,也看了一下自己 9.9 包邮的贴膜,很满意。这质量还真不错呢,等会儿得好评一下,再多买几个备着。

三秒后,胳膊隐隐作痛,才回过神来继续审视肇事者,眼前的是一个身材修长的男人,普通的白 T 恤牛仔裤穿在他身上好像特别有格调,额头还有未干的汗珠,脸上轮廓简洁硬朗,五官精致且性感。他微微喘着粗气,胸膛起伏。

"喂。"

"嗯?"他觉得她比上一次见她,气色好多了。

"喂喂喂,你撞到本姑娘和手机了。"

"喔。对不起,对不起,后面这个对不起是跟手机道歉。"唐梓航的眼神看向电梯前马上就要进去的长者和尤物。

小葵暗自腹诽,"道歉都没诚意,就知道看美女。看来,这天底下男人都一个德行——好色。"

唐梓航心想,还真是好差不多了,敢情这是个撕逼小能手,就这我还减速了呢,否则撞出去十米八米也不是个事儿。走路就走路玩什么手机。

没空教育她了,还有重要的事儿呢。

小葵揉着又麻又疼的肩膀,有点不满,还带着得意的笑,"冒失鬼,你能走路的时候看着方圆十米内吗?哎,说你呢,冒失鬼。"

这是之前他从没有见过的她的一面,轻松、活泼。

他饶有兴致地抽出五秒打量了一下眼前这张姣好的桃花般粉嫩的脸庞，带着微微的愠怒，还有黑亮的眼睛，她也不回避，直勾勾地仰头盯着他看。

那犀利的眼神好像在说：我看你怎么办？

那一刻站大厅叽叽喳喳分房卡的女生都莫名地安静了下来，看着眼前发生的一个小插曲。

电梯门开了。长者已经进去了，尤物驻足回头朝大厅看了一眼，说："爷爷，我们要不要再等等梓航？"

长者淡淡地答："上去等吧。"

直到看到唐梓航，尤物一直噘着的小嘴终于弯了起来。唐梓航直接没再管向小葵，三步并作两步进了电梯，朝长者鞠了个躬。刚开口说话，周总不知从大堂哪个角落冒出来，也挤进快要闭合的电梯间，握住长者的手："唐董，可算把您等来了，多谢您对剧组的关照，请您移步餐厅，喝一杯……"

岂有此理，向小葵看着已经缓缓上行的观光梯，还有肇事逃逸的男人，如果眼神是剑，她恨不得把他斩首示众。如果他求饶的话，也不是不可以商量，条件是得交代清楚微信号多少，跟尤物的关系，再决定如何发落。

他跑步的姿势，倒是真像行走的春药。这五星级酒店入住客人颜值确实要高一些。

向阳回局里处理完事情，已经夜深。拖着疲惫的身子回到家时，老向已经睡熟了。这是一间主卧，大概有三十平米，用隔段分开，在西南方向安置了一张单人床，靠墙放一张书桌，电脑，衣柜，因为整洁，所以显得并不拥挤。他轻手轻脚地摸回自己的床，找准被子一头栽了上去。最近这桩案子里各种要素在他脑袋里盘旋，线索是凌乱的，千丝万缕在他脑子里绕啊绕，搅成一锅粥。

他现在特想把自己的脑子格式化，然后系统重装一遍，要不然他这脑子怕是连连看都跑不起来了。

正当他清理了内存，快进入睡眠模式的时候，口袋里的手机"嗡嗡"地

震了起来。他开了床头台灯,迅速摸出手机,解开屏锁,一个向日葵头像映入眼帘,后面跟着一条信息:

"哥,我已经安全抵达乌鲁木齐,同事说下周一差不多就可以回来,勿念。"

向阳欣慰地提了提嘴角,回道:"一会儿把这几天的行程单发给我,玩的时候长点心,别掉队了。"

小葵收到向阳的回复,不屑地"嗤"了一声。

"又把我当三岁娃了不是?对了,我在网上搜到个测试,测人运势特准,里面有几道题,我发你做一下。"

小葵警觉地抬起头,再三确认刘漫正在洗澡,才把题目发给向阳:"第一题:走过一片橱窗,你会很刻意地看看橱窗镜子中的自己吗?"

看到这个题目,向阳的脸整个黑了:"这什么题目啊?这跟运势有毛关系?再说你哥我不信鸡汤不信命,披着警服一生跟党走,这种变态的题目你还是留着自己消遣吧。"

"必须回答,这题目是替刘漫拷问你的!"小葵打完这行字,还嫌一个感叹号不能完全表达事态的紧迫性和严重性,连加三个愤怒表情。

向阳将信将疑,强忍着睡意勉强配合:"那就选不会吧。"他倒要看看鬼精鬼精的丫头片子又要出什么幺蛾子。

"第二题:如果让你选一个地方度过孤独的晚年,你会选择乡下田园、某个小岛还是养老院?"

"中年都没过完呢,就想到老年,漫漫规划得真长远。"向阳这样想着,乡下,太土,漫漫肯定不喜欢,养老院太没诚意了,小岛,对,小岛浪漫。"

见向阳选了小岛,小葵的心逐渐揪了起来。没事没事,还有下一题,哥哥,你可千万别是那个啊。

"第三题:你喜欢有蕾丝边儿的装饰品吗?"

"蕾丝边?有没有搞错!当然不喜欢。"向阳刚想回复过去,已然明白,这测试题跟漫漫半毛钱关系没有,这个向小葵还在纠结他是不是gay这个问题,真要命。

小葵一边等向阳的回复，一边喝茶，这题她对向阳是有信心的，印象中……等等，她突然想起小时候，向阳老喜欢抢她的玩具熊，这玩具熊就穿着蕾丝边的裙子。

"喜欢。"小葵两只眼睛直勾勾地盯着向阳回复的这两字，半口水含在嘴里半晌咽不下去。她还不死心，又发了一道题。

"第四题：你身边的同性朋友多还是异性朋友多？关系怎么样？"

"同性。关系密切，亲密且甜蜜。"

小葵收到他的回复，头上冷汗直冒，心里有种空落落的感觉，仿佛看到向阳背着自己，在孤独的沙漠里越走越远，她突然害怕起来，只剩下最后一题了，老天行行好，别再选我不想看到的答案了！

"最后一题……"

向阳想象着小葵看到答案，气得七窍生烟的样子忍不住笑出声。于是恶作剧般补了一句语音，"答案你满意了么，如你所想，我和白日，嗯，是那种关系。"

隔断那边传来一声咳嗽，然后拧杯盖喝水的声音，老向醒了。

"小阳？什么时候回来的？你又谈恋爱了？之前怎么不说，姑娘姓白是吧，叫，叫白什么……"这老爷子眼神不好，耳朵可够灵的，平时爷俩不怎么交流，唯有兄妹俩的终身大事，让他操碎了心。

"爸，没啥，跟我妹瞎聊呢，她们剧组刚到新疆，一切顺利，我也困了，早点睡吧。"

老向披着外套去了客厅续了一杯热水，回屋，意兴阑珊问："小阳，跟爸说说，你和那个漫漫分了？我觉得人家挺好的啊。那这个白姑娘在哪儿上班？哪儿人？你们，大会进行到第几项了？"

向阳那边台灯已经灭了，传来均匀的呼吸声。

老向摇摇头："这小子，咳咳……可不能脚踏两只船啊……咳……咳……"

向小葵放那段微信语音的时候，忘了切换扩音器模式。赶巧不巧，刘漫忘记拿毛巾，从卫生间里走出来，刚好听到了这句话，然后整个人愣了，看着向小葵表情有点死机。

"这……这声音是你哥吧。白日是？"

"噢，他微信上一个男的，是男的。"

"他怎么可能……"

向小葵猛地抬头，看到刘漫一脸错愕的表情看着自己。她顿时没了主意，哭丧着脸，从床上跳起来，一把抱住刘漫，带着哭腔问："你们到底那啥过没？他正不正常？"

在此之前，刘漫可从没有坦白过这个私密的问题。

刘漫淡定地推开向小葵，拍了下小葵翘翘的屁股，笃定地说："我们在一起那啥少说也有几十次了，每一次都很和谐。反正，他的性取向很正常。"

"真的假的？"

"废话，我是女人当然能判断得出来。"

小葵抓起刘漫的手，两眼冒光，"我是问，你们在一起都有几十次了，真的假的？"

"靠，向小葵你想死啊。全是套路。"刘漫红着脸扔枕头过来。

小葵嘿嘿笑了两声："真没看出来，你俩地下工作隐瞒挺深啊。咱姐妹之间说实话，觉得我哥这个人怎么样？是不是理想的结婚对象？"

"还行。"

刘漫眼光蛮高的，在她眼里男人只有两个标准，土鳖，还行。她们俩经常分享秘密糗事。小葵当然不能老埋汰自己啊，说得最多的就是向阳。向阳小时候，大概四五岁，问小葵，妹妹，兔子耳朵怎么这么长啊？小葵说，哥啊，凡是耳朵长的动物，都是留给我们揪着玩的，笨。向阳信以为真，直到有一天他看见驴……结果差点没被驴踢死。

说得多了，向阳在刘漫心里就有血有肉起来，明明都是糗事，小葵琢磨不明白，向阳怎么就入了刘漫法眼，变成还行了。

"花裤衩呢？他好像对你有意思。你可不能因为我哥工作忙就给敌人一丝一毫一朝一夕的机会。"小葵拉响警报。

刘漫也忍不住轻声笑，"他？怎么可能。因为这个外号，我经常脑补他又穿什么花色的裤衩了，而且娘炮兮兮的，你发现没有？嗯，我给你学学他的招牌动作。"

刘漫绷着脸，用手机屏幕当镜子，兰花指撩头发，嘴角抽动，小眼神迷离。这也算学到花裤衩的精髓了。小葵笑到岔气，差点没从床上掉下来。

"我去找一陈了，你继续洗澡吧。"

出了房间，小葵一边朝后花园的方向走，一边给一陈打电话。电话响了很久才接起来，一陈支支吾吾地说："小葵，我，我这边有些事，走不开，晚点联系。"

"一陈，你怎么了？"

电话里传来一个尖细的女声："Star，我在跟一陈 meeting，请不要 disturb。ok？"这声音来自 Bobo。

Star 是她一年前给小葵取的英文名。小葵自认为自己是个适应能力很强的人，但是对这女人满嘴跑鸟的习惯很难适应。她对你表演不满意，会说，你 care 这个吗？我不太 care 哦，平时 ok 来 yes 去的。

真 tm 的傻 x。

当然，无论多么的恶心，平时在她面前大家都得保持谦和的微笑。

问题是，现在这个时间段，开哪门子会。一陈独得 Bobo 姐恩宠，是好事还是坏事？

小葵心脏受到刺激，慌乱地挂了电话，感慨道：一陈啊一陈，你自求多福吧，这老牛要吃起嫩草来，可真是明目张胆啊。总有长江后浪推前浪，傻 x 被拍在沙滩上，人老珠黄的那一天。等老娘混到一姐的位置，看谁还敢叫我小 Star！

保安老朱迎面走来，笑笑。"向老师，这是要散步啊？刘老师呢，没一起啊？"

"唔,她洗漱呢。朱师傅还保持着剧团的良好习惯巡逻呢,辛苦辛苦。"

老朱鞠躬敬礼:"向老师您慢走。"

"朱师傅您别客气,都是打工的,叫我小向或者小葵就行。"

老朱喜出望外,眼中似有点点泪光,憨厚地点点头答应着。

小葵一个人在草坪上溜达了一会儿,觉得没什么意思,索性回去找刘漫。那群人都出去烧烤泡吧了,朋友圈里都开始刷屏了。

刚走到房后长廊,万籁俱静中,向小葵发现自己的房间后窗旁树上有响声,定睛一看是个黑影,那个窗是靠近洗手间的,有檬黄的光投过来。她怕刘漫在房间里有危险,连忙朝黑影跑过去,第一反应就是你敢害我好姐妹,我就跟你拼了。

距离远却看不清面孔,只是一团黑,那人不高,但是动作矫健,听到身后传来脚步声,手脚并用一溜烟从树上攀下,向小葵惊恐地喊了一句,"是谁?"

对方射过来一束强光,惨白色灯光晃得眼睛生疼,向小葵低头揉眼睛,还是从指缝里用余光看见了对方,戴着一个极为恐怖的"鬼"面具。她心一惊,慌乱中,把提前抓在手里的石头砸过去,那人落荒而逃,向小葵二话没说,也不知道害怕,胡乱地喊,有刺客,有刺客,抓鬼啊,抓鬼啊,快步追了过去。

从旁边的石子路上飞奔来一个白衣男子,他身形颀长,百米跨栏,匆匆看了一眼跑得上气不接下气的向小葵,从侧面伸手拉住她。她抬头,温热的青草气息扑面而来,修长而温暖的大手略带薄茧,紧紧扣住她微凉的手腕。

那一刻太有安全感了,心怎么还不规律地颤动了几下呢。

"站这儿别动,让我来,万一有刀呢,他逃不掉的。"扔下这几句,白衣英雄朝黑影逃窜的方向,以百米赛跑的速度奔去,那抹白在夜色里特别醒目。敏捷帅气的身影让站在原地的向小葵惊呆了,不过几分钟的时间,自己都经历了什么,电影里才有的场景吧。她无比清晰地记住了他不屑一顾,藐视对手的口吻,好像不是追贼,而是比赛,他接过了她手里的接力棒,说,让我来,胜利在望。

这不是大厅撞到她的冒失鬼吗?此刻这个雷锋举动完全抵消了之前的

不快。

多少年后，向小葵都能回忆起这一幕，那个奔跑的白衣身影，像刻画在脑子里，那么清晰，每次回想起来，都还有那么一点惊心动魄呢。

后来，她回去以后万分激动地跟向阳描述过这个场景，她说她的白马王子就应该是那个样子，奔跑的样子真酷，艾玛，大长腿一迈，撩到自己了。

那句"让我来"让她有当小女人的依附感。向阳狐疑地问，确定不是白马王子被她女汉子的行为吓跑了，跑得连马都不要了，否则，怎么连个微信号都没弄到手呢？微信都没有，那还怎么撩呢？

小葵也是为这个败笔捶胸顿足，后悔不已。

她的惊叫声引来其他房客开窗围观，剧组巡逻保安老朱，拿着电棍，匆忙赶来，也在小葵指引下追了过去。

浴室里水声太大，刘漫对外面发生的一切浑然不知，只是听见有些吵闹。当时选房间，就是看中这里是一楼挡头的一间，带花园，还安静。

向小葵进了房间，刘漫拉过椅子，让小葵坐下休息，还以为她刚才跑步消食去了呢，看着她的眼睛，缓缓道："最新消息，Bobo姐不演女一，另有安排。所以法图娜这个角色将会在你我还有赵玲……"

"啊，太好了，终于松一口气，那就没什么悬念了，肯定是你的啊，你是胜券在握，我嘛，顶多是垂死挣扎。我陪你对台词吧。"听到这个消息，小葵决定刚才这个插曲就不告诉刘漫了，免得她跟着担心，好好背台词才是关键。

刘漫垂下眼帘，温柔地安慰说："宝贝儿，别有情绪，我也希望你可以胜出，我们是好朋友，但是我等这个主角的机会已经很久了，现在离梦想这么近，我必须尽全力。你也一样，所以这次选角，我们是竞争对手。塑造的人物形象各有千秋，还是不要雷同……"

"我懂，就是分开排练对吗？"

刘漫笑笑，小葵点点头，也露出一个善解人意的笑，屈肘握拳给刘漫也给自己加油。俩人经过商量，刘漫留着房间，小葵要呼吸自由的空气才有灵感，所以她去外面。刘漫再三嘱咐她注意安全，然后懒懒地拉开被子把自己裹进去，摊开了剧本。

小葵从房间里出来，确认门锁好了才走。毕竟这是大酒店不是小旅馆，保安都已经进入一级戒备。她也很快忘了刚才那个插曲，只是那个面具有点瘆人。

不知不觉溜达到了后花园，小葵调整了一下心态，这才借助路灯细细打量眼前的美景。

爬山虎围成的拱门进去，主道两旁都是苍翠挺拔，郁郁葱葱的树木，两侧面小径半掩在胡杨树下，各种奇花异草争相斗艳，水帘从奇石堆砌的假山顺流而下，古香古色的八角亭一面向湖，原木栈道z字形一直延伸到湖对岸，微波粼粼，空气中有郁金香的味道。是个背台词的好地方，只可惜，缺男主角。

酝酿着情绪，电话突然响起来，吓自己一跳。有人发来微信视频。

"小葵妹子，来陪姐聊五毛钱的。"

"表嫂，是不是我表哥夏秋生同志又出差了或者值夜班呐。"小葵看着视频里黎晓懒洋洋地歪在沙发上正着手敷海藻面膜。

"嗯？你咋知道？"

"哼，如果我表哥在家，你会有空跟我聊天？睡衣会这么朴素？会把自己裹得这么严实？听说你情趣内衣都有七七四十九套，我靠，什么时候给妹妹开开眼啊。"

"是小夏子跟向阳说的吧。（捂脸捂脸）怎么什么都往外说，真是的。小葵，你这哪儿啊，怎么乌漆麻黑的？"

"哎哟哟，我在外面散步，遛单身狗。你是来秀恩爱的吧，妹妹给你这个机会。虐死我算了。"

"我就是跟你说这事儿的，你什么时候回昆明，我给你介绍一个，你哥他们单位新分来一个小帅哥，穿警服帅得一塌糊涂，我跟你讲，性格也特别好，关键是家庭背景好唉，你赶紧回来见见，我看你俩有戏。到时候咱俩一起备孕怎么样？"

"打住，黎晓，你还嫌咱家警察不够么？一天到晚都讨论尸体、案件、嫌疑犯、赃物。我都要崩溃了。是谁一分开半个月哭着嚷着说自己守活寡来着？是谁抱怨日子过得没劲整天提心吊胆来着？备孕都提上日程了？噢，你是该抓紧给他们老夏家生个猴子了，你这孕备的时间不短啊，还没动静啊？"

黎晓已经把面膜敷上了，说话有点不敢张嘴，含糊不清，"我这不等你一起的么，要不然小家伙多孤单？没伙伴青梅竹马两小无猜啊。你什么时候回来一趟啊，我给你介绍个更匹配的，我们隔壁老张家大侄子就不错，噢，他上个月刚结婚了，我同事的……"

"姐，姐，你甭等我了，先备你的孕。小小夏满月酒我和向阳肯定会去，我也肯定给你带个妹夫回去，你抓点紧做准备哈。我这野外费着流量呢。先不聊了。"

切断视频，小葵舒了口气，点开夏秋生的微信，发了几张黎晓张牙舞爪、翘屁股踢腿自摸的截屏。配文字：表哥，你瞅瞅你不在家，你贤惠淑德的媳妇要上天。

夏秋生很快回复：表妹，我们单位新分来一个小帅哥，穿警服帅得一塌糊涂，我跟你讲……

和黎晓如出一辙，夏秋生，俨然一个妻管严，被同化了，没救了，真是物以类聚。

你说这两口子怎么不合伙开婚介所呢？

"再见，不联系！"小葵回复道。

向小葵缓了口气，背了两段和亲前面见父王的台词。背到即兴，一人分饰两角，也不觉得乏味。就光脚提着鞋，在栈道上跳跃着，木头的触感让她想起老家院子，特别温暖踏实。那湖面平静幽黑，只有淡淡的月光洒在上面，随着微风吹皱的涟漪，一层层的光晕渲染开来。小葵想象着自己站在舞台上着华服光彩照人的样子，有点伤感，毕竟主角轮不到她，只能想想而已，今晚，这里就是属于她一个人的舞台。

"父王。"

"唉。"

"……"是自己错觉?

"你看这赤地千里的荒漠,如惔如焚,这万顷晴空,没有一片雨云,还有什么比这更让人绝望的吗?请把我献给王爷沮渠安周,他曾许下千车粮食、布匹的聘礼,现在唯有这个法子,能让我族人逃过一劫,我们的子民才有生的希望。"

"法图娜,你是父王最心爱的女儿,只要父王身上还有一两肉,便宁受割肉剔骨之苦,用我血肉喂饱饥肠辘辘的子民,也不愿用你的幸福,来纾解上苍对我的惩罚。"

"谁,一陈吗?"她惊道,很快她自我否决了,这声音比一陈更磁性、沉稳,饱含爱女深情。这台词背得如此流畅,大周?不像,郭栋?去跟花裤衩吃烧烤了。也许是跟自己一样默默无闻的同事,平时没有注意到吧。她有一丝惊喜,没想到还有人和她一样努力。

难得如此默契,琴瑟和鸣,她继续道:"父王,我不只是您的女儿,更是哈拉和卓的女儿,孔雀河甘甜的乳汁将我养大,来自大漠的风雕琢了我容颜,我感激哈拉和卓的每一棵草木,每一粒沙石,感激上苍赐予我的一切。但现在,我们不知道犯了什么过错,上苍收回了他曾给我们的一切,除了阳光,什么都没剩下,父王您看看窗外的一切,那些我曾习以为常的恩赐已经干枯,那些我视如兄妹的臣民,因为瘟疫,正在一个接一个地死去,我们无法用我们的血肉挽留住他们,父王,承认吧,我们已经别无他路。"

那磁性略嘶哑的声音带着极强的感情色彩,好像用尽一生的力气,"不!法图娜,我们还有办法的,一定还有另外的办法,父王一生善待城民,没做过坏事,上苍不会抛弃我,不会连我唯一女儿的幸福,都不给我留下。"

听到这里,她才顿觉,他虽然压低了声线,但这是很熟悉的声音,在哪里听过?还不止一次。

还有,怎么好像是半空中飘过来的,如此诡异。她顿时毛骨悚然,从脚底传来刺骨寒意。她环顾了一下四周,不知不觉自己已经穿过栈道到了湖对岸,不仔细看还真没发觉,郁郁葱葱的大树掩映着一座三层独栋别墅。没有路灯,连刚才还呱呱叫的青蛙都销声匿迹了。

"你是谁啊?出来吧,我是咱团的小葵,向小葵啊。"

没有人回答,死一般的寂静。

管他是人是鬼,走为上策。向小葵倒吸一口凉气,转身抬腿欲走。

灯无声地亮了,背后有光照过来,她看着自己被拉长的影子,有些孤寂和惊慌。她回头,灯光是从别墅二楼伸出来的阳台上发散开的。鹅黄色的水晶灯下,有个人影背光而立。

我的妈,男版聊斋啊。

"啊,谁啊?吓我一跳。"

"法图娜,快参见父王。"慵懒的声线,不疾不徐地调侃她。

"你是谁,你敢占我便宜。"向小葵知道自己判断错了,剧团里没有新人敢这样跟她说话,毕竟自己也是师姐。看看四周,有一座假山,她拾级而上,终于跟他一个水平线了,直线距离不足两米。

那个男人慵懒地立在光影里,微湿的短发带着潮气,身着白色法兰绒浴袍,双臂撑着大理石栏杆,影影绰绰。他点燃了一支烟,红色的火苗亮起,侧脸的线条优美成一个完美的弧度,鼻线和嘴角都有金属的光辉。他虽然穿着浴袍,她却从简洁的轮廓里看出身材不错。

唐梓航也垂眸似笑非笑地凝视着向小葵。俊俏的瓜子脸,一身针织长裙包裹着她玲珑有致的身材,眼睛又大又亮,深深的像梦幻的鱼群。手里提着高跟鞋,不老实地前后晃着,好像随时准备当武器投掷过来,脸上还有刚才被微微惊吓过的紧张。

他觉得活得这样轻松愉快的向小葵有高中时候的影子,那时候的她是典型的学霸,一点也不清高,她爱说爱笑爱闹,用现在的话说叫女神。也在向阳的带领下参加过他狐朋狗友的聚会。记得她总是喜欢偷偷看自己,被发现了又是一脸无辜地转过头去。那时候的自己,对她是有一点动心的,但是为了不影响她学习，作罢了。后来上了大学后他遇到明慧，这段刚冒出芽的心动也就被遏制了。

"刚才抓贼的那股勇猛劲哪里去了？"

"噢，我说怎么觉得声音熟悉，你就是刚才抓鬼那个。"

"是贼。"

"抓到了吗？那怎么不报警？"

"没有。得饶人处且饶人。"

唐梓航脑里闪过那贼被他擒拿住，第一个动作就是下跪，求他饶恕。他说自己也是因为卧病在床的妻子需要大笔医药费，不得已而为之，并没有得手，然后自扇耳光。看到他哀求的眼光，唐梓航终究还是动了善念，找来助理记下他家庭地址，跟随核实情况，若是真实情况便帮一把，若是假的便报警。

"切，是你吹牛说大话了吧。抓不着就说抓不着，这贼是不是眼瞎，挑两个没钱的女孩房间偷，至少应该偷总统套房吧。"

唐梓航笑，"这贼不瞎，也许是你眼神不好，总统套房都在三十层以上，电梯里都有摄像头。不方便逃跑。"

"哦。不过，这酒店管理也太差劲了，居然能让贼跑进来，真是荒唐。你就一个人住这荒郊野外的啊？"

她环顾了四周，临湖独栋别墅，但位置偏僻，看他白天追长者和尤物那狗腿样，也许是助理或者司机，或者保镖吧。自己不是也住不起这样的酒店吗？跟对组织就是好。

要说他这主子还真够大方的，能住这么奢侈。

他笑，这不是显而易见吗？荒凉倒谈不上，只是嫌亮，让人把这一带的路灯关了。

"你刚才是不是一直在，在偷听我背台词？"

"是你闯入我的地盘，打扰我休息。"他吐了一个浑圆的烟圈，猩红的烟头一亮一灭。瞧他这句话说的，居然有点狗仗人势的嚣张气焰。

向小葵在分不清敌友的情况下，还是好性子地把这句话转换了礼貌级别。

"你的地盘？你怎么那么自恋，你怎么不说这酒店是你家开的呢？这是公共活动区域，你只是恰好不幸遇到我在这里背台词而已。没让你买门票就不错了，便宜你了，还敢说打扰你休息？"

向小葵得理不饶人的劲儿真嚣张，小嘴撅起，来啊，互相伤害啊。

他抬手，轻轻按了下手中的物体。

别墅周围明明都是茂密的绿植，从哪里突然冒出来两道铁门，"咔嚓"一声就合上了，挡住了通往栈道唯一的路。其他三面可都环水啊，如果想回到住处，只得游泳吧。

"现在算我的地盘了吗？"

"你！"向小葵没想到他会来这么一招，失算了，不过，刚才他抬手的动作真特么的帅。

"法图娜公主，斗胆直言，你刚才这语气不对，你主动要求和亲，语气那么轻松活跃，是表示终于摆脱苦海了吗？至少应该悲壮，赴死的心态或者说万般无奈走投无路。"

"我还没问你，怎么会知道我们的台词？"

他摁灭烟头，踱步到躺椅前，找了个舒服的姿势躺下，枕着头懒洋洋道："你们这群人，从餐厅一路过来，到处都在翻来覆去背这点台词，我耳朵都快起茧子。估计连服务员都会了。听不听得进去随你，我只是随便建议。"

"随便？可真够随便的，你懂什么，因为这是一段佳话。剧本上写了，公主嫁过去以后，既可以暂时解救子民摆脱水深火热的生活，又深得沮渠王的宠爱，这是一举两得利国利民的好事，后来她参与政治，协助沮渠王统一了六部。这个舞台剧后面可是大制作大策划。我可是专业演员，麻烦你上网搜搜再随便建议。"

向小葵说到最后"专业""上网搜搜"明显没有底气了，自己还没到红透互联网的地步，顶多就是xx剧参选的演员，最好的成绩也是女二号而已，唯一的一次。

"那，请问专业演员，没有和亲之前，公主怎么知道会得到王爷宠爱呢？他们事先聊过微信还是通过电话？那个年代啊大姐。沮渠王可是个风流成性，自私残暴，喜怒无常，稍不顺心就会挖属下眼舌的人，难道公主在这种情况下还会希望兴高采烈地嫁过去？更何况当时的背景是公元438年，本族还在闹旱灾，战乱，瘟疫，民不聊生吧？"

向小葵觉得这人言之有理啊，心里一直想着沮渠王和亲以后，法图娜公主参政以后的丰功伟绩。但是确实忽略了他刚才讲的这些。这个人言之有理，不禁心里升起一丝浅浅的喜悦，好像被人点通任督二脉，还好是上台前知道自己犯的低级错误。

"你怎么知道？"这么博学。历史学家？脑残粉？

"承让。"

我的天。这人……怎么说呢。

"谢谢你的随便建议，反正我也是随便背背，没我什么事儿。"

这个话题就此结束吧。不过这深更半夜地被困在这里，孤男寡女，确实不妥。

"那请你开门，放我出去。"

"先为你的打扰道歉，再求我。"他把玩着手中的遥控钥匙，表情坏坏的。

这人真是嚣张至极。

"我宁可游泳回去。"向小葵并不答话，从假山上下来，观察地势。一不小心踢到一块石头，那石头从暗处到了光亮处，色彩斑斓，受到惊扰，居然缓缓伸出脑袋。原来是一只乌龟，体型有六寸碗口那么大。向小葵从来没有见过有这么绚丽外壳的乌龟。全身呈橄榄色夹杂着橙黄，颈部，四周，尾巴都有红色的条纹。

向小葵蹲在那里好奇地看。

"你不许动它。"他语气里透着紧张，好像被人捏住七寸。

向小葵心生一计。

"你的？噢，你的地盘一草一木一乌龟都属于你的。好吧，这是什么品种？叫什么名字，你倒是说说看。"

"火焰龟。叫，叫 Star。主要分布在北美大陆，水栖类，食蜗牛昆虫，龙虾，既抗寒又抗热。七到八岁性腺基本成熟，一般五月初交配，六到九月进入产卵期，每年产卵分四次完成，每次 1—10 枚……"

火焰龟倒是真的，这个 Star 明明是他路过无意中听见她打完电话，抱怨被老女人压迫，等老娘混到一姐，看谁还敢叫我小 Star。

向小葵的脸色很不好看。

"停，停，我知道叫火焰龟就可以了。"交配产卵什么的，这人科普就科普，说起来怎么这么亢奋猥琐。还敢跟她同名，真是……

"请问，这种龟可以活多久？"她耐着性子继续寒暄找机会。

他略一思索，"这么说吧，如果是我养，至少你当奶奶的时候，带着孙子来，它还健在。"

向小葵反驳回去，"那如此说来，还可以给你养老送终喽。"

这丫头，脑瓜子反应真快，还真毒舌啊。跟自己有得一拼。

"你能下来一下吗，拿起来让我观察一下可以吗？我怕它认生，咬人。"向小葵开始示弱。

他还真顺从地走了下来，别墅所有灯都瞬间亮了起来，通体辉煌，像一座水晶宫殿。光线扑了一条金色的地毯，他就从那金地毯匀速走了出来，头发微湿，浑身散发着沐浴露的香气，那张不太正经的俊脸，对向小葵有无法言说的吸引力。

他走过来了，好像每一步都有回音，就这样一步步走到光脚的向小葵面前，男性的气息环绕着她，目眩神迷。

"胳膊还疼吗？"

站在离她不足两尺的位置，侧目笑着问，带着一点认真，一点关心。

"……"

她脸开始发烫，也许让他下来就是个错误的开始，这人细看，长得还真贴合心意啊。

一天见三次，还真是不浅的缘分呐。

他蹲下，把遥控钥匙放在草丛里，捉起心爱的火焰龟，悬空在向小葵面前便于她观察。

她飞快地抓起地上的遥控,快速后退,这世界上怎么会有如此丑陋的动物,生平最怕这种东西了。

她晃晃手里的遥控,得意地笑了。

"上当了吧?哈哈哈哈哈哈哈哈。"

他也笑了,气定神闲地说:"你并不喜欢乌龟,别说摸一下,五米之内你应该都会绕着走,你就是为了骗钥匙,我放这个位置就是给你准备的。还有你说你随便背背台词,其实比谁都在意,否则不会大半夜克服恐惧心理跑这里练习。可是你又心不在焉,说明你内心充满矛盾,出于某种考虑说服自己放弃又不甘心。明明很冷,非要提着鞋,我有那么令你害怕,让你准备随时光脚跑或者当武器吗?"

她心一惊,这人好像是自己肚子里的蛔虫,什么都知道,有人猜对你心思,真可怕。居然全部猜对。

"你明明知道我骗你遥控器,为什么还下来?"

他抬眸,眼神里都藏着挑逗,"不然呢,留你在这过夜?"

小葵的脸刷的一下红了,恼羞成怒。

他电话响了,他刚才放钥匙的确是故意的,因为手机一直拿在手里而不是同钥匙一起放地上。

他接起电话朝那金色地毯走了回去。

向小葵开了铁门,想叫住他还他的破钥匙,刚开口,他突然转身,手悬在半空成瓢状,向小葵扔出去的钥匙好像长了脚,认得主人,以一个优美的抛物线姿势,回到他手里。

月朗星疏,夜凉如水。

晚风起,吹乱了向小葵乌黑的长发,她穿着长裙,光着脚,站在潮湿的草坪上,有点冷,呆呆地站在那里。

心如不听话的小鹿乱踢乱撞。

他重新站在二楼阳台,向小葵对上他清洌黝黑的视线,笑了笑,冒出一句,"明天我还来背台词骚扰你。哼。"

回到房间，刘漫已经睡着了，蜷缩得像个襁褓的婴儿，微皱眉头，那画了很多重点符号的剧本被她紧紧抱在怀里。小葵轻手轻脚帮她披了被角。她试着说服自己，放弃吧，刘漫才是最合适的女主法图娜。你要加油啊我的大闺蜜。

做春梦是种怎样的体验？

向小葵也纳了闷儿了，明明刚才还在看剧本背台词，怎么就入了梦了。梦里她是倾城的哈拉和卓公主正和沮渠王和亲，和亲就和亲，直接快进到洞房花烛夜是怎么回事？她对那个男人不甚了解，只知道他驰骋沙场，骁勇善战。当然，床上也不输战场。看不清他的脸，但是那感觉相当真实。一袭白衣三下五除二就脱掉了，很直接粗暴，撕衣揉胸后入。不安中夹杂着刺激，脊背像有电流穿过，她忍不住咬唇轻吟，这感觉如此销魂，空气中充满爱欲……

醒后的小葵坐在床上靠着枕头一脸回味。她最近觉得心境被放飞到一片无涯的天空中，没有以往的沉重，好像所有的束缚都解除了。她闭着眼睛，梦里的那个人好像离自己并不遥远，很亲切，仿佛触手可及，还有空气里微微凉的风有自己喜欢的海藻的味道。

刘漫从对面床上跨过来，挤在她被窝里，细致入微地观察她。小葵脸上的一抹红晕还没褪去被看得不好意思，生平第一次做这么大尺度的梦。刘漫也暗暗吃惊，之前她还以为向阳说小葵不做噩梦了是假的，看来确有其事，只要不提那件事刺激她，基本没什么事儿了，这样她也放心了。

趁小葵去洗手间，赶紧给向阳发微信汇报动态。向阳连连给她点赞。

早晨的后花园美得像一幅动态的画，小葵要带刘漫去一个地方。

朝阳初升阳光清浅如碎金，铺洒在后花园湖面上，洁净的原木栈道，折射出盈盈的光泽，周围的花圃修剪得整整齐齐，绿叶花瓣上还挂着刚洒下的水珠，在阳光下闪闪发光。她仔细打量了那栋被自己称为"荒郊野外"的别墅，三层，极精致的欧式风格，搭配完美的尖顶。低调奢华，安静地被湖环绕着，风景绝佳，只是独栋，远离建筑群，有些寂寥。

向小葵一路都在跟刘漫絮絮叨叨昨晚的奇遇。湖畔，古亭，郁金香，栈道，奇山异石，流水都在，只有那道铁门紧锁，门上还有个长方形金属小牌：非游览区域请止步。

别墅窗帘紧闭，就像从未住过人，昨晚的一切好像梦境。

"小葵，什么火焰龟，绿毛龟的，还跟你同名，还帅哥型男，你是不是发烧产生幻觉了？"刘漫打着呵欠取笑问。

"不对啊，昨天这道门是开着的，这别墅确实住着人，我还爬到那假山上去了。"

她懊恼地踢了一脚铁门。

一张便签纸飘到地上。

"TO Star：宝剑尚未佩妥，出门便是江湖。"苍劲有力的小楷。

"刘漫你看，你怎么不信呢，肯定有这个人，他给我留言了，你相信我，我得去找个服务员问问怎么回事。"

刘漫说："也许是哪个客人来这里玩，随便写的。"

大堂经理是个二十多岁的小姑娘，职业性地微笑："向小姐，那栋别墅套房叫虞美人，一般不接待客人，所以昨晚也不曾住过什么客人。"

她当然知道这急吼吼的女客人问的人是谁，可是她为什么要告诉呢，哪一次梓航来不是有好几拨女客人这样闹着来要电话号码，就算是 Bobo 来问，她也要再三思量，何况是个不知名的三四五线小演员。更何况，自己也喜欢唐梓航这一款啊，为何要自己去主动增加竞争对手。

"不对，肯定有，昨天酒店发生窃贼，这事你总该知道吧？一开始是我发现的，然后那个人，一身白衣服见义勇为，追了出去，动静还不小呢。"

漂亮的大堂经理迟疑了一下，这女人真是死缠烂打啊。昨晚总经理特别交代，窃贼一事封锁消息，以免对酒店造成不良影响，再说唐董还在酒店，怪罪下来就不好了。

"不好意思，这位客人，我们酒店从没有发生过类似事情，昨晚我一直当班。"

迎宾的服务员都附和着摇头表示没有窃贼一说。

啊,小葵彻底迷糊,这是怎么了,还不承认了。刘漫面无表情地拉了拉她,朝大堂经理说抱歉,示意小葵别再丢人现眼了。

向小葵不服气地噘嘴,想起了一个重要人证。

她打电话让花裤衩把老朱喊来。

不一会儿,老朱就小跑着来了,憨厚地笑。

"朱师傅,您说一下当时情况,是不是昨晚有贼想入室盗窃,然后有个穿白衣服的人去追,然后你也过来了,也追了出去,你快说说,她们都不信。"

小葵一口气说完。

"向老师,你,是不是记错了,没有啊,再说这么高档的酒店,怎么会……"老朱略显紧张地搓着手。

"你脸上的伤是怎么回事?还有走路不对劲。不是抓贼弄的?"

她真的急了,郁闷得七窍生烟。

朱师傅摸了一下右额上贴的创可贴,"昨晚一脚踩空,从台阶摔了,我自己摔的,我自己摔的。"

小葵看着朱师傅一脸真诚,也开始质疑自己,难道真的是自己产生了幻觉?这个人真的就没有存在过?不可能,那手上的温度,薄茧,薄荷沐浴露的香气,火焰龟,那坏笑的表情,磁性而不正经的声音明明还在脑子里,还在耳畔。自己光脚,在假山上扎了一根刺算谁的。

还有这张便签。

"我没有产生幻觉,你看,你看,这一定就是他写的,我叫 Star 啊,Bobo 给我取的,你忘了?"小葵急着对刘漫争辩。

刘漫:"你不是说他养的乌龟也叫这个名字?"

"对,不管是写给我还是写给乌龟的,肯定有人写的吧。"

"小葵,我信你。你有理就着急,反正我信你了,你无理狡辩的时候不是这表情。好了,我相信就是了。"刘漫笑吟吟地揽过她的肩。

"那朱师傅他为啥……"

"你没看大堂经理的脸吗,尴尬癌都犯了,肯定是她提前告诉朱师傅不要张扬,毕竟酒店名声重要,还好贼没得手。"

小葵点点头,觉得有道理。她急于向刘漫证明这件事这个人的存在,对她有重要的意义,其实也是向自己求证,这个人真的存在过。

"宝剑尚未佩妥,出门便是江湖,漫漫,你说什么意思?提醒我们江湖险恶,注意安全?"

"大概是笑你乳臭未干,出门不带剑。"

向小葵也不争辩,想着心事脸却红了。反正她知道,他突然地闯入,让她的生命像烟花般瞬间璀璨,尽管短暂,但是够了,至少她知道心里揣个兔子是什么滋味了。

出发吐鲁番的前一晚,向小葵鬼使神差又去了一趟后花园,栈道铁门外,她大声背着台词,又脱了鞋,没有人搭茬,那别墅始终也没有亮灯,更没有一只火焰龟爬出来,只有假山上的水柱不知疲倦地倾泻着,远处湖里的青蛙偶尔弄出一点小动静。

真是哗了狗了,那神秘男呢?怎么就走了呢。

而刘漫,这一晚发现了一件让她极其震惊的事,让她再也无心睡眠了。

木头沟河发源于天山博格达山,经由南坡砾石和黄土地带,穿越火焰山,流向吐鲁番的二堡、三堡乡,全长不过百余公里,然而在历史上,木头沟水涵养了高昌绿洲,使得高昌故城光照千秋。

木头沟河现在的流量极小,穿越火焰山时,宽度不足2米,早已不复当年把玄奘大师连马带经卷入水中时这般湍险。

向小葵一行转机来到吐鲁番后的第一站,便是木头沟河穿越火焰山这段,一个名叫胜金口的地方。

胜金口名字的由来，相传是玄奘大师过木头沟时，无舟楫涉河，连马带经跌入河中，涉过河后，经卷湿透，便展开经卷在一平整大石块上晾晒。这块石头便被称作"圣经石"，久而久之，这谷口也改称"胜金口"。

胜金口两侧的黄石崖壁上，有不少的洞窟，其貌不扬，状若窑洞，但副导演告诉向小葵他们，崖壁上这些密密麻麻的老鼠洞，就是赫赫有名的胜金口千佛洞。

"这边，大家看这里，我们的新剧，就发源于这条木头沟河，和那边的千佛洞，也有些渊源。"副导演刘景深提着扩音器，指着向小葵他们脚下那条缠绕在枯木荒草中像蛇一样弯曲爬行的木头沟，又指向黄石崖壁上的洞窟，郑重其事地对他们说：

"公元438年，吐鲁番地区经历了一场大旱灾，天山融雪孕育的木头沟河断流，艾丁湖干涸，狼群、雪豹大肆袭击牛羊群和人类，加之战乱不断，民不聊生，家家瓮牖绳枢，落落饿殍遍野。我们的主角哈拉和卓公主，正是在这样的情况下，为了纾解臣民百姓饥苦，毅然嫁给残暴冷血的西凉王爷沮渠安周，换来千车粮食、布匹的聘礼。"

刘导头戴一顶瓜皮帽，穿着藏蓝色的冲锋服，一边说一边用手比划，手臂摆动大开大合，幅度夸张，若手上再插根指挥棒，活脱脱一副乐队指挥家的架势，配上他五短身材和圆溜溜的大肚子，超高的发际线，这形象简直奇葩了。拍照如果不美颜，就是村口王二狗。

向小葵紧跟着刘导，专注在历史的遗迹里，她时而弯下腰，将手覆在干涸的河床上，感受历史洪流的冲刷和沉淀，时而将鼻子靠近枯木上遗留千年的疮疤，细嗅残存的斧钺之气。

这是活着的历史，特别是河岸千佛洞中，那些斑驳的佛像壁画，庄严肃穆，眼神无喜无悲，阅尽千年沧海桑田，依旧恬淡如斯。向小葵注视着壁画中佛像的眼睛，眼神仿佛穿透厚重的历史，回到吹角连营的那个时代。

那个喝着今朝酒，不知明日命丧何处的年代，那种苟活于世，命如草芥的哀思和迷惘，该用什么心境去诉达？

"他说得对，以前我只顾着努力，以为只有表情丰富，只有台词娴熟，才算把一个人物刻画到极致,其实我却忘了最重要的,人物的心境。"小葵低下头,她喃喃地说着,以为身边的刘漫在听。

刘漫却没搭理她。不过小葵早就习惯了刘漫的冷淡,权当自我总结了。

"到今天我才理解那句话,过犹不及,有的时候演得太用力,不如冷淡的眼神,漠然的表情,悲欢无动于心,才能演绎置生死与度外。漫漫,法图娜这个角色,真的是为你量身定做的。"

小葵微微叹息,却换来刘漫的一声冷笑,那笑声里,有股自嘲的味道。

"小葵,你真的不知道吗?"

"知道什么?"小葵迷惑地看着刘漫,她今天有些奇怪,从下车到现在,几乎没说过话,难道是到了吐鲁番,水土不服?

刘漫直视着小葵的眼睛,表情像蒙了一层霜,眼睛微微有些泛红,似是有无限的委屈郁结在胸间,消化不了,又吐不出来。

"漫漫,怎么了?是不是花裤衩那厮欺负你?吃饭的时候占了我的位置,我还没找他算账呢,你跟我说,要是他敢欺负你的话,我……我阉了他!"

刘漫苦笑着摇了摇头,说:"向小葵,你知道你最大的缺点是什么吗?"

向小葵不解地摇了摇头:"表情太过,表演浮夸做作?"

"不,我是说你这个人的性格,不是舞台上。说好听点叫天真烂漫,说难听点,你简直没心没肺。"刘漫说着,表情一百八十度大转弯,突然笑了出来,只是这笑声听着多少有点惨然的味道。

"什么跟什么啊。"

向小葵丈二和尚摸不着头脑,觉得刘漫是不是跟吐鲁番气场不和,特别不对劲。认识这么几年来,她都没有这么阴阳怪气过。

半个小时后,刘导带他们上车,赶去交河故城。

交河故城是世界上最大最古老、保存最完好的生土建筑城市,它的颜色是大漠的黄,风沙把城墙磨砺成不规则的形状,远看犹如魔鬼的城堡。

它的墙上布满了不规则的沟壑,站在那样的墙前,很容易明白何谓岁月如刀。故城里有战争的遗迹,远处残旧的烽燧上,也布有刀剑划痕,刘导说,他站在那里,就感觉战争的气息扑面而来,刀剑刺透他的身心。

"一陈,你站在这故城中间,感受到了什么?"刘导拍了拍一陈的肩膀,问他。

一陈抓了抓脸,说他感受到了无数挣扎在死亡边缘的贫瘠的生命。

刘导满意地点了点头,又问向小葵,她感受到了什么。

"最明亮的鲜血,最黑暗的屠戮。"这话说出来的时候,向小葵自己也被吓了一跳,这词不是向小葵的风格,依着她原本的性子,应该说感受到了风和沙还有热才对,这才是她最直观的感受,但她真的就那么说了。

刘导听了她的回答,比她自己还意外,简直不敢相信自己的耳朵,怔怔地看了她一眼,欣慰道:"开窍了,小葵,你终于开窍了,这回答漂亮极了,简直就是法图娜借你的嘴说出来的。"

这话说的,怎么听怎么有点恭维的意思。

"刘漫,你说说,你感觉到了什么?"刘导又看向刘漫。

刘漫背靠在一段城墙上,嘴角微微往上翘起,慢条斯理道:"感受到亘古不变的真理,罗生地狱,古今中外都一样,总有人是被支配的一个,总有人的命运生下来就注定悲剧,你的努力和天赋只会让你悲剧的人生加入一些喜剧效果。人无法改变世界,甚至连改变自己都未必能做到。"

刘导用迷茫的小眼神看着哲人刘漫,刘漫却把目光瞥向远处的戈壁,她的眼神,比戈壁更荒芜。

刘导觉得问刘漫就是自讨没趣,转头再问花裤衩:"你呢,也说说吧?说真情实感。"

"我感受到了饿。"花裤衩捂着肚子,他向来不喜欢给人台阶下,打起脸来更是直接了当。

"走,开饭!"刘导大手一挥。要的就是这效果。

03
你说，凶手为什么会选择她？

剧团在吐鲁番逗留了两天，其实最重要的工作是采景，用来做 3D 效果，还有几个小哥站在旷野最高处，拿着朝天麦，带毛套的那种，摆个仪器在那吹风，向小葵走过去问他们在干吗？他们说采风。

"采风不是用照相机吗？"向小葵脑线有点绕不过来，采风的小哥鄙夷地看了她一眼，说他们在采风的声音。

向小葵笑得羞涩，陪着他们坐在风里，远处一排绿树上新长的嫩绿的枝叶，那是萌芽和复苏的征兆，她的心也像这初夏的暖风一样，有和煦而轻柔的暖意。

脑海中突然回想起那个人，他的笑容，像这旷野，像这风，桀骜不羁，只是不知道还能不能和他再次遇见。

晚上就要回乌鲁木齐了，正式开始面试，向小葵有些期待，她搞不清是期待面试，还是别的，也许都有吧，不论结果怎么样，这趟新疆之行她都觉得来得特充实。

不虚此行。

回到乌鲁木齐锦江宾馆，刚好过晚饭时间，自助餐厅特意为剧团延长了就餐时间，不过面试定在晚上七点整开始，给他们用餐的时间并不多。

面试地点在七楼会议室，那个会议室很大，中间用屏风隔断，前三排加讲台用来面试演员，屏风后面的区域就当做休憩室使用。

主考官是高导、周总、Bobo 和编剧魏征，魏征昨天才到，听说和剧团里一个老演员沈艳丽的关系有些暧昧,也不知是真是假,反正他进场的时候,只和沈艳丽有眼神交流。还有两个陌生的男人,长者就是那天电梯里见的唐董,还有一个四十多岁的中年男子,据说也是锦江酒店的高管。他们应该是本剧的项目投资人。

第一个进去面试的是沈艳丽,她身材高挑,容貌上佳,虽没有沉鱼落雁之姿,但胜在为人奔放不羁,演什么角色都像演自己。刘漫曾对她的表演有过一句经典的评价:这女人把孟姜女演成了潘金莲,还自鸣得意,以为演出了特色。

她听到刘导叫到名字,洋洋自得地站起身,嘴里轻嚼了一句:"果然是第一个。"然后带着睥睨众人的眼神,扭着蛇精的腰,踩着恨天高,"噼里啪啦"地走进内场。

"开始!"

一声令下,屏风那头就传来如同猫叫春一般的嘶吼,浪叫一波接一波,连绵不绝,听得这边的选手鸡皮疙瘩一排排地稍息立正。

"可以了,可以了。"那边响起高导不耐烦的声音,一般来说,面试时间是十五分钟,提前喊咔,只可能有两个意思,"就你了""等下次吧",听高导的语气,显然不是第一重含义。

沈艳丽的叫春声戛然而止,她此时应该手足无措地站在台上,刘导替她问了句:"高导,是不是点评一下?"

"时间紧张,下一位吧。"

沈艳丽听了这话,气得走出来的时候整个人都在晃,她看也不看其他人一眼,径直走向大门,甩门而出,那门被她甩得震天响,差点把向小葵的台词都震忘了。

她没想到面试那么苛刻,不好的,连把台词说完的机会都没有,原本已经很紧张的她,紧张又加重了几分,手里拿着剧本,想再临时抱抱佛脚,但心思完全被紧张占据,整个脑子都浑浑噩噩的,什么都背不进去。

"不要紧张。"向小葵对自己说,但紧张就像条野狗,你越怕它,它就越追着你咬,向小葵感觉整个人都在颤,额头密密麻麻急满了汗珠。

"下一个，庞恩娜。"正在向小葵紧张的时候，刘导的声音再次响起，他的声音不算难听，但现在听来，却像极了催命的魔咒。

庞恩娜刚进剧团没多久，本着锻炼自我，重在参与的心态也参加竞选了。人比较胖，胆子比较小，听到刘导叫她名字的时候，整张脸瞬间转色，她咽了口唾沫，磨磨唧唧地放下剧本往内场走。

"第二幕第一场。"高导清冷的声音在屏风后面响起。

庞恩娜："珊度拉，这是一幅什么样的景象，我们沿着……木头河一路走，每隔四五步就能看到一具人的尸体。有的刚倒下，有的已经腐烂，更……更有野狼、野狗啃食那些人的尸体，简直惨绝人寰。"

……

"咚咚"！高导着力地扣了几下桌子，厉声道："台词很难背吗？小刘，你到后面去说下，台词没背熟的，就不用来面试了，别浪费大家时间。"

刘助理扶着脸色惨白的庞恩娜走回来，抹着头上的汗，环顾休憩室余下的五个，说："高导的话大家听见了，还没做好准备的，自己提出来。"

刘导确认没人再站出来，才喊下一个：赵玲。

赵玲也是很有希望的种子选手，她的特点是发挥稳定，不管多大的场子，她都镇得住，心理素质比较强悍，这也是向小葵最羡慕的一点。

果然，赵玲力抗压力，发挥出色，不仅在这样至关重要的面试中没有任何的怯场，而且超常发挥。高导让她一口气演了三场，足足演了 25 分钟，在最后点评环节给了她很高的评价。

赵玲的出色发挥让向小葵心理压力陡增，她回头看了看一言不发坐在身边的刘漫，她脸色苍白，但又不像很紧张的样子，感觉她完全不在状态，很是替她担心。

"漫漫，怎么了嘛，魂不守舍的，搞得我也很紧张。"

刘漫瞥了向小葵一眼，不疾不徐地问："你有什么可紧张的？"

向小葵点点头，自嘲道："我手心都是汗呢，明明知道自己没戏，还这么在意，也奇了怪了，也许潜意识知道这里是我最后的舞台？"

"走过场而已。你应该知道了吧，何必现在就开始表演？"刘漫漫不经心地说，然后拿出手机听起音乐来，她选了首舒缓的歌，把耳塞塞耳朵里，看了一眼若有所思的小葵，觉得自己好像有点过分，有些不忍，递一只耳塞给她缓和气氛。

向小葵还在琢磨刘漫话里有话的含义，看她递来的耳塞，怔了怔，缓缓地抬起手，接过，塞进耳朵，听着薛之谦的《演员》。

该配合你演出的我演视而不见/在逼一个最爱你的人即兴表演/什么时候我们开始收起了底线/顺应时代的改变看那些拙劣的表演/

"逼一个最爱你的人即兴表演，哼，真应景。"刘漫意味深长地感慨，这头向小葵挺喜欢薛之谦的，没听见刘漫说什么，跟着曲子已经哼出声。

"向小葵，刘漫，小点声，在面试呢。"刘助理从屏风后探出半个脑袋，压低声音，又严厉地瞪了她们一眼。

向小葵吐了吐舌头，朝刘漫做了个鬼脸想逗她开心，刘漫把围巾裹了裹，艰难地挤出一丝笑。这笑太僵硬了，起码过去几年里小葵从未见过，哪怕她伤心难过，哪怕两人争嘴，都不曾这样掺假。

到底是哪里出了问题？刘漫不舒服还是她家里又出事了？

老朱提了一袋子饮料走向面试间，路过她们弓着腰笑着小声问："刘老师胃不舒服吗？要不要喝牛奶，热的。好好考。"

不由分说递过来，又小声补了一句："这本来是给Bobo老师准备的，我再去弄两瓶。"

说着急匆匆地往回走，好像生怕刘漫拒绝，也不稀罕谢谢，只是回头笑笑，眼神跟刘漫对视了两三秒，温和慈祥。

旁边其他人看见了，也朝朱师傅喊，给我也带一瓶嘛。

刘漫握着温热的牛奶，喝了一口。看着热心肠老朱，心里百感交集，可算是找补点安慰了。小葵懊恼，早知道一瓶牛奶可以解决问题，自己早去准备了。

后面两位的表演平淡如水，毫无可圈可点之处，基本无望，现在只剩下刘漫和向小葵了，刘漫先上，她上场的时候表情就像赴死，沉默，哀凉，向小葵不知道她是刻意代入法图娜这个人物的情感，还是真的身体不舒服，暗暗替她捏一把汗。

果然，刘漫面试的时候依旧不在状态，台词无疑是娴熟的，但情感却没到位，不如她平日里表演时那样充沛，她的表演曾给向小葵惊艳的感觉，那种抑扬顿挫、千回百转，如果说她平日里冷漠的一面是钢的话，她表演时便是把百炼钢化作了绕指柔，每一个表情，每一个动作，都拿捏得恰到好处，不阴，不硬。

但今天的她，台词演绎得略显生硬，好几次情感的递进草草了事，仿佛歌唱家没跟上节奏，虽然声音依旧婉转动听，但给人的感觉就是差了一个层次，明显力不从心，牵强附会。向小葵知道，刘漫如果发挥稳定的话，她和赵玲是绝对没有机会的。

向小葵听着刘漫的演绎，心在滴血，完犊子了。

"可以了。"高导叼着烟抽了一口，漫不经心道，"刘漫，我一直很欣赏你的天赋，但今天我没能在你的表演中看到灵性的一面，时间关系，那个，那个结束后再来找我聊好吧。"

刘漫面无表情地走出来，表情依旧冷冰冰的，眼神空洞得仿佛神智被最邪恶的神灵抽走了，刘漫向来高冷，但那种高冷并不妨碍她有一颗锐意进取的心，反之，沉默的性格让她更专注。

但现在，刘漫在向小葵的眼中，已经看不到任何希望在闪烁，她就像个倒在沙漠中疲惫不堪的旅人，明知自己的身下是流沙，却怎么也爬不起来，任凭身体被流沙淹埋。

"漫漫，你今天怎么了？"向小葵站起身，走过去。

"向小葵，别过来。有些东西争不来，我认命。"刘漫眼圈微红，向上抬起头，似乎以为只要把头抬得高高的，眼泪就不会掉下来，说完，拿起椅子上的小半瓶牛奶，一饮而尽，转身走了出去。

向小葵呆呆地愣在原地，像一块被点了穴的石头，完全抓不到刘漫这番话的重点，难道说，刘漫是故意把主角让给她的？不，刘漫是个公私分明的人，她会在生活上加倍对自己好，却不会像自己一样感情用事，她说过，表演是她的生命，她要站在最耀眼处放最璀璨的光芒。

"向小葵，你演还是不演？"高导敲了向小葵一个脑门栗子。

向小葵这才反应过来，忙赔笑脸："我演，我演。"

向小葵尾随着高导走了进去，看到高导周总和魏编剧正襟危坐，旁边的唐董戴上了眼镜聚精会神地看着她。她一紧张，整个人就晕乎乎的，感觉整个身子都在云里飘着。

"第二幕第三场！"高导清了清嗓子，说。

那场戏，是主角和得道大师的对话，法图娜，一城的公主，极品圣母一枚，放着好好的养猫玩狗的生活不过，为了子民，嫁给暴戾的西凉王沮渠安周，出嫁那天，沿着木头沟河一路走，看到了最明亮的血，最黑暗的杀戮，给她那颗圣母的心，造成了多大的震撼？

向小葵深吸一口气，脑海中浮现尸横遍野的场景，血映月，怨连天，慈悲无来处，冤苦无去处，郁结在黄沙与苍天之间。

"大师，你可为我讲讲'劫数'？前日里俗家新婚，夫君千里招婿，俗家随夫沿木头河一路行来，见的是满目疮痍，尸横遍布，大师说世间诸般苦楚，诸般劫数，如此这般，却是天劫，善恶不欺，好坏未分，行诡事者，应劫之，行善事者，亦应劫之，岂不纠枉过正，贫苦若是，富贵若是，皆是，无是！"

向小葵张开嘴，她诧异自己的声音竟是颤抖的，她并没有刻意发颤音，但一想到那么多冤魂，她的声音就不自觉地颤抖起来。

高导听向小葵一开口，如遭雷击一般，整个背都直了，身体前倾，眼中闪烁着无比的期待，那眼神似是：踏破铁鞋无觅处，那女主竟在灯火阑珊处。这声音别说高导了，连向小葵自己都差点听酥了，诧异自己特么的居然还有这般才华，埋在这副娇躯里一埋二十多年，竟然自己都没发现！今天的她好像开了挂，连唐董都眯着眼睛微微点头。

……

"可以了，换一场，第一幕第二场。"

……

"继续,第二场。"

……

"第三幕第一、二场。"

……

"好。"

等向小葵演完,高导已是龙颜大悦,那张鞋拔子脸像被拿在太阳底下晒了一整天,舒展得如盛开的菊花,乐呵呵地对向小葵说:"不错不错,向小葵,没想到你进步那么大,怪不得 Bobo 都向我推荐你,Bobo 不仅自己演得好,挖掘起新人来,眼光毒辣呀!"

"Bobo 姐推荐我?!"向小葵嘴巴张成了 O 形,她刚被自己的表演才华所震撼到,马上又被高导的话重新震撼一遍,震得下巴都快掉了,要知道在小葵的理解里,Bobo 从未给自己好脸色看,仿佛给她提鞋都不配,她不是还在电话里因为打扰她和一陈约会,而生气吗,噢不,是开会,开会。

"好了,小葵,你回去等通知吧,另外勤加练习。"高导笑盈盈地朝她挥了挥手,那表情非常有喜感。

"好的好的,那个高导,我想替刘漫说明一下,她今天胃病犯了不舒服,所以有些发挥失常,平时她练习得真的非常好,而且她以往的作品……"

高导跷起二郎腿,喝了口饮料,慢悠悠地回:"我们自己会评判的,你也真有意思,你要搞清楚只有一个女一号。刚才说的你记住没有,回去好好背法图娜的台词,别管其他的。听懂没有哇?"

评委席几个人看着愣愣的向小葵,都不约而同笑起来,姿态各异。Bobo 则全程都没有抬眼看她,一直在对镜贴花黄。

向小葵不敢再接话,傻子都听出来高导好像暗示得挺明显。弯腰鞠躬,腾云驾雾般飘出会议室,飘过走廊,感觉自己正飘向一片灿烂的光芒。

但是这种好心情并没能持续多久,当她走到自己房间门口,听到里面传来刘漫吸鼻子的声音,极为压抑,她的心情又陡然低落起来。认识刘漫那么久,她从没见刘漫流过一滴眼泪,想来谁不曾流泪呢,只是不轻易在人前哭罢了。

原来刘漫那么看重法图娜这个角色,向小葵隐隐有种负罪感,她觉得若真是她拿到那个角色，便是从刘漫手里抢来似的，特别是刘漫今天发挥失常，更让向小葵有种胜之不武的感觉。

刘漫曾说她，像个心慈手软的剑客，只有死在对手的剑下，才能心安理得。

向小葵轻轻地把背靠在门上，她不敢开门，刘漫肯定不想让她看见自己败得那么狼狈的样子。

"那个角色已经内定了，内定了你懂吗？"门里传出刘漫的声音，声音不大，但向小葵听得分明。

"内定？"这两个字像一柄锋利无比的毒箭刺中向小葵的心脏，让她原本飘在云端的心情，一下滑到滑铁卢。

难道高导刚才说的话是打发自己的？

刘漫似乎在跟谁打电话，她的声音听起来那么哀凉，但又那么真实。怪不得，怪不得她这两天老是心不在焉，怪不得她面试的时候表现那么反常。

向小葵想起刘漫在吐鲁番千佛洞前问她"你真的不知道吗？"时，眼神中那种蚀骨的委屈和绝望，想起她在交河故城说的那句亘古不变的真理，原来她早就知道，法图娜那个角色已经被内定了，她们只是在走过场。

"昨天我就知道了……"刘漫的声音继续从房间里传来，但向小葵的脑海已经一片空白，什么都听不进去了。

她缓缓地蹲下，然后靠着门坐在地上，双臂环抱着膝盖，眼神呆滞地望着黑洞洞的走廊尽头，既然结局已经注定，为什么还要给她希望呢，让她努力得像个笑话，取悦幕后一个个衣冠禽兽。

向小葵和刘漫最大的区别，是她的思维比较发散，心比刘漫大，所以刘漫要郁结好几年的事，向小葵几小时就想通了，她原本就对主角不抱太大的幻想，失落感自然比刘漫要小得多，所以她在酒店的后花园里逛了几圈后，就已经恢复没羞没臊的状态。

本来是在后花园漫无目的地闲逛，可是没来由的，她老是逛到那幢独栋别墅的铁门前，门一直锁着，向小葵巴望着门里的一切，仿佛望着另一个世界，那个世界里有个男人，吊儿郎当地用手撑着阳台栏杆，说："法图娜，快参见父王。"旁边还有一只色彩绚烂的龟,名叫 Star。

她把脚垂在水里,有点凉,她缩了缩,又勇敢地伸了进去,清润的水划过脚背,像熨帖的丝绸,一边是导演给的希冀,一边是刘漫绝望地说内定了,小葵重重地叹了口气。

他说,她是矛盾的,想放弃又不甘。现在呢,如果他在,能猜中自己此刻复杂的心思吗?

这人到底去哪儿了呢?跟老板走了?也对,做下属的哪能随便支配自己的时间呢。既然离别赠言都写了,怎么就不能多加个电话号码呢?

缺心眼。

她不想回房间,因为不知道该怎么面对刘漫,会不会又讨论到选角的事情上?也不想联系一陈,万一又在跟 Bobo 姐 meeting 呢,岂不是又被羞辱。安静地在铁门外,背后由远及近响起脚步声。

一、二、三、四……

没错,是朝自己这个方向走来的。

她心头升起奇异般的感觉,像马上要飞起来,那脚步声越来越近了,沉稳有力,还有隐隐约约的光线朝这边移动。心头揣的那只兔子又开始折腾了。

她不敢回头,怕是一场梦。伸左手掐了一下右手虎口,真疼。泡在湖里的脚,也真冷。

"小葵,是你吧?"

"噢,是一陈啊。"回头,再好的演技也抵挡不住发自内心的失望之情。

一陈并不在意:"哈哈,我就知道,你知道我会来。水凉,快把脚拿上来,等下要感冒了。我刚才去你房间找你了,刘漫她,好像哭过了?你俩吵架了?"

"哦,她说女一角色内定了,本来 Bobo 不演,肯定是她的菜,特么的内定了,哪个王八犊子又搞潜规则那一套了?还让不让我们没有背景靠实力吃饭的有出头之日了?"

一陈:"……"

小葵边穿鞋边说:"哎,你和 Bobo 姐,嗯?你们……算了,每个人有自己的选择。你为了拿到角色也是蛮拼的。"

一陈黑眸闪动,看着小葵叹口气,"我不光是为自己,你的春天很快就来了,我们一定会有出头之日,你别离开剧团,好不好?"

小葵咬唇开玩笑,"我的春天?行,就等着沾你的光了,等你大红大紫,我给你当经纪人,贴身私人助理。"

一陈看着心无城府的乐天派向小葵,也跟着满足地笑了。这样的姑娘谁不喜欢?

第二天,一行人就坐上了返程的飞机,从新疆回上海。向小葵依旧是向小葵,但刘漫,却像换了个人似的,不再和她如胶似漆,连座位都不和她一起挨着了。小葵知道她还在为自己努力没有得到回报心里难受,难受的时候爱自己待着,还没过心里那道坎,所以也就随她去。

向阳收到妹妹的短信就来接机了。

刘漫看到出口处一身警服的向阳,有点意外,黯淡的眼神都跟着亮了起来,打量了他一番,道:"向阳哥,你来了。"

其实刘漫比向阳还要大两岁,可是她却一直管向阳叫哥,向阳也很享受这份殊荣。算起来,因为工作忙碌,他们好久没见了。

向阳眯着眼睛笑,接过刘漫和小葵的行李箱,说:"没来得及换警服,忙完工作就来了。"

其实他是听小葵说刘漫提过,说向阳哥穿警服真帅。他还特意嘱咐向小葵,不要告诉刘漫他来接机,要给她惊喜。

刘漫摸了一下胸口的圆形鸡翅木挂件,还在。大厅玻璃上映着自己的影子,头发在飞机上揉得有点乱,她红着脸有点羞涩,说要去洗手间,——只有在向阳面前,刘漫才会收起冷漠,像个温柔的小女人。

她眼睛掠过小葵,欲言又止,往常,她肯定会说,宝贝儿,走,一起去。今天,她没有,兀自走向洗手间。

向阳昨天给刘漫打电话,听她特别失落地说角色已经内定,很失落,不过她倒是没有大哭大闹,只是轻微地发泄完情绪就开始调整话题,关心向阳的工作和生活。懂事得让向阳心疼,连忙问向小葵知不知道内定的谁,向小葵耸耸肩,摊开手摇头。

"我也不知道,相比那个角色,我更关心我闺蜜的心情,所以,就看救兵你的本事啦。"

向阳道:"木有问题,你哥就是良药,你不觉得漫漫看见我脸色在回暖吗?看哥的,撩妹技术满分。我会开导她的。"

小葵对这个自恋的人翻了一个白眼。

再出来时,刘漫的头发已经打理整齐,粉红色的嘴唇上还涂了淡淡的唇彩,面带红晕地走在向阳旁边,像沐浴着阳光雨露的花朵,生机勃勃。向阳笑着问她累不累,想吃什么。聊着聊着,谁都没有发现小葵已经脱离组织了,她的手机上刚刚收到一条向阳发的短信:坐大巴车自己回去。

得,被嫌弃了。

小葵看着他俩举案齐眉的样子,又羡慕又感慨。等刘漫受伤的心灵一被安抚,肯定得跟自己道歉。明明大家都是受害者,被剧组嫌弃的,自己还得受她的气。不过,换个角度想,这也是闺蜜才有的殊荣,旁人想受这份气还没有呢。

她直接打车去了健身房,这几天天天大鱼大肉,肚子都长肉了。下午有两节瑜伽课,她很喜欢那个瑜伽老师大丫,刚好赶得上,上完课洗个澡回家直接睡觉。这样的安排非常合理。刘漫有向阳陪,肯定不会去的。

巧的是,Bobo 也来上瑜伽课,她显然是专职司机送来的,早已经换好衣服气定神闲开始打坐了,淡淡地瞟了一眼小葵,示意她坐在自己旁边的瑜伽垫上。老师还在调试音乐,其他学员都在小声聊天。好几个面熟的打招呼,问刘漫呢,小葵解释她有事儿没来。看来大家都习惯了每次一起来上课,难道以后都单独行动?刘漫也不知道在闹哪门子别扭,不就是导演夸了几句,还不允许自己比她优秀了?

正胡思乱想呢,Bobo 突然侧身开口问:"你认识唐董?"

"哪个唐董?不认识啊。"

Bobo 不再说话,音乐响起,课程开始了。

八点五十。

"啊……死向阳,去上班也不叫我一声!"

向小葵又睡过了头,为什么要加个又字呢?因为显然不是第一次。她穿着小猪佩奇图案的睡衣从床上弹射起步,像阵旋风在房间里穿梭,三秒刷牙,两秒洗脸,一秒内梳妆打扮完毕,等等,忘掉一件最重要的事,和老爸打声招呼。

"老向,我走了,下次我再睡过头记得叫我!"

"赶紧走你,又耽误30秒……"老向不愧年轻的时候当过体校田径教练,颇有时间观念。

"嘭!"回答她爸的是清脆的关门声。

睡过头最大的好处是错开了早高峰,地铁没那么挤,坏处么,该被刘导骂了。向小葵在地铁里编排了无数的谎言,为自己的迟到找合理的解释,比如昨晚穿越了、被外星人绑去活体研究了,或者被威漫招去参与拯救宇宙了。

向小葵相信,以自己的演技,即便临场发挥,也能把刘导的智商忽悠为负数。

然而当她气喘吁吁地跑进剧场大门的时候,刘导正站在大门外打电话,向小葵急忙去和他解释,刚想说自己感冒云云,没想到刘导冲她露出一个异常和蔼可亲的笑容,说:"小葵,你来啦。"

"你来啦?"这算什么?他不是应该虎着脸说:"你还来干什么?赶午饭吗?!"

还有这诡异的笑容,向小葵发誓,她爹都没对她笑得那么充满关怀过。他今天捡到钱了?还是中奖了?心情那么好。

当然,这绝不是坏事,向小葵急忙冲他微微笑一下,然后闪身进门去找打卡机。进入大厅后,不知道是不是错觉,厅里的前台、扫地的大妈、保卫的大伯大哥,眼睛都直勾勾地盯着她,仿佛她出门的时候没洗脸一样。

向小葵心想,不过是迟到了嘛,干嘛要用这种怪异的眼神看着她呢。

她匆匆和他们说了声早安,就往排练室跑,经过走廊的时候,沈艳丽和赵玲迎面向她走了过来,沈艳丽看见她,冷哼一声,赵玲不自然地朝她笑了笑,突然来了句:"呦,公主来了。"

向小葵怔怔地看了赵玲一眼,不敢肯定她在叫谁,左顾右盼,又没旁人。

"呦,你自个还不知道呢?没接到通知啊?"沈艳丽两手往胸前的波涛上交叉,像看傻瓜一样看着向小葵,冷冷道,"刚来?还没看告示栏呢吧?"

向小葵机械地摇了摇头,但心里隐隐约约泛起一丝希冀,即便她再天真无邪,也感觉到了什么。她的心骤然一跳,身体里忐忑的酝酿着某种情绪,这种情绪让她的表情变得僵硬,身体仿佛石化了一般。

那个自己骂潜规则,内定的人是自己?

"告示栏在那边。"赵玲指了指走廊尽头,那扇锃亮的玻璃橱窗里,一张白色的A3纸竖贴在橱窗里,旁边稀稀拉拉地站着几个人,她们都用一种难以置信的眼神,看着向小葵。

向小葵在她们或鄙夷或嫉妒的眼神中,步履蹒跚地走向橱窗,她看到那张纸的抬头写着《哈拉和卓公主》主演公示。

男主演:罗一陈 饰沮渠安周

女主演:向小葵 饰法图娜

向小葵颤抖着嘴唇,眼睛直勾勾地盯着"向小葵 饰法图娜"这行字,怀疑自己是不是还在做梦,可是脚趾头还在隐隐作痛——来自于地铁上被一个胖女人高跟鞋碾压。

她强忍着夺眶而出幸福的眼泪,看向庞恩娜她们。

"祝贺你啊,小葵。"庞恩娜阴阳怪气地拍了拍她的肩膀。

向小葵张开嘴,深深地吸了口气,空气中有种咸咸的味道。她对庞恩娜礼貌地说了声"谢谢",然后直奔卫生间。

她强忍着眼泪,直到走进间隔,关上门的那一刻,她才任由眼泪倾泻而下,她不知道该怎么抒发这一刻的感受,三年了,整整三年了!没有一个像样的角色,如空气一般存在在黑暗的舞台上,那种望眼欲穿的等待,不是旁人所能理解的。

从开始的路人甲,到龙套妹,再到有一两句台词,到能得到一个毫不起眼的主线人物,她通过自己的努力一步一步往前走,直到今天,她终于走到了舞台的最中央!

她和刘漫不一样,刘漫是高导从别的剧团挖来的,一进剧团就是二线演员。但向小葵只能熬,只能用超出刘漫一倍的努力,去让导演看到自己,不论多小的角色,她都呕心沥血去饰演,台词总是第一个背熟,为了刻画表情用夹子夹过脸,即便演死人,她都精益求精,永远是倒得最逼真的那个。

她曾无数次地怀疑过自己,究竟是不是适合走演员这条路,直到今天,她才终于可以肯定地对自己说:

"向小葵,你没有用潜规则那种下三滥的手段,你问心无愧,就算是内定,也是用自己的实力征服导演的,要沿着这条路走下去,不管有多少人看衰你,有多少不确定的因素在等着你,你一定要走下去,你会成为真正的 Star,舞台上闪闪发光的 Super Star!"

唐梓航在崇明二中的校门口停好车,沿着记忆的轨迹,寻找那个被向阳称为"老地方"的火锅店——"刘德柱"的火锅,店名是老板的名字。这家店在学校门口开了十几年,除了暑假寒假,一直客满为患。

唐梓航和向阳读高中的时候,是这家火锅店的常客,那里食材新鲜酱料味美,店老板是个和气的大胖子,他们常笑话说,他爸给他取"留得住"这个名字,就是让他长大开火锅店用的。

拐了个弯,唐梓航循着香味在街角找到了偌大的"刘德柱"金字招牌。他微微一叹,好几年没回这里了,记得当年那家火锅店的招牌还是铝合金框包塑料布那种,现在门面修葺一新不说,连招牌都换成鎏金大字的了,有种物是人非的感慨。

以前他可是这里的常客,和向阳这帮弟兄的情谊基本都是火锅啤酒奠定出来的,有些矛盾的解决也是请一顿火锅的事儿,如果解决不了,那就两顿。要说味道嘛,吃多了也不觉得有多惊艳,随父亲参加过很多饭局的唐梓航,只有和向阳他们在一起时热热闹闹无拘无束说段子的时候,才感觉吃到肚子里的是美味,还有在国外那些日子,还真想念那些时光了。

唐梓航跨进店门,发现小店里面已是焕然一新,墙壁粉刷一白,下部围了一圈深咖色的护墙板，廊柱也都用护墙板包了，用的桌椅都是正宗的八仙桌，墙上挂着仿的古画，一幅牛郎织女鹊桥会，一幅破镜重圆，还有一幅颇不应景的敦煌飞天，一大败笔。

他刚进门，便有一团和气的胖子迎了出来，正是许久不见的刘德柱本人。

"唐梓航？多少年没来光顾刘叔生意了，听向小阳说你小子在国外混得不错，出息了嘛，快快进来，小阳在楼上包房等你呢。"

唐梓航干笑两声："是有阵子没来了，刘叔您这变化真大，要没外面那金字招牌，我都不敢进来。"

"哪里哪里，你小子，以前就把我们店小姑娘迷得一愣一愣的，天天盼你来，最后知道你不来了，竟然辞职了闹着去找你唉。哎，你那个校花女朋友呢，叫，叫明慧是吧，怎么样了？"

唐梓航嬉笑，一脸满足感："可幸福了，双胞胎的妈。"

"啊，那真是太好了，恭喜恭喜——"

"可惜呀——不是我的。"

刘老板脸色有点尴尬，拍他肩膀笑他没正形，把他领到了二楼一雅间门口，忙别的去了。唐梓航推开门看到向阳正靠在窗台上抽烟观察着路上的行人。

向阳见唐梓航进来，假装不耐烦地看了眼手表，撇撇嘴：

"唐专家，大驾光临，蓬荜生辉，这么拥堵的交通状况，也就迟到半个多小时，不多，不多，都怪鄙人把时间定早了，让您略显尴尬，显尴尬，尴尬，尬……"

唐梓航拉开凳子一屁股坐了下去，跷起二郎腿，对向阳道："向小阳，你以为你这么说我就会真尴尬？以前上学每次来这喝酒，磨蹭到最后一个到的都是你，每次借口都不一样，真实原因就是跟你家老爷子请假得不到恩准，你在衡量回家挨揍的几率吧。"

向小阳被他怼得说不出话来。说起来，他说的也是实情，老向家教很严，他认为成绩不好是能力问题，但不听管教、乱交狐朋狗友是态度问题。所以他半天没找到合适的词汇，最后还是挠挠头，无可奈何地笑了。

"你大爷的。"他岔开话题,指了指桌子上的菜单,恢复了常态,对唐梓航道:"我已经点了些菜,你看看爱吃什么再加点。"

唐梓航看了看菜单,发现向阳点的都是他以前爱吃的,心头一暖,心道所谓朋友,就是不管时隔多久,都记得你的偏好,比如猪脑,鸭肠,小鲍鱼。

"就这样吧。"唐梓航把菜单递给服务员。

向阳在唐梓航旁座坐下,给他倒了一杯茶,问他:"这趟新疆之旅,可有收获?"

"那必须。"唐梓航摇晃着茶杯,"新疆真是个让人着迷的地方,有太多壮丽的荒芜,有太多瑰丽的留白,那种蚀骨的苍凉,足够让每个旅人铭记一生。"

"你丫还抒情上了,有那么好?没劫个色?艳个遇?"

他摸着下巴,那个抓起钥匙得意洋洋的女孩突然从脑子里冒出来,他意犹未尽地轻轻地笑了笑,缓缓问:"小葵状态确实是好多了哈。生龙活虎,朝气蓬勃。"

"卧槽,什么情况,你在新疆遇到她了?不会这么巧吧。她真的认不出来你了?那丫头,反正我不是很担心她,厉害着呢,我都不是她对手。"

"嗯,没认出来。有多厉害?"

"多厉害?有谋杀亲哥的胆儿。几年前冬天我带她去深圳海边,冬天,嘿,南方也得穿很厚外套的天气,我背对着大海让那丫头给我照相,突然她扭头就跑,我还愣着呢,一个大浪拍过来,冻死我了,差点被卷走,她倒好,趴在沙滩上笑成狗。"

唐梓航脑补了一下画面,那鬼灵精怪的丫头笑趴的样子,也忍俊不禁。

有点意思,跟自己认识的那些女人完全不一样。

耳畔回荡着那句,明天我还来骚扰你。

他有点后悔,怎么没有改签机票,多待一天呢。她第二天真的会再去虞美人那栋湖边别墅吗?会不会看到留言?懂自己给她的忠告吗?

自己送了她一份那么大的礼物,她应该还蒙在鼓里吧。

不知道她得知自己是《哈拉和卓公主》的女一号,是欢呼雀跃呢,还是欣喜若狂呢？还是载歌载舞呢？

忘记痛苦何尝不是一种幸福，这样没有心理负担的向小葵，朝气蓬勃。

"她除了忘记那件事以外，说了好几次梦见白衣神秘男，说的时候表情很自然，不像是噩梦，好像很向往享受那个梦境，而且她说对穿白衣服的人有好感，这是怎么回事？"

唐梓航不由自主地笑出声，"我在她的潜意识里做了个情绪记忆。"

向阳对这个名词颇感兴趣，追问："什么是情绪记忆？"

"我在催眠过程中一开始都是针对她感兴趣的话题，态度都是以赞扬为主，她的记忆里高中时代非常美好，家庭和睦相处，同学友谊深厚，哥哥对自己爱护有加，她成绩又特别优秀，当然，她还有一个暗恋的对象，无论是足球场上还是餐厅里，图书馆里，还是晚会上会弹吉他唱民谣，都让她心动不已。那个少年爱穿白色的衣服，人群里特别醒目，是她第一次情窦初开的美好回忆，每当她提白衣服，潜意识里都和愉悦的情绪联系在一起，所以这段记忆我给她把白衣服这个词强化保留了下来。"

向阳摸着下巴，"这人，凭我的印象，应该是你吧，唐梓航？你不就是爱穿白衬衫，白T恤？可是你为什么要把她关于你的记忆删掉？你不就是很享受别人的仰视崇拜么？"

"这只是一开始，小葵后来为什么不参加咱们聚会了你知道吗？"

向阳摇摇头，他还真记不清了。

"因为我后来不是遇到明慧了吗？小葵的记忆里关于我的情绪都是失落，难过，郁闷，但是她从没跟任何人说过，假装坚强，真是让人心疼。所以我彻底把她暗恋我这段删了。唯独保留了一开始白衣少年的印象，这种情绪记忆只要在，还可以重新建立的，所以她现在心里有好感的白衣神秘男，说不定还是我呢。"唐梓航挑了下眉。

"嘿，居心叵测啊。她可禁不起你再伤了，内心脆弱着呢。归来你也不再是之前那个单纯痴情桀骜不驯的少年了，花心大萝卜一个。"

"你那心理诊所办的怎么样了？听说开在高院那里？"向阳换了个话题，唐梓航一直没对他说他去新疆办什么事，甚至于刻意回避那个话题，向阳知道他不想说，便也不问。

"嗯，还行，生意不错，我的合伙人都是国内顶尖的心理专家，名声在外，根本不愁客源。现在人压力大，心理问题也相对多。很多顾客只看重结果，不顾及价格，所以我们做的是高端客户群。"唐梓航斜眼看向向阳，略带调侃地问，"你最近压力很大么？都长痘了，愁眉不展，感觉吃不消的话，可以到我这来坐坐，我帮你疏通疏通。"

"去，我才不需要，"向阳笑着说，"我的问题我知道，唯有'小宝贝'这个案子破了，方能解忧愁。"

唐梓航看了向阳一眼："旁观者清，当局者迷，不涉及机密就说说吧。看看我能不能从犯罪心理方面提供一些破案思路。"

向阳按了按太阳穴，"说实话，我办案到现在，从没看到过这么诡异的现场。死者死前，是清醒的，她没有被捆绑，血检也没有药物成分，更没有吸毒，我们发现她时，她斜躺在宾馆的床上，被割破动脉的手臂伸出床沿，让血滴在地上，她的头微微往上抬，注视着那只被割断动脉的手，至死都没闭上眼睛，眼神空洞无神，没有任何情绪，比如其他死者那种绝望愤怒。一般失血而死，通常会因为体温和血液骤降，引发休克。她本该在梦中睡去，但显然她没有，表情淡漠地注视着自己的手腕，表示她亲眼看着自己的生命一点一滴逝去。是不是很诡异？可惜了，女孩前两天刚刚接受一个学长用九十九个柚子求爱，答应做他女朋友，据调查当时还挺轰动，就出了这档子事儿。那男孩受不了刺激被父母接回去休养了，调查结果显示他没有作案时间和动机。但是根据死者死前平静的反应推测，这个人是熟人。"

唐梓航沉默了一会儿，问向阳："你看过她生前的照片，从男人角度看，你觉得算美女吗？"

"算吧，毕竟舞蹈专业科班出身，形象气质都没有问题。"

"我们假设犯罪嫌疑人是个男人，面对这么好看的美女，为什么没有性侵？如果想强奸不留DNA难度不大，为什么没有这么做？"

"除非他有隐疾，比如性功能障碍？"

"嗯，不排除这种可能。现场还有什么发现没有？"

向阳想了一下,然后拿出一摞照片补充道:"地上除了血迹外,其他地方被人刻意擦过,一尘不染,包括窗台、电视机、床头柜。还有房间里放的饮品零食包装盒等等。旅馆老板否认是服务员所为。那你说这变态出于什么心理?"

"有点意思,你们遇到的对手,绝对是个劲敌。"唐梓航翻了翻照片,顿了一下,"凶手不是在擦除指纹,他根本不可能留下指纹。他是对每一个细节都力求精益求精,他也不是在杀人,而是在追求一种至高无上的美——死亡之美。"

"死亡之美?"向阳眯起眼睛,细细地咀嚼这四个字的含义。

唐梓航翻着照片和档案说:"凶手把所有的东西都擦得干干净净,连电话、果盘、窗棱甚至地上的角落都没落下,如果只为了擦指纹和脚印,有些东西、有些地方他根本不用擦,就像转角玻璃橱的最上面那格,上面只放了一盒旅馆提供的方便面,他肯定没吃,也不会去碰,但为什么他连那也擦了?"

"因为凶手有洁癖?"向阳沉吟道。

"听说过极度自恋型人格吗?"唐梓航把玩着手机,一脸严肃道:"美国国安部危险人格鉴别顶级专家乔·纳瓦罗在FBI危险人格识别术书中第一个提到的,就是这种人格。这种人格泯灭同情心,极度刚愎自用,即便全世界的观点和他相左,他也不会承认他是错的,并且会用尽一切手段证明自己的正确性,他们追求完美,追求别人仰视或瞩目他自以为的长处,比如那种人长得帅的话,就会很喜欢自拍,有钱的话,就喜欢炫富,既帅又有钱,还很有女人缘的话,他们甚至会拍下性爱录像。"

向阳怔了怔:"你是说,他把屋子打扫得那么干净,是为了拍录像,炫耀自己完美的犯罪成果?"

"这只是我的推测,但如果你们有办法查你认为最具作案动机的嫌疑人的电脑或手机,可能会有点收获。"唐梓航微微一笑。

向阳也夹了个丸子,对着丸子沉吟道:"这么说,从心理学上分析,这个凶手有两个特质:一个是性功能障碍,还有一个,是极度自恋。手机里可能藏着那晚拍的视频,当然最重要的是这个人和李琳琳之前有一些交集。你说，为什么凶手会选她？会不会暗恋她？没有得到所以毁掉？"

"你想多了，极度自恋型人格只爱自己。"唐梓航喝了口汤，继续道，"选她只有一个理由，她漂亮完美，你想，他连灰尘都不能容忍，怎么可能容忍主角有任何瑕疵呢。"

话题告一段落，两个人都陷入沉思。向阳这几天经过查找资料，发现其他省市也有过类似的死亡案例，都是近两年发生的，都是自杀结案。没有人对死亡现场血样提出过质疑，所以是否和"小宝贝"案有关联，还不得而知。他要抓紧去半年前有过类似死亡案例的邻市一趟了解情况。

唐梓航的手机响了起来，他看到屏幕上的跳出来的名字，嘴角微微上扬。

"Hi, Aberdeen。"

"……"

"OK, A.E teased me into getting a haircut, I'll go to get it, see you tonight。"

唐梓航挂掉手机，看向向阳，问："下午去诊所处理点事情，晚上一起打飞的去香港，怎么样？"

"去香港干嘛？"

"兰桂坊泡吧。"唐梓航云淡风轻道。

"去趟香港就为了泡吧？！"向阳差点把嘴里的茶喷出来，诧异地看着他，"刚才打电话给你的是你新女朋友？"

唐梓航往锅里放了几片牛肉，一脸正经地纠正道："女性朋友。如果非要爱才算的话，我孑然一身，还是纯情处男。"

"幸亏小葵忘记你了。"向阳对他摇了摇头，把他放进锅里的牛肉都捞上来，放进自己的碗里。

唐梓航没接话，突然食之无味，索性放下了筷子整个人懒散地靠在椅背上伸了个懒腰，隐隐露出腹肌，配上他撩人的眉眼，好看极了，也怪不得姑娘们都前仆后继。

"我说，你怎么就不能学学我，专一痴情勇于担当。"向阳拍拍自己的胸脯。

"瞧你那样儿吧，能不能别每次贬低我，最后目的都是抬高你自己行不行。不吃了，饱了。"

　　向小葵站在剧院的天台上，她只是想找一个安静的地方平定下情绪，不知不觉就走上了天台。
　　天台是个空旷的大舞台，以前，她和刘漫经常在这里苦练台词，但今天，只有她一个人。她兴奋，也有些失落，兴奋是因为她终于得偿夙愿，拿到了法图娜这个角色，失落是因为不知道以后怎么面对刘漫，明明是自己凭实力赢的，可是怎么都感觉像是窃取了别人成功的果实。
　　她拿起手机拨通了哥哥向阳的电话。
　　"小葵。"
　　"哥，我拿到法图娜那个角色了。"她的话异常平静，没有活力，短暂的激动过后，对失去友谊的恐惧失落变本加厉地向她席卷而来。
　　"小葵，好样的，恭喜你，其实我接机那天就从漫漫的表情里读出来了这个结果，只有是你，她才会是那种复杂的表情。她的角色是啥？"
　　"她演我的，我的婢女。"
　　"这样啊……"
　　"安慰的活儿就交给你了。十天后，这场戏就要公演，你到时一定要来，记得把老向也带来给我加油。"

　　"好。"向阳挂断电话，微微地叹了口气，他不知道该为自己的妹妹夺得主角而高兴，还是为刘漫落选而遗憾，他想马上打电话给刘漫，却没有想好怎么说才合适。
　　"小葵？"唐梓航一猜就着。
　　"嗯。"向阳心不在焉地点了点头，对唐梓航道，"我女朋友刘漫，和小葵在一个剧团，最近剧团排了一部新剧，小葵和她竞演女一号，今天结果出来了，小葵拿到了那个角色，她落选了。你说我该怎么办？"
　　唐梓航懒洋洋地笑道："老规矩啊，请客帮小葵妹妹庆祝一下。"

"我们回顾一下我刚才讲述的事件里,女主人公是我女朋友好不好?我在跟你请教问题,关于如何哄女孩开心?"

"嗯,这个问题,带她买买买,陪她吃吃吃,晚上,啊啊啊。"

"真特么是情圣界的禽兽啊。这么直截了当一针见血。可是刘漫的性格很安静沉稳,每次生气都爱自己呆着。不吵不闹,那我怎么哄?大神,有什么招数?"

"你平时都怎么哄?比如你答应陪她,但是临时有任务,不得不走。"

"开心点啦,不要不开心啦,别想那么多,我这不是有事儿么,忙完就陪你。然后她勉强笑着说,去忙你的吧,我一个人静静。"

唐梓航在他肩膀上敲了一拳,"傻小子,怎么哄都好,千万别选,让她自己静一静。从心理学角度来说,就像男人需要尊严和宽容一样,女人需要的是耐心,陪伴,和理解。所以诸如开心点啦,不要不开心啦,这样的空话都是0分,这样只会让女人更委屈愤懑。她要的是你真的明白她的处境并感同身受,分担和理解,然后做出符合她价值观的评论,最终给予恰当的适合她行为和思维模式的化解方法。简而言之,从今天起,任何时候面对她的不开心,你要做的不是把她拉出来,而是跳进去再和她一起爬出来,比如你抱着她,看着她的眼睛说,宝贝,那我不去了,为了你我选择违纪,好好陪陪你,后果我自己承担,不用担心的,你在我心里比工作重要。然后激烈绵长的吻。她身体到内心得到满足以后,就会马上送你去工作,还特别愧疚,生怕耽误你。"

向阳听得如痴如醉,就差点拿小本本记重点,全是泡妞干货啊。

甘拜下风啊。

还在回味,只听唐梓航说:"我也该走了,接下来的行程满满的。"

向阳点点头,突然又想起来,说:"再过几天,他们那部戏首演,你一起来吧,大家互相认识一下。"

唐梓航站起身穿上外套,笑了一下,说:"好啊,到时候鉴定一下你今天所学的成果。"

04
痴情的女人一爱就会爱很久，一出轨就会出很远

深夜，万籁俱静，城市霓虹闪耀，但已不复喧嚣。剧院散场已久，门口偌大空旷的广场上，只一人静静伫立在星空之下，抬头仰望着那一片苍穹。他谦卑地伛偻着身子，但眼神充满倔强的神采。

他知道自己这副身躯有多卑微，几乎用爬行的姿态才能在这个世界存在下去，但他用沉默抗争着，他不向上苍祈求，因为他要的不是怜悯，而是认同。

蓦然，两束苍白的灯光照在他的脸上，他转过木讷疲惫的脸，看见一辆的士车缓缓向他驶来，最终停在了广场入口的人行道上。

"这么晚了，谁啊？"老朱心里嘀咕着，看向那辆的士车。

不一会儿，从车上下来一个身材曼妙的女子，她几乎是逃一般从副驾驶位置上蹿了出来，跌跌撞撞地下了车，仿佛那辆车是魔窟，有一只森然的骨爪从车上伸出来，要把她重新拽回车上。

老朱定睛一看，借着皎白的月色，依稀认出那女子是刘漫。

刘漫从车上下来后，出租车后门被粗暴地推开，从里面跳出两个穿得流里流气的年轻人，一个光头，身材高大，穿黑T恤，脖子上挂着金项链，另一个染着鲜艳的头发，中等身材，领口敞开着，胸前纹着一条龙。每次开口都伴随着生殖器，属于那种不说脏话不会说话的低素质人。

"臭婊子，你的酒钱都是大哥帮你付的，让你他妈转个场子怎么了？"染头发的杀马特一下车就粗暴地伸手去拉刘漫的胳膊。

"放手！谁稀罕？我把酒钱还给你们，你们别缠着我！"

刘漫猛甩胳膊，想挣脱那杀马特抓着她的手，但情急之下，手背蹭到了

他的脸。

"臭婊子,你敢打我?!"杀马特横眉倒竖,脸狰狞得像准备扑食的猎狗,甩起胳膊抡圆了一掌拍在刘漫的脸上,刘漫被打得横着冲了五六步,一下跌在地上,手往嘴角一抹,满手心的血。

她斜眼瞪了那两个混混一眼,往他们脚边吐了口血唾沫,发着狠说:"你们两个大男人真有本事,欺负女人,呵呵,打啊,再打,往死里打,反正活着也没意思!"

大个子光头冷笑一声,撒着酒疯,大踏步上前揽住刘漫的腰:"打死你?哼,便宜你这漂亮的脸蛋了,兄弟,今晚……不如……带走……"

他一边说,一边朝杀马特挤眉弄眼。

"谁敢动我,我就跟他同归于尽!"刘漫惨笑着,挺直腰板,面带挑衅地直视着他,发丝凌乱地散在脸颊上,眼眸在发丝间摇曳,像星空般迷离,脸庞红得像秋天的枫叶,她舔了舔嘴角的血迹,露出恣意的微笑,那神态,仿佛看穿生死。

"哼!"那光头提起沙钵大的拳头晃了晃,"嘿哟,敢威胁我们?"

刘漫惨然地闭上眼睛,这一刻心如止水。

为什么,我做错了什么?老天你要这样惩罚我?她心里呐喊着:"打吧,打残我的脸,那么我将没有什么再可失去的了。"

然而等了一会儿,那一拳居然没到,难道那光头良心发现了?刘漫心怀侥幸地睁开眼,却看到光头的拳头被另一只更大的手擒住了,举在空中动弹不得。

刘漫顺着那只手臂,转过头,发现那只手的主人,竟然是保安老朱!

老朱赔着笑脸:"两位大哥,欺负女孩呢?"

"你他妈谁啊?"那光头想抽回拳头,往回拉了下,竟然没抽动,老朱的手就像铁钳似的,抓的光头手腕生痛。

老朱笑了,笑得有点阴森,那种压抑着愤怒和冲动的皮笑肉不笑的笑容,看得光头一道寒气从脚上升起来,穿过脊椎直达脑门。

"放手!"光头两只眼睛直勾勾地盯着他,就像毒蛇盯着猎物,嘴里还吐着信子。

"妈的,大哥叫你放手,你他妈聋了?"杀马特在地上捡了一块碎掉的路牙子花岗岩,没等老朱答话,就往他头上招呼。

杀马特三步并作两步冲老朱奔去,还没近身,就见老朱闪电般勾起一脚,"哼"一声,脚尖踹在了杀马特的两腿根部,一时间鸡飞蛋打,杀马特手里的石头脱手而去,两手捂着裆部,"噗通"一声跪了下来。

"妈呀——碎了!"他疼得在地上打滚,嘶吼得像只刚被阉掉的鸡,声音高亢,尖锐。

"卧槽!"光头见兄弟被踹,只觉胯下一紧,急忙护住自己的裆部。

这时老朱压着光头的手,往下一拉,让光头重心下移,然后猛地一记勾拳砸在光头的眼睛上,那光头被打得整个人往后飞了出去!

这一拳看得刘漫都倒吸了一口气。

已知:光头少说也有一百七八十斤,一拳打得他双脚离地,请问:老朱那一拳有多大力道?!

光头再抬起头来的时候,眼窝子像开了染坊,红的黑的肿成一个大包。

"他妈的,你敢打我?!你……你知不知道我是谁?"光头躺在地上,手指颤颤巍巍地指着老朱。

老朱说着一步步往光头走去,眼神比月光更冷。拳头握得更紧了。

"大哥,大哥……我错了,我下次不敢了大哥!我重新做人……"光头也知道"混混不吃眼前亏"的道理,捂着眼睛,见老朱向他走过来,吓得直往后爬。

"滚!别让我再看到你们。"刘漫在老朱身后叫道。

光头听到刘漫嘴里的"滚"字,如蒙大赦,屁滚尿流地跑了,杀马特在地上站不起来,只能四肢着地地爬。

他们滚远后,老朱把刘漫搀到院子里路灯下的长椅上坐下,微笑着对刘漫道:"刘老师,你没事吧,你喝多了。用不用去医院啊?"

"朱师傅啊,谢谢你。不用了,我想在这坐一会儿。"刘漫定睛看了看老朱的脸,她的眼神炽热,迷离,充满魅惑,浑身散发着兰花的幽香和淡淡的酒味儿。即便老朱再清心寡欲，这心也不是菩提做的，难免全身气血为之一滞。

刘漫嘴角微微上扬，苦笑道："今天幸亏有你在，要不然……"

老朱羞涩地笑了笑，对刘漫道："小事儿，我刚出来买包烟么，正好遇见您了，早点回宿舍吧。女孩子以后少喝酒啊。"

刘漫疑惑地问："回去还不是一个人？陪我聊聊天吧。我没想明白，你怎么能有那么好的身手，把一个一米八的大汉给打得飞起来？"

老朱憨厚地笑了："刘老师，不瞒您说，我年轻的时候，是拳击教练，后来受伤了就干不了这一行了，还好Bobo老师心善，让我来这里当保安。"

"原来是这样。"刘漫笑笑，"老朱，你人真好。今天真多亏了你，要换做别人，怕有心也无力。"

"路见不平，拔刀相助，要换做我年轻时候的脾气，非打断这两流氓的腿不可。"

刘漫笑了，笑靥如花："朱师傅，你年轻的时候啊，一定是个行侠仗义的英雄。"

老朱笑了，笑得苦涩："我哪是什么英雄？还不就是这么回事，普普通通一个小老百姓，而立之年娶妻生子，把孩子培养成才。"

刘漫满含谢意地看着老朱，"这样踏实的男人，妻子一定很幸福，孩子很乖巧懂事吧。"

老朱点了一根烟，不可置否地笑笑，才慢吞吞道，"冒昧说一句，女孩子家，去酒吧不好。我知道您心情不好，是因为没选上新剧的主演吧？"

"谢谢你关心我。"刘漫撑着额头，头发散乱，沮丧地说："是啊，我真的想不通，本来我真的很有希望，他们早内定了向小葵，我却像白痴一样去争取，她运气真好啊，为什么所有人都帮她？！一陈居然为了她能演上这个角色，答应做Bobo的情人……！哎，她明明知道一陈喜欢她，不想她离开剧院，那天在车上还说要走，这不是暗示他去想路子吗？说说我吧，倒霉啊，本来指望这部剧出名，现在成炮灰了。我还有什么？朱师傅告诉我，我还有什么？"

刘漫抬头,眼眶里都是委屈的泪,月光下荧光闪闪地看向老朱。

老朱相当诚恳地看了看刘漫,眼底有说不出的神色:"你有的。我能看出来,你有把你当真心朋友的向老师。"

"呵,呵呵,以前我也以为是真心朋友,不过那都是以前了。人都是自私自利的,有时候为了自己上位不择手段。嘘,不能多说,看透不说透。呵呵。"

"想想开心的,你还有一个真心喜欢你,守护你的男人,我见他来过好几次的。从男人的眼光看,他很在乎你,好好珍惜。他今天还来了,在你宿舍楼下等你很久。"

"他呀叫向阳,是个警察,人倒是挺好的,他也是我心目中的英雄啊,和他一起很有安全感。就是不会哄人。今天打了我很多电话,我都没接,我想一个人静静,他工作压力大,我不敢把烦心事跟他说。我怕他烦,如果他也不要我了,我真的什么都没有了。可是他每次安慰人都是别生气了,开心一点,不要不开心。翻来覆去也没有什么实质内容。如果真爱我,为什么到现在都还不求婚?我又不要房不要车,我可以养活自己,我只是受够了一个人冷冰冰的生活。再说说我自己吧,我没有温暖的家,我只有个不断向我索取的爹!在面试前打电话向我要钱的爹!关键时刻影响我发挥的爹,真心累。我的人生怎么这么失败,她奶奶的。呕……呕呕……"

要吐。

老朱拍着刘漫的后背,劝道:"刘老师,人生不如意事十之八九,累了就歇一歇,以后你要喝酒,如果不嫌弃来保安室找我老朱,你别看我只是个保安,我也有不少知心朋友呢,别去酒吧了,不安全……"

刘漫有他安慰,心里感觉暖暖的,像是在寒风中迷途的孩子,找到了一个避风的山洞。

"把太细的神经割掉……"突然,她的手机铃声响了,刘漫从包里拿出手机,一看又是她爸打来的。

刘漫豁然站起身,脸色突变,接起了电话:"又有什么事儿?"

"……"

"多少?!四十万?!你究竟输了多少?上次不是说二十万吗?"刘漫

冲着电话声嘶力竭地大吼道。

"……"

"这才多少天，利息要那么多？你别骗我，是不是又借钱去赌了？！"

"……"

"我没那么多钱，别说四十万，十万都没有。"

"……"

"七万，我只有这么多。"

"……"

"那你要我怎么办？去卖吗？你要你女儿去卖吗？！"

"……"

"你去死吧！去死、去死！"刘漫把这话吼得震天响，吼完，她颓然地蹲在了地上，哭得肝肠寸断，吐得一塌糊涂。老朱走到她身后，小心翼翼地问她："你……没事吧？家里的电话？"

"我爸赌博输钱了，逼债的要来上海找我，让我躲起来。"刘漫擦干眼泪，抬起头，黑洞洞的眼珠直视着老朱，问他："一个人的命，真的是注定的吗？"

"你爸输的钱，那是他的命。你的命，才开了个头，往后精彩着呢。"老朱淡笑着说。

"给我根烟。"刘漫向老朱伸出两个指头，"老朱，别人都觉得我孤傲，其实我只是内向罢了。生在这样压抑苦逼的家庭里能有多外向呢？我没什么朋友，你愿意当我的朋友吗？"

老朱忙不迭地点头，把烟递给她："当然愿意，不是还有向老师吗，也许是误会？"

"没有误会。她不再是我朋友了。我……没福分当她朋友，我最讨厌不真诚的人。欺骗背叛，两面三刀，背后搞鬼。怎么还能做朋友？"刘漫感觉头有点晕，她不知道老朱后来去哪了，也不知道自己又遇到了什么，更不知道自己怎么回的寝室。

第二天刘漫酒醒，头有点痛，还穿着昨天的衣服，有烟酒味，她打算起来冲个澡。鞋子在地板上规规矩矩，她从来都是进门乱甩，还从没有这么容易就找到鞋呢。阳光从窗帘的缝隙笔直地照进来。床头柜上放了一杯清水，桌上凌乱的剧本被收拾整齐叠放在一角，垃圾袋也被清空了。其他物品倒是还摆放在原位。平时她懒得收拾，只有向阳要来的时候才会象征性地拾掇一下。喝断片后很多细节记不清了，但是都说酒后吐真言，冷汗涔涔地绑好头发跑去找老朱。

朱师傅早上当班，正在往茶杯里倒水。旁边摆放着好几个保安和保洁的水杯，都满是茶垢，唯有朱师傅的不锈钢茶杯光洁如新，一看就是经常刷洗。倒好水，他又把毛线钩的杯套仔细套上。这才抬头看见刘漫。

他欠欠身，笑容可掬："刘老师，您来了？"还是很生分，保持距离的样子。

"朱师傅，杯套挺好看，嫂子织的吧？"

他笑笑，提起杯带子满意地说："是呢，我老婆说这样不容易摔。"

"您真是个仔细的人呢。那个，昨晚，是您帮我赶走流氓的吧，谢谢啊。"

"小事儿小事儿。保护员工安全，是我们保安的职责不是？"

刘漫红着小脸："我，我喝多没有乱说什么吧？"

"没有，没有。"

她再三确认，然后委婉表示如果说了，让朱师傅一定不要往心里去，不要告诉别人，自己都是乱说的，她真怕自己一不小心把她知道的秘密说出去。

去吐鲁番的前一晚，夜深她不放心小葵出去找的时候，在Bobo后窗，听到了不可思议的内幕。一陈一开始很小心说他考虑清楚了可以答应做她的情人，帮她找回初恋的感觉。Bobo很放荡地笑，说你早该想清楚了。一陈随即提出条件说《哈拉和卓公主》必须向小葵当女主。Bobo用为难的口气说，小葵让你来说的？我一个人决定不了，也怕向小葵胜任不了，怯场。有开门的声音，一陈说他要走，被Bobo拦住，央求他不要走，然后表示会想办法说服高导，但是小葵也要经常去高导房间让他指导指导演技。一陈的话再没听清，随即传来什么东西倒在床上的响声，还有不堪入耳的情话和女人的呻吟……他们一定没想到密实的窗帘后，玻璃窗没有关。

当时的刘漫感觉整个人如遭雷击，她难以置信，剧情朝这方向发展了，她只听到Bobo那句："小葵让你来说的？"却没听到一陈否定。是小葵鼓动的一陈，愿意付出这么大代价，帮她往上爬，表面说不在乎，实际要这么大动干戈。一陈是有多爱她，才会为了她跟这满肚皮妊娠纹，还有狐臭的变态女人苟合。

但是，话说回来，她虽然恨小葵借一陈上位，但也不想这件事宣扬出去，她于心不忍。小葵还有大好的前程，她也是一时鬼迷心窍吧。

她现在不理小葵，拿友情要挟，只是为了向小葵不要把自己迷失得更远。自己醒悟过来跟她道歉认错，亲口承认是自己用了不正当手段窃取了本应该属于她刘漫的果实。

老朱一脸诚恳，表示不说，什么都不知道。那坦诚的表情好像根本不记得昨晚救过她，陪她聊天这回事。

她舒了口气，道谢，这世上还有这么实诚的人呢，活雷锋。往回走，到树阴底下，迎头就撞上了向阳。他一直看着刘漫从宿舍去保安亭然后又走回来大概用时五分钟。她穿的是拖鞋，也没化妆，拿包，他断定她走不远。

"知道你今天休息，没吃早点吧。上去收拾一下我带你去吃好吃的。"

刘漫嘟嘟嘴，看着一身警服，站在树底下仍被朝阳从树缝里笼罩，熠熠生辉的他，觉得心里熨帖极了。于是对昨晚自己的任性狠狠自我谴责一番，伸手给向阳，十指相扣上楼。她还专门看了一眼四周，老朱端着茶杯正认真站岗。宿舍楼上几个男同事朝他们吹口哨。

她有些小女人的骄傲。

向阳虽然对她昨天到今天没接电话这件事儿，以及她身上好像有点烟草混合酒精的味道，还有生性冷淡的她跟一个保安那么熟络，诸多事儿心生疑问，但是他什么也没问。

看到她能笑得出来，他觉得这样挺好，什么都没必要问了，他相信她。唐梓航说了，要对她的烦恼困惑感同身受，不追问不指责。

"漫漫，床头的落地台灯的灯罩不是坏了吗？怎么修好的？"

刘漫扭头看了看，是坏了一段时间了，向阳研究了两次没有装上去就把灯罩放在窗台上了,现在灯罩严丝合缝地装好了,而且显然被清洁过很干净。还有窗台上养的几盆花枯萎的叶子也被清理过,沙发扶手的布很多时候不在位置上,今天都规规矩矩地摆放好了。

"是啊,昨天还是坏的,一定是朱师傅修好的,他可真是个好人。"刘漫想,应该是朱师傅把自己送回来的吧,然后顺手修理的。

"哪个朱师傅?"

"门口的保安啊,刚才和我说话的那个,别看他是个保安,心细着呢,热心肠,而且还会一些功夫,以前是教练,在我们这当保安,真是屈才了。"

"他修台灯的时候你没在?"出于职业的敏感,向阳多问了一句。

刘漫说自己在走廊上打电话,没注意。她没说头一晚在剧院门口发生的事情,她怕向阳担心。她觉得应该好好谢谢朱师傅,改天买两瓶好酒送给他。

"没想到我的漫漫公主现在这么接地气,对保安大哥都这么友善。还是要注意安全,毕竟你是一个女孩子家,以后这种活计交给我做。"

向阳觉得那个老朱刚才对自己进门的时候表现得刻意的躲闪和不自然。

刘漫去洗澡了,向阳坐在沙发里听着淅淅沥沥的水声,心猿意马。刘漫桌上放着安眠药的瓶子,他伸手拧开闻了闻,淡蓝色的药片没什么味道,他打算劝劝刘漫别吃这玩意儿,伤脑神经,还有依赖性。

等她湿着头发,裹着碎花吊带裙,嘴里叼着梳子从氤氲水汽的洗澡间出来,那双又美又长的腿滚着水珠,倚着门,向阳喉结动了动,某处在瞬间苏醒,全身好像沐浴在最热烈的阳光里,血液循环加速,从内而外的燥热。

不仅仅是吸引。

还没有买买买,吃吃吃,先啊啊啊。那就倒着来吧。

他扯散了领带,把警服的袖扣打开,起身去把走廊的窗帘拉了拉,等他转身,热气腾腾的姑娘扑了满怀,她不老实的小手在他的脖颈、胸膛滑过来游过去,慢悠悠麻酥酥。沐浴露和润体乳的味道盖不住她的体香,她的左腿攀附在他的后腰间,右脚尖踮起来,舌尖儿在他耳垂打转,向阳觉得口干舌燥,低头去寻找泉眼,接触到她温润的唇,温柔地吸了一口,同时摩挲着腰的手也滑到浑圆的屁股上停住。

皮带扣"喀崩"一声被解开,妖精居然会用舌头给向阳解扣子,舌尖似有似无地碰到胸膛,像着了火起了电。她的手柔若无骨,像一尾蛇悄悄滑到向阳的敏感地带。他从嗓子里发出低沉隐忍的"喔"。

向阳感觉身体有一股熊熊大火在燃烧。他亲了一下刘漫的眼睛,睫毛。她乖乖地勾住他的脖子,轻轻一抬屁股,像一只树懒挂在他身上去了沙发。

窗外,和煦的阳光透过稠密的树叶洒落下来,成了点点金色的光斑反射着墙上,风吹着纱幔飘荡,带着枣花和月季的幽香,飘进简朴又温馨的客厅。

一室旖旎风光。

看在向阳的面子上,接下来的每天排练,刘漫作为女配还是很专业的,并没有给向小葵使绊。只是私底下形同陌路。Bobo 象征性地指导示范了几场,也就不再操心了。每次排练完,刘漫不知踪影。其他人不知怎地也是象征性寒暄,然后有人莫名其妙地唱薛之谦的《演员》:

该配合你演出的我演视而不见 / 在逼一个最爱你的人即兴表演 / 什么时候我们开始收起了底线 / 顺应时代的改变看那些拙劣的表演 /

每次都是一陈来打圆场,他准备了那么多话题逗小葵开心,永远满满的正能量。直到这次排练完被 Bobo 喊走。

小葵爬上天台,看着夜幕已经降临,天空并非纯黑色,透出一片无垠的深蓝,一直伸向远方,远处。她很想穿透这层黑幕,刺探天的尽头是什么。

明明是女一,怎么会这么窝囊,心里竟莫名产生对女配的敬畏感。难道自己真是不正当上位的?那自己怎么不知道?

真是哔了狗了。

有心事只好就着晚风,对着微信视频给表嫂黎晓说。

"晓晓姐,你有闺蜜吗?你们会闹矛盾吗?"

手机里的黎晓披散着一头乌黑的头发,看得出来化了淡妆,一身极具诱惑的粉色家居服,模样清纯好看。

"趁你哥还没回来,我跟你讲讲哈,我曾经有过闺蜜,她叫素素,我们是闺蜜的时候关系很好,穿同一条裙子,一双鞋,一个锅里吃饭,睡一张床,一起上班,直到她和我睡了同一个男人。我们闺蜜的关系,就此破裂了。"

"啊,这样啊,太不仗义了,闺蜜的男人都要上,这种必须闹翻啊。那你有没有在她胸口碎大石,让她跪榴莲键盘什么的。她有跟你道歉吗?你们现在……"

"还特别好啊,只是退到了好朋友的位置。刚刚还打电话来着,讨论一起打飞的去青岛吃海捕大龙虾。"

小葵惊得下巴都快掉下来了,"你们……都是重口味啊,男人都能同享?我也是大写的佩服。不对呀,这个男人不会是我表哥吧?毁三观啊,他有这样的胆子?你这闺蜜谁啊,你们结婚的时候来了吗?我见过吗?"

"你脑洞开得真大,你哥有这胆量么,那个男人是我前任,那个女人是我前任的现任妻子。我成全了他们,嫁到了云南,如果没有他们,我还成不了你嫂子,不会过得这么现世安好。所以我带着感恩的心态,和他们握手言和,也是情理之中吧。那你是不是和你的闺蜜漫漫吵架了?最近都没听你提她,朋友圈也没晒你俩形影不离的自拍了。不会是因为像我一样抢男人那么狗血吧。"

"原来表嫂才是个'心机婊'啊,我怎么感觉这个故事是遇见新欢,把旧爱顺坡下驴给闺蜜了。"

表嫂"切"了一声。

小葵脱了鞋,光脚踩在有点发烫的水泥板上,松了皮筋,让头发自由飞扬,看着万家灯火,"我和漫漫,我们,怎么说呢,简而言之,她觉得我抢了她的角色,可是我觉得是一场误会,谁也不愿意放下高傲先开口言和。她就是没憋过去这口气儿。可是总这样别扭着也不是办法啊。毕竟我们还要同台演出,不能老这样貌合神离吧。"

"又不是什么大事儿,如果你在意她多一点,就主动去找她聊聊,你们毕竟相处这么多年了,还不了解彼此吗,矛盾化解开就好了啊。你们闲的时候也可以来云南旅游啊,顺便认认家门。我帮你跟她聊聊,将来她都是要当你嫂子的人唉,你这当小姑子的可得识大局。这可是我们云南的媳妇。别给弄飞了。"

"哎,你是当云南媳妇当上瘾了吧,到处哄骗妇女回云南当媳妇。云南男人有这么大魅力?"

只见微信视频镜头一转,门口出现一个英姿飒爽的男人,"傻大姐,哎哟喂,你这身衣服,可真傻哎。"

"小夏子,讨厌。你别口是心非,知道你好这口,人家可是专门穿给你看的。你可算回来了,饭菜在锅里,我在床上等你。乖,快啊。"

"媳妇你吃了没?"那人朝屏幕走来了,拥抱的姿势都准备好了。

"人家要吃你。"

哎呀这恩爱秀的,这狗粮撒的。这画面辣眼睛,不忍直视啊。

"黎晓!!!夏秋生!!!你们是故意的吧。"

"哎呀别闹,我都忘了跟小葵妹子还视频通话呢,那个啥,小葵,先不说了啊,我们要用晚膳了。记住哈,你俩这点事儿都不算事儿,要不改天视频,姐帮你俩唠明白解心结啊。哎,老公,来啦,来啦,你都辛苦一天了,等我来盛汤嘛……&*%￥#"

幸好手机刚好没电了,黑屏,否则还得被多虐一会儿。向小葵把有点发烫的手机放地板上,甩甩头发清了清脑子。

不知道怎么就踩上了条凳。那木头的触感,让她有点怀念那个有点潮湿的酒店湖畔栈道。空气中仿佛还有青草的味道。

"父王。"

"父王。"

"父王……我是法图娜,我是向小葵。你是谁?"

她对着远方大喊了几声,可是再也没有一个穿着睡袍的男人占她便宜,似笑非笑地回答:"唉,还不参见父王?"好像是昨天才发生的事情,闭上眼睛都能看到那个纠正她表情口吻都不对的神秘男人。

以前特别讨厌那些穿越剧,觉得好假。此刻她真想跟哆啦A梦借一台时光机穿梭到那晚,好好跟那个人聊聊,至少知道他姓甚名谁,微信号多少,电话是否方便留,她想问问他是怎么做到背后长眼睛那么准接住遥控钥匙的。

假若日后相遇，他还记得她吗？他还会记得他说，难道不开门还留你在这过夜么？他还记得他写的字条么？

宝剑尚未配妥，出门便是江湖。

自己现在不就是验证了他说的，孤身赤手空拳站在江湖的的血雨腥风里么。

你到底是哪路神仙，忒么的倒是现身，就目前的窘况给点主意行么。

十天后《哈拉和卓公主》首演。

大幕徐徐拉开，向小葵身穿精美的演出服，站在聚光灯下，她看向观众席，享受着那种屏神宁息的安静，享受着成为焦点的这一刻。这一天，她不知道等了多少个日夜，脑子里演练了多少遍。

她站在布景的城墙墙头，眺望远方，身后的大幕上，是冰封万里的戈壁和高耸如云的博格达山，环绕全场的二十八个扬声器，还原了来自沙漠的风声，如泣如诉，舞台上，躺满了尸体，用道具布置成瓮牖绳枢、饿殍遍野的景象。

哈拉和卓，就像一具巨大而干枯的尸体，躺在冰冷的吐鲁番大地，这是她的城，她是哈拉和卓公主，法图娜。

她不敢相信，曾经那座博格达山脚下最富饶的城市，只半年光景，便成了这般，一如人间地狱。

向小葵微颤着开启朱唇，对饰演婢女珊度拉的刘漫道："珊度拉，你看这赤地千里的荒漠，如恢如焚，这万顷晴空，没有一片雨云，还有什么更让人绝望的吗？珊度拉，你告诉我，我该用什么祈祷，才能换来一场雨。"

刘漫（珊度拉）："公主，我听人说，有坎儿井的天山融水，供城民们喝的暂且有保障，只是缺水灌溉，庄稼都活不了，牲畜屠宰光了，连马匹都宰杀了，如果再没食物充饥，半数城民怕是活不下去了。"

……

台下时不时地响起掌声，每幕结束的时候，观众的热情空前的高涨，向小葵下台的时候，官网平台上不断有粉丝为她加油，不断有观众给她好评，有夸她演得出神入化的，有约她在后台合影留念的，向小葵看着这些留言，听着观众鼓掌的声音，看到堆满舞台的鲜花，如梦似幻。

比之前想象中排山倒海的紧张，好多了。就这样，保持住。

心情没来由的平静，一如乌市那晚月光下的湖面。有那么一瞬间，她期待人潮中，如果有一个那样玩世不恭的身影该多好，一起分享她此刻的成功，也许心情会更加愉悦一点。哪怕是打击她演得一塌糊涂，臭狗屎也行啊。除了他的臭德行，还有他的声音，比清澈的湖水，更加让人心神安宁。哦，还有那个比他长相正经多了的小楷字。

宝剑尚未佩妥，出门便是江湖。

怎么会又对号入座了呢。

莫名其妙当了女主，一不小心就要火了，她手无寸铁，心思单纯，怎么面对江湖风雨？她真的好害怕这只是黄粱一梦，害怕自己只是穿了水晶鞋的灰姑娘，午夜钟声一过，所有美好都如雾霭般散去。

但比这更棘手的，是如何面对刘漫和一陈，曾经这两个最好的朋友。回想到刘漫看自己冷得发抖的眼神，她的心就拔凉拔凉的。还有一陈，自从新疆回来排练开始，台上正常发挥，台下整天跟打了鸡血一样，没事就拉着自己谈理想聊人生，畅想未来，不知道在搞什么鬼。

一个对她冷淡得像冰，她想靠近却仿佛隔了块玻璃幕墙；一个对她热情得像火，她怕自己把握不好分寸，她总觉得他身上少了点什么，那不是自己想象中的爱情。

向小葵心里愤慨着："难道真的是一将功成万骨枯，成大事的人，注定没朋友么？"

而此刻唐梓航和向阳就坐在 B 区 VIP 座第二排正中间。舞台在他们一点钟方向。

唐梓航看着舞台上翩若惊鸿、宛若游龙、熠熠生辉的女孩出了神。含着水汽的双眼里似乎还流转着潋滟波光，条件反射般，他似乎也闻到湖岸潮湿的空气和草木的清香，眼前是她晃动高跟鞋，抢钥匙狡黠的样子。他觉得第一次有点怀念那个以前经常住却毫无好感的房子。自己纠正过的那句台词，她表达得很到位，确实是自己无意中提的建议，表现起来更精准，更传神。

他庆幸自己的推荐没有错。那个周总还是很识相的。

这个清瘦高挑还很努力的女孩，在他看来天生就是为了舞台而生。

姑娘，一定要坚持你所热爱的东西，来日不畏豺狼虎豹。

向阳脸上始终挂着"这女主是我妹妹""这女配是我女朋友""这台上好看的女人都是我家人"的那种骄傲，忙着发小视频给老向，还跟唐梓航无限感慨地悉数历年大事记，把向小蓉的糗事从穿开裆裤一直讲到上周把牙膏当洗面奶。唐梓航托着下巴饶有兴致地听。向阳讲得口吐莲花，他觉得老唐之所以如此专心致志，是被自己的口才折服了。

"你确定你俩真是亲兄妹？"蓦地，唐梓航面带笑意悠悠地问了一句。

"不然呢？"

"有这么黑自己妹妹的，不怕嫁不出去？"

"她有人追，喏，就台上那男主，挺有才华的，就对我妹妹情有独钟。"

唐梓航盯着穿帝王服正被很多女粉丝挤得东倒西歪的一陈看了看："呃……"

两人出了会堂回车里各抽了一根烟。

"你们案子进展呢？"

向阳凝眉道："有点眉目了，目前已经初步锁定嫌疑人，有明显作案动机。是他们年级辅导员，此前一直对她展开各种变态的追求，在他家里搜出几件女性内衣，有两件是死者的。在他手机里确实发现了偷拍很多女学生舞蹈厅练舞的视频，案发当日他没有不在场的证人。只是还没找到直接的犯罪证据，没法定罪，不过应该快了，我们在严密监视中。"

唐梓航接着问："作案手法呢？传讯中，他有交代什么有效信息了吗？"

向阳双手搓了一把脸道:"肯定是不会轻易承认的,现在网络这么发达,肯定是接触到什么妖法邪术也说不定。那货表现得相当无辜。最近不知道犯了什么忌,工作各种不顺。"

以前办案周期都不会超过一周,那些案子不是入室偷盗就是农村村民因为鸡毛蒜皮的小事故意投毒致人死亡,案发现场附近走一遭,关系网一梳理很容易找到嫌疑人,一审讯基本供认不讳。哪里碰到过这么棘手的案子。

两人相继陷入沉默。

落幕。

灯光亮起,大幕缓缓落下,向小葵和一陈拉着手,并肩站在布景的城头,听着台下响起雷鸣般的掌声,环顾着台下观众一双双亮晶晶的眼,一张张兴奋的脸,忍不住热泪盈眶。她不断向观众挥手致意。

大幕落到一半的时候,一陈突然在她耳边叮嘱了一句:"谢幕以后,我在舞台上等你。"

向小葵看向一陈,他仿佛还没从沮渠安周这个角色中抽离回来,眼神依旧残留王者的气息,说实话,尽管一陈演王者神形兼备,但向小葵一看到他这张脸,不知怎么的就跳戏,舞台上他说一不二,舞台下,呵呵,阿猫阿狗叫他倒杯水都抹不开面子拒绝,这算不算精分?

在一片赞扬声中,在一片璀璨的光芒闪耀中,小葵、刘漫还有一众演员要集体合影,小葵被簇拥在中间,从没有过这种感觉,那么多人围着自己,那么多镜头对着自己,这让她有些手足无措。

她手忙脚乱地和粉丝打招呼,羞涩地应付记者,任谁都看得出,她只是只刚长齐羽毛的雏鸟。

这时,高导、Bobo、周总从她身后包抄上来,三人把小葵和一陈推到前面吸引长枪短炮的火力,却把刘漫等一干配角挤出了镜头的视角。

Bobo今天特意穿了一套鲜红的晚礼服,配上亮得闪瞎眼的漆皮高跟鞋,妆容雍容华贵，一身行头完全盖过了向小葵还未卸下的戏服。

她和小葵站在一陈的两侧，一陈又高又帅，是画面天然的分界线，Bobo这身打扮站在一陈右手边，仿佛今天的主演是她而不是向小葵。

"向小姐，听说您是经过面试选拔，被高导相中出演法图娜这个角色的，请问您之前出演过什么角色呢？"

"我……"

"小葵一直是我们剧团青年演员中非常优秀的一位。"还没等向小葵开口，Bobo就拉高声音，对那个记者说，"我和高导早就开始培养她，是吧，高导？"

高导不住地点头："没错，小葵今天的表现，我很满意。当然，发掘小葵这枚新星，我们Bobo姐居功至伟，是她首先发现小葵的天赋和努力，Bobo慧眼识人才啊。"

"Bobo老师，您是剧团的老干部了，有人曾戏称，这个剧团最坚固的顶梁柱是您，您现在着力推举新人，是不是想分担部分压力，难道不怕被抢了一姐的位置吗？"

"我想强调一点，培养新人我们一直都在做，没有新鲜的血液怎么满足观众的眼球呢，这也不是我一个人的决定，是周总、高导，我们剧团上下的共识，我们剧团对Star……"

Star，Star，呵，那只和她同名的火焰龟是什么鬼，怎么在这种需要集中精力应对媒体的时候突然蹦出来，她突然羡慕那只龟，那只只知道憨吃憨睡但是被他宠幸的龟，有生之年我们还会再见吗？

也许是这么多天紧绷的神经让她暂时忘了那个人，现在首演成功，那些记忆纷纷钻出来扰乱了她的心思。

很快就会忘记的，她安慰自己。

Bobo看小葵嘴拙，没什么经验，疲于应付，屡屡接过话茬，别人眼里，是Bobo有大姐的风度，照顾小葵，替小葵挡了记者的口珠舌炮，但明眼人都清楚，Bobo完全在抢小葵的曝光率，一部剧有几个首演？

让小葵在自己剧的首演礼结束，接受采访的时候，只说了半句话，Bobo

这种照顾，也算是照顾到姥姥家了。想必明天报纸上，向小葵将是有史以来最没存在感的女主角了，风头全被 Bobo 抢走了。

不过那时候的小葵，全然没意识到这一点，她真的还在心里默默地感激 Bobo，被人卖了还帮人数钞票，说的大概就是她这号人物了。

人都散得差不多了，唐梓航把向阳支到停车场去取车，自己却双手插屁兜溜达到舞台前，他想近距离看看她平时的工作环境，如果突然重逢，看她什么反应，还会拿鞋当武器吗？他走后的第二天她还去湖边背台词了吗？他写的留言她是否看到？她这样没心没肺的性格应该不记得自己了吧，或者根本没看清或者没记住？

舞台上一陈和音效师阿本、灯光师大头站在舞台上，阿本正拿着遥控向他讲解着："一会儿你按这个键，播的是《一次就好》，按这个键，播的是《A little love》……"

讲解完音效后，他又和大头切磋："你按这个键，左面灯光就亮了，向小葵就看到那边的一排玫瑰花，按那个键，她就能看到中间的红毯……"

"等等！大哥，你怎么知道我要表白的是向小葵啊？"一陈警觉地抬头看了大头一眼。

大头挠了挠头，反问道："罗一陈，难道不是吗？"

"是啊。"

"那不就结了，我是灯光师嘛，不慧眼如炬怎么做灯光师。"

阿本也阴险地笑："我也早就知道了。"

"你也慧眼如炬？"一陈皱起眉头。

"不敢当，你平时表现得太明显了而已。"

一陈低下头，呢喃道："那还有谁不知道的？"

"恐怕只剩向小葵了。连保安大哥老朱都知道了，帮着收拾场地呢。"阿本和大头异口同声说，还说得斩钉截铁，说完互相击了一掌。

老朱眯笑眯笑地看着一陈，微微点头，一脸的羡慕祝福交织的神色。

一陈差点被他们几个的默契气得吐血，等熟悉完灯光和音乐后，排练了两遍，感觉情调渲染到位，浪漫不多不少，刚刚好，他有预感，这个feel，一定能打动向小葵的芳心！

"谢谢两位大哥，我都学会了。"一陈对他们道。

阿本说："好，祝你马到成功！我哥们也是今天求婚成功的，我们这些单身狗啊只有羡慕的份儿。看来今天是个好日子，适合求偶。"

"求套路，套路。说说呗。"一陈两眼放光。

阿本清清嗓子："我哥们阿辉有次聚会看上个女的叫大丫，是北辰路早上健身房的瑜伽教练，那身材那气质，吸引多少男的色眯眯，女的羡慕的眼光。我哥们虽然有钱，可惜是个二百来斤的大胖子。他发扬死皮赖脸的精神早送晚接上下班，大丫当然明白他心思。人家大丫开玩笑说如果半年瘦下去50斤，她就答应处处看。为了追着女的，阿辉也是下了狠心了，以前爱吃肉喝酒，也戒了改吃素了，去这健身房办了会员卡，每天挥汗如雨，陪着大丫上班，看她在瑜伽房腰身柔软，把自己折叠成各种形状，尤其是结束课程之前，躺垫子上引导会员休息那一幕，声音呢哝软语，像飘在半空中，吊带背心里露出两个浑圆白皙的半球，上下轻轻起伏，额头还有浅浅的汗珠，真性感啊。他一想到以后这女的就这个姿势躺他的床上，自己躺旁边，浑身像打了鸡血，也不觉得减肥苦和累。半年时间愣是瘦到一百三十斤，还练出六块腹肌。你还别说，瘦下来的阿辉是个型男哎。就在今天，他请人策划了求婚仪式，还出动了直升飞机，三克拉的大钻戒，那场面别提多壮观，我要是女的，我也同意。他可是富三代，人家大丫一看这架势说了，就算是200斤大胖子也会同意的，减肥只是考验他的耐力，希望他更健康而已。你们听听这女的多会说，这狗粮撒的。还上了微博热搜，你们自己看视频呗。"

大家还意犹未尽呢。

大头说："卧槽，有钱人终成眷属的故事啊。哪个健身房，还有美女没有？改天我们屌丝也去瞅瞅。"

一旁装设备的老朱说："工人新村广场斜对面那个。"

阿本说:"是啊,是啊,改天领你去。朱师傅,难不成你也去过?"

"路过,路过。"老朱憨厚地笑答,然后继续装机器。

"哎,大头,我哥们在前面那个旺角海鲜自助城庆祝脱单,包场,走,走,一起去。那个,朱师傅,这儿就辛苦你了啊。"

大头一脸兴奋:"走,走,蹭饭去,那个,一陈,也等你庆功酒哇!"

一陈想想自己别说请直升飞机了,在上海自己还买不起一居室呢,玩套路也得讲实力,在这个套路满满的年代,走心大概是他唯一的撩妹技巧。

唐梓航对这种八卦没兴趣,只是安静地立在台下的窗边抽了几根烟,听着他们在台上七嘴八舌很聒噪,只是偶尔有人提到向小葵,才让他多停留了一会儿。原来还有一场表白戏啊,在这么low的九十年代老气横秋的舞台上,这么low的原始保守的创意,不过颜值倒是相当。那个傻女孩会不会答应呢?他把刚才在洗手间用心抓起来错落有致的短碎发又抓乱,朝停车场走去。

接受完采访回到更衣室,小葵还没彻底回过神,庞恩娜等一众小演员,就起身鼓掌,连赵玲和自视清高的沈艳丽也围了上来。

赵玲半开玩笑地对她说:"小葵,选角的时候,我就觉得你演得不错,说实话之前那些小配角真是埋没你了啊,小葵,你隐藏得够深的呀。"

沈艳丽浅浅一笑,拍了拍小葵的肩膀道:"小葵,就等着火啊,姐妹们可等着沾你光呢。这部剧听说有幕后大咖在运作,说不定还能百城巡演呢,如果是那样,不火也难啊。"

张三:"……"

李四:"……"

还有赵五王二麻子分别过来哗哗,恭维。

小葵被她们夸得眼圈都泛红了,这群可不是善茬,以往向小葵哪入得了她们的法眼?

091

"谢谢，以后我们一起努力，让这部《哈拉和卓公主》，火到全国！都成大咖才好呢。"

"火到全国哪够啊，火遍全球，火到百老汇去！"一旁的小美举起拳头，喊口号似的拍马屁。

沈艳丽白了她一眼，道："你怎么不说火到火星上去？别说没边没际的，我们现在最重要的是要演好接下来的每一场，都像首演这样全情投入，不能得意忘形啊。"

整个更衣室都热血沸腾的时候，只有刘漫一个人安静地坐在化妆镜前，显得和所有人都格格不入，以前不管她多不合群，起码还有向小葵和她休戚与共，但现在，她孑然一身。

小葵的眼神穿过众人，落到她落寞的背上，心里"咯噔"一下，脸色立马黯然下来。

沈艳丽顺着小葵的眼神，看向刘漫，鼻孔出气道："哼，还不服气呢，还是小葵最好的朋友呢！唉，演技不好怪懒，人缘不好怪作，命不好，怪天喽。"

刘漫听到这句话，"唰"的一声站了起来，一脸杀气腾腾地朝沈艳丽走来。

沈艳丽挺了挺胸站在她面前，以眼还眼，针尖对麦芒地和她对视着。好像过去那个吹捧刘漫的人不是自己。

向小葵护着刘漫，对沈艳丽道："艳丽，少说两句。"

"干嘛？我说错了？一天到晚哭丧着脸，别人都欠她钱怎么的？向小葵，这种人活该一辈子没朋友，和她做朋友你不觉得委屈啊？一天到晚看人脸色，好看啊？长花了咋的？你看她在飞机上那个死样子。"

"让开！"刘漫一下扫开沈艳丽，头也不回地走出更衣室。

"漫漫！"向小葵指了指沈艳丽叹了口气，立马追了出去。

刘漫走得飞快，向小葵一路小跑，追到走廊尽头才追上刘漫。

"漫漫，沈艳丽刚才说的是气话，你别往心里去。"她拉住刘漫的手，劝她道。

刘漫转过身，一下把小葵的手甩掉，对她道："我这种人活该没朋友，你就让我自生自灭不行吗？向小葵！你过你众星捧月的日子去，别来烦我行吗？！"

看着刘漫决绝的样子，向小葵心里难过得被针扎了似的，苍天啊，难道过去的情谊真的都是假的？她从来都不希望自己的风头盖过她？自己从来不了解这个朋友？她竟然这么小气？

"漫漫，你怎么能这么说呢？我们是最好的朋友，以前我们发过誓，要当一辈子的朋友，你还记得吗？"

"你傻啊，喝过酒的醉话，能当真？"刘漫笑了，笑得惨然，"向小葵，我第一次知道你这么会演戏，我比不过你好吗？你运气好，有人愿意伸肩膀给你踩，你都这样了，还来装什么好人？"

"刘漫，你在说什么啊？"向小葵真的懵逼了，对着不可理喻的刘漫，也有点生气。

"向小葵，我不把真相说出来已经是对得起你了，还装傻吗？以为谁都不知道怎么回事吗？以后我的事你少管，你的事我也绝不掺和，你走你的红地毯，我过我的斑马线，我们井水不犯河水，OK？！"

向小葵用难以置信的眼神看着刘漫，往事一幕幕浮上心头，自己高烧说胡话的夜晚，彻夜照看自己没有合眼的，才是刘漫；从老家千里迢迢带来特产，一口不舍得吃全给自己的才是刘漫；表演不到位，一点一点帮自己抠表情动作的才是刘漫；手指都切破了贴创可贴继续做菜给自己吃的才是刘漫；挤在一个被窝偷偷分享不能说的秘密的才是刘漫；拉着自己的手说是一辈子好闺蜜，以后是好嫂子的才是刘漫啊。

那个刘漫去哪儿了？丢在新疆了？

"不会的，漫漫，你这话不是真心的，你心里一定有事，漫漫，你说的真相是什么？你跟我说。你到底怎么了？"

"没怎么！都已经这样了，你就要火了，你的梦想要实现了，懂吗？现在说没有意义了。"刘漫躲闪过向小葵的眼神，泪流满面。

向小葵双手抓着刘漫的肩膀，眼神坚定地看着她："漫漫，在新疆我就发现了，你心里有事，你说出来，只要你说出来，我一定帮你，砸锅卖铁都帮你，漫漫,你说啊,求求你了你说啊。"

刘漫一把推开她,脸上带着疏离的神色:"向小葵,我们……缘尽了,别逼我了。"

向小葵颓然地站在空荡荡的走廊里,看着刘漫倔强落寞的身影,仿佛被人在胸上踩了一脚,闷得说不出话来,眼泪扑簌簌地流下来,湿了妆。首演成功顿时失去意义。她心想,坏了,自己把向阳也连累了,哥哥嘴里说的煮熟的嫂子,这下不是要飞了吧。

这女人轻易不发脾气,这发起脾气一般人招架不住啊。关键是,不知道自己错在哪里,真悲催,所谓人生也许就是这样,有得有失。得到角色,失去朋友。

"那,我哥呢……你……"

"他是他,你是你……"刘漫缓缓吐出这几个字,脸上不再有任何表情,踉跄离去。

她不知道的是,此刻的刘漫脸上也已经爬满了眼泪和鼻涕,她不敢去擦,不敢哭出声音,任由鼻涕眼泪哭得满嘴满脸都是,她怕被向小葵看穿她此刻的心情,比向小葵更悲痛的心情。

一个人本质在慢慢变坏,秀下限,有比这更可怕的吗?这个人是自己好朋友,她的虚荣心已经在一点点膨胀还有比这更可惜的吗?

既然向小葵这么爱表演,不愿意主动承认,自己何必拆穿,毕竟是自己唯一的好朋友,可是自己终究是眼睛里容不得沙子的人,怎么能看着自己的好朋友使下三滥的手段获得本属于自己的角色?还安之若素,还特别享受现在得到的一切?她明明知道自己盼望这个角色有多久,为何连公平竞争的机会都不给?

这么狠,这么恨,这么矛盾。

这边,一陈等众人一走,立马打电话给向小葵。

"小葵啊,累不累?你在哪儿呢?我在这里等你,有惊……"

喜还没出口,就被小葵抢了词。

"对不起啊,一陈,我今天,太,太累了,有什么事,明天再说好吗?"

一般有血性的男人,肯定说,不行,就现在来,赶紧的。只有一陈掩藏着自己的失望,说,"好啊,那你注意休息啊。"

说完这句,他后悔得都想抽自己一个大嘴巴。

坐在黑漆漆的舞台中央,看着对方已挂机那几个戳心的字,有种万念俱灰的挫败感。精心准备的现场啊。

白瞎了。

黑暗中一明一灭的烟头在闪,烟头那端有人说话了:"女主角不来了?哎呀,不介意的话,我陪你抽根烟?男人嘛,要坚强。"

"谁?大周?"

"我,老朱哇。"

"朱教练,你怎么还没走?"

"哦,我等着帮你收拾场地,锁门关窗,怕晚上下雨。你别那么客气叫我,我现在是保安,三十年河东三十年河西,叫我老朱就行。"

"老朱大哥,你还是这么尽职尽责。自从你来咱们剧院上班以后,大家对你的工作非常认可呢,就是大材小用了。"

"Bobo老师可怜我,赏口饭吃,反正我会好好珍惜这份工作的,不给你们添麻烦。"

"可惜你现在不当拳击教练了,没有你的督促我也好久没去俱乐部了,工作太忙没空了。"

"锻炼锻炼还是有好处的,等有机会我再陪你过过招?"

"好啊。你还有烟吗?给我也来一根吧。我发现你呀,跟我一样,热心肠,一直都是再世雷锋,革命一块砖,哪里需要哪里搬,以前那帮糙老爷们儿把保安亭弄得像狗窝一样。你来了以后都整洁了不少呢。改天你去我宿舍看看,我也没事总收拾,自己住着舒服。朱大哥,咱俩探讨一下,你说这种性格到底好不好?"

向小葵换完衣服，恹恹地给向阳打了电话："哥，带我回家。立刻，马上。"

也许是餐厅走道嘈杂，向阳并未听出妹妹异样，兴奋道，"小葵，你的首演我们来看了，很棒。我现在在剧院旁边的五丰楼宵夜呢，你快来，我们给你庆功，喊刘漫一起。"

向小葵有气无力地道："刘漫不会来的，如果我把她惹生气了，你会不会怪我？"

"你们女人真麻烦，个个都是小心眼。她也没接我电话，我这还有朋友，你先来了再说。"

向阳回到座位，唐梓航已经走了，洁白的餐巾纸上写了几个苍劲大字：老爷子召见，回聊。

什么情况，只不过是去了趟洗手间，便秘了而已，人之常情，这厮就走了。服务员过来收笔，跟向阳搭讪，一脸花痴样，"帅哥。"

"嗯？什么事？"

"我是说，刚才那个帅哥已经结过账了。请问他还回来吗？"

向阳一脸黑线，用手机屏幕照了照自己，难道我不够帅吗？还是穿便衣帅得不明显？他把纸巾团了一团，捏扁。

向小葵走出剧院的时候，夜色已浓，她曾无数次地幻想过今夜的心情，她以为会是凤愿得偿的喜极而泣，却没想到心里竟有种怅然若失的感觉，形单影只地走在灯火阑珊火树银花中央，城市璀璨的灯火把她的影子拉向四面八方，却无法和谁的影子重叠。

常听说高处不胜寒，奈何她现在还在半山腰上，雪线还没到，就已经孤单到不行，真到了会当凌绝顶的地步，会不会顾盼无一人？

向小葵觉得孤单寂寞冷，一边走一边向上天祈求一份真挚的温存，但直到快走到五丰楼，天上也没掉件羽绒衣下来，连根鸭毛都没飘下来，反而风刮得更大了。

当她沿着马路牙子走到街角的时候，却在迤逦的灯光下，看到了上天给予她的馈赠，那是一条长长的斑驳的影子，一个被包裹在光芒中的轮廓，仿佛是一个天然的黑洞，只一眼，她的目光便死死地定格在那轮廓上，任由意志和理智再怎么倔强，都无法把眼神从这黑洞里抽离。

众里寻他千百度，得来全不费功夫。

是他吗？乌鲁木齐遇见的那个神秘男，魅惑的嘴角，勾魂夺魄的眼神，散发着仿佛与生俱来洒脱的姿态，就是他吧。他随意地站在路灯下，右手夹着一支烟，袅袅的烟雾极细，整体感觉还是那种极其玩世不恭听之任之的模样。虽然目前只有昏黄的路灯和清冷的月光，自己的周身怎么开始有点暖洋洋的了呢？

向小葵仿佛听到自己的心在放肆地笑。

什么是缘分？

所谓缘分就是适当的时候遇到想遇见的人。缘分浅的人，有幸相识却又擦肩而过；缘分深的人，相见恨晚从此不离不弃。有的缘可遇不可求，属于上等缘；有的缘分是可遇亦可求，属于中等缘；有的缘分可遇而无可求，属于下等缘。

自己正乱七八糟感慨呢，那人电话响了，他用耳朵跟肩膀夹住手机，抬脚貌似要走了。

"嘿，站住。"向小葵巴不得点了那个人的穴上前鉴定一下到底是不是。却又慌乱低下头，佯装没认出他来，迈开腿儿朝他走过去，心想如果真是他，怎么调戏一番才好。

近了，马上就到跟前了，还真的是。自己站在树的阴影里，只看到他的侧脸。

那修长挺拔的身材，那张欠揍的英气逼人的脸，如果不开口说话，还真蛮帅的。向小葵听到自己的心"扑通扑通"地跳，脸像烧着似的烫，两手却因紧张而发凉出汗，他会不会不记得自己了？那多尴尬。向小葵的心微微颤着。她在想等他接完电话，该不该主动打招呼？她想这样笔直地提速撞上去，假装不小心，刚好可以报仇，撞他右胳膊上，最好撞个生活不能自理。

低头看看胸，和自己的小身板，又怕自己吃亏。她脑子里无数个方案循环排练。

"轰……轰……"强力的马达声撕扯着整条路的喧嚣，由远及近，如破风之箭，向这里射来。

听到马达声，那个男人转过头，把外套随意搭在肩上，看向路的尽头，他的嘴角弯起玩世不恭的弧度，眼神邪魅如暗夜的精灵，这种眼神对女人来说，是一个危险的讯号，是飞蛾眼中的火。

伴随着轰鸣声，两束耀眼的灯光从街道尽头的转角射了过来，车灯的位置比一般的车低矮，是辆跑车。那辆车掠过无数路人惊诧羡慕的眼神，横在向小葵和她的缘分之间，向小葵揉了揉眼睛，发现横亘在自己眼前的，是辆骚红色的 LaFerrari，她对车没什么研究，之所以能一眼认出，是因为年前陪向阳去车展的时候，看到过这款，当时被它迷人的外形惊艳了，也被它八位数的售价惊呆了。

而那个男人，掀开车门，坐了进去。居然坐了进去！动作如行云流水般的自然，没一丝拘束，一看就是常坐。

开车的正是乌市锦江酒店见过的尤物，见他上车，那女子一轰油门绝尘而去。他和她什么关系？向小葵傻愣愣地站在人行道上，眼神呆滞地看着车的屁股，一骑绝尘，刚刚还以为上天终于眷顾，下一刻就发现自己又着了上天的道。

这家伙到底什么来头？傍富婆？

欲哭无泪，一辆两千多万的车横亘在她面前，要逾越的难度堪比两千多米深的峡谷，她觉得自己又一次被上天戏耍了，不过好在没人看见她的窘迫。

向小葵一头黑线地扎进五丰楼，登上二楼，一眼看见向阳一个人坐在近窗的一桌上。向阳也见着她，伸手招呼她过去。

小葵走过去，一屁股坐在唐梓航刚刚坐过的位置上。

"老向呢？"她环顾了一圈，并未看到爸爸，有些失望。在舞台上因为紧张，全神贯注，根本没看清向阳坐哪。

"哦,老向没来,社区有个象棋比赛。"

"什么?!一个破比赛,比女儿首演礼都重要?"

"嗯,哼哼,关键他还是观众!站票,还被旁边的人嫌弃多嘴那种。"向阳摇了摇头,叹息着说。

"你可真会挑事儿,那你刚才说'我们'指的是?"

"哦,叫我'小宝贝'的那个白日衣衫尽啊,本来想引荐你们认识一下。可惜他有事儿先走了。"

向小葵挪了挪屁股,故意和向阳保持一段距离,一脸狐疑地看着他。

向阳被她看得起了一身鸡皮疙瘩,忙想解释什么,还没开口就被小葵制止:"别解释,解释等于掩饰,掩饰就是犯罪的开始。"

"你哥一脸正气,国徽在上,肩章左右,怎么可能犯罪?"向阳白了小葵一眼,说完,吐了口浊气,摆出一脸郁郁的表情。

"哥,你说喜欢上一个人是什么感觉?"

"喜欢上?上谁?喜欢和喜欢上是两个概念,我的妹妹。"

"噗——"向小葵一口汤喷出来,手忙脚乱地收拾,同时对向阳投去仇视的眼神。

"呵呵。"向阳拿起筷子夹了个汤包,一口塞在嘴里,一边吃一边说,"好,我不开玩笑了,你喜欢上剧中跟你演对手戏那个男主角了?你俩在舞台上眼神一对视,我就发现端倪,凭借我警察的慧眼如炬,放心,他也喜欢你。"

向小葵正在喝汤,听了他的话,诧异地差点把嘴里的汤再次喷出来。都不在一个频道上啊,她该怎样说自己那种异样的感觉呢?向阳肯定会笑话自己,一面之缘就喜欢,也太离谱了吧。

"你哪看出来男主角对我有意思了?"

"警察的直觉。"

"拜托你把为数不多的直觉拿来破案好不好,别浪费在八卦上。女学生诡异之死那个案子现在家属还在闹呢吧,寻死觅活的,我都看新闻了。"

"女孩子家平时注意安全,管好自己,少生是非。"

向小葵点点头,看哥哥愁眉不展的样子,也立刻转移话题。

"你要不要去看看刘漫？因为这部剧，她好像闹情绪了。"

"不接电话，不回微信。我猜也是因为你，对我都开始冷淡起来了。"

小葵还一肚子委屈呢，竹筒倒豆子一样把刘漫这几天奇奇怪怪的表现都说了一通，还说什么真相，什么不揭穿，然后问向阳，刘漫到底是吃错什么药了？

是啊，她到底是吃错什么药了？向阳同问。

以前大家白天都工作忙，下班以后向小葵就陪刘漫在宿舍待着，向阳晚上加班完，就会赶到剧院门口这家二十四小时餐厅，陪俩美女宵夜，难得的短暂相聚时间，三个人打打闹闹嘻嘻哈哈，好不惬意。通常都是向阳和小葵吃得多，刘漫为了保持身材，每次只喝一盅乌鸡汤。然后不食人间烟火般看着兄妹俩你给我夹一块肉，我喂你吃一个汤包，生活，充满快乐。

宵夜完，按照国际惯例，向阳送刘漫回宿舍腻歪一会儿，小葵在车里等，然后带小葵回家。

新疆回来以后，刘漫就以怕长肉为理由拒绝了铁三角宵夜行动。

再见向阳，眼神也不会轻易放电了。以前那媚眼放出来的暧昧电压让一向不解风情的向阳浑身哆嗦，肾上腺素飙升。

"哥，别怪我没有提醒你，你再不好好哄哄刘漫，嫂子就成别人嫂子了，我们单位那个花裤衩可老是没事儿献殷勤。"

"嗨，向小葵，明明是你惹的她，还得我收拾烂摊子。"

"说你情商低，你还不承认，嫂子跟小姑子的关系本来就很微妙，你在中间就是双面胶，和事佬啊，要不是你，她说那么难听，我早不忍了。翻脸就翻脸，谁怕谁？"

小葵用叉子叉起一块鸡胸肉，又补充道："你真别掉以轻心，拿工作忙当借口，痴情的女人啊，一爱会爱很久，一出轨也会出很远。"

最后兄妹俩总结，向阳虽然工作忙，还是应该多花时间精力，热情似火地拿出融化冰山的精神温暖刘漫，帮她找回选角失败的平衡，等忙完这段时间，年底，求婚也该提上日程了。以免夜长梦多。

05
咱有话好好说,先别脱衣服行么?

周末唐梓航约向阳去郊区享受生态农庄钓鱼烧烤泡温泉一条龙服务,向阳觉得这是个好机会,平时也忙,是该带刘漫放松一下。唐梓航选的地方肯定没错,高端大气上档次。刘漫一开始是拒绝的,心里还在想着怎么帮她爸还赌债呢,经不住向阳的软磨硬泡还是同意了。向阳又没错,他在她心里那分量重着呢,她本来就有制服情结,加上他那么阳光有亲和力。向阳没告诉她,还喊了向小葵,这样既和刘漫约会了,他也希望能安安静静地解开她俩的心结。

这计划,完美。

上午还要值班,约好下午两点来宿舍接,刘漫在宿舍里按照网红课程里的裸妆标准流程正往脸上折腾呢,向阳就来了,刘漫嘴里答应着,手里忙活着最后一道定妆的程序。

开门。

棉质长裙,深绿褶皱围巾,衬得皮肤白皙亮泽,整个人清新脱俗。对于这个美而不自知的女孩,向阳看痴了。

刘漫被看得不好意思,低头玩弄着围巾的流苏。向阳回过神递过来一包东西。一嘟噜一嘟噜褐色的弯钩形荚果。

刘漫闻了闻没什么味道,"这是什么?中药吗?"

向阳解释道:"我们老家云南的特产,酸角。也叫酸豆,罗望子。北方没有的,我妹妹专门让我表嫂黎晓从昆明发过来的。你最近胃口不好,这是健胃消食的。还有补钙,清热解暑,生津止渴的功效。"

"长得这么难看，能好吃吗？"

"尝尝。"向阳剥了一个，放刘漫嘴里。

刘漫点头："酸酸甜甜的，糯糯的。"

"配水和蜂蜜还能做面膜呢，小葵让我转告你的。"

"哦。"刘漫把酸角放好，"这么一包够吃很久呢。谢谢表嫂。"

向阳从背后拥着刘漫，把头抵在她柔顺的头发上，"漫漫，我们老家还有很多好吃的特产，比如鲜花饼、邓诺火腿，牛干巴，关键是气候特别好，四季如春，没有雾霾，等我们以后孩子大了，我们老了，就去那里生活好不好？"

"真的吗？"

刘漫抬头看他，满眼都是掩藏不住的欣喜和向往。他的计划里都有孩子，还有老了。她突然好希望快点老。

"嗯。我这个人，不会说情话，工作又是这种性质，也没有多少时间陪你，我怕给不了你，你想要的生活，所以我……"

刘漫伸出纤细的食指，摇摇头。"向阳哥，你有的，就是我想要的。"

向阳抱紧了刘漫柔软的腰肢，在她额头上轻轻一吻，又去找她的唇瓣。她怎么能这么懂事，真好。墙上挂着的钟"当当"响了两声。

刘漫潮红着脸，推开他，转身收拾包，帽子，换鞋。"我们要去哪里？好玩吗？"

"嗯，朋友说不错呢，有山有水，有天然的温泉，可以烧烤，钓鱼，还可以扎帐篷露营，那里的鸡鸭都是原生态的，应该是小时候的味道，你不是最喜欢山清水秀的地方吗？今天我就好好陪陪你，那里的泉水……"

向阳电话响了，他看着暗骂一句脏话，没有动，不想接。

"向阳哥，你电话。"

向阳看了一眼刘漫："我们队长的，天大的事儿，我也不去了，说好陪你的。"

"向阳，接吧。"

向阳握了握电话，喉结动了动，挣扎，犹豫着。

刘漫走过来，给他一个鼓励的眼神，帮他接通。她知道，如果他不接，这一下午他该有多不安。她喜欢的不就是有责任感有正义感的那个人吗？

向阳舒了口气，去厨房的阳台上接。接完电话，他面色沉重地对刘漫说："漫漫，那个，真对不起，今天真不能去了，工人新村又有新命案了，跟上次女大学生的死一模一样。果然是连环杀人案，据说是瑜伽教练，我得跟师傅出现场了。"

刘漫只回了一个字："好。"

向阳还是从这个简单的字里读出了她的善解人意和失望。计划好好的花前月下就这样被"小宝贝"破坏掉了。

跟李琳琳案件发生的情况基本雷同，地上那摊血还是"小宝贝"造型。雷同度高达百分之九十，只是地点从旅馆换到了家里。案件发生得如此诡异。可以判断同一人所为，就算是自杀，也有第二人到过现场，血液的流动方向是随机的，一次是巧合，两次绝非偶然。可是变态辅导员还在学校里被监视着呢，睡得口水流。难道有同伙？

他半小时必须赶过去，所以他揽过刘漫的肩，低声说："漫漫，真对不起。我这工作……"

"没事。"

她还想加一句你路上小心，向阳已经松开她，摸了一下她光滑如玉的脸颊，离弦的箭一样飞奔而去。她慢吞吞地抓散头发抖开被子，把自己窝进去。

第几次还没出发到约会地点，向阳就被工作抢走？她最爱的就是向阳的工作，她最恨的也是向阳的工作。

她却不能表现出来，向阳喜欢的就是善解人意的她啊。以前的这种情况肯定要打电话给小葵吐槽，这小姑子都是赶来救火的，带着大包小包好吃的零食。

可是，现在，唉。

向小葵半小时前收到哥哥发来的集合地址和车牌号。闲着也是闲着，在家还要听老向唠叨，不如去凑热闹。她可没心思打扮，这几天熬夜加舞台浓妆，皮肤都快被毁了。素净着一张脸，随便套了帽衫牛仔裤，想了想怕晒黑，又抓了一顶棒球帽戴上。等了一小会儿就看到一张奔驰越野停自己小区门口，车牌也对得上，她以为是向阳的同事呢，拉开副驾驶门一屁股坐进去，隐约瞟了一眼司机是个男的，穿了白色外套，忍不住多看两眼，最近对白色格外有好感。

　　看了一会儿又低头玩手机游戏，头也没抬："嘿嘿，帅哥，向阳让我搭你的车，你知道目的地吗？"
　　那人没有回答。

　　也没发动车，她嘟囔了一句，请问，还不走吗？还等人吗？只听见打火机"啪嗒"一声响，她这才偏过头去看司机，那戴黑墨镜的人从容不迫地燃了一支烟，还是不说话。
　　妈的，莫非是个哑巴或者聋子。正常人都不会这么没有礼貌吧。
　　他左手闲散地支在车门上，右手在车载烟灰缸里磕了一下烟灰，后座一个人也没有。难道上错车了？她欲推门下去重新检查车牌，副驾驶门瞬间被锁上了。
　　她站座位上，顶上天窗也随即关闭了。
　　向小葵伸手去抓对方墨镜，他人高马大的，灵巧地偏头躲过了。
　　"你是谁啊？放我下去。我不去了行吗？抱歉啊。"向小葵到处找不到武器，看了一眼自己的运动鞋放弃了，只好服软。
　　依旧不说话。
　　"我要给我哥打电话，他从哪儿弄的狐朋狗友？真是有病。"刚拿出电话，他眼疾手快夺走了向小葵的手机。
　　终于开口了。
　　"我有病，你没有礼貌，让我们原谅彼此的不完美，好吗？"他摁灭烟头,悠然自得地自行摘了眼镜。——她果然对自己没印象了,再不现身,她就暴走了。

他澄黑的眼眸里有清浅的光泽,嘴角淡淡的笑意。

小葵有一瞬间,脑子空白。

啊——

刚才那么反感的声音现在回味起来如此磁性流畅,清润动听,一个字一个字直落入她的心上。这口吻一贯地轻佻,让小葵一个激灵,头顶上大片的烟花璀璨地绽放着,而自己在副驾驶座位上如坐针毡。如果知道是他,出门为什么不好好捯饬捯饬呢。为什么不能把头发放下来,穿得女人一点呢。刚才,自己好像还爆粗口了吧。

她有点懊恼,明明自己是个淑女,怎么每次见他都是像猴子一样上蹿下跳。

"怎么,是,是你,呀?"她有点不好意思。

"你的眼睛告诉我,你并不满意你在新疆的表现。不如我们重新认识一下?我来接我哥们儿向阳的妹妹,moon剧团红角儿向小葵,果然貌美如花。我呢,叫唐梓航,向阳的高中同学,一起打过架,旷过课,泡过妞,刷过夜,曾经并列年级第三。"

他试探性地提起高中,然后观察她反应。

"吹牛。"

向阳的成绩自己最清楚了,第一次高考成绩丢人,被老向拿皮带追着满楼道打,伤在向阳身上,老向哭得老泪纵横,向阳觉得自己很混蛋,才发愤图强,那帮一起混的兄弟有的辍学有的去读了技校,有的去了国外。才没有人影响到他高四奋发图强考上警校。

"倒着数。"

"噢。这还差不多。前几天向阳跟我提过你,唐梓航,唐屁屁?就是在这里混不下去,去美国镀金的那个?原来是你呀。哈哈。"

听向小葵说出他江湖失传已久的外号,唐梓航皱着俊眉翻了一个孩子气的白眼。这外号是怎么流传开的已经不记得了,真是有损他的形象气质。难怪看她一脸的不屑，原来向阳给她打过预防针了，故意让她对自己印象不好，真是交友不慎。

"你说说你，作为一名演员人气不行，气人还行。怎么？对我久仰大名？"

向小葵之前没有细想，觉得这外号不太雅，应该是跟他屁股有关系吧，狐疑地看了他屁股一眼，挺正常的屁股被运动装掩盖了，连着大长腿，没看出来什么异常。倒是那腰身看起来好像很结实，身材很好的样子。

"确实久仰。向阳说我爸每次苦口婆心教育他都要捎带上你，我一直想替我爸看看是哪个曹耐的家伙。"老向每次说，再让我逮住你们一起打架，喝酒，我就连那个唐屁屁一起打，打得满地找牙，屁屁开花。

他弯着嘴角讪笑着，不说话，一副英雄不提当年勇的模样。如果他知道曹耐这个云南方言，翻译过来是混蛋，不受待见的意思，知道老向当年恨不得追杀他，会是什么反应？

她绞着手指，突然大段的空白。巧嘴如她，却不知道说什么好。

她电话响了。唐梓航看了一眼，没有还给她的意思，自顾自接了起来。

向阳："……"

"接到了。这就出发。"

向阳："……"

"没事啊，你没空正好，本来你也是陪衬，祝我们玩得愉快，再见。"

"我哥他，不来了？意思是行程取消了？哦，那我也走了，祝你们玩得愉快。"

"你哥有案子。所以我们去。"他拿了一根烟含在嘴里。

"我们？"

"对，我们。"他霸道的语气，根本没有给她反悔的余地，小葵不再言语，随遇而安吧，好不容易缘分朝自己想象的方向扑面而来，开玩笑，假装拒绝一下而已，怎么可能轻易放手呢？

出了城，一路风景秀丽，他的车技也是真好。CD里放着音乐，张杰的《看月亮爬上来》这首歌挺老的，但是此刻听还挺惬意。

她心情在160迈的高速上有点小愉悦，偏头看了一眼唐梓航，他开车也不老实，在方向盘上打节拍嘴里念念有词。唐梓航也摘了眼镜偏头看一脸倦容却硬撑的她。他盯得她直发毛，向小葵不知怎么晕晕乎乎就睡着了，也不知过了多久，迷迷糊糊间，淡淡的烟草味就在鼻息间，脖子有点痒痒，她警觉地睁眼，唐梓航整个上半身都靠近自己，侧脸就在自己眼前。笔挺的鼻尖贴近脖子，喷出的热气正是让自己痒痒的罪魁祸首，他的手在自己腰间。

"你干嘛！臭流氓。"她下意识护着自己的胸，往后缩。

唐梓航坐正，"你是985外号系博士毕业的吧，会的名词真多，什么死变态、冒失鬼、有毛病、曹耐、臭流氓……以后指不定还有别的，到目的地了，我只是帮你解安全带让你睡得舒服点而已。"

他看着她的脸，默默从旁边递来一盒纸巾。

向小葵一脸黑线地接过来，擦一口一水。别看我，大写的尴尬！

果然是好山好水好地方。不知道这是农庄的还以为是世外桃源呢。三面环山，一条清泉蜿蜒而下，沟侧沿隙有汨汨泉水，丝丝凉意沁人心脾。参天大树绿荫蔽日，满眼都是层层叠叠的绿植，泉流溪涌，曲径通幽，空气中都是香甜的味道，令人心旷神怡。古色古香的建筑群就坐北朝南在这山脚下。泉水在这里汇聚成一条小溪，晶莹剔透的溪水在傍晚阳光的映照下闪闪发光，不见游鱼飞鸟，不时有飞虫和蝴蝶掠过。美得让人叹息，拥挤不堪的上海，城外竟然有此等仙境。

"拿着。"他把车钥匙和手机递到小葵手里。

"干嘛？"

旁边的小型马场拴着一匹白色的马，他活动了一下筋骨，翻身跨越到马背上，马抬前蹄嘶吼一声。整个山谷都是回声，好多人都回头朝这边张望，还有呐喊助威的。

"小心啊。"向小葵真是母爱泛滥，不由自主叫了一声。

他抓紧了缰绳，还朝小葵挑了一下俊眉。双腿夹紧，大白马好像是遥控的，还挺听话，那迎风驰骋的样子飞扬潇洒，夕阳下全身都镀上了金边，像电影里的镜头，如此梦幻，那匹白马在碎银般阳光下翻飞的四蹄卷起阵阵尘土，仿佛下一秒就可以插上翅膀直冲云霄。

这个周身沐浴在金光里的人，仿佛一团火焰，在她心里开始慢慢加速燃烧。

太特么帅了。

在大家的口哨和掌声里，他像落幕的演员频频跟观众点头问好，穿过小溪流水去跟前来迎接他的朋友寒暄了。他随意地把手搭在小葵肩膀上，她也没刻意挣脱。还好人多，向小葵在露台里挨着几个喝茶的女孩聊天。彼此都问了职业啊，跟谁来的啊，平时爱去哪里逛街，在哪里做美容，新上市哪些奢侈品啊。

小葵也简单地说了一下自己是剧院演员。她们也没谁惊讶，只是平淡地点头，她们应该不看舞台剧吧。大家好奇的并不是这些。

短发美女问小葵："你和唐少一起来的？第一次见你哦。我叫苏苏，我们周末有空就来这里聚会，欢迎你。"

抹胸裙接话："唐少很少单独带女孩来呢。"

旁边玩手机的女孩接话："带过的嘛，上个月。不过，坐一会儿就走了。你是他女朋友？"

"我？哦，不是，不是女朋友。"

大家意味深长地看了看她，彼此心照不宣地笑。

"大家为什么都叫他唐少啊，这是新外号？"

一众人被她的幽默天真弄笑了。抹胸裙不以为然地答，"这是唐少的地盘，玩熟了，大家都习惯这么叫了。"

也没太多共同语言，挺无聊的，不是一个世界的人，还好很快就吃饭了。

晚饭在露天的茶吧，长桌自助宴。烤全羊，全鱼宴，还有海鲜派对，红白啤酒，男同胞都喝得很尽兴。唐梓航的手臂展开着，搭在小葵的椅背上，他就在她肩膀旁，有点像半拥在他的臂弯里，谁看了都不像普通关系。没记住小葵名字的，开玩笑喊少夫人的也有，要来敬酒，唐梓航也不争辩，微醺的双眼，替小葵挡了好几杯。时不时跟旁边的人耳语，然后笑成一片。小葵像一只没有安全感的兔子，缩在那里避免被当成出头鸟，毕竟不熟。

气氛上来了，大家各自拥着带的女伴，轮流说起了荤段子，超过半数不笑的，讲笑话的人要和女伴舌吻。

她看了一眼唐梓航，他也不辩解反驳，表情淡淡的。

对面的摄影师在讲，跟小葵下午聊天的苏苏抬着高脚杯抿嘴笑，小葵心里一万头草泥马在奔腾啊，自己脑子进了多少水才会参加这样的派对。这唐梓航本性难移，这群人都是老司机啊。摆明要占女士便宜。在场女士居然没人抗议。

还舌吻？这惩罚真够变态的，谁都看出来这馊主意是冲唐梓航的。

轮到他了，大家都拿筷子敲着餐具，这些人憋着坏呢，有人说谁稀罕听笑话啊，唐少带女孩来才稀罕呢。有人说一定要看唐少和唐嫂接吻，有人说太特么刺激了。为了避免接下来的尴尬，小葵起身去了洗手间。

磨蹭了半天，有人喊少夫人，少夫人，小葵妹妹赶紧的啊。在大家千呼万唤中她激动万分地走出来。

想想等下万一跟唐梓航接吻了，至少应该检查一下牙齿有没有塞菜叶啊，整理了头发和衣服，还专程去漱了口嚼口香糖，毕竟刚才吃了蒜蓉。大家这么推波助澜，可真给力啊，只是这进展会不会快了点？

看她已经就位，大家都不起哄了。唐梓航讲段子的声音不大，优哉游哉的，周围的人都被他吸引了，很安静，静到可以听见她一个人走过来的声音。

"……双手轻轻地扒开那两扇小门，找到中间凸起的嫩肉，舌尖在嫩肉嗓打着转轻轻舔弄，不时含在嘴里，将流出的水一点点，一点点吮吸，哦，感觉差不多，可以了，舌尖是时候深入内壁了……"

卧槽，这是不是太黄太暴力了！这人长得一副人模狗样，居然有这么龌龊肮脏的内心。拿什么拯救你啊，我的春梦对象！

"够了，唐梓航，你，无耻！这么多女性你也太不尊重人了！"

没办法忍了！她真是对这个人失望至极。用洪荒之力阻止了唐梓航继续无耻下流下去。她是真拯救他哎，包括这群乌合之众。这样的交际圈，她是

109

融入不了,她也不打算融入进去,这种人自己巴不得远离,之前真是瞎眼了,还觉得他本性并不坏。

坏透了!

他并没被她的气势吓倒,甚至没有回头看她,淡定地摊手:"刚才呢,就是我教大家完整吃蛤蜊肉的方法,大家学会了吗?"

大家的目光都集中在满脸绯红,胸脯一起一伏很有正义感的向小葵身上,随着唐梓航发言结束,所有人都快笑翻了。拍桌子的拍桌子,干杯的干杯。

"啊哈哈哈哈哈红红火火哈哈。"

"真正幽默的原来是唐嫂啊!"有人大声起哄。

"最后这句无耻简直是神补刀啊!无耻!"有人还模仿上了。

向小葵尴尬得想找个地缝马上钻进去。不会土遁,她真想原地爆炸啊。

唐梓航走过来,大手放在她头发上,帮她挡住了众人的视线,像安慰孩子一样低头小声在她耳边说:好了,好了,谢谢你友情出演,非常完美,要不然我还真没办法把他们逗笑。"

"滚。"小葵低吼。

"我相信你不希望舌吻吧?"

"再滚。"

唐梓航帮她撩了一下刘海,说:"来,陪你看别人的好戏。"

作为惩罚,众人每人一瓶冰啤对嘴吹。一边喝一边说撑得肚子疼,求饶。

向小葵语气软下来,看着太阳已经落山,"我想回去了。"

"我喝了这么多酒,你觉得还能开车吗?"

"我可以开啊。"

"你识路吗?你知道这是哪里吗?"

小葵白了他一眼:"所以,这就是你骗女孩子的套路吗?"

唐梓航耸耸肩,轻笑,把车钥匙递她手上,"你可以的,开回城里去,车就送你了。"

"你,你,你……"小葵真想把钥匙扔他头上砸个窟窿。

他已经替她做了决定:开间房去休息。

他去前台取钥匙。小葵在旁边等。

服务员在解释什么。

他对服务员说:"……哦,就剩这一间?没事,一间就一间吧。"

向小葵不知道是该欢呼雀跃还是嚼舌自尽。喜的是可以近距离接近他,恼的是自己千辛万苦想近距离接近的怎么是这么一个人?

他刚转身,递过来房卡,向小葵就冲上去学着他的样子,冷笑道:"你别告诉我说就剩一间房了,你想睡沙发上,然后半夜又说山里降温快,所以以冷为由挤到床上来,然后再因为被子不够大贴过来,再得寸进尺什么蹭一蹭不进去,最后天亮以喝醉为由拒不认账?这是你的泡妞流程吗?"

她一气呵成,夺过门卡,补了一句:"如果是,你省省吧。"

唐梓航把手插兜里,面不改色朝服务员招招手,刚才那男生走近,朝小葵点头解释:"这位女士您好,您即将和唐少入住的king套房,套内面积280平米,有三间卧室,客厅带270度观景台,可以俯瞰上海全景。屋顶全天窗,晚上可以看月亮数星星,我带您上去吧。"

小葵:"……"

唐梓航耸耸肩,吹了声口哨,并未跟着回房,小葵也没心情看什么月亮数星星,选了一个靠里面的卧室,洗完澡,躺圆床上看了会儿电视,怎么也睡不着。房门外一直也没什么动静,她反倒不安起来。

十点,向阳应该加完班回家了。她给向阳发了微信。

"我今晚回不来了。"

向阳回:"刚想打电话给你,什么情况?玩嗨了?"

小葵对着听筒发了语音:"一言难尽。你怎么没告诉我唐屁屁就是唐梓航,唐梓航就是你那个同学啊。他后来去美国干什么了?学医?他那吊儿郎当不务正业的样儿也不像啊。还有我们郊区来的这庄园是他的?"

向阳嘿嘿一笑:"干嘛,我是包打听啊?你怎么这么多问题,我先问问你,你是不是对他有意思?没戏,你俩不是一路人,别惹他,惹火上身。"

"谁要跟他有戏?随便问问而已,他到底干嘛的?——哎,哎,手机怎么了，怎么黑屏了呢？"

切，关键时刻没电了。

等了一会儿客厅还是没动静，到处黑漆漆静悄悄的，窗外有潺潺的小溪流水声。她找到服务员说的按钮，像汽车天窗一样的穹顶徐徐打开，卧槽，还真是躺着就能数星星看月亮啊。幽蓝的天幕，亮晶晶的星星像镶嵌在上面的宝石，一钩弯月挂在天际，如梦如幻。她又应景地想起来路上车里放的音乐，我们一起看月亮爬上来……

我们？要是有人陪感觉会更棒，她脑海里浮现了一个模糊的样子，又消失了，为了阻止自己胡思乱想下去，索性穿好衣服下楼溜达。

穿过长廊，隔着玻璃见一群人端坐在茶室里围成一个矩形，每个人面前都反放了一张扑克牌和三角号码牌，个个闭着眼睛，气氛十分诡异。唐梓航也在其中，许是晚上降温，他在帽衫外面套了一件机车服，双手抱在胸前，点燃的烟夹在指缝，青烟缭绕间，他静默的样子竟然有些深沉。

苏苏说话了："杀手请睁眼。"

原来是在玩杀人游戏。前几年倒是挺流行，同事间偶尔聚会无聊也会有人组织，小葵觉得费脑子玩得少。

简单科普一下，杀人游戏又称"警匪游戏"。里面有三种身份：警察，平民，杀手。大致流程是：天黑了，所有人闭眼，然后杀手睁眼杀个最像警察的人，接着杀手闭眼，警察睁眼，验证一个最像杀手的人的身份。然后所有人睁眼，被杀的人留遗言表明身份，按顺序依次发言，下面是投票环节，大家把认为是杀手的人举手表决出去。然后再循环前面的环节，直到一方全部出局，游戏结束。

这是考验智力和心力的游戏。是一个多人参与的较量口才和分析判断推理能力的游戏，总结起来，游戏分为两大阵营，好人方和杀手方；好人方以投票为手段投死杀手获取最后胜利，杀手方隐匿于好人中间，靠夜晚杀人及投票消灭好人方成员为获胜手段。

杀手听到裁判苏苏的提示，一男一女依次睁眼，对视，女的指向六号唐梓航，男的抱胸摇摇头，女的坚决要杀，然后唐梓航就这样在第一轮被干掉了。

然后警察睁眼，也验证了唐梓航的身份。

天亮了苏苏宣布唐梓航被杀，请留遗言。这是十个人，刚好两个警察两个杀手六个平民的配置。

唐梓航好像一点也不意外，悠闲地抽了口烟，才慢慢地睁开眼睛，看到玻璃外的向小葵朝里张望，好像她一直就是这样安静而淑女的，半湿的长头发温顺地垂着，表情温和，好奇而乖巧地看着他们。刚才那个怒气冲冲，自作聪明数落他的向小葵根本不存在。

他看着她，宠溺而执着。小葵一接触到那带电的眼神，整个人都要酥掉了。

苏苏也看到了，赶快热情招呼小葵进来观战。

有人回头，有人还在思索谁是什么身份。唐梓航朝身边的椅子努努嘴，小葵坐过去，苏苏示意大家继续游戏。

唐梓航微微一笑，环顾了一下，开始发言："我是一个警察，刚才天黑我们验出来三号是个杀手，下一局我的同伴没有验出人来，直接投九号赵墨。"

三号抹胸妹穿了一件雪白的皮草，乳沟若隐若现，表情有点怪怪的，看了看自己的牌，难以置信的表情。赵墨端起茶杯低头喝了一口没有任何表情。

依次发言，大家都相信唐梓航的话表决心要跟随死警，投三号。

轮到抹胸妹发言："什么情况啊？大家不要听他瞎说啊，他不是警察，一个平民死了居然这么大胆子说自己是警察？我是一个平民啊，我希望有警察出来主持公道。"

她说的义正言辞，脸都涨红了，后面的四号，五号明显底气不足，脸上写着犹豫不决，不知道该怎么办。

赵墨放下茶杯，随便说了一句："听死警的，投三号，我是一个平民，警察不相信可以天黑验我的身份，但不要随便怀疑我。发言完毕！"

说得也信誓旦旦的。如果小葵没有睁眼看到真实的过程，还真会被他真诚的眼神打动。

接下来的投票环节，有五票投给了三号，三号出局，留言依然是自己是被冤枉的。

小葵旁边的人一直在吞云吐雾，她被呛得咳嗽，唐梓航反正已经出局，也跟她到外面透气。

"玩过吗？"

"你人品这么差？第一刀被杀，第一把被验？"

"你不觉得是技能好的表现吗？对大家构成威胁，杀了我杀手放心，警察验了我的身份，也安心。"

"可是你明明是平民，怎么第一轮死，就敢说自己是警察？不按套路出牌，万一错了呢？"

"一般不会错。听见我被杀，只有三号没有诧异的表情。因为上一局游戏也是我第一刀被杀。这个游戏有个不成文的规定，上一局先死的这一局不能先杀，不仗义。三号这局游戏刚进来，所以应该是她动手的。"

"可是她发言好逼真，四号五号都相信了啊？"

"专业术语叫摆姿态，我上周才教的她，就活学活用了。她的目的就是判断谁是平民，四号五号就是这样被辨别出来了，暴露了身份。"

"你怎么知道她的同伴是九号？这不是靠发言逻辑判断的游戏吗？九号还没发言啊。"

"三号暴露了她的同伴。这一局恰好你进门，大家都在注意你，只有三号没有看你，她悄悄地看赵墨的方向，因为她是新手才玩过几次，表演痕迹严重。她想趁乱征询同伴的意见谁才是真正的警察。赵墨是老手，他从不会杀我，我死如果和他的身份对立，肯定会把他的身份暴露，三号杀我，是因为她觉得我在局没有安全感。"

"那你猜到警察是谁了？"

"拿到牌我就确定三个人有身份，三号、八号和十号。法官宣布天亮，听到我死了，八号有瞬间的失望，没猜错的话，他们天黑验了我的身份。八、十他俩发言简洁规矩——听死警的投三号。投票也果断干脆。"

"那这么说，这局警察赢定了，两个杀手都被你点出来了。"

"不一定。赵墨是我同事,我了解他性格。他可是个超级玩家,天黑肯定会杀八号,然后自己第一个发言,先发制人,说自己是警察,八号是警察被杀,天黑验证的是四号,是好人,这样鼓动四五七那几个糊涂平民跟着自己大家投十号。十号是个新手,看这局面肯定慌张,又是最后一个发言,肯定会说自己是警察,验了赵墨是杀手,但是大家不一定会信了,觉得他反咬一口。就看谁的发言水平能博得那几个糊涂平民的信任了。我猜赵墨胜算大一些。"

果然里面传来抹胸女杀猪般的嚎叫:啊……啊……十号警察被平民投出去了啊哈哈哈啊!杀手赢了咯!"

一阵叹息埋怨争论拍手,整个茶室都沸腾了。

小葵听到这个结局愣了愣,她还在理这个逻辑关系,还有问题在脑子里盘旋。

唐梓航已经猜到了她的心思,在她面前站定,云淡风轻地解释,"你是不是想问,为什么我死的时候留遗言不先把九号点出来投出去?那是因为九号赵墨肯定会假跳警,团结同伴一起迷惑平民,八号十号都是新人,明显斗不过他俩,形式更乱。"

然后唐梓航看她一脸崇拜的表情,还把总结的几个技巧教给了她。

比如沉着冷静,发言要有逻辑,注意倾听别人发言和投票是否一致,从中找寻矛盾点,捕捉细节,心理素质差的人很容易露出马脚,等等。

"我采访你一下,你是怎么把这个游戏玩得炉火纯青,火眼金睛看出每个人身份,甚至猜到结局走向?"

唐梓航特别装逼地说了两个字:"猜心。"

"猜心?"又把小葵说迷糊了。

"我猜你现在一定已经推翻了之前对我职业的判断,想知道我是干什么的。"

"不就是心理医生么,故弄什么玄虚。"小葵眨眨眼看着他。下午听个女孩说自己男朋友是心理医生,叫赵墨。既然唐梓航说是他同事,那他肯定也是喽。

还真看不出来，平时印象里心理医生都是那种呆板严肃，神秘不易接近的职业形象。

唐梓航眯着眼睛看了看她。摸出烟盒弹出一根含在嘴里，发现没拿打火机就拿闲着的手拍拍她肩膀。

"走吧。"

"去哪？"

"回去啊，头发湿成这样，还跑出来吹风，感冒了我会心疼的。莫非是因为一会儿不见，想我了？"

他比她高很多，所以低头凑近了些，小葵能感觉到他讲话呼出来的热气近在咫尺，他的声音低沉柔软，永远是那种不慌不忙，带着淡淡的酒气，淡淡的笑意，还有不经意的暧昧，挑逗。这人除了没正形，还真自恋。

不过，怎么说呢，在初夏朦胧的月色里，他说话的样子，竟然自己一点不反感。

到底把那根含着的烟点着了，悠悠地跟着小葵一起上楼。那是一栋很有特色的木楼，古香古色，楼梯踏上去沉闷地响，窗台上浅蓝和米色的扎染帘子随风飘荡。

小葵看他进了离门最近的房间，也回自己房间去了，唐梓航在外面还很愉悦地道了声晚安。

小葵躺在床上，听着外面传来窸窸窣窣的声音，明明很困，脑子里却判断出这是唐梓航在冲澡的声音，耳朵怎么会这么灵敏呢。这声音惹得她睡不着，一闭上眼睛，眼前就浮现水汽缭绕的画面，画面中有一具湿润的胴体，线条流畅的人鱼线，弧度饱满的胸大肌，飞翼般的锁骨，结实浑圆的臀部……在向小葵的幻想中，唐梓航的身体简直成了欧洲文艺复兴时代的雕塑。

她睁开眼睛，难道就这么睡了？寻思着剧情该往前发展点吧。摸到手机，想百度一下怎么不动声色地撩男神啊，可惜没电了刚才去楼下也忘了找前台要，于是想到客厅碰碰运气看能不能找到充电器。向小葵看着那边紧闭的房门，心想他洗澡应该没有那么快，便理了理头发，披了件浴袍走出来，开了地灯找充电器，正一门心思翻箱倒柜的时候，就听见身后有咳嗽声，连忙回头，唐梓航不知什么时候已经洗完澡，定定地站她身后，她是从下往上看的，那小腿笔直上边腿毛儿不是很多，稀疏但是性感，挂着绒绒的水珠。再往上，裹着白色的浴巾，松松垮垮地挂在腰间，周身还冒着热气儿，这时候的向小葵还蹲在地上翻茶几抽屉，浴袍的领口开的很低，一侧领口滑下了肩膀，两只大白兔在膝盖的挤压下呼之欲出。

向小葵没想到男人洗个澡那么快，简直是光速，还没做好思想准备啊，自己急忙站起身，谁知浴袍的下摆被自己踩住了，于是自己就像被剥了皮的香蕉，胸前春光乍现。

"啊！"

"嘘！"

前面这一声是向小葵叫的，这缺心眼儿边叫边捂脸，而不是捂胸！

后面这一声是唐梓航说的。他云淡风轻地来了句："咱有话好好说，别急着脱衣服行么？"

向小葵这才松开脸，慌不择路地背过身裹紧浴袍。

"我刚才怎么把隐形眼镜摘了，这什么也看不清啊。隐约觉得是幅好画。"唐梓航背过身去看壁画。

向小葵羞红了脸。

她怔怔地站在原地，脸上的红晕还未退去，唐梓航转过身来，她被眼前需要仰视的唐梓航震撼到了。

他赤裸着的上身，头发湿漉漉的，还往下不断地滴着水珠，身上布满了未干的水壑，关键是那性感的身体，几乎和她幻想中的一模一样，肌肉结实、线条流畅，向小葵的眼神顺着水滴，从他的头上发源，途经脸廓、脖子根、胸膛、腹肌、人鱼线，隐进白色的浴巾。

又是白色，他好像一直都很喜欢白色。

向小葵觉得自己的脸有点燥热，还有点口感舌燥，眼珠子不受控制地定格在了他脖子根那两条修长完美的锁骨上，瞟一眼再瞟一眼。

唐梓航径直朝向小葵走过来，走到她面前的时候，他停顿了一下，她只觉得心跳加速，血压直往脑门上蹿。

"你……要，要干，干嘛……"向小葵后退了一步，心里明白唐梓航不是个善茬，他和一陈不一样，一陈对爱情怀有一种莫名其妙的敬畏，是个在爱中容易受操控的个性，而唐梓航这种人最危险，从他随意地看着自己的身体，而波澜不惊的眼神中，指不定能干出什么事儿。

他在向小葵面前站定，然后气定神闲地伸出手，搭在她的肩上。

向小葵的矜持被唐梓航冒失的举动唤醒，她开始不受控制地抖，怎么办，怎么办，遇到老司机了，还接招不接招？还没在知乎上套出答案啊。此刻她内心是矛盾的。还没想怎么着呢，不过是叶公好龙啊，要是他敢现在就对她放肆，自己潜意识里会强烈抗拒的对吧！

她赌他不会硬来，所以才敢独处。

"请让一让。"

剧情神转折。唐梓航只是把她横移了几公分，然后转身打开了她身后的冰箱门。

端起来的娇怒一下失去了宣泄理由，让向小葵心里"咯噔"一下，隐隐有点失落，她也不知道自己在失落什么，因为她不敢承认自己内心有所期待。

纠结症晚期患者该吃药了。给无辜的唐梓航旁白：你到底要我怎样，要我怎样？

他走过去，带着一阵风。薄荷味的沐浴露真好闻。

唐梓航从冰箱里拿出两瓶啤酒，瓶盖搭在一起，轻轻一碰，像变魔术一样，盖子真的应声脱离瓶身，瓶口冒着冷气。其中一瓶对着她，并未说话。

他其实有些意外，他以为向小葵会落荒而逃，却没想到她表现的挺平静的。

小葵喉咙动了动，看他喝得挺爽，把无处安置的眼神搁在啤酒瓶上，她突然觉得那啤酒冰凉凉的喝下去也许可以缓解她暂时的燥热，和掩盖她浑身洋溢着尴尬的味道。都特么丢人丢到这种分上了，还矜持个屁啊，不如就大方点。

她接过啤酒，喝了两口，顿觉神清气爽。

唐梓航笑笑，慵懒地走向棕色的沙发，把浴袍裹上，还用腰带打了个结，谁说人靠衣裳马靠鞍，这人光着更好看。他把自己的身体横陈在上面，双手如鸥翼般打开挽在沙发的靠背上，头靠在沙发背上，眼神穿过穹顶，望着外面的星空。

"过来坐，正经聊聊天儿。"

小葵断定自己如果拒绝了，回房也睡不着，索性裹了裹浴袍，把腰带系紧一点，在旁边的单人沙发上坐下来，也抬头看上边。

对他有种莫名的信任，不知道从哪里来的。

"这设计还挺奇妙的，我从小就喜欢看星星，我妈妈跟我说，人死后，就会变成它们。"向小葵说完这句突然低下头了。

"这就是你爱看星星的理由？我听向阳以前提过，我还以为他妹妹跟我一样是天文爱好者呢。特意挑的这间。"

唐梓航敏锐地捕捉到她刚才主动提到了妈妈，还有死，情绪开始不对，目光有点涣散，无精打采的。

"小葵？抬头看着天上，我给你普及一点天文知识。对，抬头。"

唐梓航用瓶口指向星空，慢悠悠地对向小葵道："喏，特别简单，第一步是认猎户座，因为它是全天最显眼的。往南边天空看，外面四颗星大致排成一个大长方形，中间有三颗星斜着排成一条线。外面四颗的左上角一颗，略微发红的叫参宿四，右下角一颗发白的叫参宿七。"

"猎户座这七颗星全都是全天排名 100 以内的亮星，参宿四和参宿七分别排在第九和第七位。所以如果猎户座都看不清，别的星座就不用看了。右上的参宿五，在西方叫 Bellatrix。哈利波特里小天狼星的姐姐、伏地魔的左右手之一，名字就从这儿来的。"

他还在科普，她已经走神了。

以前地理老师讲的那些知识，应该都还给他了，以至于她一句嘴都没有插上，她还在想如果他是地理老师，用这样磁性的声音加上销魂的姿势往讲台上这种姿势一躺，来给他们授课，他们班的地理成绩应该不至于那么渣吧。

至少是女生的成绩肯定是可以保证个个力争上游。

"呵呵。"向小葵笑出声,又恢复了平时心无城府的样子。

他坐起来,把空瓶搁在一边,"傻笑什么?山顶冻人?实践出真知啊,山顶是挺冻人的对么?"

我去,他居然知道她的微信名字。"也是向阳说的吧,他还说我什么坏话了?"

"说你母夜叉算不算?"他做出一脸真诚的样子,表情真挚到可昭日月的地步。

"死向阳。"小葵咬牙捏了捏拳头,仿佛向阳的脖领就拽在她手里。

"突然想起来,我和向阳高中还是有很多美好回忆的。"唐梓航狡黠地一笑。

"切,美好?我怎么就不信呢,学渣在我们那所中学可是犹如过街老鼠。"向小葵虽然这么说,表情却兴致勃勃想听他学生时代的八卦。

"高中三年,他和两个女孩谈过恋爱,均以失恋告终。"唐梓航笑了,转头看着她:"第一次他失恋,我们为他回归单身狗队伍表示了热烈的欢迎,放鞭炮庆祝,第二次向阳真的伤得很深……那次我们没放鞭炮。"

"算你们有良心,你们是怎么安慰他的?"

"安慰?不,我们在寝室搞了个大 party,开香槟拉横幅请全班单身狗一起宵夜,这一次他终于承认还是弟兄们最可靠,不会背叛他。那天他被灌醉,吐了,最后抱着树亲,太特么逗了。"唐梓航点了烟,表情淡淡的。

"靠,你们真够恶毒的,居然这么对一个失恋的人。"

唐梓航点点头,笑容慢慢收敛:"后来我也恋爱了,再后来我也失恋了,其他人按照惯例为我放鞭炮。"

"你被人甩过?"向小葵诧异,脱口而出道,"活该啊。"

"我出国了,她就在上海念大学,然后我好不容易毕业回来准备娶她,她嫁人了……造化弄人啊造化弄人。现在这样多好,都别动感情,召之即来挥之即去。"

唐梓航又起身去拿了一瓶酒。

"为什么?"

"什么为什么?"

"为什么,都别动……感情?"

"哦,这个,因为谁先动感情谁就输了啊,就这么简单。"他说着打了个呵欠,回答就这样变得缥缈随意。

"哦。"向小葵脑袋木木的。

"哦什么哦,你呢?"

"我什么?"

"你不秀一下恩爱吗?——不乐意说也没事,反正我不爱揭人伤疤,更不喜欢单身狗被虐。"

"没有……"向小葵脱口而出,但一出口就后悔了,长那么大没谈过恋爱,岂不被这厮耻笑?立马改口:"没有多少,就一两个,两三个,四五个,哎呀,记不清了。"

"你们剧团那个跟你搭戏的那个小伙子算进去没有?"

小葵知道他说的是一陈,红着脸,含了一口啤酒,"他不是,他至少现在不是。"

这小丫头辩解的样子还挺可爱,小脸一会儿红一会儿白,根本不懂掩饰,她这么急于辩解是在跟他澄清什么吗?

唐梓航举起酒瓶,朝向小葵扬了扬,向小葵会意地举起酒瓶喝了两小口,唐梓航看着她仰起头,修长白皙的脖子起伏着,脸蛋身材都不错,如果换做别人,都到了这一步,他早开撩了,然后毫不费力就能突破她身体和心理的防线,几乎没多少女人能抵挡得了他的攻势。当然他也不是什么女人都撩,至少得多少有点感觉。

他承认前女友嫁给自己的叔叔后,他纸醉金迷过一段时间。早对爱情为何物这样酸的问题麻木了。他能判断她至少对自己是有感觉的,现在良辰美景佳人,即便两个人在这样朦胧的气氛里,共处一室,他却有种无从下手的感觉。

121

肯定有哪里不对。

为什么自己明明动心却不动手？

恐怕自己也无解。

可能是太渴了，向小葵一口气喝了小半瓶酒，然后用手背擦着嘴角，脸上扬起两块红晕，眼神中添了点微醺，用手背挡着嘴打了一个长长久久的呵欠，却没有发出声音，眼泪都要一起出来了。

"困了？先声明我只陪聊啊，不提供别的服务。姑娘请自重。"他伸大长臂比划了一下。

向小葵抓起手边的东西扔过去。

唐梓航接住靠枕，"处女座怎么这么暴力，一言不合就扔抱枕。"

"你怎么知道我什么星座？"

"想知道处女座在哪里吗？"唐梓航头枕着手，看着天幕对她说。

"哪里？"向小葵小心地往他身边挪了挪，保持着不近不远的距离。

"我手指的那颗很亮的是北极星，他后边那个像勺子似的七颗星就是北斗七星，北斗七星的勺柄，延长三倍的方向，有一颗亮星，是大角星，就是那颗。沿着斗柄弯曲的方向再延长，显得孤独的那颗亮星，这是处女座的主星，角宿一。"唐梓航指着天空，对向小葵说。

向小葵顺着他手指的方向，看向天空，繁星璀璨，美得令人窒息，但是根本没记住哪个是哪个。

他科普的时候挺认真的，丝毫没有炫耀的意思，这让小葵忍不住敏而好学不耻下问。

"你又是什么星座的？"向小葵看向唐梓航。

唐梓航说他是金牛座，并指向另一片星空，说道："在那里，最骚乱的那片儿。"

向小葵被他那个"骚"字逗笑了，问他："金牛座不是踏实稳重的么，不过看你既不稳也不重。"

"谁告诉你金牛踏实稳重的？知道金牛座的来历么？"唐梓航嘴角带笑，

见向小葵摇头,对她说了个故事。

"宙斯在巡游时,发现名叫欧罗巴的少女在海边的草地上跳舞,欧罗巴很漂亮,把多情的宙斯吸引住了。于是宙斯化身成为一头既漂亮又温驯的白色公牛来接近她。这头公牛额头上有道银圈,双角是新月的形状,身上带着香气,口中吐出美妙的声音,使欧罗巴好奇地抚摸并骑上了这头巨大的公牛。"

唐梓航一边说,一边把两手举在太阳穴旁,装做公牛的样子,样子可爱极了,逗得向小葵"咯咯咯"地发笑。她笑着喝着酒,聚精会神地听唐梓航的故事。

"等欧罗巴骑上这头公牛,它竟然狂跳起来,载着欧罗巴全力奔驰,宙斯把欧罗巴带到了一块陌生的大陆,倾诉他的爱意,又邀请了四季之神为欧罗巴妆扮,举行了盛大的婚礼。"

"然后他们就幸福地生活在了一起?"向小葵插嘴道。

唐梓航摇了摇头,说这不是童话故事。事实上,不久后宙斯玩腻了欧罗巴,离开了那个大陆一去不回,扔下欧罗巴一个人。后来,这块大陆便称作欧罗巴洲,就是现在的欧洲,而公牛的形象也被宙斯升到天上,成为金牛座。

"真的假的?你从哪看来的?"

"这是一首诗,亚历山大时代,诗人莫斯古斯的诗。"唐梓航带着戏谑的笑容看着向小葵,对她说:"你们这种傻天真的女孩,才会觉得所有的爱情都能有完美的结局吧?"

她无力辩解,觉得头很重,可能是啤酒的后劲上来了,转头看向唐梓航,他的脸朦朦胧胧的,像雾里的花,越想看清楚,越费劲。

唐梓航见她睡眼蒙眬的样子,不再和她说话,就坐旁边,看着,其实也说不清在看着什么。

点起一支烟,还没抽完,向小葵就睡熟了,均匀的呼吸声在他耳边响起,他把烟掐了,推了推向小葵,居然一点动静没有,睫毛在鼻翼处投下一小片阴影,小小的一只软软地缩在沙发里。他摇摇头把她抱进她自己的房间,放床上还顺手帮她把被子盖好。

他奇怪的是完全没有觉得这有什么不合适。她就算这个时候醒来，也没什么，君子坦荡荡。

向小葵刚一接触床，就翻滚了一圈，睡袍腰带松了，只勉强遮盖住重点部位。睡姿很夸张惹火，唐梓航刚走到门边，蚕丝被率先掉在了地上，床上那个露大白腿的，很难说不是故意的。

唐梓航摸了摸鼻尖，走过去。他从地上把被子捡起来，重新给她盖上，等了一会儿，确保她没有乱动了，才起身往门口走。

然而他刚走到衣柜处，却听见身后"噗通"一声，一转头，发现这次向小葵不止把被子弄下床，连自己也跟着一起下来了。

她被自己吓醒了。

"你骗人，"她揉揉头迷迷瞪瞪地说，"不是火车起火了么，你在后面叫我跳窗，还说快跳啊，我接着你。我就跳下来了。你怎没接住我？"向小葵低腰翘屁股，手撑着头，侧身躺地上，惊魂未定，软绵绵地看着唐梓航说。

唐梓航忍俊不禁："你真是个大奇葩，掉下来都能找个冠冕堂皇的理由，还怪罪上别人了？"

向小葵自己也笑了，好像意识到是个幼稚的梦。她艰难地爬上床，换了个更妖娆的姿势，挥着小手，"这么重的酒味儿，我喝酒了？"

唐梓航拉门出去，靠在她的房门上，悠悠地吐了口气，快步回自己房。

他走后，向小葵立刻起身，整理睡袍和被子，特么的这人真奇葩，谁说的女人不喝醉，男人没机会，难道自己就这么没魅力？刚才怎么没梦游把他扑倒呢。

她想哭死在这山庄里，单身狗还要当到什么时候？

06
心情好得难以言喻，连对面的狗都要打招呼

剧院里。

一陈和高导商量巡演的事，不知不觉聊得晚了，走出他办公室的时候，已经近十点了，他匆匆走下楼，经过走廊的时候，却听到他身后响起了脚步声，是高跟鞋踏在地砖上清脆的声响，回荡在空荡荡的走廊里，声波的涟漪震荡着一陈的耳膜，让他隐隐有些心慌。

这脚步声的节奏、力度，告诉他，在他身后的人是Bobo。

"一陈！"

一陈正想加快脚步拐弯，却被她叫住。

一陈转过身，装作欣喜、惊讶的样子："Bobo姐，你还没走？"

Bobo的脸色不大好看，淡然地点点头，问他："巡演的事和高导商量得怎么样了？"

一陈笑了笑，应付说就那样。

"你们要好好准备，你，还有向小葵。"Bobo伸出手看了看涂了甲胶的指甲，"听说首演结束后，你对向小葵告白了，还动用音响灯光师整了个仪式？"

一陈挠挠头，不说话。

"最后还被放了鸽子？嗯？有没有这回事？"Bobo突然呵呵一笑，刚刚还一副兴师问罪的样子，下一刻就阳光明媚起来。

"Bobo姐，连你也调侃我。"一陈低着头。

Bobo收起笑容，对他冷声道："这个项目好歹我也是总策划，快要巡演了，

你们把儿女情长的事都放一边,我不希望你们带着私人情绪上场,这部剧是你们这些新人第一次挑大梁,对剧团来说意义很大,对你们自己的前途,意义更大,我想你明白我的意思,我是为你远大前程着想。要是被媒体知道了,怎么炒作?你面子往哪儿搁?"

"我明白。"一陈点了点头,看向 Bobo。

她说话的姿态一如既往的高傲,当然她有高傲的资本,撇开一姐的地位,实力卓越的演技,单拼气质,剧团里那么多年轻的女子,也没几个能出其右的。

她虽然生过孩子,但身材皮肤都保养得很好,她好好打扮还是个充满魅力的女人,更重要的是,她有成熟的头脑和手段去驾驭自己的魅力。

但一陈很不喜欢她说话时颐指气使的态度,不过又很感谢她对自己的照顾厚爱,向小葵能当主演,Bobo 也功不可没。

"Bobo 姐,新疆回来,我还没来得及好好谢你呢,谢谢你向高导推荐小葵。"

"哼,跟我一点关系没有。"Bobo 翻了白眼,"我还打算等巡演结束再告诉你,我根本没来得及跟高导推荐,她就爬上去了,也许是她自己去找了高导毛遂自荐呢,你到底是不是真傻,你真以为她纯洁得跟朵白莲花似的?想当女一是她早打定主意了吧,让你来找我求情也是她的主意吧?她真没有利用你往上爬?我听周总说,唐董很欣赏她,她关系网都攀到我们头上去了,我看呐,她远比你想象的狡猾势利!"

Bobo 的话像一记闷雷劈在一陈的心里,他愣在原地,嗫嚅着半天说不出一句话来。

所有人都知道他喜欢她,只有向小葵自己不知道?那天她是故意回避自己?她真的跟高导毛遂自荐,走了后门?她到底跟高导……一陈想破脑袋也没想明白小葵究竟会不会这么做,按他的了解,她不是这种人。如果没有这么做,这个角色怎么就轻易给她了?她后台还有人?唐董又是怎么回事?

他决定问问小葵,可是对方电话无法接通。这小葵,最近忙什么呢?

第二天一大早,山庄空气清新。向小葵早早地起床,发现唐梓航已经不在房间，她换好衣服，拉开窗帘，把头伸出窗外，大口地呼吸着新鲜空气，有种甘甜的味道。

远远地，就发现唐梓航正从山上跑下来，他穿着一套宽松的卫衣，耳朵上挂着耳机，沿着弯曲的山路，一路慢跑。他人高腿长，跑步的姿态非常优美，像一头羚羊，跑动中带着韵律，步伐很有节奏感嘴里还念念有词，心情愉悦的样子。向小葵手肘依着窗台，手掌托着腮帮子，欣赏他运动的姿态，联想到他昨晚出浴时赤裸上身的样子，嘴角一咧，情不自禁地傻笑两声。

唐梓航回来后，简单地冲了个澡，俩人一前一后去自助餐厅吃早饭。向小葵接了杯豆浆，拿了两条培根和一个煎蛋，跟着唐梓航找位子坐，抹胸裙和苏苏她们正向他们招手。

"呦唐少，昨晚睡得怎么样？苏苏说睡你们楼下，晚上听到了很大的动静啊，苏苏，是吧？"他们坐在一个圆桌上，故意给唐梓航和向小葵留了两个座出来。

"我昨天晚上本来快睡着了，没想到楼上突然'噗通'一声，把我吓醒了，我寻思着，该不是唐少被唐嫂踹下床了吧？唐少很少留宿山庄啊，真是破天荒，还是小葵妹妹有能耐。"苏苏玩味地笑着说，一桌人仔细打量着唐梓航和向小葵的脸色，不放过一个细节。

"哪里，他喝多了，没法开车。客观因素，跟我能耐可没关系。我要有能耐，我昨……"她瞥了一眼淡定自如玩手机的唐梓航，想说，我要是有能耐，昨晚早把他拿下了。

"呵呵，哪次唐少不喝酒，哪次不是连夜保安给送回城里。"

向小葵又看了他一眼，他这次嘴角抽动了一下还是闷葫芦一样没说话。

"小葵，你刚才话没说完啊。"苏苏好八卦，一脸的兴奋。

"我要是有能耐，我昨晚就不会摔下床了。"

"那一定是唐少没照顾好，怎么能让嫂子摔下床呢？战况很激烈啊，是不是姐妹们？"一个个起哄道。

向小葵还想解释，没想到唐梓航先开口："那必须激烈，不然怎么给你们早点加料，你们今天八卦没有内容，多没趣。"

"哈哈哈。别避重就轻，战况到底咋样？"一众人大笑起来，只有小葵羞红了脸，又知道根本辩不回来，索性随他们闹不接招。

"就是你们想的那样。"

说完，唐梓航笑吟吟地看向向小葵，眼神仿佛在说："解释就是掩饰，随她们。"

见俩人承认得这么爽快，默契，失去了新鲜感，话题很快就转到别的上面去了，小葵也勉强能插上几句，气氛还很不错。

愉快的时间总是很短，吃完早饭，向小葵坐唐梓航的车回去，正好唐梓航车上有数据线，向小葵充着电，刷朋友圈，和唐梓航有一搭没一搭地聊天，汽车飞快地朝回程的方向奔去。

唐梓航把小葵送到她们小区楼下的时候，老向正在小区门口和棋友老张他们下棋。

见有百万级好车停马路对面，大家都好奇地张望，话题转移到夸好车，比谁有钱。

老张撇了一眼："再好也是别人的，我女婿新买那辆车，你们是没坐过那么好的，奥迪 A8，高配，里面全是真皮，好家伙，仪表盘那么大个。"

老张一边说一边比划，后面看棋的听不下去，指正道："老张，那叫中控屏，不叫仪表盘，仪表盘什么车都一样大。"

"中控？我不懂啦，我去我女婿家，喝什么？五粮液，抽软中华，吃饭上馆子，他家房子那叫一个大，一百八十个平方，房间有四个，住的那叫一个舒畅，我住了半个多月，都不想回来了。"

老向听着老张吹嘘，沉着脸不说话，自己女婿儿媳妇都还没影，能说什么？

"老刘，你女儿结婚没？"

老张问后面一个看棋的。

"没呢，不过快了，五月份，酒店已经定好了，这几天去香港，说是买婚纱，我说不就婚纱么，上海没有么？非要去香港买？我女婿硬说香港的款式多，年轻人随便他们折腾去。昨天我女儿还打电话给我，说我女婿给她买了个什么克拉钻,还两克拉的,这么大。"

他先比划了个足球,后面觉得太夸张,又缩小了圈,变成鸡蛋了。

老张一听,感情老刘女婿也是个不得了的人物,本想借坡下驴,再吹一把,没想到那坡是个上坡,顿觉没趣,转头问老向:"老向,你家小葵,也是名牌大学毕业啊,在剧场是不是个角儿啊,年纪也不小了吧,什么时候结婚啊?"

老向咳嗽了一声,刚想说点什么糊弄过去,小葵就从刚才那辆好车里下来了,过了马路这边来,她看到老向也在一堆老头儿群里,朝他挥了挥手,然后张叔叔李伯伯地挨个跟邻居打招呼。

老向机械地点了点头,等走到身边,小声问她:"你昨天去哪了,怎么晚上没回来睡?"

"和朋友玩得晚了,就住外面了,我哥知道的,您放心,我都这么大了,有分寸的。"

老向心里默默流泪,心想:我就怕你太有分寸了,你二十五了,不是十五啊。

老刘看着向小葵旁边那车,怎么看都比他女婿的车霸气,车标还是三叉戟,心里不爽,要是他知道这辆车的价钱能买三个他女婿的A8,估计他会更不爽。

"小葵,送你回来的那是谁啊?"老刘生怕对面车里坐的人听不见,扯着嗓子喊了一句。

小葵看了一眼对面,唐梓航已经把车窗降下来了,双道就几米远的距离,估计他也听见了。

小葵简单地说是朋友就准备拉着老向走。其他好奇爱管闲事的老头儿还在继续张望。

这时,唐梓航从车上下来,拿着手机,匆匆地穿过马路,老刘见这人仪表堂堂,力压自己女婿那张鞋拔子脸配乳猪身材三十个头,顿觉颜面无光。

但他还有翻盘机会,他不相信这么精品的男人会是向小葵的男朋友,他知道向小葵只是个剧场小演员,演员嘛,老话说,不过是个戏子,哪里配得上那么优秀的男人?

"向叔叔你好。小葵，你的手机落在咱车上了。"唐梓航走过来，笑吟吟地把手机递给小葵。

"这是？"

老向见唐梓航认得自己，人都不自觉地挺直了腰板，感觉人生的春天从路那边飘来。这小伙子长得挺有样，穿的都是名牌，一看就是体面人，面相正直，年纪轻轻就开这么一辆威武的车，家境应该不错，实在难得。

小葵指着唐梓航对他爸道："他叫唐梓航。"旁边一堆老头凑过来看热闹。

唐梓航笑笑，从口袋里拿出烟，分给众人，老刘接过香烟一看，妈蛋，黄鹤楼1916典藏，又力压他女婿的软中华。

"小唐，你是小葵的男朋友啊？"老刘接过烟，一边闻，一边问。

唐梓航看了老向一眼，发现他满脸期待。又看了看浑身不自在的小葵，笑着点了点头，说："是的，以后小葵还托各位叔叔伯伯多多照顾。"

小葵看着唐梓航，看似镇定，内心汹涌澎湃，当着那么多人的面，好歹没让她和老向下不来台。

"我还要赶回去开会，小葵，我晚上再来接你和叔叔吃饭。"唐梓航礼貌地和老向他们告别，匆匆上车，一骑绝尘。

"有空过来玩。"老向目送唐梓航的车离去，再回头的时候整个人气势都不一样了，腰杆挺得直直的，脸上泛着骄傲的红光，相形之下，老刘的身板却委顿了下去。

小葵看着他们，觉得老头跟幼儿园小孩也差不多。

"爸，没事了，我先回去了。"

"好，好。你回家歇着，别做饭了，给你哥打电话，一会儿爸请你们下馆子，高兴。"老向喜滋滋地对她说。

"好吧。"

向小葵一边回答，一边往回走，突然手机震了一下。她划开手机，看到一条微信来自——白日衣衫尽！

"替你解围都不打算说谢谢么？"

向小葵这才知道原来唐梓航就是那个向阳手机里的"死变态"。

"你怎么加我微信的？"

"你手机放我车上，还你之前加的。"

"你怎么知道我屏幕锁密码的？"

"你生日。"

"你怎么知道我生日的？"

"就是向阳生日啊。以前高中每年都有借口出去鬼混的日子。"唐梓航把车停在路边，笑着看着向小葵的回复，云淡风轻地答。

卧槽，向小葵眯着眼睛看着手机，不知道该说什么合适，再一次脑子短路。自己的隐私被侵犯，依着向小葵的性子，本该大骂对方流氓无耻，可是现在一句脏话也说不出来，他确实帮自己撑了面子，于是侵犯隐私这种事，也变得不那么重要了。

回家的路上，她感觉身子轻飘飘的，脚步比平常快了许多，心情好得难以言喻，对面跑来条狗都打个响亮的招呼。

他说的，如果是真的，该多有面儿，多爽。

唐梓航也哼着小曲儿开车回到自己的心理诊所，赵墨已经先他一步到了，他见唐梓航哼着小曲精神抖擞地进来，一脸容光焕发的样子，调侃到："老唐，昨晚又得手了？瞧你开心的，身上都洋溢着一股荷尔蒙的味。"

"瞎说，没有。"唐梓航笑着说。

"怎么可能，只要能得得上，你可是号称'例无虚发'的男人，在泡妞这方面，古往今来能和你比肩的也就李寻欢，楚留香了。那个小葵看着蛮普通的，有什么本事逃脱你的魔爪？"

唐梓航对着玻璃幕墙的倒影整了整头发，斜眼看向赵墨："别说的我跟种马似的，有损我清誉。"

赵墨被他的无耻震惊，叹道："老唐，你还有清誉？你的风流史可谓罄竹难书、汗牛充栋，名誉已经不是你该考虑的问题了，你该考虑的是怎么在自己的风流账上添砖加瓦，最后汇册成集，像金瓶梅似的遗臭万年。"

"我一直在你心里是这样的形象？太浮夸了吧，不过，我确实得改改了。"

唐梓航用食指来回刮着下巴上的胡渣，寻思着赵墨的话虽然不好听，过于夸张但也有点道理，自己以前好像就是风流倜傥，对有感觉的妞似乎来者不拒，当然也就是嘴上占占便宜，实际上真发展到床上的也没几个，可是这么隐私的事情，没必要跟赵墨坦白证明自己的清白吧，就算说了，仅凭自己的一面之词，他也不信。

"你……要改什么？退出情场？以后不近女色？"赵墨一脸正色道，"作为朋友，我支持你，一会儿我帮你搞个仪式，买个金盆，再买只铁鸟，让你金盆洗鸟，再叫上几个记者朋友帮你宣传一顿，让四海八荒都知道你唐梓航从此洗心革面，重新做人。"

"赵墨，我认真的。"唐梓航深深地吸了口气，"对着那些没有感觉的人演戏，没劲，我为什么要配合她们，满足她们yy？"

唐梓航一边说，一边往诊所里面走，赵墨面含玩味的笑意，看着唐梓航走进自己的办公室，心里寻思着：狼说不杀生改吃素了，头一次听说，挺新鲜。

可是这是为什么呢？

向阳在警局正在开会，队长讲到"小宝贝"两起案子的关联点，李琳琳之前在早晨健身房当过兼职舞蹈老师，而大丫是健身房现任的瑜伽教练，有过两个月的同事经历，她们很有可能认识。这是一个重大的发现，所以她们共同的朋友，学员圈子就要重点排查。

向阳做着笔记，一旁手机震动。收到老向的短信："小阳，你中午回来吃饭，爸请你们兄妹下馆子吃滇菜。"

向阳了解老向的性格，一般情况下在他工作的时候绝对不会没事骚扰他。有一次老向下楼踩空闪到腰都是拄着拐杖跟螃蟹一样横着挪到医院去的，疼得龇牙咧嘴。向阳是第二天早上起来，发现老向没起床晨练才觉得不对劲的。他就算有事儿，也是商量的口吻，你能不能回来一趟，绝对不是这种通知的口气。家里肯定有事儿，还非同小可。

他走出会议室，在走廊给老向打了个电话。

"爸，怎么了？你没事吧？"

"不是我。是你妹妹小葵。"他语气里掩饰不住的激动。

"小葵怎么了？你把话说完整，急死我了，哎哟喂。"

"是这样的，她好像谈了个男朋友……"

"爸，爸，你谈了个女朋友我都信，唯独她谈男朋友这事儿我不信。嘿嘿。"向阳不信的原因是，刘漫从没跟自己说过，小葵也没有不正常举动，最近循规蹈矩的。她也亲口否认了跟一陈的男女朋友关系。

"没正形儿，你俩还单着，哪有老太婆敢跟我谈朋友。说小葵呢，那小伙子好像开了一辆好车，好像还挺有钱，刚才送她回来，小葵昨晚不是……嗯，那个，谈是该谈了，我，我就是怕她被骗，你能不能回来一起吃午饭，开个会讨论一下这个事儿。她一下子带回个男朋友，我还有点觉得突然。有钱的我不是很看得上，到时候亏待咱小葵。"

"爸，看不上就对了，那小伙子是不是个子高高的有1米8的样子？跟我一样还挺帅的？不用浪费时间讨论了，我确定地告诉您，那小伙子是我高中同学，你起的外号叫唐屁屁，你说要打得他满地找牙，屁股开花，想起来没？他不是她男朋友，心理医生，帮她治疗的那个，中午这顿庆祝脱单饭您可以省了。去找那帮大爷下棋去吧，我这开会呢。"

老向挂了电话有点愣，小葵确实很多事情都跟向阳说，他掌握的情报应该更准确一些。刚才还挺高兴加矛盾纠结的，现在就剩闹心了，空欢喜一场。

小葵换好裙子出来，还眉飞色舞呢，听见厨房有烧水的声音，喊了一声："老向，好了没，出去吃饭了，我喊向阳哈。"

老向蔫蔫地回答："不去了，太热。"

"老向，那我想吃小锅米线！"

"自己煮。"

小葵撇撇嘴，知道老向准是因为什么事情发脾气了，又退回房间里听歌。早上吃得太多，先消化一下。

宅了一下午，这在以前，节假日肯定是跟刘漫腻在一起，比如交流一下唐梓航昨天的表现，比如请教一下自己没撩到手的原因？比如唐梓航在老向

133

面前帮自己演戏的动机？或者一起去瑜伽房练习108式？自从闹矛盾以后，基本就剩一个人宅着了。怪无聊的。

她给刘漫发了一条微信："你看健身群里了吗？都炸开锅了，大丫老师出事了！换了新的老师，大家都不习惯。你还去吗？注意安全。"

刘漫没拿电话。实际上她还真在健身房。她听向阳说小葵不在，她才去的，她也怕尴尬。去了以后才发现换老师了，大丫离奇去世的消息不胫而走，大家都在讨论这一诡异事件，有人说是他男朋友劈腿把她害了，还有说是她有抑郁症自杀的，还有之前李琳琳的死也有好事者拿出来做对比，所以课一上完，大家都聚一起互相八卦，道听途说。

刘漫不爱八卦，加上心情也不是很好，感觉很疲惫，所以就没凑热闹。

出健身房，看到小葵的消息，回了句："知道了。"

这要搁以前，俩人都能杜撰一篇悬疑情杀故事，现在也仅限客气地外交。

小葵觉得她就是聊天的终结者，所以也没必要回信息了。

五点整，唐梓航打来电话，他在电话里懒洋洋地问小葵，你问你爸爸想去哪吃饭？小葵一骨碌从床上坐起，都快忘了一起吃晚饭这个事儿了。

接到电话是欣喜的，幸福来得太突然。一个劲儿问为什么？上午明明是演戏给邻居看嘛。

唐梓航特别淡定地说："唉，许下的诺言欠下的债，谁让我是个信守诺言的人呢。再说，我不也得吃饭么。"

电话里能清晰地听到按喇叭的声音。

小葵穿着吊带碎花裙往窗外一看，那家伙还真有诚意啊，真来请吃饭了，车直接开到小区楼下了。

霸气十足，不去都显得不给面子。

老向死活不去，在这件事儿上小葵特别想给他点赞，毕竟虽然是演戏，当电灯泡确实尴尬了点。

那天晚上吃的味道怎样她都记不清了。好像是意大利西餐，她只记得他坐在对面深沉的样子很让她着迷，吃饭嚼东西的样子很让她着迷，毒舌揶揄拌嘴她也觉得很享受那个过程，连喝红酒端杯子的姿势都迷得不要不要的。就是不说话光看着也舒服。

他也绝不会问，你看啥，坦然接受她花痴一样的眼神。

心知肚明的那种默契，天知道她有多喜欢和这个人在一起。

真是近年来，最愉快的一天。

愉快总是很短暂的，班还是要上的，节目还是要排练的。

Moon剧院。

舞台上向小葵背对着一陈，手里紧紧攥着一颗玉珠，一陈站在她的身后，神情忐忑，似乎在等一个答案，而那个答案他大概已经猜到，只是等她亲口说出来。

"沮渠王，你不应该对我那么好，你对我的好，就像锁链束缚着我，让我愧疚。难道爱一只鸟不是应该给它自由吗？"

一陈眼泛泪光，目光追随她的身影："能不能告诉我，你爱我，就当骗我一次也好，只要你说你爱我，我将为你坚守这座城池，哪怕百万大军兵临城下，哪怕必死之局，你若在我身后，我便决不后退半步。"

"停！"高导拿着高音喇叭咆哮道，"一陈！怎么连你也犯浑了？你有按着剧本来吗？中间那么长一段被你吃了？你们最近是怎么了？！马上就要巡演了，尽给我整妖蛾子，还有刘漫！第一场总共四句台词你错两句半，你是怎么做到的？你们这种状态，怎么去巡演？！"

刘漫眼神空洞，站在一旁，一脸的茫然。

"高导，明天就要巡演了，大家都很紧张，所以才会犯些小错误，一陈，我们再来一遍，快。"小葵赔着笑脸对高导道，她看了一陈一眼，发现一陈脸上丝毫没有犯错的歉意，似乎这台词是故意说错的。

"算了，算了。"高导把喇叭一扔，瞪了一陈一眼，"你们自己再练两遍，早点收。明天正式开始巡演，大家回去养足精神，把该断的念头断了，轻装上阵，有点大局意识，丑话说在前面，谁要是拖后腿，后果自己承担，别指望谁帮你背锅。"

高导撂下这句话,怒气冲冲走了出去。

"你说不背就不背?导演不就是背锅用的吗?"花裤衩见导演走了,忍不住扭捏作态抱怨,朝他背影吐了吐舌头,然后看向一陈:"我说大王,你这两天状态不对啊,谁又惹着你了?"

他这样说着的时候,眯着两只小眼睛看向小葵,惹得其他人都起哄。

"花裤衩,当好你的侍卫,别瞎琢磨。"一陈没好气地说。

"呦,以前称兄道弟的,这怎么好坏不分,说变脸就变脸啦?对兄弟怒目相向!真有种。"花裤衩朝一陈竖了竖中指,"那我可不替你说话了,你和刘漫真默契,约好了吧,不是你错就是她错,害我们一班人陪你们玩一个上午,你自己过意得去吗?"

"行了。"向小葵对花裤衩道,"说错台词很正常,谁没错过?也许是马上巡演,压力太大。"

花裤衩见向小葵发声,就把矛头转向她:"向小葵,最没资格教训我的就是你,你看看一陈,你把我兄弟整成什么样了?茶饭不思的,萎靡不振!整个剧院的人都知道他喜欢你,你装什么清高?再看看刘漫,你们不是最好的朋友吗?一个角色而已,非要争个你死我活,你们在台上还有一点默契吗?"

被他这一吼,整个场馆顿时安静下来,他就一刺头,把原本用妥协的默契维持着的脆弱平衡刺破了,简简单单几句话,把事都挑明了,摆在了台面上。他一看自己出了风头,又反应过来扭捏起来,也有点不知所措。

"花裤衩你真是没事闲的,有我什么事儿?"刘漫撂下一句话,径直走了出去。

一陈震惊地看着花裤衩,眼神复杂,内心却澎湃着:"果然是兄弟啊,那么多饭没白请,这下横竖都说开了,就看小葵的态度了。"

"走了走了都散了。"花裤衩是个聪明人,会意一陈的眼神,用最快的速度把脑线笔直不会拐弯的吃瓜群众一个个请走,然后大摇大摆地走出去,留下一陈和向小葵两个人在舞台上。

当然,这群人都没走远,连刘漫也是。其实刘漫是第一个反应过来的,走回演员通道后立马折返回来站在帷幔后偷听，花裤衩他们出来后见到刘漫，做了个惺惺相惜的表情，然后一帮人挤在各个角落偷听。

向小葵看了看一陈，又往帷幔那边看，演员通道里一个脚步声都没有，看来那帮家伙都躲在后面偷听呢，她倒要看看一陈葫芦里卖的是什么药。

"小葵，你别怪花裤衩，他就那样，好打抱不平。"

"没事。大家都觉得他很有正义感是吧？你喜欢我，我就必须得喜欢回去？否则就是折磨你？这是什么狗屁理论。再说争角色又是从何说起？我们之前确实是好朋友好闺蜜，大家都是参与选拔，对于结果不满意找导演说去啊，把气撒我头上，天天给我脸色看，算怎么回事？我难道天生就是当丫鬟的命？我的努力就不配得到回报？你们都是这么想的吗？有种的站出来当我面说！"向小葵故意把话说大声。

一陈没想到小葵真生气了，反应这么大，挠着头说："小葵，别喊，别喊，嗓子喊坏了影响巡演，慢慢说。"

"趁你们都在我把话说清楚！我——向小葵凭的是自己的实力得到这个角色，光明磊落，谁看不顺眼，找我直接提意见，或者找导演换人，别一天到晚阴阳怪气的。还有，被人喜欢我很开心，但是请不要勉强别人也一定喜欢回去，这叫道德绑架知道吗？每个人都有喜欢别人的自由，我也有！我有我自己喜欢的人。"

啊……我终于把我想说的说出来了。铿锵有力，掷地有声。这爆发力够强！

"什么？他们都在？没走？"一陈一脸震惊地看向帷幔后面："花裤衩！"

花裤衩挠了挠头从帷幕后伸出脑袋，自觉刚才有感而发，情绪、眼神、气势都到位了，演了三年戏从没演得那么好过，没想到对方戏搭得更好，气场更足。

"小葵，都上纲上线了，没有道德绑架，我开玩笑说的，你不要怪一陈，要怪就怪我吧。"花裤衩一边说，一边假装被众人拖着往外走，"你们别拉我！我要跟她解释清楚，不能让他们之间因为我而产生误会。别，别拉我……"

说着，声音越飘越远，然后一众脚步声陆续响起，沿着演员通道慢慢离去。

一陈赔着笑脸,看着小葵:"他们太顽皮了。"

小葵点了点头,对一陈说:"一陈,我也有喜欢别人的权利对吧?"

"唔。"一陈机械地回了一句,尽管早有觉悟,但听到这句话的一瞬间,心里还是有种崩塌的感觉,就像身体被掏空。

"我们以后还是好朋友好搭档对吧?"小葵真挚地看着一陈的双眼。

一陈努力点了点头,说当然。小葵忽然觉得气氛冷得很,不忍心看到一陈伤心难过的样子,背过身,往后台走。

"我也有喜欢别人的权利对吧?"

"喜欢别人的权利?"

"喜欢别人。"

"哪个别人?"

……

一陈丢了魂似的站在原地,整个空旷的剧院回荡着这句支离破碎的话,整个世界一下子变成黑白色。还是当着这么多同事的面,多少会觉得很没面子。

这时刘漫从帷幔后面轻轻走了出来,用怜悯的眼神看着一陈,对他道:"我理解你的心情,别看她说得冠冕堂皇,有理不在声高,我知道你为她付出很多,连法图娜这个角色,也是你为她向Bobo求来的。我也没想到,她这么绝情,现在不承认,小葵怎么变成这样的忘恩负义,还是她本来就是这样的人?我真的看错人了……"

"你怎么知道的?"

"知道什么?"刘漫反问。

"我跟Bobo求过让小葵演法图娜?"

刘漫坐下来,抱着双膝,"奇怪吗?咱这圈里就你最帮她,凭她的实力和后台,这角色轮得到她吗,还表现得一脸纯真,过河就拆桥,我是气不过这一点,才想起这事儿生气,频频排练走神。就当我过去瞎眼了吧。"

一陈怔怔地看着刘漫,摇了摇头,"我本来是求过,但是Bobo没有帮她。Bobo亲口告诉我的,她根本不想让小葵演这个角色,她一直讨厌小葵。刘漫,小葵没欠我什么,也并不是她让我去求的Bobo,都是我一厢情愿,她也没欠你什么，你误会她了。确实是高导和周总钦点的，或许是要培养年轻演员。"

"误，误会……她了？"

刘漫倒吸一口凉气，其实自己早风起云涌了，也开始自我怀疑当初自己的判断和做法太极端。没有小葵的这段日子里，很不自在，比任何时候都孤单寂寞。

过去的很多事情都在脑子里翻腾，记忆里的小葵确实是阳光活泼，光明磊落，从没有什么事情让自己不爽过，什么小秘密都跟自己分享，一直撮合自己和向阳。自己脾气多拧，多不合群，这么多同事跟自己过不去，只有她跟自己走得最近，维护自己，迁就自己，包容自己，有一次跟Bobo起冲突，小葵磨破了嘴皮子一个劲儿打圆场才算过去，可是事后她从来不提这茬，也许被她惯出了任性的毛病，才会在这次竞选女主落选后把气全都撒向小葵头上。

没错，自己嫉妒她，她长相比自己甜美接地气，性格更开朗外向，敢爱敢恨，她有个温暖宽容的家，疼爱她的父亲，宠着她的哥哥，现在事业发展上也比自己强，而自己呢，父亲是个酒鬼赌鬼，喝多了是会躺大街上尿裤子的人，家里常年都坐着要高利贷的债主，母亲是被家暴的对象，连自己都保护不了，只会哭，小时候每次被酒鬼父亲打，她都是倔犟地咬紧牙，最惨的一次她的指甲都扎进了肉里，晚上脱衣服，血肉模糊黏在秋衣上，一扯掉一块皮，疼得全身大汗。每次回忆都能从梦里惊醒，她拼了命一样沉默干活，拼了命一样考到到省外读书。她知道只有自己强大起来羽翼丰满才能保护妈妈。

后来考到上海了，毕业了，工作了，她都没有遇到过真正知心的人，她知道自己作茧自缚把自己困在里面了，直到遇到了小葵，偏偏这个女孩就跟自己走得近，心无城府大大咧咧。唯一知道自己家里窘境的人也是她，可是她从来没有因为这些看不起自己。她知道自己喜欢向阳，拼命撮合，她真心希望自己能当她嫂子。她喜欢去小葵家吃饭，一家人有说有笑，你择菜我洗碗，说着一天中遇到的见闻趣事，互相逗闷子。晚上和小葵躺在她的小房间里说小秘密，说初恋，说剧团里的八卦，说向阳，说外面的世界，说将来的生活，在向小葵的憧憬里,她是要当两个侄子的姑姑的,她要带他们去香港迪士尼,带他们去海边踏浪,赚钱给他们读书,陪他们一起长大,教他们泡妞,攒很多钱给他们娶媳妇,自己还要成名,让他们为有一个明星姑姑而骄傲,还要有一个把自己宠上天又很帅的老公一起来爱这俩大侄子,也生俩小孩,最好是两个漂亮的小姑娘,这样四个小孩在一起就太好玩了。她总是越说越兴奋,三更半夜爬起来摇着困得呵欠连天的刘漫说,想一想都觉得生活太牛X了太美好了,你先行动啊,给我生俩大侄子,我保证帮你养得白胖白胖的,我也保证随时给他们物色帅姑父,尽快追上你们的步伐,啧啧,完美!

每当这个时候,刘漫都一脸黑线地找台灯开关,看着眼睛黑亮黑亮的小葵,觉得这人的人生真精彩纷呈,这脑洞开得真大啊,有空要好好研究一下,她是怎么有这么丰富的想象力的,眼下太困,就含糊不清地说,生你个大头鬼,我总不能未婚先孕啊,也得他愿意。喔,太困,困!

时光一去不复回,往事只能回味。

从法图娜角色的选定开始,自己心里的恶魔就开始出来作怪了,真该死,是自己破坏了这一切的美好。

自己竟然把最好的朋友弄丢了这么久,向小葵事业最辉煌的时候,成功的喜悦最希望有人分享的时候,自己选择站在她对立面,揶揄嘲讽冷暴力。刘漫觉得自己友情考验第一关,非常失败。

如果这次小葵心灵受伤,自己一定是那个凶残的刽子手。

退一万步讲,就算小葵真的为了自己喜欢的角色动了点歪脑筋,就算这次选的主角不是她,也不一定就百分百是自己,所以最不应该站在道德制高点来批判她的,就是自己啊。很多明星在成名前,谁没有点黑历史?自己吃不到葡萄,就说葡萄酸?就指责和孤立吃葡萄的那个人?何况这个人还是对自己最好的人!关键是她一直默默承受,从来没有告诉向阳自己半句坏话……

不能再分析下去了!

刘漫犹如醍醐灌顶,突然想通了,一下感觉五味杂陈,自己也不知道这具体是种什么滋味,演技赤裸裸地输给了小葵,做人也不够大度没有格局。

刘漫的脸越来越白,呼吸越来越急促。

"走不走?我要关灯了。真想知道她喜欢的别人是谁。"一陈往帷幔后面的演员通道看了看。

"节哀。"刘漫突然浅浅一笑,也跟着站起来,"有机会,我会帮你打听。"

一陈朝她点了点头,涩涩地笑了下,往外走。刘漫捧着手机犹豫再三还是决定给小葵打过去道个歉,最近跟小葵赌气这件事让她连个说话的人都没有,真是憋坏了。还是会跟人吵架,可是再也没有能帮她圆场的人了。

电话铃声从不远处响起来。是那个特别特别幼稚的《种太阳》:啦啦啦种太阳啦啦啦种太阳啦啦啦啦啦啦种太阳……

刘漫之前觉得她用这首儿歌真幼稚,有次两个人正在怀旧,抒情,突然就想起这么煞风景的儿歌,直到小葵解释是专门为刘漫设置的,一听这欢快的歌就想起向阳,然后还非逼着刘漫也把电话铃声改成这个,刘漫只得连连求饶。现在听起来特别特别悦耳。她有一肚子话想对电话主人说。

儿歌声就这样慢慢慢慢变大,向小葵跟个没事儿人一样一蹦一跳载歌载舞就出来了。

一陈看着突然冒出来的她有点愣。刘漫看着她,眼睛有点湿。

她身子左摇一下右晃一下哼着儿歌。

"好哇,你也学会偷听了。臭小葵。"

"我这叫以其人之道还治其人之身。"

"你都听到什么了?"

"该听的不该听的我都听到了。"

她晃得刘漫有点眼晕,不知怎的"噗嗤"一声就笑出来了,笑着笑着两个人就抱一起哭了起来。谁也没有说为什么。样子都有点狼狈,像被刚从山里解救出来的被拐卖妇女见到亲人。

她知道,她回来了。她也知道,她从未走远。

141

只有他傻不愣愣的不知道怎么回事，不管三七二十一，拿出手机给这历史性的一刻拍了照片，他要是知道日后她们都是圈内数一数二的当红演员，就该好好保存，好歹有把柄在自己手里，一个哈喇子流好长，一个睫毛膏都哭花了，惨不忍睹……

一陈想着心事，溜达在去 ktv 的路上。还不知道 Bobo 打电话疯狂找他。

Bobo 左肩背着挎包，右手拉着一个拉杆箱，走进职工宿舍。

她在外面有一套花园洋房，不过那房子比较远，在郊区，她让剧团在宿舍给她准备了一个套间，加班晚了，她就住宿舍里，一来不耽误工作，二来宿舍里隔壁都是同事，也热闹。

宿舍总共五楼，建成有些年份了，上下楼没有电梯，Bobo 的房间是她自己挑的。顶楼视野好，阳光好，但怕晒怕漏，三层以下光照不充足，所以她在四层选了一套端头房，正好选在了刘漫宿舍的隔壁。

这两天她有部剧要排练，忙得焦头烂额的，只能在宿舍将就几晚。话说，她虽然傲慢，有点小性子，但是工作起来还是非常敬业的。

她用肩膀和脸颊夹着手机打电话，两手提着大号行李箱，踩着高跟鞋，从楼道里艰难地往上挪，才爬到三楼就满脸的汗珠子。

路过的同事都殷勤地想帮她拖行李，她拒绝了。她想着前两天点拨了一陈，也许他开窍了呢，万一一陈从五楼下来看见，肯定会顺理成章帮忙搬运，然后请他去吃宵夜，喝点小酒谈谈心，很久很久以前她的少女时代总有那样一个似曾相识的影子陪伴在自己左右，可惜自己没有好好珍惜，回头无岸自己心里才这么遗憾。

一陈居然没接电话。

Bobo 有点失落和生气，在楼梯拐角处又一脚踩空崴了脚，她把行李箱竖在地上，揉着脚踝，琢磨着是不是把高跟鞋脱下来提着走，又觉得有失体面，一时两难。

天色很暗，感应灯也没亮，她扶着楼梯扶手勉强上了三楼想找个人帮忙。

这时，她听到好像有人从刘漫的房间里出来，她的房间和刘漫的房间就隔一部楼梯，没有开灯，黑乎乎的一个影子。

她用力咳嗽一声，楼道灯亮了。

"Bobo 老师，需要帮忙吗？"

"老朱？你怎么会在这里？过来帮把手。"Bobo 狐疑地问他。

老朱笑笑，然后抬了抬手里的一捆电线，解释道："刘老师屋子里的电线被老鼠咬坏了，我帮她换换。"

"唔，你还真够热心的，电工的活你都负责上了。傻站着干什么？过来搭把手。"Bobo 单脚着地，扶着栏杆，现在脚开始胀疼。

得到允许，老朱把电线放在墙角，然后快速从兜里掏出湿纸巾擦了擦手这才上前来扶住 Bobo。

楼下陆陆续续响起了脚步声，刚才一众看戏的吃瓜群众沿着楼梯走上了二楼女生宿舍，女生们一边走一边叽叽喳喳地谈论刚才在剧场的事：

"小葵今天真是爆发了哎。跟刘漫这次明着吵肯定是彻底掰了。刘漫多高傲。"

"小葵反应那么大，肯定是早憋一肚子气了，今天被花裤衩煽风点火就爆发了呗，我挺她，敢说真话敢爱敢恨。是刘漫自己小心眼。天天一副自命清高的样子也怪好笑的。"

"还有，关键是一陈可真尿啊，被小葵骂得一点脾气没有，还是老好人一个，不过都说小葵能演法图娜跟一陈有关系，你们说到底是怎么一回事啊……"

"一陈房间黑着灯呢，肯定是追小葵去了，哎，这么帅又痴情的男人真是不多见了，要是喜欢我该多好……"

Bobo 听她们谈论着，脸色微变，天知道她在一陈身上花了多少心思，没有她，一陈能那么幸运一进剧院就成重点培养对象？居然被向小葵制服，她也是服了气了。

老朱看着 Bobo 带着愠怒的脸，以为自己把 Bobo 弄疼了，额头上渗出了

143

汗珠，Bobo 到底是老江湖，看着老朱憨态可掬的样子觉得好笑，就立在走廊上抽烟，让他下去拿行李箱。

刘漫的房间一直黑着灯，而且刚才动静也不小，她都没出来看一眼，还真挺沉得住气，要是旁人听见 Bobo 声音，早出来寒暄巴结上了。看来这小妮子还记仇呢，对当初自己的得理不饶人耿耿于怀啊。

老朱开了门，把 Bobo 搀扶进去，开了灯，Bobo 把鞋踢掉，窝在沙发里。老朱看了一眼累得有些虚脱的 Bobo，平时骄傲得像白天鹅，现在蔫得像得了瘟疫的野鸭子，她也没说话。老朱自作主张地抬起她的脚看了一眼，Bobo 嘴里"嘶"的一声，就没动静了，脚很美，平时保养得好，白白净净的，不是很严重就是脚踝肿了点，老朱环顾了一下屋子，透明酒柜里面有药箱，他拿过来给 Bobo 消毒，动作轻柔又娴熟，表情淡淡的，不卑不亢。

Bobo 被凉凉的液体擦醒，眯着眼睛看了一眼老朱。

"你还学过按摩啊？这手法挺专业啊，我感觉好多了。"

"这个倒没有。之前在健身房当教练的时候，经常有学员受伤，护理多了也就会了。"

"你在我们这里还习惯吧，老朱。毕竟你以前也是有点名气的拳击教练，委屈你了。"

"习惯习惯，特别习惯，腿受伤以后就当不了教练了，废了。真的要好好谢谢您介绍这份工作给我，要不然我还不知道在哪里做苦力呢。"

"举手之劳，唉，对了，你走之后，一陈还去学拳击吗？"

"这个就不太清楚了，我到这边上班以后很少跟一陈老师讲话的，谨遵您的教诲。"

这手法和谦虚的谈吐都深得 Bobo 好感。她抬眼看了看他。

他今天没有穿工作服，象牙白纯色衬衣干干净净，深蓝色商务休闲裤扎在皮带里，感觉很干净清爽。没有白头发，肤色也是正常健康的颜色，手指修长，一点不粗糙，以前还没怎么太注意过这个保安，上次听说了新疆抓歹徒的事情，后来又在门口帮刘漫赶过流氓，还有经常见他跟同事打招呼彬彬有礼,别的时候好像没什么特别深的印象。

Bobo认识他的时候,他还是健身房有八块腹肌的拳击教练,一陈的私教。一陈的会员卡还是她办的呢,可惜一陈也没去过几次。岁月真是把杀猪的刀,他才不当教练多久,小肚腩都出来了。后来老朱因为受伤不能当教练被贬为健身房打杂的闲职,Bobo有一次因为专用瑜伽垫子被刘漫挪了位置两人发生口角,老朱出来调解,Bobo对他印象还可以,就让助理给他招进剧院当保安副队长了,没想到他倒是还挺感恩戴德的。

他揉捏的手法非常舒服,她放下心理戒备有些昏昏欲睡。朦胧间感觉脚背有些湿润,滑滑的,好像有蛇爬过,或者是舌?

老朱处理完Bobo受伤的脚,她已经睡得很香了,他环视了屋子,把东西归整好,又自作主张把茶几上放了很久的烂水果收拾到垃圾桶,换了干净的垃圾袋,擦干净了桌子,刚准备走,被醒过来的Bobo喊住。

那天的晚餐过后,自己作为礼尚往来,请唐梓航看了一次电影,就这样越来越熟,才发现和趣味相投的人聊微信是件多么有意思的事,一空下来就和唐梓航聊天打屁,唐梓航特能侃,上到天文,下到地理,大到大国博弈,小到小女孩心事,就没他不能接上的话茬,连易经都懂,给她算了生辰八字,讲得头头是道,什么亨小利贞,天下有山,君子远小人不恶而严的,听都听不懂。

凡是向小葵听不懂的,都该归为聊天打屁一类,向小葵对唐梓航总结道:"你真的很会打屁,怪不得被叫做唐屁屁。屁屁,应一声。"

唐梓航一脸黑线,自己堂堂一个心理医生,嘴巴里吐出的每个字都该收钱的,陪她免费闲聊已经是天大的恩赐了,居然还把那么难听的绰号重新套他头上,让他哭笑不得。

"我也得给你取个雅号,就叫你问天吧,向问天。"

"为什么叫我问天?"

"啥都不懂,一天到晚净是问题,连度娘都救不了你,只能问天了。"

"唐屁屁。"

"向问天。"

"唐屁屁，我明天就巡演了，第一站杭州大剧院，有点紧张。"向小葵趴在床上，一边给唐梓航发讯息，一边傻乐，被叫问天一点不生气。老向悄悄推开门，看到女儿笑得跟十里桃花似的，顿感宽慰。也许向阳判断失误呢。自己也是过来人会发现不了小葵现在属于热恋？

"紧张什么？你有那么厚的脸皮，一上台亮相，聚光灯往你脸皮上一打，紧张的该是观众啊。"

"你可真是个唐屁屁啊。一点有营养价值的提议都没有。"

"那你要怎么才能不紧张呢？"

向小葵叹了口气："我叫不紧张，好了，不紧张了。"

唐梓航："需不需要男粉丝儿在下面哭着喊着要上台合影送花签名拥抱索吻什么的？"

"追星有这么激烈？拜托我还没有红到那种程度好吗？"

"噢，潜意识是需要这么一个激烈的托儿对吧。"

"想去当托儿你直说。你有这种潜质，我可以考虑提前给你一点专业的培训。"

那种聊天能接住你每一个梗并且机智反弹，永不冷场的人，这辈子你都不会遇到太多，所以一定要好好珍惜，人生最难有这么一个人，你愿意跟他呈现你的有趣，他也愿意跟你呈现他的有趣，而且你们一直有说不完的话。

连刘漫都看出点问题，一天到晚盯着手机傻笑什么，这绝对不像以前的向小葵。

"宝贝儿，你发春了？这人比一陈还优秀？"两人恢复关系以来，比以前还亲密无间。是真的放下心里的芥蒂了。

"漫漫，你说如果对方长得刚好贴合心意，智商情商都很高，关键是还很有钱，要不要主动撩？"

"当然要撩，至于结果嘛看你本事喽，这样的男人身边也不会缺那种胸大屁股翘的女人吧，你得看自己有什么优势，能不能竞争得过，而且这样的男人也花心，不能当真，我前男友不就是……"

小葵低头看看不是很饱满的胸,打断刘漫:"好了好了,别提不开心的事儿了,都过去了。你现在不是有我哥了吗,我哥肯定不花心。"

"为啥?你怎么知道你哥不花心?"

"你说的啊,有钱智商高都花心,我哥没钱,智商情商一般般。"

"你为了个男人把你哥都践踏了。以后不许说你哥,他可是我男神。你说的这个人到底是谁啊,我们剧场的?还是你哥同事?拜托,你还是别找警察了,我一天到晚提心吊胆。"

"都不是。"

"噢,那我就放心了。唉,那,不会是黎晓给你介绍的你们云南老家的吧。"刘漫边换衣服边问。

"你还记得新疆那个纸条吗?宝剑尚未配妥,出门便是江湖。那个写忠告的作者啊。"

"小葵,你一提新疆我就难受。这句话真像给我的忠告,让我误解你这么多天,我就是没配好宝剑那个人,才在江湖里懵逼。这么多天我一直觉得堵心,要是早跟你沟通就好了,也不至于让你随便拉个人就替代了我的位置。你们怎么勾搭上的?贴合你心意的样子又是什么样?给我看看照片,有没?"

"放心,没有任何人能替代你的位置。老老实实呆着别乱想。如果不出意外,过几天你就见到活的了。"

刘漫向来冷淡,此刻一脸惊讶:"他要来看巡演?你们来真的啊,到时候我可得帮你把关,喊上向阳,对,我这就给他打电话。小姑子春心荡漾,好现象。"

小葵连忙阻止,理由是撩到手再说。刘漫如果知道这个人跟向阳几年前就是好基友,应该表情更丰富吧。给她一个惊喜。

"什么?明天去杭州?!"赵墨听说唐梓航要去杭州,从凳子上跳了起来:"你疯了?一级咨询师不考啦?都准备大半年了!"

"不考了,反正明年还能考。"唐梓航坐在他的办公桌上,一脸吊儿郎当的表情,捡着果盘里的葡萄吃:"我们的客户又不是冲着那本证来的,再说我在美国不是带么多证回来嘛,也没见哪个客户多稀罕。他们看重的是我们的实力。"

"这不入乡随俗吗？你可是首席医生，得了解国内行情。提升我们医院知名度，再说你去杭州什么天大的事？准备了大半年，说不考就不考？"赵墨感觉和唐梓航相处得越久，越摸不透他，这人做什么事都随性而发，太不把诊所前途当回事。

"突然想逛逛西湖，看看断桥残雪。"

"屁个残雪？现在夏天啊大哥。"

唐梓航把最后一颗葡萄送进嘴巴里："那就三潭印月，反正我已经决定了，不是来征求你意见的，就跟你通知一下有这么个事。"

"你又是为了泡妞吧？"赵墨眯起眼睛，"你丫绝不是去看风景的。"

唐梓航拿纸巾擦擦手说："泡妞？用词太不准确。我已经把这纷扰看穿，红尘今后与我无关，以后别叫我出海，别叫我泡吧，我、戒、了。"

赵墨耸了耸肩，心想又特么受什么刺激了。

第二天一大早，小葵他们就乘上开往杭州的大巴。杭州是个秀气的城市，不像上海这般附着魔性，它就像古代未出阁的小姐，从容优雅并自命清高。

在车上，高导对她们说，杭州人有个骂人的词是62。

小葵眨巴着眼，问62什么梗？一车人都笑了，告诉她杭州话里的62就是呆子傻x的意思。小葵恍然大悟，心里琢磨着唐屁屁有代号啦！马上点开微信跟唐梓航侃起来。

"屁屁，告诉你一个好消息，本小姐将赐你一个代号。"

"代号？我没这需求。"

"是吗？我男粉丝儿这么多，不取个通俗易懂的代号，哪天把你忘了怎么办？屁屁接旨，奉天承运，哀家诏曰：从今往后，62就是唐屁屁的终身代号，接旨！"

"你不知道只有寡妇才自称哀家吗？"

"……"

"62在杭州话里是傻子的意思，你一定第一次听说吧，这也够你新鲜的？"

"我去，你真是见多识广啊，竟敢这样鄙视我的见识？！"小葵自找没趣了一回，悻悻地把手机塞包里，不去理他。

唐梓航看着屏幕上向小葵发来的火冒三丈的表情，咧嘴笑了。被骂62，他一点都不生气，反而觉得向小葵有股纯真的孩子气，连自己都变得简单通透起来，遇见高兴的事情就开心，不高兴的事情就撅嘴，喜欢接近的人就接近，不喜欢的人就笑笑避开。

他是下定决心去杭州，发动了车子又觉得路途遥远，一个人没劲，决定要押向阳一起去。向阳真是个大忙人一口拒绝了，理由是星期六还加班。拿六千块钱的薪水，干得跟年入六十万似的忘我，真服了他了。

好不容易说动他调班，匆忙换了件衣服就走。

唐梓航一脚油门，V8发动机低沉地咆哮一声，推着大象般大小的车身，驶上主干道。

"你小子，怎么心血来潮去看我老妹巡演？"向阳问他，"你们上次去农庄……没擦出什么电光石火一类的吧？"

"闲着也是闲着，去杭州办事，顺便给咱妹妹捧场不是很正常吗？"

"真的，可别在她身上浪费功夫，她一根筋，爱上就甩不掉，所以别沾染哈。让她找个小商小贩小公务员什么的嫁了吧，你，以及你那个复杂的家庭背景，她也hold不住。你俩是两个世界的人。"

"她是哪个世界的人？"

向阳想了一下，指指脑子，"智商偏低一个层次的圈子里，单纯没心眼儿，像你这样的爱因斯坦级别的，就别老跟她瞎混了，拉低你的档次。"

唐梓航看着向阳一本正经地胡说八道，真怀疑是不是亲妹妹，人家都想给自己的妹妹寻个好人家，他可倒好，小商小贩小公务员，难道自己连这些人都不如？他表示很无语，为了避免这种意义的假设性话题继续，他打了个马虎眼，扯开话题："上次'小宝贝'那个案子怎么样了？"

"别提了，前段时间又莫名其妙死了一个，从作案的手法来看，两个案子是同一个人干的，基本确定是连环杀手，正像你说的，一个变态，这种案子最棘手，完全琢磨不透他的作案动机，很有可能是随机杀人。在昆山和太仓都有类似的离奇死亡案件,都是自杀结案,家属也闹过,但是都被警方镇压了。我们重新看了卷宗觉得疑点还是很多的,凶手应该不是上次说的那个辅导员,我们还在进一步调查。我这段时间被这个案子搞得焦头烂额,觉都睡不好,生怕哪天晚上一个电话打来,又有人遇害。"

"上海这两名死者的关系网排查过了吗,有没有交集?"唐梓航问道。

"都在同一个健身房当过老师,李琳琳待过几个月,大丫一直任教,还深受学员喜欢,巧的是她还是小葵和刘漫的瑜伽老师。最近换老师两人也没什么兴趣去上课了,这俩死者够倒霉的,到底是什么原因被同一个变态盯上了呢?这两死者身上都没有搏斗的痕迹,眼睁睁看着自己的血流干,难道是心理变态自愿的?为了取悦凶手?"向阳伸了个懒腰拍个自拍发给刘漫。

"这个大丫生前心理状况怎么样?你们了解过吗?"

"男友刚跟她求婚,场面搞得挺隆重,身边的亲人朋友也没发现她有什么异样,就是根据她妈妈回忆,说她出事前在考公务员,压力很大睡不着觉,有一段时间在吃一种安眠药,淡蓝色的圆片,装在塑料盒里,所以不知道具体是什么名字,后来我们在她家和工作的地方都找遍了,没找到。"

"淡蓝色的圆片?一般常规的安眠药都是白色的,蓝的安眠药很少,只有日本进口,罗眠乐等是淡蓝色的。14年出了件事,神奈川县一个心理医生用安眠药迷奸了7位妇女,日本政府为了防止此类事件再发生,在15年出台规定,在安眠药中加入蓝色染剂,一旦安眠药融化就会将整杯饮料染蓝,不过日本的安眠药出货量很少,你可以沿着这个方向去查。"

"蓝色的安眠药很少吗?"向阳怔了怔,若有所思地问。

"常规安眠药都是白色的。"唐梓航点了点头。

"不少吧,我就好像在哪里见过。等我好好想想。"

07
我可是心理专家，满足你心理诉求而已

三个多小时后，他们终于开进杭州市区，然而上塘高架堵成狗，唐梓航的大奔太过笨重，奈何不得技艺精湛的老司机，一没跟紧就被斜插，几次惊险之后索性放慢车速，发扬绅士风度不抢一秒，然后就悲剧了，不止被斜插，还被横插，甚至被竖插，唐梓航被插得没了脾气，干脆下了高架，然而当他下高架后，整个人都傻了，展现在他眼前的是一望无际的车海。

"杭州没地铁吗？怎么路上车那么多？"

"上海不也一样，不过是我们习惯了罢了。"向阳摆摆手，导航上说离目的地杭州大剧院还有3.5公里，预计时间需要一个多小时，平均下来时速达到三公里每小时，也就是说他们两个现在下车，推着车跑，估计也有这速度。

唐梓航原本以为下了高速后就能摆脱被插的命运，然而事实证明他还是太年轻了，中国最富足的资源不是稀土，而是老司机，总有一天地球都会被中国的老司机占领。唐梓航眼睁睁地看着那些无畏的勇士一个个理直气壮横七竖八地堵在他前面，对国民素质充满绝望。

在杭州市区的车流里浪费掉一个小时后，他们终于看到了杭州大剧院，并且远远的，就看到《哈拉和卓公主》巨幅宣传海报。还有LED屏滚动宣传男女主演，足足有两层楼那么高，向小葵的脸占了屏幕四分之一，霸气侧漏，引得路人纷纷驻足。

"家门有幸啊。"向阳见老妹的照片被放得那么大，顿觉自己脸上也沾了光，忙拿出手机记录下这光辉的一刻。

唐梓航看着这张宣传画，也微微一笑。好不容易，唐梓航把车开进了地

下停车场停好后，两人匆匆赶去后台，却被告知演员通道已经关闭，只好老老实实地买票入场。

演出进行得很顺利，华丽的开幕，演员们表现得都不错，特别是向小葵，已经把角色刻画得入木三分，一上场不用说话，举止神态就昭告天下，她是金枝玉叶。

一陈情绪不是很高，但也没犯什么错，只有刘漫，一开场就犯了个低级错误，走位走错，把一陈给挡住了近半分钟，按照道理说这种错误她是不应该犯的，平时彩排都好好的。

谢幕后，观众反响不如预想得热烈，高导很不满意，采访一结束就把一陈和刘漫叫过去训话，刘漫回来后对着镜子呆呆地坐了很久，小葵让向阳和唐梓航在演员通道外等，自己留下陪刘漫磨蹭。

"刘漫，还没换衣服呢？高导都在催了，要集体回宾馆了。"沈艳丽折回更衣室，催小葵和刘漫。

"艳丽，跟高导说一下，我和刘漫自己回去，你们先走吧。"小葵对她道。

"那这么说，外面的真是你和刘漫男朋友？专门赶来看你们巡演？你们要出去嗨皮啊？"沈艳丽好奇地问。

是还是不是呢，承认是也并不吃亏，毕竟唐屁屁看起来真不错，还亲自驱车来助阵，真是惊喜啊。她也希望尽快是，可惜现在不是啊，也只有老向和那帮下象棋的老头儿觉得是吧。

"噢。"她随便应付着，"你不是说高导在催了吗？还不快去。"

沈艳丽火急火燎跑了回去。

沈艳丽走后，更衣室就剩下向小葵和刘漫两人，向小葵累得不想动，坐在刘漫身边看她卸妆。刘漫一声不吭，什么话题都不接茬。毕竟刚才的失误造成的影响不小。她开始怀疑自己的实力。

"漫漫，你今天发挥失常不会还在因为选角儿的事儿不高兴吧？我不会什么鸡汤，但你说过，我们一生一世都是好朋友，你一定觉得我有一小点贪心，得了便宜在这卖乖，在这装纯。花裤衩也说我装清高，装傻，可是漫漫，你是了解我的，我就一根筋到底的人，我有什么就说什么，既然都是演员肯定希望自己的实力得到证明。"

刘漫淡淡地看了她一眼,叹了口气:"小葵,那事儿都过去了还提什么,我也不知道怎么搞的,突然就脑子空白,走神了,对不起,拖你们后腿儿了。"

其实刘漫后来回忆起来,当时的感受,就是从在站台上开始,先是极度寒冷,然后是恐惧,耳边隆隆作响,她感觉自己汗毛都要竖起来了,脑子也开始不受自己操控,所以被自己的不正常反应吓坏了,导致自己走错位。

她不敢跟小葵说得这么严重,她想回上海赶紧去看医生,难道自己心理出问题了?

向小葵听到刘漫说"对不起"三个字,怔怔地看着她,她刘漫居然会跟人道歉?一直以来,她活得那么高姿态,那么骄傲,认识她到现在,包括上次抱一起哭,她从没说过一句抱歉的话,今天她居然对她说出"对不起"三个字?

"干嘛看猴似的看着我?"刘漫鄙夷地瞥了向小葵一眼。

"你好看。"小葵咬着嘴唇,眼睛微微发红,花痴似的对她笑着,她有点感动,因为自从上次冷战之后,她开始慢慢改变自己了。

刘漫好像找到一点自信,缓缓站起身,面色变得和缓温柔。一边脱戏服,一边对她道:"好看你就欣赏着,让你知道什么叫婀娜多姿。"

"切,又不是没见过,不就个 D-cup 吗?"向小葵捂着嘴偷笑。

"那也比你高了个级数。"

向小葵低头看自己的胸,嘟囔道:"我也是有沟的好不好?"

刘漫冷哼一声:"你低头能看到的沟只有一条,叫腿沟。"

"你能不能有点追求,跟我比干嘛?你怎么不跟沈艳丽比?她的硕大 F-cup 才是你赶超的对象。"

"她的大是大,但下垂,胸型没我好。"刘漫鄙夷地摇了摇头。

"那庞丽娜的浑圆?"

"圆是圆,但外扩,胸型还是没我好。"刘漫露出不可一世的表情。

"切,自恋胸魔!"向小葵对刘漫的表情表示不屑。

正当她们忘我的沉迷在胸部话题的时候,向小葵的电话响了,里面传出向阳的声音:"你和漫漫怎么还没出来,我和唐梓航在外面等得腿脖子都快抽筋了。"

"知道啦,漫漫在换衣服。"

"还没换好啊?其他人都走光了。"

"我不是说了'慢慢'在换衣服吗?你指望能有多快?"

刘漫换好衣服后,和小葵一起走出演员通道,老远就看见向阳捧一大束花在过道里等着,旁边站着个吊儿郎当的唐梓航,笑吟吟地看着她们走过来。

"哇,好大一束花,送给我的吗?"向小葵连蹦带跳地跑到向阳面前故意这么说,向阳忙护住手里的花,不让小葵染指。

"一边玩去,这花是给漫漫的。"说着把花递给刘漫,刘漫接过花,放在鼻下闻了闻,赞了句好香好漂亮。在向阳面前她永远保持淑女形象,据小葵内部可靠消息,一直到领结婚证坐实关系以后,那个不顾形象的刘漫才会被允许放出来。

向阳给唐梓航介绍刘漫,刘漫这个时候还没把唐梓航跟贴合小葵心意的那个人画上等号。只是觉得向阳这个又高又帅的同学蛮特别。四人简单的寒暄了几句,然后向阳提议去吃饭,"我和唐梓航晚饭都没吃,肚子都快饿扁了。"

向小葵对这个提议赞同到五体投地,把头点得跟小鸡啄米似的:"好主意,去哪吃?"

唐梓航说:"楼外楼吧,都来了杭州,自然要吃点特色的。一楼风月当酣饮,十里湖山豁醉眸。全世界只此一家,别无分店。"

其他人累的累,饿的饿自然都没异议。

到了楼外楼,西湖醋鱼和龙井虾仁是免不了要点的,叫花鸡、东坡肉、宋嫂鱼羹也是必点,可惜鱼羹已经售罄,只能换了其他菜色。

席间四人有说有笑,特别是向小葵,解了刘漫的心结,巡演又结束,开心得像吃了兴奋剂似的,又喝了点酒,对着唐梓航傻笑。

"我这妹妹啊,什么都好,就是有点人来疯,你别介意哈。"向阳对唐梓航说。

唐梓航笑盈盈地看着向小葵,看她开心的样子,有种说不清道不明的满足感，她笑得那么爽朗，无拘无束，充满感染力，他从她的笑容里，感受到最原始的纯真，快乐。

"别的世界的人果然活得更快活啊。"唐梓航说，"一个人有三个我，本我，自我，超我。本我是人的天性，无意识地追寻快乐，是避免痛苦。自我是现实环境约束下的自我，弗洛伊德说，本我过去在哪里，自我就应该在哪里，人的天性就是寻找快乐。快乐，是人活在世界上最唯心的理由。"

"那超我是什么？超能力吗？"向小葵打着酒嗝问他。

唐梓航摇了摇头："不，打个简单的比方，想睡觉的你是本我，被人逼着加班不能睡的是自我，而为了追求事业上的进步逼自己不能睡的就是超我。现在这个社会太多人重视超我，而忽略了本我，忘了人生最初的意义，而去追求并不一定能使你快乐的东西。"

"说得真好，虽然我听不懂。"刘漫听完，放下筷子，虔诚地问，"你不会是哲学家或者心理学家吧？"

"略懂点心理常识，在国外学了几年，谈不上家。"唐梓航谦虚道。

刘漫惊叹："果然是人才。"

"不敢当不敢当。"

向阳对刘漫说："漫漫，你最近不是老失眠吗？什么时候我带你去梓航他们诊所给你做个心理干预治疗，他说催眠术对改善睡眠很有帮助的，总比吃安眠药好。"

唐梓航点头道："现在人压力大，失眠的情况其实很普遍，你不用有心理负担，国内很多人以为看心理医生就是脑子不正常，这是错误的观念。有空来找我。"

"等等，催眠术？"小葵问。

"怎么了？"唐梓航和向阳同时问道，他们有点担心是不是她想起什么了。

"大街上那种一拍肩膀就让人说出银行卡密码骗钱或者电视节目中盯着你看，把很多人弄睡着的就是催眠术？"

言外之意就是，催眠术＝骗术。

唐梓航用纸巾擦了擦嘴角，认真地给出了定义，"催眠是一门改变人们意识状态的艺术，这种改变完全依赖于人们自身的心理元素，当然了，你说的那两个例子确实是属于催眠术范畴，但千万别把催眠等同于骗术，一个高尚的催眠师可以帮助我们重塑自己的内心世界，让我们变得更加专注，更加热情，更加勇敢，更加乐观，高水平一点的还可以挖掘我们心底的潜能，让软弱的人变得强大起来，让内向的人变得开朗起来。"

没想到这个人说起专业来，还真是头头是道。跟之前那个印象里的还真是判若两人，之前真是对一个人的认识太片面了。

"那我怎么知道你是真的会还是唬人的？我要自己试试才放心让刘漫去。我咋就不信，好端端的就能进入潜意识被你控制思想？除非你现在把我催眠。"小葵皱着眉挑衅。

唐梓航又笑得很无畏："你啊，真是个人精，有很强的自我防卫意识，你对'催眠'这件事有某种先入为主的敌意，好吧，我试试啊，不一定能成功。"

大家都睁大了眼，在这人声鼎沸的餐厅要实施催眠？

唐梓航站起来朝向小葵伸手，"来来来，到这边来，你配合我一下。"

"向前一步走。"

小葵白了他一眼，倒是看他玩什么花招，不过也照做了。她特别清醒，平时不困不喝酒不可能睡着或者失去意识。

"多了，再退回去半步。"

小葵照做。

"再往前来一点点。"

再照做。但是如此反复有点烦了。

"你叫什么名字？"

"向小葵啊。"

"多大了？"

"25。"

"你背后有条大狗，小心。"他惊叫。

小葵猛回头，还后退几步，撞到唐梓航身上。可是并没有狗，然后警惕地扭过脖子，用犀利的眼神鄙视唐梓航，想踢他一脚。

"看着我。"

小葵听到严肃的指令，不由得抬头。

"睡。"

小葵突然就闭上眼睛晃晃悠悠眼看就要倒了，唐梓航赶紧上前扶住，把她靠在椅子上。

"她表面看起来很遵从我的指令，其实内心是抗拒的，极为警惕，一个劲儿猜我接下来怎么对付她，而自己又该怎么应对，充满戒备。我利用的就是一个机械式反应，我问了好几个常规问题，她都是下意识地回答，不需要动脑子，蓄势待发，所以我说身后有狗，一下子把她思维模式打乱了，等于用一根指头推倒了多米诺骨牌，瞬间思维崩溃。最后我'睡'的指令下达她就睡着了。就这么简单，她属于敏感体质容易催眠类型。之前有过不少催眠她的经验。"

"你和小葵，你们之前就认识？不对，你就是向阳的高中同学？帮助小葵删除那段记忆的大师？"刘漫看着熟睡的小葵，惊讶地问唐梓航。

这段疏远小葵的日子里到底还发生了什么？她才意识到这个男人就是贴合小葵心意的人，刚才小葵看他的眼神无比温柔眷恋痴迷。而唐梓航看小葵眼神里的笑意和宠溺也要溢出来。向阳没有对自己提起过这个桥段，是因为他榆木脑袋根本看不出来两个人微妙的关系。

她扶着小葵的头，很想把她摇醒问清楚。可惜她睡得特别安稳，又不忍打扰。

"不是删除是隐藏。日后等她受到同样的重创或者反复刺激，很多不定的因素她会再次想起来，但愿那时候她能勇敢面对，毕竟很多坎，不是绕过去的，而是跨过去的。今天这种技法叫瞬间催眠，基本原理就是超量的信息进行瞬间冲击，让被催眠者在思维短路的情况下接受催眠师的引导。越是高度紧张反而越容易被瞬间催眠。这里面有很多技巧，指令和步骤设计，眼神和动作的配合，等等。"

"我们都快吃饱了，那小葵怎么办？"

唐梓航走到她身边，拍了拍她肩膀，吹了声口哨："大明星，Star，快醒醒，注意形象。"

小葵坐起来，第一句话就是："唉？我刚才怎么睡着了？你们把好吃的都吃光了啊。"

大家都笑得肚子疼。

刘漫已经迫不及待问自己的苦恼了，失眠多梦，容易走神，精神恍惚，还经常……怀疑向阳不爱自己了，然后更失眠，更走神，恶性循环。

"你失眠多久了？"

"最近两个月吧。"

"有在吃安眠药？"

"有，实在睡不着了才会吃，我也怕有依赖性。"

"你吃的什么安眠药？"

向阳插嘴："我想起来了，我说的见过蓝色安眠药就是在漫漫宿舍看到的，漫漫你带没有？快拿出来给唐医生看看。"

"我找找。"刘漫拉开包，拿出一个瓶子，包装上都是日文，递给唐梓航道："这个是一个朋友推荐的，说效果很好。"

"是味之素。"唐梓航接过药瓶，药瓶是半透明的，里面装的是淡蓝色的椭圆形药片，但这个药片似乎厚了点，味之素应该没那么厚。

他皱了皱眉头，左右翻看包装，防伪标识很清晰，不像是假药，他打开瓶盖，倒出一粒，仔细地看药的颜色和形状，发现这粒药的颜色比味之素深一些，不知道是不是错觉。

他让服务员倒了杯白开水，把药放进开水中，药慢慢溶解，但没把水染成深蓝色，药片上这层蓝，只是糖衣，而不是染色剂，唐梓航能断定，这粒药不是味之素。

"你这瓶药哪里买的？"唐梓航神情凝重地抬起头，问刘漫。

"药店，应该没问题吧，是正规的药店。"

唐梓航严肃地问她："这瓶药包装是味之素，看瓶子的标签也不像假药，但里面装的我敢肯定不是，如果药瓶没问题的话，就是里面的药被人调包了，你回忆一下，有没有人知道你在吃这药？"

"调包？！"向阳神情紧张地看向刘漫，刘漫也傻了，想了想，摇着头说："好像没有。"

"这瓶药你不能再吃了。其实最新研究称，一个人睡也是影响睡眠质量的。这种孤独感会增加'应激激素'皮质醇，导致睡眠终端，和伴侣一起睡能减轻我们的焦虑，紧张等情绪，睡眠更稳定。"

小葵插嘴："噢，你睡眠质量差，原来是因为'孤单寂寞冷'啊。"

刘漫白了她一眼。

唐梓航把药收了起来，对刘漫道："后天下午我有空，你来我诊所，我给你做个催眠治疗。"

刘漫机械地点了点头。唐梓航把药瓶给向阳。

小葵朝唐梓航抛了一个媚眼，"说完她的事情，我也咨询你一下，你对记性差，忘性大，有办法吗？我最近不知道怎么了，总是想不起很多事情，或者记忆里的事情有些不对头。我大学同学都笑话我了，他们在群里说的很多大学的事情我都没有任何印象，难道我上了一个假的大学吗？"

向阳看着唐子航，点烟的手顿了一下。

唐梓航摊开手，耸耸肩，"你就是太累了，多休息就好了，没事的。"

第二天回到上海，向阳立马托人化验那颗蓝色的安眠药，但化验的结果让他傻眼，这颗药物的成分似乎的确是安眠类成分药物，但化验人员也不敢肯定，因为类比世面上能买到的所有安眠药，没有一种符合，也就是说，这个要么是种新药，要么是种在研制阶段就放弃的药物。

向阳觉得这件事很诡异，但实在没有头绪，药房肯定没问题，最大的可能是被人调包了，但刘漫也说不清药到底是什么时候被人动过。她只知道是健身房的群里的一个姐妹推荐她吃的这种安眠药，说效果好没有副作用。

得知这个消息，向阳内心惶恐，他强烈感觉到"小宝贝"案子背后的秘密就跟健身房有关。首先，他马上加入健身房群，让刘漫找到推荐药物的那个人。对方是个女性头像，资料信息非常少，最近都没有在群里发言，私聊也不回话。向阳又赶紧带着药去找大丫的妈妈确认，真的是同一种药，且购买途径不明，大丫的男朋友更是说不清楚，情绪也到了崩溃的边缘，一直埋怨警察无能。

最后他把安眠药被掉包的事情告诉小葵，让她们最近都不要去健身房了，帮忙照顾刘漫，说怕有人对刘漫图谋不轨。

"漫漫平时药品不是贴身放着就是在宿舍里，她又比较宅，交际圈也小，来往密切的就是你、我，还有谁有机会调换药呢？"

向阳觉得这倒也是一种思路，"这个人应该是刘漫的熟人，她没有什么防备的。所以这更可怕，在我们调查出结果前，不能打草惊蛇，同时多留心漫漫身边举止异常的人。"

"你说得倒轻巧，我又不可能二十四小时跟着她，她现在一个人住宿舍，身处险境，你说你作为一个警察，连自己女朋友都要老妹来照顾，是不是太失败了点？"

向阳道："你是她最好的朋友，也只有你能帮我了。"

"我不帮。"

"为什么啊？你就不担心她？你想过那人为什么要调包刘漫的安眠药吗？"向阳急了，眼圈都红了。

向小葵激将道："你真的那么在乎？"

"向小葵，你什么态度啊？什么叫真的在乎吗？她是我女朋友，我当然在乎啦。"

向小葵嘿嘿一笑："你在乎的话就向她求婚啊！你把她娶了，和她住在一起，朝夕相对，不就能保护她了吗？"

"求婚？"向阳挠了挠头，"小葵，家里目前的情况……"

向小葵打断他的话："现在我也终于开始演主角了以后戏会越来越多，工资也肯定会涨，我不想老迟到了，所以我必须搬到剧院附近去，宿舍我是不想住了，不自由也不安全，我同事有个一居室精装修公寓要租，还很不错呢，我先搬出去，等我攒多点钱就自己买一套。"

"什么？你要搬走？这不行，要搬也是我搬出去。"向阳一口拒绝。

"向阳！"向小葵对他吼道，"你要刘漫等到什么时候？等到她年老色衰吗！你是不是男人？你对自己未来的妻子负不负责任？明知道她有危险，你也放心她一个人住单位宿舍吗？"

"我……"

"别我什么我了，不论你求不求婚，我都会搬出去，至于你老婆的安危，你自己看着办。"向小葵"呼啦"一下站起身，拉开房门，对向阳做了一个请的手势。

向阳犹豫地走出房门，向小葵在后面叫住他："哥，抓紧时间，刘漫是我最好的朋友，我真的不希望她置身危险里，更不希望你后悔一辈子。"

向阳坚定地点了点头。

向阳走后，小葵若有所失地叹了口气，她其实根本就没选好房子，刚才只是为了打消向阳的后顾之忧，才骗他的。

不过既然说出口要搬走，看房子这件事，就得提上日程了。网上找了几套，并没有那么合适的，她也才知道，现在上海房价已经涨得让人咋舌，不是地方远，就是环境差，要么和一帮大老爷们合租。

聊天的时候也没忘跟唐梓航唠叨两句，求参考意见。

"你要搬出来住？我朋友出国了，正好有套房子空着，离你们剧院也近，你去看看？"唐梓航建议。

"这么巧的事？多少钱一个月？"

"先看上再说，如果你不嫌弃，下班发微信，我来接你。钥匙在我这。"

下班时，下了点雨，路上湿滑，堵成一片，唐梓航载着她，往陆家嘴方向开去，小葵问他朋友那套房子放了多久了，是不是几十年的老房子，漏不漏水，有没有装空调。为什么是怕她嫌弃？闲置多久了？

唐梓航全程一路笑着，回她道："你思维真奇葩，你觉得闲置的房子一定差到极致？反正等会到了你就知道了。"

没过多久，唐梓航把车开到汤城一品小区的大门口，向小葵眼里倒映着整个陆家嘴的纸醉金迷，张大嘴巴指着这个可能是全上海单价最贵的高档小区，说："你朋友闲置的房子，不会在这里吧？这里的房子我连个卫生间都租不起。"

唐梓航嘴角一歪："你先别急着下结论。"

唐梓航轻车熟路地把车子转进汤城一品的地下停车场，缓缓驶进车位，轰鸣声骤歇。

"房子很久没人住了，有点乱。"唐梓航一边跨出车门，一边对她道，"我找个家政公司，今天来简单打扫了一下。不知道收拾得怎样？"

向小葵紧跟着唐梓航的脚步走进电梯。

"叮。"电梯到了 25 楼。

唐梓航走出电梯，用指纹开了门，拉开房门对向小葵道："请进。"

向小葵走进房门，被眼前的景象惊得合不拢嘴，只见地砖清一色微晶石水刀雕花，尽管地面铺了一层薄薄的灰，但难掩光泽。走进玄关，发现里面豁然开朗，大厅起码有五米宽，连着阳台，中间摆着一套四加三加二的巨型沙发，茶几比她家的餐桌还大。

餐厅分中式和西式，厨房又大又明亮，还是开放式的，双开门的冰箱，蒸箱烤箱一应俱全，房间有四个，两个朝南，都有小阳台，两个朝北，都有落地窗，最小的那个房间都有向小葵现在的房子客厅那么大，卫生间两个，一内一外，内卫还有按摩浴缸！

小葵跟刘姥姥参观大观园似的，逛了东厢逛西厢。最令她心醉的是这房子的阳台上看出去，就是黄浦江和对岸外滩的浮华，这种感觉，简直就像手握璇玑，执掌乾坤，一个字：爽！而且到处都是花花草草，多肉植物，盆栽，错落有致，像小型园林，真的太特么贴合自己心意了。

"Jior 过来！看看老朋友，那个背台词的傻丫头。"

一只硕大的火焰龟慢慢吞吞移到唐梓航脚边。

"你才傻！它不是叫 Star？"

唐梓航憋着笑，一本正经地回忆："是啊，不就是因为法图娜公主有个洋气的英语名字叫 Star，重名者问斩！我怕连累我的龟，火速给改了名，这才逃了一劫，吓死宝宝了。害得我们小 Star，oh，不，Jior 不适应新名字，这几天吃不好睡不香。"

"那它怎么会出现在你朋友的房子里？"

"呃，上次来串门，玩得尽兴，忘记带回去了。"

"那这次记得带回去，别给饿死了。"

"有美女姐姐来管吃管喝，不打算带回去了。"

得了，这人真是三寸不烂之舌，自己注定是掰扯不过他。

这套房子向小葵非常喜欢，但她也知道自己是绝对租不起的。

"屁屁，要不算了吧，这房子……太大了。"向小葵站在阳台上，无比留恋无比惆怅地对唐梓航道。

"那个，不大，你可以约你好朋友，未来的嫂子——漫漫和你一起住啊。"

漫漫，漫漫，不就是因为她，自己才要找房的嘛。

"其实是，太贵了。"

"这个，我朋友说，你就出物管费，水电费，不要房租。"唐梓航笑了笑。

"开什么玩笑，不带你这样不负责任的，等下我会当真的。"

"没开玩笑。你这样想，其实是你吃亏了，你没发现吗？阳台这么多花花草草，都要浇水，鱼啊龟啊要换水定期喂食，洗澡，很麻烦的。还要打扫整理，保持人间烟火气息，还看护房子，防贼，水管走水跑气啊，这么一算没给咱发工资，是不是咱亏了，不行，我得打电话找他要点补贴。"

"对，言之有理，一个月不付个万儿八千的我不接这烂摊子，快打，我看看你哪个土豪朋友。"向小葵抱着胸坏笑着看着唐梓航。

我去，唐梓航一拍脑门，真是给自己下了个套。

"他……他这会儿可能是后半夜，要不我自己倒贴点费用给你？别用那种怀疑人生的眼神看我，其实是你来了，我就解放了，这些杂活就交给你接手了。花草树木都有生命，你且养且珍惜，我知道你擅长这个。"

呃，说得好像也有点道理，管他三七二十一，先心安理得住下再说，这样两人不是还多一层联系么，以后见面机会更多，想到这里心情大好。

这种沉思在唐梓航看来，理解成了犹豫。

"活有点多是吧？你安心地住下吧，其实也没那么多事儿，每周日家政公司会来打扫一次，花艺公司会派人过来协助你给花草施肥松土一次，你负责检查他们的工作。这样安排妥吗？"唐梓航把钥匙交到她手里。

"那，要不要跟你朋友通个电话，说一声是我走马上任当管家了？"向小葵咬着嘴唇继续憋着笑。

唐梓航又笑："不用，不用。放心住你的，你住比我维持管理的好，他求之不得。厨房也经常用起来啊，那个整体橱柜十多万的，都成摆设白瞎了。那些调料食材都是我上周补的。你有空……"

"这个嘛，我考虑考虑。人家工作也很忙的。管家+厨娘的活……"

唐梓航口干舌燥苦口婆心，居然换来一句考虑，他也是一脸黑线了，拿捏不准这丫头心里想什么。

小葵心里早乐开花了，她眼睛不瞎，绝对能看出来柜子里都是唐梓航的衣服，鞋架上的鞋子都是唐梓航的尺码，连签名本上的字都是他的笔迹，并没有第二个所谓朋友，而且她仔细勘察过，洗手间没有多余的牙刷，卧室没有女人头发，虽然物品摆放乱了点，这就是单身男士的粗犷，不影响整体印象。他编排出一个朋友，无非是照顾她自尊。

卧槽，这男人情商可真高啊，她岂能错过这么好的机会，把这么好的男人拱手让人，管他白猫黑猫，先撩到手再说。

"你到底还想怎样，你不愿意的话有的是人愿意，上次你在山庄见的那几个都排着队呢。"

"哎呀既然你这么说，我就勉为其难了。不管怎么说，你也是帮我解决了难题，帮你老同学解决了终身大事问题。我好好练厨艺，然后周末奉你为上宾，只要你不嫌弃我手艺，就当这里是免费食堂好了，经常来啊。"

"孤男寡女的，不好吧。"唐梓航欲擒故纵地调侃。

"也是，确实不好，影响你的节操，当我没说，钥匙我收着，现在就走你。孤男寡女的。"

"真是怕了你了，姑奶奶。我来，就当我吃点亏，我来还不行么。"唐梓航举双手投降。

事后很久，当唐梓航一到周末就跟上班一样来打卡各种要求吃喝一条龙，然后各种挑剔找茬，她再次回忆那天自己的豪气冲天，感觉自己挖了个大坑把自己埋进去了。

话说回来，心头大事得以顺利解决，小葵就像要步入仙境，成为上流神仙一样沾沾自喜。

搬完家第二天恰逢周末，向阳带着刘漫杀气腾腾地来了。逛完豪宅，趁着唐梓航下楼去买啤酒，向阳问小葵："这就是你说的朋友的一居室精装公寓？"

"不然呢？是精装修啊。多了几个卧室而已，打通就是一居室。是朋友的啊，不是我的。但是我们也算朋友啊。"

"小葵，这房子是唐梓航的，我知道你已经知道了，可是我要告诉你，你俩可别乱来，他可是出了名的采花大盗。做朋友可以，做男朋友不行。"

"不是。有你这么坑哥们儿的吗，还是坑妹妹啊？你是有多了解他啊？"

"我怎么不了解？我们睡一个宿舍三年，混穿裤子一年半，吃同一桶面不下50次，他上学交往过十个手指头都数不过来的女朋友，都是套路得人心，做哥们儿他很讲情义，但是你想从他这里得到真爱，可能性为零，他的心早被一个女人伤透了，现在的他对感情避之不及，所以你别自投罗网。气死我了，漫漫你接着上。"

漫漫刚要发表意见，小葵若有所思地问："裤子为什么就混穿一年半？你俩后来因为争女朋友决裂了？"

漫漫撩了一下头发，闭了嘴等向阳答案。

"噢，那还不是因为他长得太快，我的裤子不够他穿了。高二那一年就蹿到一米八了，妈的，吃了饲料吧。唉，别打岔，说正事呢。"说完朝漫漫努了努嘴。

漫漫清了清嗓子，看着兄妹俩："向阳哥，我觉得吧，你也别太偏激了，小葵这么大了，自己有自己的主张，喜欢一个人和咳嗽一样是忍不住的，她必须要自己经历这个过程才知道什么是爱什么是伤害，我觉得，梓航哥也不像你说的那么……"

"停，停，你们女孩子家家的不懂男人心里想什么。自古深情留不住，唯有套路得人心。受伤害就晚了，我也不想管你啊向小葵，可是谁叫你是我亲妹妹，我得给咱爸妈一个交代。不能眼睁睁看你入虎口。"

"咳咳，向阳哥，向阳哥……"

"老唐在，我也不怕，事实嘛他得承认。感情的问题上他的名言就是——像感冒，来得快去得也快。"

"哥，我承认你说的流弊，都是真理，但是我自有分寸，从小到大都是你保护我，但是我现在长大了有些事情我想自己把握和探索，你不仅不能打击我，还得帮我，伤害他的那女人我有所听闻，但是具体是咋回事，快说吧。"

刘漫淡淡地说："嘘，好像有动静。"

他们不约而同安静下来，看着玄关处，一堆刚买的东西放在地上，书房隐约传来唐梓航在跟谁电话里谈笑风生。

向阳，刘漫，向小葵面面相觑，吃不准他听见多少，这就尴尬了。

小葵和刘漫默默地逃到厨房，费尽心思做了一桌勉强可以入口的法式大餐。席间大家推杯换盏，小葵看着唐梓航，并没有觉得受向阳刚才的话多大影响。刘漫曾经说，喜欢一个人就会把他的优点无限放大。他可能有一百个小缺点，但是他有一个优点就够了，那就是特么的，无论从外在到内在，真贴合心意啊。

唐梓航和向阳讨论着国际形势，经济政治，哲学地理，他夹着烟，带着笑意的俊脸丝毫看不出来他听见了什么不该听的。不拘小节的男人真有魅力。他时不时照顾到两位女士，盛汤倒酒递纸巾拿水果。

小葵觉得他看她和看刘漫的眼神也差不多，并不能看出他对自己有那个意思。

嗯，革命尚未成功，自己仍需努力。

吃完饭以后，两个女人麻利地去厨房收拾碗筷，有说有笑的。

向阳压低声音把案件的最新进展跟唐梓航分享。刘漫也许被变态盯上了，她和两名死者有三个共同点。第一，都吃过那种来路不明的药物；第二，都是同一家健身房里的会员，都在会员群里；第三，都跟Bobo发生过不大不小的口角，而且每次都引来一群人围观。

那个微信号也通过技术手段侦查到之前就是Bobo的，不过她弃用很久了。

"你们传唤她了吗？"

"没有，首先考虑到她的名人身份，先暗中调查。她有作案动机但是没有作案时间。第一次案件发生时她在外地演出，第二次案件发生时她不在国内，昨天调查出她微信号的事情，去了她宿舍，搜出一瓶崭新的安眠药。然后去了她的家里，没有什么收获。保姆说她出国了去日本了。应该很快回来。"

"去了日本？"唐梓航若有所思地重复了这几个关键字，"那个药来自日本，这个推断思路有点道理。"

"我们已经安排人密切跟踪她了。"

女孩们已经收拾妥当，端着果盘出来了，他们之间的话题转到国际时事上。

几个人基本就沙发上各种姿势葛优躺，没什么事儿可干了，躺了一会儿好无聊，向阳和刘漫窝在沙发上继续看影片。唐梓航去阳台上逗自己的火焰龟。小葵也追着过去给花草修剪枝叶，还一边歪过头跟他交流蝴蝶兰的花期，两个人有说有笑，俨然男女主人。

刘漫提议和向阳去看电影，向阳一直热情邀请另外两人的加入，唐梓航和小葵不约而同地否定了他的建议。向阳欲言又止的样子，在小葵看来格外滑稽。

门被从外面带上了，电视机被谁关了，窗户外面的车水马龙也好像听不见了，整个世界都安静了，只有唐梓航翻书的轻微响动绵绵入耳。

这是两个人第三次独处的夜晚吧？在乌鲁木齐锦江酒店湖边偶遇——惊

魂不定；在世外农庄的套房数星星——忐忑纠结；今天似乎不太一样，她的内心极其安宁依赖，还有些小喜悦。今天到以后，她都有大把机会和他这样安静地待在一起，想想都觉得心里特美特期待。

真好。

她想得出神，突然就感觉有温热的气息从耳边传过来，声音低沉软糯，还带着红酒的味道，背后伸过来的一双大手把自己的手和喷壶把儿包裹，他扳正她的水壶，说："傻丫头，你这是在给地板洗澡吗？"

小葵低头，水已经漫到脚下，地板积了薄薄的一层，还在到处横流。

"哦，没把握好角度，话说这水壶也真沉啊。"

原来他真的没有在认真看书。

我去，自己也真是服了自己。还真会装啊，自己平时也能拎一袋五公斤大米回家好么。五公两的水壶自己可以拎十个上楼不费劲儿。

"笨，来，我帮你。"热气继续喷在耳根上，分明透着荷尔蒙的味道。假如她一抬嘴，应该就能亲上他的侧脸。她动了动脖子，还在选挑哪个位置下嘴呢，他突然把脸凑过来。

然后她凑过去的嘴，亲上了他的下嘴唇。——温热，性感，柔软，有弹性——比想象的还要 Q。

"你……"小葵瞪大眼睛表示微微地欲拒还迎，脸都红了，人家还没做好思想准备啊。

"我可是心理专家，满足你心理诉求而已。"

"流氓。你给我马不停蹄地滚。"

唐梓航放开她准备走。

"再滚回来，我还是想问问你，怎么恢复记忆？我搬家的时候在箱子里找到一本日记本，那里有，有……"

"有什么？"

"有一段秘密，有一个消极自卑负能量满满，整天魂不守舍的向小葵。她害死了她妈妈，她生不如死，她人前还笑得欢，她活得虚伪。如果我真的是这样的人，我还把它忘了，我不是没有良心吗？你帮我恢复记忆好不好，我想知道发生了什么，我好好跟妈妈赎罪行不行？"

唐梓航抬起手，用指腹轻轻地抹去她脸颊上的泪水，"小葵，我先问你，你喜欢最近一段时间这样的自己吗？你理想中最好的自己是什么样子？"

小葵想了想，慢慢平复了心情，回答说："我挺喜欢现在这样的自己，我不知道最好的自己是什么样子，我只希望能始终有一颗真诚待人的心，单纯善良，无论未来怎样，永远不忘记自己是一个平凡而又独特的人就够了。可是，我也得面对过去，你说……"

"别可是了，既然你那么想知道发生过什么，我可以帮你，有些坎是越过去的，不是避过去的。我希望你内心真正得到释放，接下来我要对你进行一次深度催眠，尝试帮你找回一些记忆，这个过程中你可能会进入一种从未有过的状态，但你不要害怕，任何情况下，我数三个数，一二三，你就立刻从催眠状态醒来，你明白吗？"

小葵点点头。

唐梓航把小葵带到书房，让她躺在躺椅上，点上薰香，调暗房间的灯。

"放松你的肌肉和思维，不要去想任何事情，只去关注你自身的感觉，你的气息变得缓慢而清晰，眼皮越来越重，如果你愿意，可以闭上眼睛，依靠鼻腔呼吸。你感觉身体发沉，膝盖放松，全身都在放松，温暖的春风抚摸着你的身体，很舒适很安全。"

他的声音平静自然，带着一种既舒适又单调的情感，不知不觉就营造出令人疲倦的催眠气氛，他发现小葵的嘴唇微张着，之前紧锁的眉头也松开，呼吸很均匀，很享受的样子。唐梓航开始尝试引导对方失控的思维。

"试着想想，三年前的4月21号，你考艺术学院，专业课考试那天都发生了什么？从你参加完考试开始吧，你自己对成绩还是很满意的对吗？"

小葵微微点点头。

"然后你就出了考场和妈妈汇合了对吗？"

小葵再次点头。

"那天天气怎么样？"

"下了很大的雨，妈妈撑着一把白色的雨伞站在门口。她给爸爸打电话，报喜。"

"然后你们就乘坐大巴车回市里对吗？发生了什么事情？"

"啊，血，都是血！妈妈！都是我的错。我错了……啊……不要啊。"向小葵全身开始发抖，不停地摇头，面部开始扭曲，双手乱挥，整个人陷入歇斯底里的状态。

"向小葵，听口令，三，二，一。"唐梓航只好马上停止催眠，唤醒她。

醒来的小葵，冷汗涔涔。

唐梓航知道她的内心还没有强大到有足够的勇气面对当时发生的一切。

向阳陪刘漫看完电影，觉得唐梓航说的伴侣陪睡理论不错，就死皮赖脸陪刘漫回宿舍住了，老规矩，刘漫先洗澡。向阳在走廊抽烟，闲着无聊给唐梓航打了个电话。对方接电话磨磨蹭蹭的，每次都是。

"你丫在哪儿呢？"

"是不是要找我喝酒？奉陪。你挑个地儿。不过，唐某掐指一算你小子应该不舍得春宵一刻啊。"

"滚蛋，老子天天春宵一刻。这么说，你没跟我妹妹在一起？这就对了，你俩真不合适，她只适合过过小日子，你们家那种错综复杂的关系，她肯定得晕菜。贵圈肯定有很多适合你唐少的。你可别犯糊涂，她还没谈过恋爱，这要被你伤一次，这怕是以后很难恢复元气了，生无可恋了，你有这么大杀伤力。"

"向sir，你有什么证据推断我要上你妹妹？"

"你大爷的，'伤'第一声，'上'第四声，麻烦你普通话标准一点好不好。不过，感情这东西，上了才能伤，一回事儿。她当《哈拉和卓公主》主角是你的功劳吧？巡演追到杭州去捧场是你的主意吧？现在连房子都贡献出来给她住，这都是你把妹的套路吧，老唐，越分析越觉得不对劲儿。你到底怎么想的？"

"我自有分寸。你放心吧，大舅哥——"

"老唐，老唐，别，叫得我心慌气短。明儿请你吃饭咱好好聊聊这事儿。"

一双温润的手从后面环住向阳，向阳扔了烟头，转身吻了一下刘漫光洁的额头，昏黄的路灯，映照着刘漫朦胧的脸，好看的锁骨，白皙的脖颈，黑真丝裙包裹着她玲珑有致的身材，他揣好电话，把刘漫横抱起来，引得刘漫一声压抑的惊叫。路灯亮了，楼梯口那边Bobo的房间门口站着一个男人，烟灰色衬衣，那背影有点熟悉，他没有回头看刘漫和向阳，门开以后直接闪了进去。

向阳在来宿舍的路上得到队长的通知，Bobo已回国，暂不行动，还在搜集更多资料。他问刘漫认识吗？刘漫摇摇头，说没注意看，看得不大清楚。

俩人很快忘了这个插曲，向阳用脚抵上门，刘漫从他身上跳下来，把他挤在门后索吻。双臂像蛇一样缠绕，向阳只觉每次到这个环节都欲火中烧，大概情侣之间最合拍的事莫过于此。

事后，向阳靠窗抽支烟。他似笑非笑地一脸满足样，目光追随刘漫去洗漱台刷牙。对面Bobo的房间传来清晰的"啪啪啪"声。刘漫裹在空调被里哧哧地笑，说Bobo都耐不住寂寞了。

凌晨钟声刚响，向阳起身去洗手间，从窗口发现那人也从Bobo房间走出来，淹没在黑暗里。他把这一情况汇报给队长。

周一，向阳如约带着刘漫来到唐梓航的诊疗室，让唐梓航给刘漫进行催眠治疗。他的诊疗室装修的古朴，地板是原木色，墙上是深色的护墙板，顶上悬着大号的水晶吊灯，水晶灯的光源有三四种颜色，把整个房间照得光怪陆离。

唐梓航工作的时候非常认真、专注，见向阳和刘漫进来，从他那深棕色的美式写字桌后起身，用专业医生的姿态问询了几个问题，然后填完表，示意向阳去门外等。

唐梓航把水晶灯的亮度调到柔和，然后搬了张靠椅在刘漫身边坐下，刘漫虽然之前见识过他瞬间催眠向小葵,但还是有些紧张和戒备。她看着唐梓航,眼神里充满了困惑的意味。唐梓航的眼睛里闪烁着神奇的魔力,令她的思维恍惚,同时又像磁铁一般吸住了她的目光,无法转移。

经过催眠诱导之后,指示她:"闭上你的眼睛,用鼻孔呼吸,用嘴巴吐气,呼,吸,呼,吸。抬起你的双手在胸前,想象你的左手掌捧着一本厚厚的大字典,你的左手会感觉到越来越沉重……"

"想象你的右手拇指绑着一颗大气球,这颗气球逐渐向上飘浮,把你的右手逐渐拉上去,使你的右手越来越轻,越举越高。"

"尽可能在你的脑海里想象这样的画面,如果画面不清楚,你也可以假装真的有一颗气球绑在你的右手拇指往上飘,一本大字典捧在你的左手掌上。"

"现在,暂停,让你的双手固定在这个位置,睁开眼睛,看看你的双手的距离有多远。"

刘漫睁开眼睛,看着自己左手和右手一尺远的落差,又看一脸认真的唐梓航,觉得就这么简单的测试都非常有意思。自己所有的惊喜惊奇,疑问句都是关于这个男人的,她突然明白为什么他能俘获小葵的心了。

这真是一个神秘又神奇的男子啊。

"很好,你的催眠敏感度很不错,接下来我们就要进入正式的催眠治疗了。"

唐梓航问了她一些常规问题,刘漫告诉他,生活工作中的确遇到不顺,但是关于什么,欲言又止。她不是个容易向人吐露心声的人,何况对方还是向阳的朋友。唐梓航看出她的顾虑马上告诉她这是他们之间的秘密,他不会泄密。

刘漫在治疗椅上躺好,唐梓航调整好舒服的角度,对她说:"首先你要充分信任我,看着我的眼睛,我现在对你进行催眠,你将会进入一种半睡半醒的状态，我会进入你的潜意识，来寻找你失眠真正的诱因，这样我才能对症进行下一步干预。一会儿我会问你一些问题，可能会涉及到你一部分隐私，如果你心里有很重要的秘密不想让我知道，你现在就得提出来，我可以不问，简单地让你在这好好的睡上一觉，但这对你的失眠症状没有任何益处，当然我不会问你的银行卡密码，也不会问你前男友。"

刘漫想了想，说："问也没事，没什么秘密，开始吧。"

唐梓航走到她身后，让她看着水晶灯，然后双手中指按压刘漫的太阳穴，大拇指按在她的眉心不断地暗示她放松："你的眼皮很重，重得都睁不开了，你的手和脚都很重，重得都抬不起来，一根手指都抬不起来，对，全身肌肉松弛下来，呼吸变缓，跟着我的节奏，呼，吸，呼……吸……呼……"

没一会儿，刘漫就进入了催眠状态。

唐梓航重新坐回到椅子上，开始他的提问："过去，现在，未来，最近最常想到的一个词是什么？"

"未来。"

"你对未来感到乐观还是悲观。"

"悲观。"

"是什么使你对未来悲观，事业、爱情？"

刘漫没有回答。唐梓航追加了两个选项："亲情、友情？"

刘漫依旧沉默，与此同时，她的眼睛开始在眼皮下左右滑动，眼角流出眼泪，她的手和脚微微地颤动，她似乎在挣扎，要摆脱催眠的状态，似乎催眠的状态让她很不舒服。

唐梓航凝神看着刘漫的反应，他从没遇到过这种情况，一般来说，催眠会让患者感到舒服，而且他也没有问非常尖锐的问题，为什么刘漫会有这种反应？

"你现在感到焦虑、害怕？"唐梓航没有急着弄醒她，他想知道刘漫为什么会有这种反应。

"害怕。"

"对什么感到害怕？"

"催眠!"

"你曾经接受过催眠治疗?"唐梓航慢慢从椅子上站起来,两只眼睛死死地盯着刘漫的脸,她现在的表情变得极度的痛苦,似乎陷在噩梦里。

"别过来!别跟着我!你是谁?!"刘漫突然大喊。向阳一直等在门外,听到刘漫的喊声,轻轻地推门进来。唐梓航见向阳进来,示意他别说话,让他轻声走过来。

"刘漫,你现在在哪里?"唐梓航示意向阳问。

刘漫对向阳的声音有特殊的反应。

"瑞曼巴酒吧后面的弄堂里,向阳哥,救我。"刘漫突然循着声,把头转向向阳,她整个人从椅子上弓了起来,大叫:"有人跟着我,有人跟着我!啊!"

"漫漫!漫漫!"向阳忙抓起刘漫的手,但这时刘漫已经整个人酥软下去。

"怎么会这样?"向阳抓着刘漫的手,一脸惊骇地看向唐梓航。

唐梓航表情严肃,搭了搭刘漫的脉搏,她的脉搏趋于平缓,于是对向阳道:"她睡了,让她睡一会儿,你跟我出来一下。"

向阳也最近恶补了一下催眠原理,他知道催眠的概念和睡眠是不同的,两者都是进入潜意识的世界,但催眠时对象的潜意识由催眠师来掌控,而睡眠时对象的潜意识则完全失控,任何人都无法干涉,也就是说,一个人在睡着的状态下是不可能再受到催眠的。

向阳看了一眼刘漫,给她盖上毯子,跟着唐梓航走出诊疗室,唐梓航递了根烟给向阳,然后给自己点了一根,问他刘漫有没有跟他提过被人跟踪的事,向阳摇着头说没有。

"瑞曼巴是新开的酒吧,开张还没几个月,她在瑞曼巴酒吧后面被人跟踪,也一定是刚发生不久,为什么她不跟我说?"向阳怔怔地吸了口烟,烟丝燃起的红光映得他的脸阴晴不定。

"她忘了。"唐梓航淡然但又笃定地对向阳道:"她在清醒的时候,对催眠并不排斥,但是在进入潜意识后,对催眠却表现出强烈的排斥,唯一合理的解释是,她曾被人催眠过,而且那次催眠必定伴随着令她恐惧的体验,而在催眠之后,她把那次催眠连同令她恐惧的体验都忘了。恐怕她失眠的原因,正是这个。人的心理有种自我防御机制,她的潜意识里有这种令她害怕的记忆,她的身体会发出指令,让她避免陷入潜意识里,临床表现就是失眠。"

向阳看着唐梓航,两只眼睛都直了:"你是说,漫漫被催眠过,抹去了她的记忆?被谁?她现在应该记得起来吧?"

唐梓航摇摇头:"目前这记忆只存在于潜意识里,她醒来后依旧会忘记,我有把握用催眠术让她回忆起来,但是会有一定的副作用,这种恐惧的心理会残留在她大脑里一段时间,让她变得更没有安全感,你确定要这么做吗?"

向阳慢慢地把背靠在墙上,一口气把烟抽完,沉默了一会儿,皱着眉头道:"算了,她背负得够多了。不管她之前经历过什么难过痛苦的事情,都是因为我太忙,对她关心和保护不够,之后我都绝对不会再让这种事情发生,我会保护好她的。"

"那至于幕后黑手?"

"我再想办法查,一定要找到这个人,为什么会盯上漫漫?这个人有何目的?会不会跟'小宝贝'案子有关,真是让人不寒而栗啊。辛苦你了老唐。"

唐梓航点点头,示意向阳进去看看刘漫的状况。刘漫依旧睡着,向阳帮刘漫擦掉脸颊上的泪珠,默默地在她身边守着等她醒。等了半个多小时,刘漫才醒,醒来后仿佛什么都不记得了,看见向阳在她身边,她有点吃惊,还以为自己眼花了,哪一次向阳也没有这么多闲工夫这样陪着,直到向阳解释说单位没事就想陪陪她,刘漫才心满意足地笑了。

向阳殷勤地递过来一杯温开水,他下定决心要马上向她求婚,他要时刻在她身边保护她,不再让她出任何的差池,他觉得他亏欠刘漫的太多了,作为一个警察,简直徒有虚名。连喜欢的人都没照顾好,还保卫一方狗屁平安。他一定要给她一个像样的求婚仪式,弥补亏欠她的。

从诊所出来,小葵打电话给刘漫,问治疗的结果。刘漫懒散地说就那样啊,具体的向阳知道,她也懒得问,也没抱什么希望失眠能好。

她像想起来什么似的,声音提高八度,补充道:"不过,我可是帮你把关了,我觉得这男人工作的时候特别专业，你知道专业的男人最迷人。难得碰上一个让你心动的，我觉得你可以跟他发展发展。别听向阳的，怕跌倒就不走路？怕噎着就不吃饭？姐妹儿挺你，不择手段，勇敢撩。"

"可是他没有想跟我发展的意思，我怎么办？"小葵手忙脚乱在厨房练习做披萨呢。

"我想想，你呀，找个合适的机会，得这么撩……"

合适的机会，得趁热，就是今晚。

向小葵以消毒柜坏了为由把唐梓航从单位骗回来。

她火速准备烛光晚餐，拖地，洗澡，换真丝吊带裙，把头发放下来，化烟熏妆，喷香水，然后光脚，并且按照刘漫的攻略，多练习了几遍撒娇抛媚眼发嗲。

一切准备就绪。

各种姿势巡回演练了十五分钟，门铃响了。

小葵回头看一眼自己的杰作。

半个客厅都沐浴在夕阳里，味道清爽干净芬芳。烤肉在烤箱里滋滋作响，Jior 在门厅角落里酣睡，空调的温度刚好，而自己性感的光脚踩在发亮的地板上，卧室里晒了一天的床单散发着阳光的味道，看一眼都想睡上去。

这应该是回忆起来最美好的一个夏天。

门开了个大缝，小葵倚着门，先把光洁如玉的左腿儿送了出去。擦了润肤乳，刮了腿毛，染了脚趾甲，裙摆在大腿根儿。还有通体散发出来淡淡的香气。

然后，门外没反应，这绝不是正常的反应。小葵刚想把另外一条腿儿也豁出去，门口有人说话了："梓航，在吗？"

这声音是个女的，声音尖细，带着惊讶。妈蛋的，能不能不要这时候来破坏气氛啊。

小葵踮着脚尖，把左腿收回来，把头伸出去。是个女的，定睛一看，新疆酒店大厅见过的那个尤物。长相就不描述了吧，比新疆那天看到的那一眼打扮得还要隆重。

"你好。请问你是?"

"我应该问你才对,这是梓航的房子,你怎么会在里面。还穿成这样。你……"

"你是他女朋友?"小葵心情开始有点不好。

"我……不是啊。难道,你是?"

"我暂时也不是。我既然是从里面出来的,说明肯定是有理由的,我先不跟你解释了,麻烦你腾腾地儿,我也在等他。凡事有个先来后到,你改天来行不行?"她一边穿外套穿鞋,一边委婉送客。

"哇,还准备了这么多菜?噢,你是赵墨找来的那个cosplay的厨娘吧,他最爱搞怪,知道今天是梓航生日。有创意,厨娘颜值这么高。不过,你这扮演的是?"

小葵吹着刘海白眼一翻,真想这个世界与我无关。

尤物看了看桌子,还托着精致的下巴研究上了,"我先尝尝你的手艺,别是光说不练假把式。"

大概平时锦衣玉食吃惯了,家常小菜还吃得挺顺口,一点不怕小葵下毒,挨个点评了一圈,小葵也是对这种胸大无脑的女人,目瞪口呆。

据向小葵回忆那天家里很热闹啊,赵墨,三层蛋糕,各种奇葩整套礼物,奢侈品,几个陌生男人和女人纷纷登场,踩脏了小葵辛苦擦的地板,弄乱了精心摆放的物品,还有她费尽心思做的食物造型通通被破坏,唐梓航是最后一个进来的,他也一脸懵逼,在下班路上被金太太拦截回诊所折磨得焦头烂额,都忘了大家要在这里搞party这回事,居然没有一个人给他打电话,大家其乐融融,喜气洋洋,张灯结彩,醉了吧唧。

据唐梓航回忆,他回来看到这一幕傻眼了,沙发上横七竖八都是醉鬼,餐厅里到处是残羹冷炙,蛋糕谁头上脸上都有,整个一个战乱片现场。

赵墨勾搭上了新妹子,正在表演脱口秀,群星荟萃。

尤物喝多了,跑过来挂在唐梓航身上,摸着他下巴说他怎么才回来。她认识了新朋友叫向小葵饭做得特别棒,人也漂亮……厨娘界的高手。

向小葵最离谱,妆画得那么丑,笑得那么灿烂,站在人声鼎沸的餐厅看着一脸懵逼的唐梓航,一直傻笑着。他从她脸上看出来,她并不是多开心,而是根本停不下来。

向小葵那晚喝了很多酒,脑子却很清醒,半夜看着窗外皎洁的月光,想了很多,尤物之所以不是唐梓航女朋友,跟她胸大无脑有直接关系。她怪会给小葵找台阶的,还厨娘,自己有那么low么?让她欣慰的是,这个长一张漂亮脸蛋的她也肯定不是伤害他的那个人,那么那个人是谁呢?

是不是到一定年龄一定阶段大家都开始渴望有个梦想的伴,这不,向阳也忙活上了。

"举行个求婚仪式?!"向小葵略诧异地看着向阳,眼神从他头顶翘的最高的那根头发扫到脚底心,看不出他身上有哪怕一颗浪漫细胞,就他,求个婚居然还能想到要搞仪式?她原本能想到最浪漫的场景,就是向阳找个没人的地儿把装着钻戒的小盒子交到刘漫手里,对她说"嫁给我",刘漫肯定点头答应,她等这一天好久了,从她眼神里都能看出来溢出来的期待。然后向阳把钻戒拿回来,说:"我先放家里保险箱,放你这不安全。容易遭贼。"

向小葵摸了摸向阳的额头,没烧坏!长舒一口气,抬头对天道:"各位祖宗在上,你们的不肖子孙向阳终于开窍了,回头清明的时候,我一定拉着他给列祖列宗烧高香。"

向阳在小葵后脑勺掀了一掌,道:"有你这么怼哥哥的妹妹吗?你鬼点子多,帮忙出出主意。"

"得了,别瞎琢磨了,相信我,我太了解我这个闺蜜了,她很容易满足,你就准备个戒指,也甭管大小,有钻就行。到时候请她在好点的餐馆吃个饭,最好是西餐厅,把戒指放蛋糕里,让她第一口就吃到,她就一定非常惊喜了。"向小葵一副足智多谋的样子。

"你知不知道刘漫在剧院里平常有些什么朋友,我求婚那天,你把他们都叫上,我想搞得隆重点。"向阳对小葵道。

向小葵眼珠子一转,对他道:"唉,要不我叫剧团里音效师阿本、灯光师大头来帮忙,助你一臂之力,搞浪漫他们在行啊,你再准备些花什么的,我再拉几个场务来助阵，绝对搞得比市面上的婚庆公司热闹一百倍，不，一千倍。他们是专业的。"

向阳看着小葵把并不饱满的胸膛拍得啪啪响，乐了："好，那哥哥的终身幸福，就包在我这个宝贝妹妹的身上了。"

"你打算什么时候求婚？"

"越快越好，最近有什么好日子？"

"劳动节。"

"我求婚又不是卖苦力。不吉利。"

"再后面还有'五四'青年节，端午节，还有儿童节。"

"就这个星期六吧，黄道吉日，宜嫁娶。"向阳从手机上翻出农历，对小葵说，"我们中国人，得按黄道来。"

"现在知道急了吧。"小葵笑着说，"好，那我帮你张罗了，事成后你得请客，有贡献的一个不能少。"

"得令。"

小葵得了向阳委托的重任，便到剧院招呼起来，她挨个跟阿本、大头他们打好招呼，让他们把这个星期六的档期空出来，邀了一陈、赵琳、花裤衩他们商量求婚大计，场地就定在剧院后面的花园里，至于现场怎么布置，灯光怎么打，音效等等，像小葵说的，他们都是专家，特别是一陈，已经有过一次经验，大家都推举他作为总策划，让他欲哭无泪。

经小葵这么一闹腾，还没等到那天，整个剧院的人都知道刘漫要被求婚的消息，连保安都知道了，小葵知道老朱这段时间和刘漫走得近，特意通知他，告诉他哥哥向阳要向刘漫求婚的事。

"哦，你哥哥终于要向刘老师求婚了，好事啊。"老朱笑着说。

"是啊，定在星期六，那天你也一定要来捧场！"小葵对老朱道。

"一定一定。"老朱笑得合不拢嘴。

08
鱼钩已入海,饵已备好,静待收竿

同样这消息也传到了当事人刘漫的耳朵里,刘漫心里美滋滋的,这两天睡觉都特别踏实,不知道是不是唐梓航的催眠起了作用,还是向阳要向她求婚的消息把她潜意识里不好的记忆冲淡了。尤其是小葵晚上跟她挤在宿舍睡觉,从她一脸的兴奋能看出她比自己还激动。

所以刘漫先发制人。

"你和老唐进展到哪一步了?老实交代。"

"没什么料可以爆啊。急死我了。他是不是不喜欢我这一款啊?太特么柳下惠了。"

"不会吧,你是怕我和向阳一伙的,所以不对我说实话么?我和向阳想法可不一样,没有爱过混蛋的人生是不完整的,喜欢就主动出击。"

小葵撇撇嘴:"问题是我能对一个榆木疙瘩出击么?他真对我不来电啊。平常小打小闹看着暧昧,一动真格就厌了。"

"在新疆偶遇,先是帮忙抓贼,再是湖畔情缘,你俩一起出去农庄过了一夜,然后他隔三岔五请你吃饭,又追到杭州去看巡演,现在又把房子给你住,自己住赵墨家,想你所想,急你所急,他种种表现都是喜欢你的啊。我还亲耳听见他管向阳叫大舅哥,哈哈。"

"可是他怎么不说出来呢,真是很沉得住气啊。说男人想骗女人上床是禽兽,不想骗女人上床是禽兽不如。这唐屁屁到底是怎么回事啊。我上次在农庄,故意穿睡衣露事业线香肩他都不动心,醉酒露大腿掉下床他也不动心,我总不能上去扑倒他吧。你别说他那身材,那腹肌,那腱子肉……哎呀,你经验多,传授传授。受弟子三拜。"

小葵殷勤地给刘漫捏肩捶背。男人的不动声色真是一种莫大的诱惑。

刘漫想了想,悠悠道:"人家不在你醉酒后上你是因为不乘人之危,这种男人反倒更要撩。撩男人啊,讲究的是一个不动声色,背后做足功课,表面一脸傻白甜。首先不能直接上去告白,一定要眼神交流,用眼神来令对方触电,燃烧对方欲望。含情脉脉并顾左右而言他,时不时撩骚他,见到他,就软软地喊他的名字,然后等他来问什么事,你再媢气地回答没事。"

小葵一听含金量这么高,狗腿地递上花茶,打开备忘录做笔记。

"其次,男人喜欢略带神秘感的女人,和他相处啊,第一面你要让他笑,第二面让他气,第三面让他哭笑不得,让他感受到这种跌宕起伏,往往这样他才会把你记牢。有刺激才能赢得好印象。"

"嗯嗯,要跌宕起伏,还有呢?"

"再次,虽然他是心理专家,但是必须让他看不懂你内心在想什么。这样才有新鲜感,周六你是清纯小白兔,周日你变成御姐成熟范儿,下周再见面腹黑傲娇女,让他觉得次次有新欢,款款不重样。要让他有这种感觉,交到你这样的女朋友,等于十合一版本,进可勇猛女汉子,退可萝莉萌萌哒。左可娇嫩很妩媚,右可家居为人妻,绝对让他痴迷。"

花茶续杯。氤氲的气浮上来,刘漫素净的脸有些小红晕,看起来娇媚得恰到好处。不知道是想起了什么。

小葵小声感慨道:"原来如此啊。"

"做到以上几点绝对有戏,这男人情商这么高,只要不是性冷淡,肯定明白你的心意。鱼钩已入海,饵已备好,静待收竿。"

刘漫把烟头捻灭,气定神闲地去沙发垫子上练瑜伽了。自从大丫老师出事儿,俩人都不怎么去健身房了,心里不舒服。看着大丫老师的微博和微信都停在了上个月,还是唏嘘不已。

向小葵在那一边写,一边笑得花枝乱颤。刘漫撇撇嘴,知道小葵比高考还上心,肯定在心里酝酿着一个完美的撩汉计划。

小葵点评说:"原来我哥是这样被你撩到手的啊,果然是套路得人心。

我刚才完美地代入了你俩的恋爱全过程,可怕啊,反正套路我学会了,我得考虑要不要换个没心机的嫂子。"

刘漫把抱枕扔她头上,鄙夷地说:"这才是皮毛,你就想过河拆桥,你信不信让你鸡飞蛋打。老向家两个单身狗,也够你爸喝一壶的了,左邻右舍都说不孝啊,啧啧。"

戳到痛处,小葵一脸苦逼相求饶。

向阳这边也没闲着,买花,买钻戒,买钻戒的时候还把脸打肿充了次胖子,买了三万多块的一颗半克拉的钻戒,通灵蓝色火焰系列的,比八心八箭多一倍的切面,在灯光下那个璀璨啊,只是刷完卡就计划接下来两个月吃土了。

小葵花了自己两个月的工资,为向阳买了一套西服,向阳在家里试穿了一下,穿了以后整个人都变样了,像个混迹于CBD的高级白领,在镜子面前左照右照,差点被自己的身段和气质折服,连小葵也称赞:"真是佛要金装人要衣装,向阳你穿了这套西装,哈,比警服帅多了,人模狗样的。"

"怎么说话呢?我穿警服也很帅啊,只是穿西装更帅罢了。"向阳咧着嘴道,"气质摆在那里,穿什么都一样。"

"你的气质?二十几年我都没找到过,今天总算拿出来一回,平时你都把气质放哪了?藏那么好干吗,要天天都像现在这么上得了台面,刘漫早对你求婚了。"小葵咯咯地笑着。

向阳正想回她一句,突然电话铃声响了。他拿起手机,看着号码皱了皱眉头,接起后往自己房间里走,向小葵只听见向阳的语调越来越高,声音越来越凝重,挂掉手机后,她走进向阳房间,问他:"怎么了?"

"有个A级通缉犯在吉林落网了,他在我们这还有要案在身,同伙还没抓到,必须马上把他押解回来。"向阳紧缩着眉头,低下头:"今天凌晨就得走,来去加上相关手续起码得五天,上级下文件了,点名让我去。这个案子是我跟的,我责无旁贷。"

"什么?!你马上就要走?那……那刘漫呢?你要向她求婚的消息整个剧院的人都知道了,你让她脸往哪搁?"向小葵听到这个消息,脸都方了。

"延后，等我回来。我回头会向她解释的。"向阳看向小葵。

"求婚这种事你也太随心所欲了。"向小葵气得不知道该说什么，"我真服了你了，向阳，你摊上大事了，我敢保证刘漫这次要生气了！"说完，赶紧往剧院宿舍跑。

向小葵走后，向阳对着镜子里苦瓜相的自己呆呆地站了好久，还是毅然决然地服从组织的命令。

刘漫这边还兴奋呢，给她妈打了个电话报喜，谁知电话刚接通就被她爸抢走了，她到嘴边的喜讯还是打算告诉他，毕竟他再不好也是亲生父亲，早晚都是要嫁人的，父母哪有不祝福的。她照直说有个男人要向她求婚了，是个警察。她本以为她爸爸但凡还有一点良心，就会祝福她的，但他的第一反应却是勃然大怒。

"你答应了？你他妈傻啊，聘礼都没谈你就答应了？！那小子是个穷警察能有什么钱，你给我等着，我来上海找你，你还住在剧院那个宿舍吧，这么大的事你不跟家里说？！我得去看看他家境怎么样。得多要点彩礼才行。"

"你说什么？我给你的钱还不够多吗？"

"那是你该给的！我把你拉扯这么大，你结婚前收入不该给家里吗？还没出嫁就是家里的人！这跟嫁妆是一码归一码的事！"

"我不住那了，以后别联系了，我没你这样的爸爸。"

"你别以为我找不到你，只要你在上海……"

她一下掐断电话，委屈地哭了起来，为什么自己会摊上这样的爸爸呢？真是亲爹吗？

特别郁闷伤心，只有想到明天那个激动人心的场面才能稍微缓和一点。然后向阳就打来电话了。

"漫漫，睡了吗？"

"向阳哥，我还没。"她把跟父亲的不愉快藏得好好的。

"我有话想跟你说。"

"你说。"她的心怦怦跳。

183

"我现在要出差，马上走，得好几天才能回来……明天……我……过几天再……"

"明天不是要……"

"对啊，你都知道了，可是我必须要去执行任务，等我回来跟你解释好吗？你今天千万别出门，就在宿舍乖乖的，小葵过来陪你。"

"哦。"刘漫只是平静地哦了一声，向阳从她简短的一个字里，听不出任何情绪，她真的太理性了，从来没有闹过，哪怕是不满地发泄一句呢，都没有。因为这样向阳更难过。说好的要保护她呢，又让她失望了。他不知道该恨自己这份工作还是恨自己身不由己。

但他知道他这次是真的伤她心了，因为之前打电话，刘漫从来都是等向阳先挂的，但是这次，向阳还没把话解释清楚，刘漫就把电话匆忙挂了。

她突然对自己悲催的人生产生很多质疑。在一个父亲面前，钱比自己女儿的幸福还重要？在爱情面前，任务比她还重要？一连两个打击，打得她心脉尽乱，血气倒走，有种九阴真经倒练了的感觉。

她把自己关在屋子里，谁打电话都不接，饭也不吃，一个劲地掉眼泪，有种想逃离这伤城的感觉。越想越伤心，然后就开始哭，一开始是小声嘤嘤嘤地，然后开始哇哇哇地嚎啕大哭。

正在这时，门外响起了敲门声。她不想开门，但门外那人不依不饶，一直敲着。

"谁啊？"她擦干眼泪，往门口走去，如果是向阳，她决定赌气不开，先让他着急一会儿。

敲门声不依不饶，不急不缓。

"小葵吗？"

刘漫拉开门，整个人一惊："怎么是你？"

向小葵从家里出来以后，为了安慰刘漫，特意拐到很远的地方去买了两杯她爱喝的奶茶，又坐车风尘仆仆赶到宿舍区，结果刘漫不在，铁将军把门。小葵想她也许赌气去酒吧了，坐门口打了刘漫一晚上的电话，就是没人接，她想这会不会是刘漫说的那个套路，给向阳压力故意玩失踪。她特意跑到保安亭，新来的小保安说没看到。

她担心刘漫，也怕影响向阳出差，所以跟向阳说找到了正安慰呢。第二天一大早就又跑到刘漫宿舍，这妮子一晚上没回来，小葵这才给向阳打电话，向阳已经到了吉林，他也急，立马联系单位的同事。

"帮我查一个人，刘漫，身份证号是33……，我要查她5小时之内的通话记录、手机支付、银行卡支付、身份证登记……要快！"

然后又给王队长打了个电话，气急败坏地吼："师傅，说好的，安排暗中保护刘漫的小邓和小姜呢？"

不知道王志说了什么，挂完电话，向阳整个人都不好了，对手比他们想象的要狡猾，刘漫绝非赌气出走，而且凶多吉少。

王志这边连夜紧急秘密传唤了Bobo。

坐在警局里，她简直暴跳如雷，扬言要律师起诉警局，损坏自己的名誉。她说自己从不在健身群发言，那个微信号早不用了。根本不知道什么安眠药，自己也从没有推荐过别人吃安眠药。至于自己宿舍为什么有，她也说不清楚，有人栽赃陷害。她去日本具体原因不方便说，但不是什么非法勾当，而且跟刘漫那点小摩擦她早忘了，自己岂会因为鸡毛蒜皮的事儿去害人，如果是这样，那死的人就多了，在飞机上还跟空姐因为饮料吵架了呢，因为这就冤枉自己，简直是无稽之谈。

王志也不是省油的灯，出示了她在日本的行踪图片。她才承认自己是去做私密整形的。关于房间里找到的安眠药，她一概不知怎么来的。

案件调查Bobo这条线陷入僵局。

向小葵这边也开始着急，打电话给唐梓航，他一向足智多谋。他正在给一个顾客做心理治疗，但接到小葵的电话，忙换时间再约客户，给对方气得够呛,他还是果断决定先帮小葵找人。这是种什么心理,你说?

唐梓航接了向小葵,在刘漫常去的地方兜圈子,公园,图书馆,都找遍了,就是找不到她的人影,向小葵急得像热锅上的蚂蚱,唐梓航也被她的着急感染,把车开得飞快,不过听了前因后果,唐梓航倒还冷静,安慰向小葵道:"兴许,她只是出去散散心,你放心,她也不是三岁孩子,现在这个社会,丢个大人不是件容易的事,总能找到她的。"

他的话音未落,向阳就回电话来了:"她去新疆了,浦东机场飞往乌鲁木齐的航班,还有二十分钟就起飞了。"

向小葵挂断电话,问唐梓航,开到浦东机场最快多长时间?

"半小时。"

"十分钟之内能赶到吗?"

唐梓航挠了挠头:"全程封路,警车开道的话,兴许可能,可惜现在调用关系也来不及了。"

向小葵像热锅上的蚂蚁,张牙舞爪指挥着唐梓航用最快的速度开往机场,只恨他的车虽好,但不能插翅而飞。所以当她们开到浦东机场的时候,刘漫乘坐的飞机稳稳地飞走了。

向小葵一脸心急如焚,拉着唐梓航的袖子:"能不能让飞机返航,我担心死了,刘漫要是有什么差池,都是我的错。"

唐梓航一脸无奈地看着向小葵:"飞机返航?如果我是国家领导人可能会做到。"

向小葵急得快哭出来:"我那么着急你还跟我开玩笑。"

"大姐,是你先跟我开玩笑的。"唐梓航一摊手:"要不然怎么办?你是让我造谣飞机上有炸弹吗?"

向小葵哭丧着脸:"刘漫是我最好的朋友,她现在一定很伤心,换成我,求婚这种事被放鸽子,也一定会气死的,我真的很担心她,她一个人,心情这么差,去那么远的地方,那里又是她的伤心地,上次角色落选,就是在新疆啊,万一出什么事……"

"她是个成年人,应该能照顾好自己。"

"我也是成年人,可是我现在就没办法控制我的情绪。我急得想撞墙。"向小葵对唐梓航嚷嚷。

这时,唐梓航的电话响了起来,他拿出电话,看到是向阳打来的,没好气地接起来,对他道:"向警官,把女朋友弄丢了吧,真行啊。"

向阳焦急的声音传来:"老唐,不是你想的那样,这件事没那么简单。我现在就想弄清楚漫漫为什么会去新疆。"

唐梓航呵呵一笑:"那还用说,你妹妹都跟我说了,你求婚放人鸽子,你要这样被人放鸽子你也不爽不是。"

"刘漫不是这样任性的人。"向阳斩钉截铁道,"求婚从一开始就是个局,这事太复杂,一时半会儿说不清楚。她肯定是又被催眠了,我就想问你,有没有一种催眠术,能违背人自己的意愿,去很远的地方。"

唐梓航揉了揉太阳穴:"催眠?!"

"是向阳吧,他说什么?"向小葵见唐梓航越说脸色越紧张,也不由地焦燥起来。

唐梓航看了她一眼,想了想,问向小葵:"刘漫最近一次出远门,就是去的新疆吧。我在新疆遇见你的那次吗?"

"嗯。"小葵听见他说"遇见你"有种说不出来的情愫。

唐梓航皱起眉头,问向阳:"你确定她不是因为你放她鸽子才走的?"

"对,她从一开始就知道。老唐,相信我,漫漫不是因为这个才走的。我们安排在宿舍楼下保护刘漫的同事都被催眠支使去干别的了,然后这段记忆被屏蔽,两人都想不起来发生了什么,具体的情况,我回来后会详细跟你说。"

唐梓航倒吸了口冷气,避开向小葵,小声对向阳道:"如果我催眠一个人,在她心里埋下一颗暗示的种子,让她从这个城市离开,走得越远越好,你知道那个人会去哪里吗?有百分之九十的可能,去她熟悉的,曾经去过的地方,越熟悉的,越是刚去过的地方可能性越大。"

向阳在电话那头沉默了好一会儿,最后用凝重的语气拜托唐梓航照顾好向小葵,他再想办法。

向小葵睁大眼睛，狐疑地看着唐梓航，问他向阳跟他说了什么。

"没什么，他问我上次催眠对刘漫会不会有影响。"唐梓航不想让向小葵更担心，所以说了善意的谎言。

"你在骗我，你的眼神告诉我，刘漫有危险。而且我有种不好的预感，我的预感一向很灵，小时候，我每次预感自己期末考试没考好，就真的会考很差！"向小葵撅着嘴说，"我要去新疆找她！"

"什么？！"唐梓航太阳穴一凸，心想这傻女人有完没完了，对她道，"你当去新疆跟去杭州似的方便，下了飞机你有方向么，那边人生地不熟的，你一点线索没有，怎么找刘漫？"

小葵不说话，却把手机递过来，唐梓航一看，是刘漫的微博。最后更新时间是昨天晚上 9 点 15 分。

"向阳哥，感恩生命让我遇到你，真的很留恋你的怀抱，可惜走的时候都没有再感受一次温暖。我是一个不幸又幸运的人，不幸是因为我有一个让我觉得不温暖的家庭，从小在一个非打即骂的家庭环境中成长，还有两段无疾而终的感情，我之前很恨男人，觉得他们都是混蛋，我的心再也没有地方可以伤了，所以很长一段时间我很自闭，不敢去爱。温暖的是上天偏偏让我因为小葵遇见你，和你在一起的日子我觉得从没有过这么宁静和安稳。我喜欢你的家庭氛围，喜欢你们的相处模式，喜欢你们围坐在一起吃饭，喜欢你们互相关心的那种温暖，我多么希望可以一直这样下去，可惜有人告诉我，我活在我编制的梦境里，我觉得你能给我未来，可是事实是，连你也骗了我，连求婚都要改日期，你为什么要这样啊？以后结婚了说话还算数么？这个世界上还有我能相信的人么？我告诉自己不是这样的，不是这样的，不是这样的，可是你还是让我失望了，预言被验证了，我相信我眼睛看到的我耳朵听到的。我从没有祈求过你什么，你既然答应给我未来，向我求婚，却又临时变卦，我第三次被抛弃，我真的没办法接受这个事实，你让我怎么面对我的同事，朋友。你们男人能不能做不到就不要许诺，亲爱的混蛋，我走了。今生注定有缘无分了，下辈子再见吧。"

9点30分。

"小葵,这几年谢谢你一直陪着我,如果没有你我的人生该多无趣,上一次……真对不起了,虽然你大人不记小人过,但是在我心里总觉得是没有过去,我很小心眼对不对,不够豁达大气,是啊,我从来都做不到你的没心没肺,心无城府,我心思太重了,我也讨厌这样的自己。没办法,性格是天生的对不对,我怀疑一切事情但是又不擅长沟通,我拒绝跟很多人交流。长这么大,只有你懂我,我们能有今天的情谊真是我几辈子修来的福分。失去你的这段日子里,我真的寝食难安,却假装淡定无所谓,我真的恨自己为什么不能主动和你握手言和。我们本来去新疆是约定一起旅行,不谈选角,可惜我内心不够强大,结果乘兴而去败兴而归,看到你在表演方面的进步,还有今天骄人的成绩我真的从心里替你高兴,即使做不成你的嫂子我也为有你这样的好知己庆幸。我还想再去一趟我们闹别扭的地方,假如时光倒流,我愿意选择像现在这样,无条件相信你,真的。"

10点16分。

"妈,女儿不孝,不能保护你了,你为什么那么懦弱,为什么不拿起法律的武器反抗家暴,你总说习惯了,习惯了,你的沉默忍让会让那个禽兽变本加厉。我真的希望可以带你走,永远都不要回到那个冷冰冰充满暴戾的屋子里,可是你总是不敢迈出这一步,你们的结合就是人间的悲哀,一个愿打一个愿挨。你自己好自为之吧。我多么希望你能看到我的微博,可惜这是空想,所以我也不想再多说了,我太累了,脑子很乱,人生到现在很失败,很失败。"

10点21分。

"刘漫,你活的累不累?内向型话痨,洁癖型懒人,自恋型自卑者,你活着简直是个悲哀,今天知道了吧,一切都验证了吧。所谓的爱不过是海市蜃楼,你这么小心翼翼地维护的爱情换来的还是一场空,一切都是梦一场,都是太阳底下的肥皂泡,色彩斑斓,一戳就破,都散吧,都破吧,都滚吧,都忘了我吧。"

唐梓航看完也瞠目结舌。他回忆上次的催眠判断刘漫的性情应该不会如此激烈,极端。他想弄清楚写微博前,到底发生了什么。

向小葵已经心疼得眼泪哗哗往下流,她不知道刘漫离开的时候是怎么样的心情,是不是像自己一样难过。她竟然一直都有在写微博,那些跟自己发生的小故事,说过的话,她的小感悟,都被她记录在上面,戳她的心。打定了主意要去,任凭唐梓航再怎么苦口婆心都不听劝。

唐梓航总觉得发生在刘漫身上的事儿蹊跷,蓝色药片,被催眠过,并在潜意识里有被跟踪的记忆,现在又莫名其妙地去了新疆。

他意识到了刘漫有危险,更担心向小葵追去,会引火烧身。向小葵并不清楚刘漫的近况,她以为刘漫只是生向阳的气,去新疆散心,乐观地认定凭她的三寸不烂之舌,三言两语就能把刘漫骗回来。

唐梓航无语地看着她没心没肺的样子,真想把她打晕了锁回家里去。

"你是不是真要去?"唐梓航劝得口干舌燥。

"唐屁屁,不用你管,你先回去吧。"向小葵坚定地点了点头。

真是头倔驴!唐梓航无可奈何,对她道:"这向阳回来以后,发现不仅女朋友不见了,连妹妹也丢了,不知道会怎样。"

"他活该。"

唐梓航无奈地摇了摇头,还在想有什么两全其美的办法,接到了赵墨打来的电话。

"唐梓航,你又野哪去了,金太太在诊室等了你半个多小时了,人家一个小时几百万大买卖,你让人搁那干巴巴地等你!你别太不负责任了吧。"

唐梓航看了看手表,一掌拍在脑门上,对赵墨道:"墨,你帮我跟金太太道个歉,就说我有事来不了。"

"唐梓航!你早晚得把我们诊所的招牌拆了才休场!"赵墨大骂道,"下午还有两个重要客户呢,别再给我整妖蛾子。"

赵墨这样说的时候,唐梓航正好从落地玻璃的倒影里,看到向小葵冲着他的背影挥手,他愣了愣,这傻女人真是敢想敢干啊。她那背影真孤独,像只惊慌失措的小兔子,这要连她也失踪了,真是要了亲命。

"唐梓航,你在听吗?"赵墨在电话那头吼。

"帮我取消了吧,我要出趟远门儿。"

"什么？！"

"赵墨，我有很重要的事。"

"唐梓航你魂被向小葵那丫头勾走了吧？这几年来你私下怎么潇洒，都不会影响工作，你向来公私分明，视顾客如上帝，最近你怎么回事儿，连连放上帝的鸽子？你快成我们诊所的鸽王了你知道吗？你这样……"

"赵墨！对不起，我回来以后会亲自向顾客解释的。免单，免单，等我跟客户道歉。"唐梓航按掉了电话，转身，向小葵也回头愁眉苦脸地瞥着他这边，仿佛猜到他在犹豫取舍。

"唐梓航，你前途不要了。"唐梓航心里默默地埋怨自己："就为了这么一个女人，又没身材长得也只能算耐看，一身毛病脾气倔犟得像茅坑里的石头，她哪点吸引你了？你的审美高雅了那么多年，何以今天老马失蹄？难道是为了帮哥们向阳？"

唐梓航悲凉地叹了口气，自己都不信这种安慰自己的屁话。他所有所思地两手插裤袋里，走回到向小葵面前，对她道：

"被你打败了，我陪你一起去。"

"诊所都不要了？还是别了吧。"

"废话少说，抓紧时间走。"

"这怎么好意思呢？"

"你哪里有不好意思的样子了，一脸的'算你识相'当我看不出来？"

"哪里有？"向小葵笑了，眼眶微微泛红。她是真的对刘漫愧疚，现在还连累唐梓航了。

向小葵很幸运，当天去乌鲁木齐的飞机，正好还有一班，还剩三张票，不过要晚上八点半起飞，按照国内航班的尿性，晚点一两个小时是家常便饭，他们匆匆回去收拾了些细软，又赶回来，其间简单吃了一顿德克士，回到机场正好赶上时间登机。

飞机上，向小葵因为不安而显得沉默，尽管这样，唐梓航为了让向小葵有所心理准备，还是对向小葵说了刘漫曾被人催眠过的事。

向小葵抓了抓头发，狐疑地看向唐梓航："你是说刘漫被人催眠过？她身边竟然有这样的高手我都不知道。"

"这只是个假设,上次她来我诊所做心理治疗的时候,我发现她曾被人催眠过,而且故意被抹去这段记忆。这的确是一个高手。"

"为什么你之前不说?"向小葵皱了皱眉头。

"这是向阳的意思,他不想让刘漫回忆起被删掉的记忆,因为她在潜意识状态下回忆起那段事情的时候,表现得很恐惧,很痛苦。"唐梓航对向小葵道,"他说他要用自己的方法去查,这样对刘漫的伤害小一点。也交代我不要把这事告诉你。怕你像现在这样一惊一乍。"

向小葵瞪了唐梓航一眼:"刚才他给你打电话的时候,我就觉得不对劲,你们还有什么瞒着我?"

"没有了。"

"不想说就算了,反正不论怎么样,我一定要找到刘漫。她是我最好的朋友,唐梓航,你能理解女生之间那种感情么?就是那种……等我找找形容词。"

"拉拉?"唐梓航一脸晦涩。

"拉你个头!"向小葵伸直了手指,运足内力往唐梓航毫无防备的肋部戳去,戳得唐梓航差点痛得叫出来,然后满意地收回手掌,看着指尖道:"是愿意为对方两肋插刀!刚才那一刀是为你瞒着我,接下来这一刀,是为了向阳瞒着我。"

"慢着,我瞒着你被你插一刀我认了,为什么向阳瞒着你,被插的也是我?"唐梓航大惊,急忙制止。

向小葵冷冷一笑:"向阳不是你朋友嘛,你就当为朋友两肋插刀了!"

说着她变换着招式用手掌往唐梓航身上招呼,唐梓航也不是吃素的,运用太极永春的推手招式,严防死守,把自己的肋部防得滴水不漏。

向小葵不甘心,虚晃一枪,不退反进,探身进攻唐梓航另一面肋部,唐梓航情急之下闪让,向小葵自己重心不稳,直接跌在唐梓航两腿之间!狗啃泥的姿势太尴尬了。关键是对方硬了,硬了,硬了……

"咳咳。哎哟喂。"他们的举动惊醒了邻座一个大婶,大婶睡意阑珊,睁开眼,正好看到这香艳不雅的一幕,大吃一惊,心想现在的年轻人越来越不像话,大庭广众下这么奔放迫不及待了吗?于是大婶儿正义感爆棚,大声呵斥提醒他们注意这是公共场合。

唐梓航淡定地把向小葵扶起身,向小葵抬起头时,头发凌乱,脸红得仿佛一团火在烧,两只眼睛里的火焰更成燎原之势,几乎能喷出火来直接把唐梓航葬掉。

唐梓航见向小葵这狼狈样,觉得有点好笑,只是没有展现在脸上,故作关心道:"没磕着牙吧?"

"流氓。信不信我给你掰断。"向小葵恼羞成怒,小声道。

唐梓航看着向小葵一脸的愤懑,咽了口唾沫,连忙捂紧裆部,没想到向小葵暗度陈仓,伸手又戳进了唐梓航的肋部,惊得他一声带尾音的惊呼,这个叫声相当销魂,引来其他乘客纷纷行注目礼。

见他这么爱出风头,向小葵都觉得跟着丢脸。一个小闹剧后,她逐渐安静下来,闭上眼睛一会儿就睡着了,唐梓航却在手机备忘录里做图分析事件的前因后果,三个小时后到了乌鲁木齐。

下飞机后,唐梓航立马给向阳打了电话,告诉他,他们已经到了,向阳也是百感交集,有任务在身只能叮嘱老唐注意安全和照顾好向小葵。他现在只恨自己没有分身术。

向阳还告诉唐梓航,他的同事查到刘漫昨天晚上在靠近吐鲁番的一个小镇三堡乡一家叫"如春"的小旅馆开了房,现在可能住在那里。

唐梓航看了看手表,现在是后半夜,从地图上看,从乌鲁木齐赶到三堡乡大概上百公里,一个多小时的车程,旅途疲惫,他征求小葵意见要不要休息几个小时再出发,小葵强打精神坚定地摇头,要连夜赶路找到刘漫再说。

唐梓航站在机场明亮的大厅里,看着眼前这个瘦弱的头发凌乱的女生千里迢迢赶来,一边打呵欠忍着困意一边说要尽快找到刘漫,他心里有满满的感动,为她的执着坚强单纯果敢。

心里升腾起缕缕水雾,内心翻滚很多词汇,比如心疼,比如保护欲。这个小人精啊,自己想要了解她更多。

他带着向小葵走出机场,一辆新A牌照的路虎车正等在机场门口。

"你什么时候叫的车?想得太周到了。"上车后,向小葵一拍唐梓航的肩。

唐梓航笑笑,随口说是酒店的车。

司机是个殷勤的四十多岁的大叔,一见他们上车,就问唐梓航:"唐少,回酒店吗?"

"不,去三堡乡,一家叫'如春'的小旅馆,接个人。"唐梓航对司机道。

"如春?"司机愣了愣,问唐梓航,"三堡乡的'如春'吗?唐少什么朋友在那里歇脚?那家店不干净,而且这么晚了。"

"不干净!怎么不干净了?"向小葵一下紧张起来。

"我以前开打的车的时候,载过一些人去那个旅馆,看得出很多都是吸毒的,朋友告诉我,这家旅馆特别招毒贩喜欢,一个是偏僻,一个是便宜,还有一个,道听途说的,是这家旅馆的老板跟缅甸那边大老板有些交易。"

"毒贩?"唐梓航皱了皱眉头。

"那漫漫她不会落在毒贩手上吧?"向小葵更是一惊。

唐梓航摇摇头:"乐观一点说不会,三堡乡有很多名胜,火焰山、千佛洞,她大概是在那里玩累了,随便找个旅店歇脚。"

"但愿。"向小葵默默地祈祷,希望他们能马上找到刘漫。

不过事与愿违。路上有车祸,堵了两个多小时当他们赶到三堡乡的时候,天已经蒙蒙亮。前台一个化着妖艳浓妆的中年妇女不耐烦地告诉她们,刘漫早一个小时前就已经退房。

"一大清早就来退房,害得我都没睡好,眼睛都肿了。"那中年妇女抱怨道。

"她有没有说去哪里?"向小葵急道。

中年妇女趴在柜台上,朝向小葵翻了个白眼,怼道:"你退房的时候告诉酒店的人你去哪里吗?"

向小葵无言以对,焦急地看着唐梓航。

"那你有没有看到,她往哪个方向走?"唐梓航不慌不忙,从皮夹里抽出两张一百,轻轻放在柜台上,那个女人见钱,一下两眼放光,跟打了鸡血似的，腰也直了，说话也有劲了。

"那个……位刘小姐，你们一定是她朋友吧，我说呢，她那么漂亮，穿得又那么体面，一定不是普通人，这位先生出手阔绰，一定是刘小姐的朋友，本来客人的隐私我是不方便说的，但既然是朋友，我就告知了，她出门往东走。"那个妇女强挤出一个笑容，然后把钱一把捂住，据为己有。

"往东走？"唐梓航按着柜台上的钱，两眼直视那个女人："我能相信你吗？"

那女人已经收好钱，讪笑道："爱信不信。"

向小葵急得直跺脚，对这个贼眉鼠眼的女人，她是一点都信任不起来，天知道她会不会故意指错一条路，让她们白找一整天。

她看出唐梓航也有同样的疑虑，悄悄地拉了拉他的袖子，轻声在他耳边说："你不是会那个吗？催她呀。"

"少安勿躁。"唐梓航正色道，他抬起手，凝神看向那个前台妖艳的女人，仔细地观察她。

他一定在寻找那个女人思维的破绽，要对她使出一击必杀的瞬间催眠绝技了！向小葵深吸一口气，目不转睛地看着唐梓航的一举一动，她这次一定要仔细观察，看他是怎么在一瞬间把人催眠的。

凝神观察几秒后，唐梓航动了，他伸出左手，做扣状，轻轻地敲了下台面，吸引那个女人的注意，那个女人的视线果然被吸引到了他的手上。这个动作一定暗含某种深意，向小葵在心里感叹：用最简单的招式，达到最奥妙的效果，真是高手！

唐梓航见成功吸引了那个女人的注意，立马做接下来的动作，向小葵屏气凝神，睁大眼睛看他催眠手法，只见他右手再一次打开皮夹，左手伸出两指，顺势插入皮夹中，又从皮夹里抽出一叠钞票，轻轻按在台面上，整个动作行云流水，熟练到了极点，一定是经过千锤百炼……等等，不是催眠那女人吗？他又拿钱出来干什么？

"请你再说得详细点。"唐梓航把钱推向那女人。

听到这句话，向小葵差点没血溅五步。

那女人，看看钱，又看看唐梓航，捂嘴一笑："我告诉你一个重要信息，这位刘小姐进来的时候气色不太好，她昨天中午和另外一个戴眼镜的女人一起进来的，认不认识我就不知道了。这个刘小姐下午来借过手机充电器，我没有，是那个戴眼镜的女的借给她的，还去她房间门口聊了一会儿天，我在这里刚好能看得见嘛，然后今天一大早，她们就一起退房了。"

"就这样？那戴眼镜的女士登记信息给我看一下。"唐梓航问。

"我已经把最重要的事告诉你了。"她一下把钱抽走，对他道，"那女的是老客人了，很神秘，每次用的都是别人开好的房间。我上哪儿给你找信息？"

"有监控吗？长什么样？"

她不耐烦地打了个呵欠，"监控坏了还没修好。我男人最近不在。我也不知道那女的是干什么的，三十五岁左右，看上去满正经的，棕色的长头发，带着一副金丝边的眼镜，身高一米六五左右，穿黑色T恤，深蓝色牛仔裤，行李很多，但不像来旅游或者摄影的，经常来，但是我确实不知道她的信息。"那女人耸了耸肩："看在钱的份上，我已经把知道的都告诉你了。"

"你怎么知道她不是来旅游、摄影的？"

"现在白天阳光那么辣，她脖子上一点都没晒红，而且，她住的房间三天前就有人替她开好了，空了两天，昨天才来住一晚。你出去旅个游会这样大费周章吗？有这钱不如住好一点你说是吧。"

"谁帮她开的房？"

"一个生意人。"

"做什么生意的？"

"玉石、树苗、军火、房地产，都有可能，反正是大生意，只要他不是通缉犯，他要开几间房我就给他开几间房，只要给钱就行。我们这种小地方都不管这些的。"

唐梓航点了点头，对她说了声"谢谢"。拍了那生意人的信息传给向阳，带着向小葵走出"如春"旅馆。刚踏出大门，又被那女人叫住，她给他们指了个方向，对他们说："刘小姐往鄯善县方向去的，如果她要旅游的话，估计是去库木塔格沙漠景区。"

"谢谢。"唐梓航对她道,然后拉着向小葵上车,让司机往鄯善县方向开。

"哼!"向小葵一脸丧气地坐到车上,瞥了唐梓航一眼,说,"你催眠不是很拿手吗?你怎么不催她呀,浪费了那么多钱不说,这女人的话我是一句都不相信,她一定骗你,说得刘漫遇到坏人了似的,又模棱两可,一定还想骗你钱。"

唐梓航笑笑,并不辩解,只是对她道:"她说的是真的,她的语调神态和眼神,都告诉我她说的是实话,我擅长催眠,也擅长微表情分析,我是个心理医生,相信我。"

向小葵长长地出了一口气,小鸡啄米一样,他说这句话的时候,让她莫名地觉得有安全感和自豪。除了相信他,自己也没别的办法。

她抱着侥幸心理,又给刘漫打电话,刘漫的电话还是不在服务区,倒是向阳又打来了,向阳说,刘漫用身份证和驾照,在鄯善一个租车网点租了辆车。生意人开房的身份证信息是假的。

"她果然去了鄯善。"唐梓航示意司机直发鄯善县。

"她虽然考了驾照,但考完以后几乎没碰过方向盘,完全不会开,她租车干什么?"向小葵一脸焦急地喃喃自语。

一个多小时后,她们找到了刘漫租车的那家汽车租赁公司,租赁公司的老板告诉向小葵,刘漫是和一个戴金丝边眼镜的女人一起租的车,车是另外那个女人开走的。

这时她才相信如春旅馆那个女柜员说的话,想到那个戴金丝边眼镜的女人来路不明,她心急如焚。

"她们有没有说去哪了?"向小葵着急地问那个店的老板。

老板挠挠头,说他也不晓得。

"他们租的是什么车?"唐梓航问。

"帕杰罗,哦对了,她们要的是带四驱和差速锁的,而且还是装了沙地胎的。"

"沙地胎?!这么说,她们是冲沙去了。"唐梓航点点头,自语道。

"冲沙？"向小葵瞪大眼睛："不会是开进沙漠了吧。"

"对，很有可能。"老板点点头，说，"你们来的时候应该也看见了，我们鄯善县南面就是库木塔格沙漠，新疆第三大沙漠，鄯善县是全中国唯一一个紧挨着沙漠建立起来的城市。每到这个时节，风沙不大，来我们这冲沙的人就很多，有自己开私家车来的，也有租车去冲沙的。跟刘小姐一起来的那个女人，似乎对车很了解，验车的时候特别仔细，比我们技工还专业。"

"她们租了多久？"

"说是六天。"

"六天！冲沙的话，最多半天就回来了，不可能走太远，难道她们想玩穿越？穿越库木塔格沙漠？！"唐梓航按了按太阳穴，真是个大麻烦。

向小葵："屁屁，那个女人来历不明，不会就是结伴旅行那么简单，我真怕漫漫在沙漠里出什么事儿。"

"一般不开太远的话，不会有什么事，不过很多年轻人想不开，技术不好非要玩穿越，前几年还在沙漠里发现过一个女人的尸体，到现在还不知道她是谁，怎么死在沙漠里的。"老板补充道。

向小葵被他这么一说，心里更是发毛，拉着唐梓航的手，不知所措。从他手里传来的温度给自己一点安慰，他把另一只手也覆盖上来，他捂着她柔软冰凉的手，也在思索着接下来怎么办。

"屁屁，有你真好，我们可以去沙漠找她们吧？"

唐梓航摇了摇头："不行，我们的车是公路胎，走不了沙路，而且冲沙我有经验，但开太远我没把握，专业拉力赛选手也不一定敢单骑横穿沙漠，更何况去沙漠找一辆车，跟大海捞针没区别。"

"我店里有很多专业车辆。"老板拍着胸脯道，"你们可以到近点的、经常有人玩的地方去找找，别跑太远就行，即便找不到人，大不了当玩玩么。"

"屁屁……"向小葵轻轻地放开他的手，对他道，"谢谢你送我到这里，我已经很知足了，作为朋友，你真的很够意思，我想替我哥找到她，有缘我们上海再见。"

"又来了，你打算怎么找？"唐梓航太阳穴的青筋一凸，问向小葵。

向小葵转向老板:"我也要租辆车,那个四驱的和什么锁的,能冲沙的车,帮我把轮胎气打足点,谢谢。"

"什么轮胎气打足点,你当是自行车吗?!跑沙地轮胎要放气的你懂吗?打足气开进沙漠你车就陷沙子里去了。还连个差速锁都不知道,向问天,你会开车吗?"唐梓航一脸黑线道。

"我什么都会要你干嘛?"向小葵捏紧了拳头,对唐梓航道:"刘漫变成这样,都是我的错,我一直都说她是我最好的朋友,但我拿走了她梦寐以求的角色,却没对她说一句安慰的话,好不容易我们重修旧好,向阳却做出这种事,是我一直在撮合他们,是我催着向阳向她求婚,要不是我,她不会下落不明,唐梓航,我真的很想快点找到她,把她平平安安地带回去。"

"这些都不是你的错。阴差阳错赶到一起了而已。"

"但我确实间接对她造成了伤害,人生最痛苦的,就是明明伤害你的人站在你面前,但你却不能去恨她,你是心理医生,你应该比我更懂刘漫心里的郁结,就是我,所以她在惩罚她自己。"向小葵看着唐梓航,眼神坚定。

唐梓航知道她傻她单纯,但没想到她竟然傻出了这等境界,简直就是女唐僧在世,大有一番"我不入地狱谁入地狱"的架势,她真的是朵奇葩,一朵世间少有的奇葩,聚天地之傻气,集日月之精神病孕育而成。

他怎么也想不通,自己这么高的格调,这么雅的品位,怎么就和这朵大奇葩搅在了一起,难道这就是传说中的缘分了?我看是孽缘。

"莫名其妙。"唐梓航苦涩地摇了摇头,抬眼看向小葵道,"明明知道你在用激将法,明明已经上过一次当了,但就是不忍心拒绝你。向小葵,你真有种……让人欲罢不能的气质。"

"屁屁。"

"好了,我带你进沙漠,不过绝对不能走远。"说完,唐梓航扭过头,让等在一边的司机先回去,直接在店里租了辆能直接跑沙地的车。

唐梓航租的是辆爆改过的牧马人罗宾,配车载短波电台,驾驶舱加固,地盘升高,换了宽胎大脚,四个软塌塌的沙地胎,简直是专为在沙漠中驰骋而浴火重生的凤凰,唐梓航一眼就相中了它,检查了发动机舱,没问题,启动,

V6引擎声音浑厚有力,全车没有异响,就它了。

老板直夸他有眼力,说这台车光改装费用可以再买辆一模一样的车了,所以租金不便宜,比店里的S600还贵,唐梓航二话没说,刷卡提车。

倒是向小葵有些心疼,嘟囔说:"不就一辆JEEP么,这么贵,租头骆驼都没那么贵吧。"

老板笑纳了唐梓航的押金和一部分租金,心情大好,跟向小葵开玩笑:"骆驼不用改装啊,要买匹马来改装成骆驼再租给你,租金不也贵了。"

向小葵脑子里一下出现一匹骆驼马的形象,也就是马背上长俩咪咪,感觉挺荒诞,顿时对这强词夺理的奸商无语,偷眼看向唐梓航,无奈地想这次欠了他不少人情和钱,这些人情和钱,非要向阳这始作俑厮还不可!

09
糟糕,有狼,这里真的有狼

鄯善和沙漠简直是贴着的,他们沿着柳中路没开半小时就到了库木塔格沙漠景区,一路上都是来旅游或者冲沙的车,向小葵一路找过去,看到一辆三菱就探头探脑往人家驾驶舱看,害得一路上开三菱车的男驾驶员都感觉自己车的B格升华了,能吸引这么漂亮女孩的垂青。

他们在景区准备了食物和水,在路过的加油站加满了油,为了安全起见,唐梓航还准备了两箱10升的备用油,因为冲沙的油耗特别大,所以那个加油站允许冲沙的车装桶装汽油。

这辆牧马人除了冲沙之外,自然还能越野,看得出原车主是个越野爱好者,在车工具箱里备了一把长柄斧,刀口锋利,还有绳索,工兵铲、灭火器和急救箱等必备的工具,沙漠里没有信号,时间仓促也没时间没地方去弄卫星通讯设备,他们一辆车进沙漠,也用不上对讲机,一旦在沙漠里抛锚,他们就几乎与世隔绝了。

指北针和等高图是必不可少的,沙漠中GPS的作用不大,因为哪些沙丘爬得上哪些爬不上GPS并不能告诉你,沙漠就像一个迷宫,它不是一个平面,只要朝一个方向走就能走出去的,很多抱着这样想法、而对沙漠不怀有敬畏之心的探险者,最后会困死在沙漠里。

和所有进沙漠冲沙的车一样,唐梓航在车屁股后面安装了一根四五米长的旗杆,上面挂了一面红旗,一切准备就绪后,他才带着向小葵往沙漠边缘地带开。

向小葵对车后面那根长长的旗杆很有兴趣,问唐梓航那根那么长的冲着天的辫子是什么用的,是不是因为沙漠里信号不好,要这么长的天线。

唐梓航一脸黑线地告诉她这叫车尾旗,能让其他车老远看到自己的车,避免相撞,求援时好让人看见,并不是什么天线。

向小葵说这个东西不吉利,像个翘辫子。她这样说的时候,唐梓航正好发力冲上一个沙丘,没有丝毫预警,他就往接近四十五度的陡坡冲了上去,向小葵见车像撞墙一样往又高又陡的沙丘上撞去,对翘辫子的意见还没发表完,就惊叫起来:"停停,要撞了。"

"轰"的一声,车头猛地往上翘了起来,向小葵身子往前一倾,然后后背几乎是砸在了椅背上,被椅背推着,像飞机起飞似的往上那个沙丘上冲,轮胎溅起的飞沙从她身旁的玻璃窗上划过,发出刺耳的"沙沙"声,她感觉车子的倾斜度接近恐怖的极限,唐梓航明明是坐在她左边,却因为车子的倾斜,看上去比她还低了一个脑袋,而唐梓航的旁边,是一大块空白,在飞沙弥漫之间,单纯的落差形成的黄色空白!

"啊!"向小葵紧紧闭上眼睛,两只手牢牢地抓着车厢里的拉把,吓得牙关紧咬,话都说不出来。

"抓好了,你那要抬起来了。"唐梓航看着向小葵害怕的样子,嘴角一弯,控制了一下车速,让车子缓缓爬到坡顶。向小葵感觉车子慢下来,才敢睁眼,但她一睁开眼,就只看到蔚蓝色的苍穹,前面已经没有沙丘了,因为沙丘的顶端,就在她的身下。

她拍了拍胸脯,心想太危险了,对唐梓航道:"非要开那么快么?好歹先慢点让人家有个心理准备嘛。"

"慢就冲不上来了,要不然怎么叫冲沙?不叫爬沙走沙滚沙,抓牢!"

"嗯?!"唐梓航的"牢"字一出口,她就感觉身子下一空,就像小时候玩跷跷板那头被大人按到地,然后突然放手一样,她只感觉天旋地转,视界从天空突然转换到沙海,之间只隔了一刹那,然后就是自由落体般的俯冲,沙浪滚滚,一团团沙球往挡风玻璃上砸,车速越来越快,底盘上传来"砰、砰、砰"的巨响,车子在沙浪中剧烈起伏,往沙地上冲。

"啊——"向小葵这次是真的吓得尖叫了起来,两条腿都不由自主地缩了起来,特别是快到沙丘底部时,看到车身还是几乎笔直地往下插,她感觉自己的心都从胸腔里跳出来了!

"轰!"一声,溅起飞沙无数,车身猛地往下一沉,向小葵只感觉安全带猛地一收,把她死死地勒在椅子上,那种感觉跟撞车没两样。

向小葵两手扶在副驾驶的中控台上,睁着惊恐的眼睛,剧烈地喘气,胸腔起伏得像这片沙海,如果现在给她做个心电图的话,图上的沟壑峰顶落差一定堪比这里的沙丘沙谷。

"这就是冲沙?"

"对,刚才那个沙丘不高,也不陡,我爬过最高的沙丘两百多米,这个最多四五十米。"唐梓航点了根烟,对向小葵道:"怕了吧,怕了就回去。"

向小葵咽了口唾沫,说:"我不怕。"虽然这么说,但声音忍不住发颤,唐梓航笑笑,把没抽完的半根烟按灭在烟灰盒里,也不跟她多解释,一脚油门又往更高一座沙丘发起冲锋,向小葵依旧怕得睁不开眼睛,不过这次她没叫。努力憋住。

两个小时后。

"冲、冲、冲!唐梓航,快看,那个沙丘上面有好多车,我们去那边问问他们有没有看到刘漫她们的车!"

"那个沙丘又高又陡,你看,有辆车爬一半爬不上去了。"

"梓航,我相信你了,你的技术真的很棒!好多别人翻不过的沙丘,你都翻过来啦!"

唐梓航脸黑得像包公,心想这女人胆囊是不是结石摘掉了,才冲了五六个沙丘,胆儿就比他还大,刚才那个沙丘他自己都爬得胆战心惊,要不是他技术还算到家,现在就跟后面那家伙一样挂在半坡上了。

唐梓航太阳穴微微凸起,心道本想吓吓她,让她打消深入沙漠的念头,没想到这女人胆子一下就能撑那么大,这样一来,不进去的话倒显得是他胆小,技术不到家了,真是骑虎难下。

唐梓航一咬牙,深踩一脚油门往那大斜坡上冲,那个坡的坡度很大,有两辆车都在坡腰上挂住了,挡了两条不错的通道,唐梓航走的那条道坡度几乎到了七十度，一般车根本不敢尝试，所以当他的车顺利冲到坡顶的时候，顶上停着的几辆车的玩友都叫好鼓掌。

"厉害，居然能从那个地方上来！"一个穿冲锋服的中年秃头走过来，靠在唐梓航的车门上，给唐梓航递了根烟，问他，"二位生面孔，不常来这冲沙吧？"

唐梓航对他点点头，说他两年多没来了。

"大叔，你有没有看见一辆白色三菱帕杰罗，一个棕色长发戴金丝眼镜的女人开的？"向小葵连忙问他，这是问的第三个人了，前两个都说没见过。

"三菱帕杰罗？你们跟那个女人一起的？！怪不得那么厉害。"秃头一脸肃穆地看向唐梓航，说："那女的不简单，绝对是专业级别的，她每隔一个月来一次，每次都只进不出。"

"只进不出？"向小葵皱了皱眉头，不知道他什么意思。

"那个女人，是玩穿越的。"唐梓航皱了皱眉头，"一般冲沙的都只是进来玩玩，基本玩好就原路返回，如果只进不出的话，就是穿越沙漠了。"

"穿越沙漠？"向小葵推开车门，迎着扑面而来的热浪，手搭凉棚，看向那片一望无际的沙海，唐梓航说得没错，展现在她眼前的沙漠，和电视上看到的完全两个概念，它完全就像个迷宫，高低错落的沙丘看上去存在的那么理所当然，但这些才是沙漠真正的恐怖所在，正是这些沙丘，让人迷失，把人困死！

"她是什么人？为什么要穿越沙漠？"向小葵问中年秃头。

他摇摇头，说那个女人很孤傲，从来不跟他们说话，还说他有个兄弟跟那女人搭讪过，最后灰头土脸地回来了。

"那女人每次开的车都不一样，应该是租的或者借的，而且每次带的女人都不是同一个，不过都很漂亮，我们都觉得她是拉拉。"

唐梓航听了讪笑道："拉拉？向小葵，看来你遇到情敌了。"

向小葵白了他一眼，不理会他，问秃头今天有没有见过她？秃头点点头，说："见过，她刚从这里过去，半小时左右吧，这个沙丘是附近最高最陡的一个，我们都不会再往里走，她每次进沙漠都经过这里，我遇到过好几次了，要不是她对男人不感兴趣,我倒满希望跟着她穿一次沙漠。"

秃头说完,指着远处一座沙山顶上飞起的沙尘,对向小葵说:"那辆应该就是她的车,我们这没人会走那么远。"

"好像不止一辆车,后面还跟着一辆黑色的,两辆车离得很近,大哥有望远镜吗?能不能借我一下?"唐梓航跟秃头借了一个望远镜,一瞧,发现那里果然是一辆白色的帕杰罗,但它车后面还跟着一辆黑色的越野车,不,不是跟,是在追!

那辆黑色的车在追刘漫她们,好几次差点把她们逼得差点滚下沙丘!

"不好,刘漫她们有危险!向小葵,上车!"唐梓航冲向小葵招手。

向小葵也看清了,白色车后面有辆黑色车在追她们!她对秃头道:"大叔,麻烦您出去以后马上报警,还有望远镜就送我吧,先谢谢你啦。"

"好,你们小心!"秃头敲了敲他们的车背。

"能追上吗?"向小葵又用望远镜焦急地望了望那片沙丘上扬起的沙尘,感觉距离已经很远,对唐梓航道。

唐梓航看了向小葵一眼,让她抓紧车上的拉手,然后一踩油门,一阵飞沙走石,车子走出一个诡异S型曲线,从沙丘上几乎是漂移下来,向小葵像个被泰森打了一拳的沙袋在车里晃来晃去,在好几个瞬间都觉得车要翻了,但在唐梓航的操控下,每到倾斜的临界,又总能被他控制回来。

"哇哦,蛇形极速下坡!高手!"看到唐梓航下沙丘的极限操作,沙丘顶上传来一阵欢呼,和惊叹声。

车子落在坡底后,唐梓航又一个加速,车子剧烈的甩动和震动把向小葵的五脏六腑都震松了,难受得想吐,她看向唐梓航,想知道他是怎么把车开出这种狂暴的状态的,视线落在他脸上的一瞬间,向小葵怔住了。

唐梓航的表情,非常的认真,眼睛一眨不眨地目视前方,脸上每一块肌肉都紧绷着,目光如炬,这种表情对于其他男人来说可能没什么,但唐梓航,向小葵从认识他到现在,从没见他认真过,印象中他无论对什么事都吊儿郎当的,似乎他就有那么一种洒脱随性的气质,以至于第一次看到唐梓航这么认真的样子,会让向小葵感到意外,震撼。震撼于她身边这个男人认真起来竟那么帅,那么有男人味,那么性感。

向小葵被唐梓航认真的样子震撼到,忘掉了身体的不舒服,她有种说不出的欣慰,毕竟唐梓航是在为她的事情而认真,这不只让她兴奋,更让她感动,让她觉得唐梓航这个浪子,也有这样稳重,稳重到能安心托付终身的一面。

把车开上沙丘后,唐梓航沿着一道弯月形沙丘山的顶部向着刘漫她们的车追去,驾驶刘漫那车的女人真的很厉害,一下就把后面那辆黑色的车拉开了好几个车身的距离,不过黑色的车一直紧咬着不放。

"向小葵,从现在开始,我们离危险越来越近了,你一定要做好思想准备,听我指挥,但是也要随机应变,明白没?"唐梓航突然问向小葵。

向小葵刚才还沉浸在"好有安全感""什么时候才能撩到手"这样的花痴状态里,听见他讲话这才回过神来,轻描淡写地说:"反正咱俩是一条绳上的蚂蚱,反正有你在,我才不怕呢。你一定不会不管我的对吧。"

唐梓航提着嘴角笑笑,又深踩了一脚油门。

窗外黄沙弥漫,车里因为开了空调才有丝丝凉意,小葵听着音乐,不禁有些感慨。

"你还记得我们第一次在锦江酒店遇见的情景吗?本以为是萍水相逢,做梦都没想到还有续集,短短几个月就要一起出生入死了。"

"没有那么严重,你还没有大红大紫,哪儿那么容易死。"

"这倒也是,算命的说我长命百岁,儿孙满堂呢。唉,唐梓航,你有没有想过,有天结婚生子,过安定的生活?"向小葵靠在椅背上,转头看着一直专注开车的唐梓航。

"没想过。"唐梓航瞥了向小葵一眼,就三个字轻飘飘地回答了,连个反问句都没有。

尼玛,真是聊天的终结者。

你怎么不问我呢,我特么真想跟你白首偕老,儿孙满堂。连个机会都不给还得装矜持。向小葵心里默默自黑。

她还不敢出大招的原因,是不知道唐梓航喜不喜欢她,如果只把她当普通朋友的话,应该不会做到这样吧,不会为了她以身犯险,也不会把房子让给她住，还为了照顾自己的自尊心刻意隐瞒富三代的身份，也许人家根本没当回事呢。她早从司机那里套出来他是锦江饭店董事长的长孙的事实。

其实大可不必，向小葵内心强大得很。灰姑娘不就是觉得自己和王子有差距，配不上，然后连水晶鞋都跑丢了吗？童话里那个灰姑娘是不是傻，王子什么好看的华服没见过，什么档次的水晶鞋没见过，午夜十二点恢复到旧衣烂衫有什么关系，难道不是因为她长得好看又聪明伶俐，能歌善舞才喜欢上她的么？你这一跑回去还得受后妈后姐的气，为何不留下来赌一把，验证一下王子的真心。

故事的结局也是，大费一番周折以后王子虽然也找到了灰姑娘，但是你想想这中间有那么多差池，万一哪个环节出现问题都不可能有这么完美的结局，这还照顾了童话这个体裁。如果是现实中肯定要残酷一百倍。

所以，我们从这个故事里得到结论，可以做灰姑娘，但是幸福要自己争取，有机会撩到手就别放了。

可是话说回来，这人又确实没直接证据证明他有多喜欢自己，也许他对所有女性都这德行呢，喜欢行侠仗义呢？如果自己先认真，岂不是输得很惨？还有如果喜欢自己，他到底是不是真的花心还有待考验，就像这些沙丘，不论再怎么高，坡再怎么陡，他想做的只是爬上去，却不在上面驻足哪怕只是欣赏一下沙丘顶端的风景。

算了，算了，别想了，救人要紧。

唐梓航驾驶技术真的很好，他说他只学过半年，但向小葵觉得他比专业的还厉害，因为没过一小时，他和前面两辆车的距离就拉近到几乎吸得到他们车排出的尾气的距离。

向小葵对唐梓航的技术表示赞赏，这个确实是专业选手级别。

唐梓航回复的原话是："像这么明显的事实，以后就不用专门说了。"

向小葵也是一脸黑线，心里有一句"不要脸不知当讲不当讲"。

越来越靠近那辆黑色的车，挡风玻璃前笼罩着前车扬起的沙尘，遮蔽了唐梓航的视线，他几次想靠近，都被沙尘挡了回来，在沙丘上那么狭小的通道要想超车把前车逼停，简直是不可能的事。

向小葵盯着前面那辆车，心里紧张起来，揉着衣角，手心都是汗，呼吸都变得急促。不知道刘漫到底在不在车上，还好不好。突然就感觉到有只温暖的手拍了拍她的腿，你要说是摩挲了几下也可以，搁在平时这是有些暧昧的动作。现在加上那会意的眼神，就是示意她别害怕。

收回手，唐梓航就猛踩油门，打方向，试了两次超车都没成功，心里不免有些急躁，突然前面有条岔路，他心一横，往岔路穿了出去，然后下坡，直接翻过两座极陡沙丘，绕到那两辆车的前面，根据指北针和等高图，找到一条和主丘在前方不远处交汇的沙丘，保持速度平行跟着那两辆车。他要在快要到交汇口的时候，强插到两车之间，再放慢车速让白车拉开足够远的距离，确保黑车追不上。

那辆黑车似乎看穿了他的意图，跟白车跟得更紧了，给唐梓航的缝隙不到四个车身的距离！

"梓航，你要干什么？我们要跟刘漫的车撞了！"交汇处越来越近，刘漫的车没有丝毫减速的迹象，而唐梓航也不减速，这把向小葵吓得脸色发白。

"撞了！"眼看要撞上去了，向小葵双目紧闭，只听"哗"一声，唐梓航的车几乎贴着白车的后保险杠，强势插入白黑两车之间！

"成功了！"唐梓航慢慢降低车速，把黑车挡着，让刘漫她们的车先逃远。

向小葵好一会儿才敢再睁开眼睛，目瞪口呆地看着刘漫的车在前面一骑绝尘，渐行渐远，僵硬地转过头，用瞻仰神明般的眼神看着唐梓航，结结巴巴道："唐梓航，你……太……，居然真的做到了！"

省略的心理活动是：你特么太牛叉了。

"别高兴太早，威胁还没解除呢。"唐梓航神情凝重的抬头看向后视镜，看到在沙尘弥漫之中，两个发黄的光圈突然逼近，就像怪兽的眼睛，马达声嘶吼着，彰显着他们的愤怒。

唐梓航不敢开得太快，也不敢把车停下来，只能保持较低的车速挡着他们，白车利用这十几分钟的机会，一下就拉开一个山头的距离，黑车落后了一些距离。

而黑车似乎因为暴怒而失去理智，动作越来越大，跟车越来越近，逼得越来越急,唐梓航心想是时候摆脱那辆黑车了,他看准了一个坡段,极速冲了下去,要是黑车跟上他,东面还有个几乎垂直的陡坡,那辆车肯定上不去。

他已经设计好了摆脱黑车的路线,但黑车没跟上来,而是加速直追白车。他要上前对车内的情况一探究竟。

"这是竞技还是追杀?"小葵不解地问。

"你猜。呃,猜之前麻烦先动脑子。"

"啊,不会是追杀吧。黑车看着并不是临时起意的毛贼,他们的目标就是白车,白车是租来的,刘漫才到新疆没多久,那么,他们的目标,只会是那个开车的女人。"

那女人到底是谁?在"如春"有人帮她开好房间,用刘漫的身份证租车,每次带不同的女人玩沙漠穿越,那么神秘,似乎一开始就知道有人在跟踪她。

如春,那个地方不干净。

唐梓航回想起司机说的话,突然心里有种不好的预感,他可能好心办坏事了!

然而他这样想的时候,一瞬间的分神,让他的操作没到位,车身没控制好下坡的角度,车身硬着陆,在沙地里滚了两圈,然后四脚着地趴窝了。

向小葵还来不及叫出声来,就被安全带勒紧,然后就听见"嘭、嘭、嘭"的一连串巨响,一阵天翻地覆,玻璃窗碎裂的声音在她耳边炸响,最后安全气囊爆出来的一刹那,她两眼一黑。

"对不起,您拨打的电话暂时不在服务区。"向阳挂断手机,五个多小时了,向小葵、刘漫、唐梓航的电话一个都打不通。他心急如焚,人在长春,心思却已经整个飞到了新疆。

踌躇片刻后,他在会议室给王志打了个电话。

"王队,引蛇出洞计划完全失败了,现在的情况有点糟糕,刘漫去了新疆,我妹妹和一个朋友追去,追到鄯善县后,都联系不上了,已经五个多小时了。"向阳走到方便讲话的地方,摸了根烟含在嘴里。

王志告诉他,让他少安勿躁,他联系当地警方,马上去查。

"我也得去,我的家人和最好的朋友都在那里,我必须去。"

209

"向阳,以大局为重。"

"正是因为以大局为重,我才让我女朋友冒着生命危险参与这次行动,现在嫌疑人没找到,刘漫出事了,你还要我以大局为重!如果她找不回来,我这一辈子怎么心安?我连爱人都保护不了,怎么保护人民?我当这警察有什么意义?"

"向阳!"电话那头传来一阵严厉的呵斥吼声,复又沉默了一会儿,队长换了温柔的语调:"向阳,你手里案子处理得怎么样了?"

"还在等这边领导批复,接下来就是走流程。"

队长叹了口气,对他道:"我让人帮你买机票,你交接好工作就飞新疆吧,押送犯人的工作转交给周强他们,把该交代的交代清楚。"

"是,队长,谢谢。"向阳松了口气。

"但是你记住,到了新疆后,一切行动听从当地刑警安排,不得擅自行动,关心则乱,你千万不要鲁莽。"

"明白。"

"向阳,你女朋友和妹妹的单位那边,我会亲自去解释的。"队长挂断了电话。向阳看着远处的白桦林,看着一群黑漆漆的鸟飞过,心里隐隐有种不祥的预感。

两个星期前,队长把向阳叫到了他的车里,那时他刚从杭州回来,把刘漫被调包的蓝色药片交给局里的痕检员化验,化验结果,这种药片不和世面上任何一种在售安眠类药物吻合,但向阳留了个心眼,让痕检比对"小宝贝"那个案子前两名死者的保存的血样。

结果,从两名死者保存的血液样本中,都发现那种药的成分,而且含量很高。这个化验的结果证实了,刘漫确实被凶手盯上了,她很有可能成为这个案子的第三个被害者。

队长告诉向阳,除了这粒药,和向阳所说的凶手可能的性格特征之外,他们还有一个有用的线索,也就是前两名死者有一个共性。

王志拿出手机,点开一段视频,递给向阳,向阳接过手机,看到视频里是一个富二代的求婚现场，是在海岛的草地上拍的，风景如画，布置了近十米高的幕墙，幕墙上播放着视频，视频里的女子身材婀娜，脸蛋漂亮，杏仁大的眼睛楚楚动人。

向阳一眼就认出了那个女人。然后画面的尽头飘来一架直升机，手机里传出直升机马达的轰鸣声，和草地上女人们止不住的尖叫……

"这个女人，是第二死者，那个瑜伽教练大丫。"向阳的眼睛死死地盯着这视频，想从视频里看出点什么问题来，他知道队长不会无缘无故给他看这个视频，难道里面有什么线索？可疑人物？但这里面的人，他们基本都排查过。

"你觉得那个瑜伽教练的死，和这个视频有关系？"向阳看向队长，"这个视频当时挺火的，我看过很多遍，没发现什么问题。"

队长点点头，说："昨天那个实习生给我看的视频不是这个。"他在屏幕上划了一下，按下另一个视频的播放键，那个视频的色调有些暗，是在晚上拍的，画面不是很清晰，但依稀可以看出是一个男人在跟一个年轻的女人示爱，似乎是在海边，地上放了心形的蜡烛，男的手里捧了一大束花，夜色很浓，周围有两三个驻足看热闹的。

这些都不是关键，关键是，那女的走进路灯光圈的一瞬间，向阳看到那女孩的脸，分明是第一个死者李琳琳！

李琳琳被求过爱？！她有男朋友？！为什么她死后她男朋友都没站出来？

队长对向阳说，他们昨天查过，视频里这个男的，是李琳琳的老师，他有家庭，但是他们却相爱了，保密工作做得很好，根据男方要求，平时不发短信不发微信，甚至电话都不常打，事发后，男的怕惹上麻烦，曝出丑闻，一直没把这事说出来，直到昨天他们找上门，男方才承认，而且李琳琳的手机也是在他那里找到的。

向阳一脸震惊地看着队长，问他这个视频是什么时候拍的？队长告诉他，时间间隔很相近，两位受害者，都是在被求爱后一个星期左右的时间点遇害。

向阳心跳加速,他当然知道这不会是巧合,如果两个死者都是被求爱以后几乎相同的时间间隔出事,那么求爱或者求婚就很可能是触发她们被杀的诱因。

队长对向阳说:"这两天,我们针对健身房的群组里的女性成员做了一项调查工作,通过对日本进口蓝色安眠药的购买者进行追查,我们又发现了两个药物被调包的女性,这两个购买者都是年轻漂亮的未婚女性,和死者有某种程度上的共性。这仅仅还是一天的发现,我敢肯定本市还有其他人,或者说为数不少的人,数量级可能是十,也可能是百。因为除了日本进口的安眠药,还有很多形状和颜色接近那种药片的药我们还没排查。"

向阳瞠目结舌。

队长看着向阳的眼睛:"我们现在的判断是,他锁定的都是被求过婚或被当众示爱的女孩,她们都在某种诱导下服用这种特殊的安眠药,然后凶手用一种极其残忍的精神诱导术,合适的时机实施犯罪,杀害死者,并录下被害人死亡的瞬间。"

向阳眯起眼睛:"队长,接下来怎么办?"

队长说,接下来的话,他很难启齿,要不然,也不会把向阳叫到他的车里说。

"向阳,我现在不是以队长的身份命令你,你可以把我看做朋友,也可以把我仅仅当做一个警察。"他吐了个烟圈,看向向阳,他的眼神里有些为难,也有些决绝。

"我希望你和你的女朋友,能帮忙引出那个凶手。当然我知道这个要求很过分,你完全可以拒绝。但你一定知道这个凶手非常的危险,他威胁到很多花季少女的生命,但我希望你能深思熟虑,不止是为了那些女孩,也为了你的女友,因为只有抓住凶手,这个案子才能破,你和你的女朋友才能安心地生活下去。"

深思熟虑了一天后,向阳给出了答案,他愿意布这个局,先把求婚的消息放出去,在社交网络上秀恩爱,但是要求队长必须派两名身手不凡的同事暗中24小时保护刘漫,因为凶手在暗处,作案手法也不走寻常路。

向阳根本没有意识到当他给刘漫打电话说求婚取消的时候,他的同事已经被反侦查能力很强的对手催眠,支配去执行别的任务了。而情绪本来就低落的刘漫,被催眠后以为他变心了,心里的魔鬼催促她,快走吧,走得越远越好,让不守诺言的男人去后悔,去死吧。

因为小葵和刘漫的缺席,巡演被迫暂停。一时间圈内众说纷纭。

一陈急匆匆地推开会议室的门,看见周总、高导、Bobo等剧院的头头脑脑们都在会议室正襟危坐,不爽地拉开靠近门边的一张椅子,一边坐下,一边说:"开紧急会议,怎么也没人通知我?向小葵和刘漫今天都没来,而且超过六个多小时联系不到她们了。"

周总清了清嗓子,看向Bobo,问她:"不是让你通知一陈了吗?"

"一陈和小葵走得太近,我怕他担心,原本没打算告诉他。"

周总摆了摆手,继续说:"事情是这样,我们剧团新生代的主力演员刘漫,因为配合警方的工作,受到凶手的打击报复,被凶手用一种精神操纵的手段,挟持到了新疆,我们剧团的明日之星向小葵,第一时间识破凶手的诡计,追了过去,于今日上午十时许,进入库木塔格沙漠,据当地冲沙爱好者爆料,她们一前一后进入了沙漠深处,并被一辆黑色的可疑车辆追踪,情况十分危险。"

周总说完,环顾一圈,问:"你们有什么要说的?"

"上午十点?现在都晚上了,这么说,他们已经在沙漠里待了一整天?!"一陈"呼啦"一下站起来,对周总说,"我们得做点什么?"

"做什么?她们又不是小孩子,做事之前应该考虑后果!"Bobo瞥一眼一陈,厉声道,"坐下,就算该做什么,也不是你操心的事儿,剧团为了《哈拉和卓公主》这部戏,在你和向小葵身上,前期已经投入不少宣传费用,向小葵这么冒失前行已经是违反了组织纪律,已经给剧团正常演出造成了极大的损失,难道还要让剧团承受损失你的风险吗?!"

"Bobo说得对。"周总对一陈道,"我们前期已经在向小葵身上花了不少钱,她可以说是我们剧团的非常重要的资产,一陈,你也是。所以警方会派人去新疆,尽可能地寻找、保护向小葵,但一陈,你就不要去了。"

"周总,请让我也去吧,多一个人多一份力量。"一陈恳求道。

Bobo一拍桌子,厉声喝问道:"一陈,这是你争当雷锋的时候,你要以大局为重,不要为了儿女私情影响你的前途发展。"

"我愿意!"一陈"呼啦"一下站起来激动地说:"Bobo姐,儿女私情?你敢说你的阻难就没有儿女私情?如果她们是你亲妹妹你还会阻拦别人去救么?请不要阻拦我,我想好了,前途发展哪里有两个姑娘的命重要,她们深陷困境,我也没有心思演出,请领导考虑让我协助警方寻找他们。就算领导不同意我也会想办法去的。救命要紧,做人不能太自私。"

在场的所有人都开始窃窃私语,没看到过一向温和的一陈居然这么硬气、霸道、义正言辞。全场脑袋当时停机,特别是Bobo气得全身发颤,一句话都说不出。只有高导会心一笑,他早就看出一陈对向小葵的感情,他很欣赏向小葵,也很看好一陈这个年轻人,至少他身上有一股正义的力量,多一次人生经历和磨练也许对他今后舞台上的发展更有好处。

以前他一直觉得一陈的性格太过懦弱,甚至在戏中,饰演帝王的角色,也是形备而神不具,总差一丝火候,今天看到他终于释放自己内心的情绪,倒是欣慰。

周总看见高导脸上有笑意,心想这老狐狸在这种关头还笑得出来,问他有什么想法。

高导摸了摸额头,说:"我赞成周总和Bobo的说法,剧院在一陈身上也投了不少宣传费,不应该冒险去新疆。"

"高导,如果实在为难我选择辞职。没有人情味的团队我不愿多留。"一陈的犟脾气上来了。

"你……"Bobo眼看就要不顾形象,拍案而起了。

高导看着这场面,点了根烟,不紧不慢地说:"年轻人,少安勿躁。我话还没讲完。辞职?我就当你在开玩笑,劳动合同在那里,你赔不起的。不过话说回来,一陈进来到现在,表现良好,时常加班加点,累积了不少假期,正好现在向小葵也不在,哈拉和卓这个剧没法排演,我提议让一陈休息几天,放松放松，毕竟休假也是他的合法权利，劳动法保护的，周总，Bobo你们说是吧。"

周总赞许地看了高导一眼，心想这老狐狸是在给一陈出主意呢。现在放假他自己肯定跑去救人了。

周总寻思着放他去趟新疆也没什么，他去找人，也不是去寻死，派几个人跟着他，总比他一个人去安全，辞职什么的就当玩笑话了，对簿公堂对谁的名誉都不好，还不知道那些无良媒体借着这个机会怎么抹黑剧院呢。

周总补充道："那你如果放假期间自己跑去那边就是个人行为，你自己注意安全。警方会保护好你，我再派两个身强力壮的同事，你带队去找刘漫和向小葵，不过到了新疆，你得抽出点时间来接受记者采访，告诉媒体，我们对剧院的员工有多重视，告诉媒体刘漫和向小葵是因为配合警方抓捕要犯，才身陷险境的，这些也是实情，那么好的题材，我相信不花钱，媒体也会帮我们炒作的。"

一陈沉默没有说话，其实内心对采访是抗拒的。

"让保安老朱陪他去吧，听说他以前练过拳，很有两下子。"Bobo见一陈心意已决，也不再阻止，不过她才不会这么轻易地善罢甘休，她眯起眼睛，看向一陈，眼中沉淀着深深的寒意。

一陈视而不见，满脑子都是对向小葵的担忧。也不知道她怎么样了？

向小葵迷迷糊糊地睁开眼，感到透过龟裂的挡风玻璃照进来的夕阳那么刺眼，照的她脑子一阵阵的混沌，同时疼痛从四肢百骸汇聚到她脑中，特别是胸口，被安全带勒的像被杀猪的拿开骨刀斜劈了一刀，又痛又闷。手脚倒还能动，就是发麻，全身的骨头像被格式化过重装了一遍。

她怔怔地看着炸裂的安全气囊，摸了摸自己的脸，都说被安全气囊弹到很痛，断个鼻梁肿个脸什么的都是小意思，怎么脸上倒没什么感觉。

向小葵低下头，发现唐梓航的手臂垂在自己的腿上，手臂上紫了很大一块，她这才想起似乎在安全气囊炸出来的一瞬间，唐梓航的手臂挡在了她面前，是这样吧，在那样危险的情况下，他不顾自己的安危，没有紧紧握住方向盘，而是选择了保护她。

向小葵转过头，看到唐梓航趴在方向盘上，脸朝着她侧着，鼻梁肿了，鼻子流了很多血，嘴唇被自己的牙磕开了，嘴角也满是血，要不是他帮自己挡住安全气囊，她大概也会这样吧。

向小葵挣扎着忍着痛解开安全带，把唐梓航从方向盘上扶起来，发现他靠着方向盘那半张脸肿的跟猪头似的，连眼睛都肿起来了，她觉得自己的心被揉得稀巴烂。

某一瞬间，记忆的碎片一下子铺天盖地，有些重合的场景那么清晰地冲进脑子里。

她什么都想起来了。

她大学毕业那年发生的巨大变故让她痛不欲生，妈妈是因为自己才死的！

她之前看过自己写的日记，她简直不敢相信那个悲观自欺又假装努力坚强的小葵是自己。她反复问过自己为什么自己不记得了，为什么老向和向阳都避而不谈妈妈是怎么去世的？

她带着日记去问过医生，医生解释说可能是创伤应激障碍后的机体自我保护。是心理防御机制中的一种特殊形式，通过潜意识操作从而遗忘该刺激事件以避免痛苦给自己造成持续伤害。

她认识唐梓航以后，她怀疑自己的失忆和他有关，她梦里那个白衣男子，越来越清晰，那模样真像他，她怕是自己的臆想。

现在她回忆起是怎么回事了。

雨天、黑夜、下坡路，回家的路上，大巴车里，自己和陪艺考的妈妈有说有笑。突然大巴车追尾卡车，车身像蛇一样扭动然后伴随着一声巨响玻璃窗炸裂，侧翻在中间隔离墩上，车上走廊另一侧的人被甩过来，妈妈紧紧地把震晕的小葵护在怀里。而她自己被变形的座椅卡在那里，一声不吭，一车的人狼哭鬼嚎，车门已经变形根本出不去，妈妈用自己的怀抱给她一小片的宁静空间，她用微弱的气息安抚着小葵，对于自己的伤却一声不吭，本以为她仅仅是卡住了，半小时后被救出来的妈妈已经没了呼吸，她的后脑勺有个窟窿，血早已经流干，把椅套染成血黑色。她僵硬的手还紧紧地呈环抱状，掰都掰不开。

小葵恨自己啊，如果不是自己撒娇非要妈妈作陪，怎么会出现这样的意外？如果当时自己坐在妈妈的那个位置，是不是她就不会走？如果第二天雨停再走是不是就不会出事？上车前妈妈还给爸爸打电话，说宝贝女儿专业课过了，老向你女儿真随你，有艺术家气质。她还说，老向在家等我们回来，我们好好给小葵庆祝。

她还记起了昏暗的房间，那个跟她讲话的神秘男子，他穿着白色的上衣，用低沉磁性的声音跟她说，放松，你如此自由，你无忧无虑，所有的包袱都扔掉，再扔。只剩你自己了。你感觉自己脚越来越轻，你张开翅膀，有微风，你马上要飞起来了……

他握着自己冰凉的手，用体温温暖着自己因为内心的愧疚而孤独的灵魂。他在梦里不再神秘，他的脸棱角分明，他分明对自己灿烂地笑，他就是给自己安全感的那个人，他是自己青春期第一次心动，是她埋藏在心底的一个秘密啊，一整个情窦初开的少女情怀啊。

原来他就是唐梓航，他在这段时间当了这么久熟悉的陌生人。

他教会自己生命中的坎都是越过去的，而不是绕过去的。他告诉自己要勇敢面对遗憾和既定的事实。他把妈妈带到自己的梦里，跟自己说孩子你没有错，不要自责，妈妈爱你。他相信自己可以渡过克服心魔的难关。他给了自己莫大的勇气走接下来的人生路。

她的泪水夺眶而出，悲喜交织。她决定彻底解放自己，不再纠结过去，做一株真正快乐坚强的向日葵。

"唐梓航。"她擦干眼泪，检查了下唐梓航的身子，除了手臂因为保护她，被安全气囊撞得紫里透红外，其他没什么明显的问题，她推了推唐梓航，轻声叫他："该起床了，太阳都快落山了。"

唐梓航垂在向小葵腿上的手指微微动了动，然后翻过手，在她大腿上轻轻拍了下，迷迷糊糊地说："你先穿衣服吧，我再睡会儿，怎么那么累，浑身跟散架了似的。"

"穿衣服？"向小葵双眼冒出火花，拳头捏得吱嘎吱嘎作响，这小子在做什么梦呢？梦里跟谁睡在一起呢？

"咚"一下，向小葵一个板栗打在唐梓航脑门上，牙缝里挤出一句话："再不起床我掀被子了。"

唐梓航这才悠悠地睁开眼，双手在自己身上很困难地摸索了一阵，迷迷糊糊地看着向小葵，问："我的被子呢？"

"掀了！"

"哎哟。痛，痛，痛。"唐梓航捂着脸，看了看周围，彻底清醒过来，甩了甩头，闭上眼，再猛地睁开，两眼凝视着向小葵，问："怎么真的是你，果然不是在做梦，糟了，真翻车了。"

向小葵一听这话，不乐意了，感情他梦里睡在身边的人，真不是她："是啊，真翻车了，都你干的好事，还以为你是车神呢，原来不过是个衰神。"

唐梓航按了按太阳穴，问向小葵他昏迷多久了，向小葵拿出手机，看了一眼，说他们昏迷了三个多小时了。

"太阳快落山了。"唐梓航的脸色凝重起来，他看看车，因为这辆车经过驾驶舱加固处理，车身几乎没变形，他们的运气也很好，车子在沙丘上翻滚了几圈，最终四个轮子着地，不幸中的万幸，但点火是点不着了，电瓶似乎出问题了。

唐梓航下车，把小葵抱出来放在空地上，他的手臂力量大得惊人，太有安全感了，小葵很是留恋这个带着汗味的怀抱。她一点没意识到今晚可能要在这里过夜了。

"不要怕，有我呢。你检查一下身上还有没有哪里受伤的。"

唐梓航拖着发麻的腿绕到车头，实际上车头损伤还是非常大的，水箱、电瓶都撞毁了，发动机盖弯成了倒 V 形，他一拍发动机盖，心想完了，车子彻底死火，短波电台是车载的，也就没法用了，卫星电话没带，手机信号绝对不可能有，求援都没法求。

他点了根烟靠在车身上看着远处的夕阳，不紧不慢，不慌不忙。

向小葵从自己坐的位置看过去，四周一片宁静，落日晚霞笼罩在这片高低起伏的沙丘上，仿佛涂了一层金粉，显得格外瑰丽。远处一块块火烧云层次分明，颜色由西向东渐变，那些散云好像蔚蓝大海上的彩色浪花在翻滚跳跃，又像少女的头发，飘逸高贵，唐梓航也被云霞披上了一层彩色的余晖。

一阵微风吹过带来阵阵凉意。

不要怕，有我呢。

这句话真动听呐。

小葵内心有些涌动，好像天地间就只有他们两人。他说了一句最好听的情话。就算是逃难，或者流浪，跟他在一起闭上眼睛都不会担心迷路，饿死。

看唐梓航没有什么事儿，也就不再担心他，但是自己身上浑身疼，尤其是左肋的地方，她敲了敲车窗，嗞嗞哈哈地对唐梓航道："我身上好痛怎么办，吸口气就痛，会不会肋骨断了？"

唐梓航走过来，蹲下，"哪里？"

"这里。"向小葵红着脸比了比自己胸下一寸的地方。

"左边第三根吗？"唐梓航让她把外套脱了，向小葵不好意思，左看右看四周没人，抬手都疼。

唐梓航扔了烟头，不由分说把手伸进她的内衣，把她胸罩扣子解开，双手从后背开始，沿着她的肋骨，慢慢地往前摸。

向小葵浑身颤栗，忍着痒让他摸，快要摸到前方柔软边缘的时候，她有点害羞，不由自主地用胳膊夹紧了他的手。

"如果肋骨断了的话，可不是儿戏的，断掉的肋骨可能刺破你的肺，我是医生，来，把手抬高，能抬多高抬多高。"

向小葵犹豫了一下，看到他干净的眼神还是翻了个白眼忍着痛和痒把手抬高，唐梓航沿着肋部摸了几遍，说应该问题不大，真的肋骨断掉的话，她的手是抬不起来了，更别说这样摸了。

向小葵把他的手挪开，没好气地说，"哼，那你还摸个没完。还应该问题不大，我就是很痛啊。什么破医生。"

"噢，我是心理医生啊，差点忘了。检查肋骨我都跨界了是吧。"说着从后备箱摸出一瓶水，开了盖给小葵。

"噗……占我便宜。现在怎么办？我们是被困在沙漠里了吧？"向小葵问他。

"这么明显的事实就不需要我确认了吧。"唐梓航踩着轮胎，爬到车顶上，让向小葵把望远镜递给她，一边观察四周，一边对向小葵道："不管怎么样，今晚要在这里安营扎寨了。沙漠日夜温差很大，太阳一下山，就会降温，我们得有所准备。"

"会不会降到零度以下，我们没带多少衣服。"向小葵问。

"是啊，所以得找些柴来生火。"

"这里是沙漠，能有什么植物？你打算用仙人掌生火吗？"

"梭梭、骆驼刺、胡杨、怪柳。"唐梓航定了定，说他看到有个沙丘的背面影影绰绰的有东西在动，好像是棵树！那里隔得不远，也就两个不大的沙丘，来回最多一个小时，能在太阳完全落山前走回来。

唐梓航把向小葵拉上车顶，给她指了个方向，向小葵只看到一望无际的沙丘，来回扫视了几遍，才发现在一个大沙丘后面似乎确实有什么东西在动，定睛一看，还真看到一棵树的树冠，那棵树还挺大的，估计有一人高。

"运气不错，应该是棵梭梭或者胡杨。"唐梓航爬下车顶，拿了点水和饼干，用水抹了下脸，包装了水和饼干还有一条两米长的救援绳，又提了后备箱那把斧头，说要去砍树，让向小葵留在车附近等他。

"你没事吧？昏迷了这么久，要不休息下再去吧。"向小葵劝他。

"不行，太阳下山，在沙漠里就一片漆黑了，怎么回来？"唐梓航扭了扭腰，活动了一下筋骨，说太阳下山前一定能回来。

向小葵没办法，只能由着他走向那个沙丘，看着他的背影，突然有种感觉，觉得自己就像个古代刚嫁进门的村妇，站在家门口，目送自己的丈夫出门耕作，心里忽然有种小小的幸福的感觉，如果能和他在这沙漠中一直生活下去，其实也不错。

她下意识地摸了摸自己的肋骨,其实并没有很痛,她知道自己的肋骨没断。话说他摸自己的时候好温柔,手指的温度刚刚好,都忘了观察他有没有生理反应了。

要不是因为想起正事,还以为自己是来野营的呢。

"不知道漫漫怎么样了。"向小葵望向远方,刘漫她们走的方向,应该不会再被追上了吧,唐梓航都帮她们挡了那么长的时间。

她拿起望远镜,追踪着唐梓航的身影,让他一刻都不离开她的视线,看着他艰难地越过沙丘,跋涉过湍沙,嘴角泛起一丝心疼。

就在刚才翻车的瞬间,她脑子里重叠着很多画面。

走了近四十多分钟,唐梓航终于走到那个沙丘,并已经看到沙丘后背的那棵树的树冠了,那棵树比他想象的更大,足有三米开外。他一口气喝完一瓶水,气喘吁吁把身上背的东西都扔在沙地上,只提了斧头和绳子,绕过沙丘,看到那棵树全貌的时候,不禁大感天无绝人之路,那果然是棵梭梭,而且不止一棵,有一排,周边还有一片骆驼刺,都长在这个沙丘的背面。

梭梭适应性强,生长迅速,枝条稠密,是沙漠中最常见的一种树,它的枝桠刚长出那一截比较扭曲,但后面就直了,用来生火当火把都再适合不过,唐梓航兴奋地爬到这棵树上,挥起斧子,砍了起来。

这斧子很锋利,半小时不到,他就砍下了三四个枝桠,都将近一米长短,下树后他把小枝桠去掉,然后用绳子把木头两头捆了起来,准备拖回去,又转身看了看长在树边的骆驼刺,心想割点回去引火也好。

他走到骆驼刺边,抡起板斧,就往一株刺的根上砍,砍了三棵后,心想再砍一棵就够了,而当他抡起斧子把里面一株刺砍掉后,突然从骆驼刺里掉下一个黑乎乎的东西,唐梓航好奇,用斧子把那个黑乎乎的东西往外一拨,竟发现那是一个小动物的头!

也不知道是沙兔还是兔狲,看上去死了没几天,骨头上还覆着没腐烂的皮毛,眼睛已经白了,奇怪的是它只有一颗头,而没有身体。

而且它脸上还有两道特别明显的疤痕,疤痕有一指粗,一条从眼睛贯穿到嘴角，一条从太阳穴贯穿到脸颊，两道左右对称，应该是大型动物犬牙的咬痕！唐梓航知道，沙漠里绝对没有狗，要么是沙狐，要么，是狼！

那只死兔子头上的两道疤让唐梓航胆战心惊，他知道狐狸的牙应该没有那么大，能留下一指粗的疤，很可能是狼，一想到向小葵还一个人待在车里，急忙拖着砍好的木头往回赶。

"糟糕，这里真的有狼！"一路上，他心里念叨着，不自觉加快了脚步，拖着一捆木头，甚至比来时走得还快。那个傻丫头也该等着急了吧。

所以他几乎用尽了身上所有的力气，直到拖着木头，爬上一座沙丘的时候，看到向小葵好端端站在车顶上，用望远镜看着他，冲他挥手的时候，他才舒了一口气，一下子瘫坐在沙丘顶上。

小葵捂着胸口一拐一拐地去接他，等两人回到车边的时候，已经筋疲力尽，几乎虚脱。向小葵递食物和水给他，帮他把身上的东西拿下来，看到他肩膀上皮都被拖着木头的绳子磨破了，都是血，埋怨道："你回来时干嘛跑那么快啊，你看皮都破了，疼不疼？"

唐梓航在肩膀上浇了点水，朝向小葵一笑，说："还不是怕你被劫走。"

"真要有人劫就好了，你看这荒无人烟的地儿。我帮你擦点药吧，车上有急救包。"

"这么点小伤，不用了。"唐梓航对向小葵说，"一会儿我把这些木头劈开，然后把车座皮割下来，你用车座布把这些木头包好，围着车，一根一根的放，摆成一个圆形。"

"摆成圆形？为什么？生个火堆不完事了？"

唐梓航不想让向小葵担心："你不觉得这样很浪漫么？"

向小葵讪讪地笑，觉得果然是情种，都什么时候了还玩浪漫，等全部弄好，月亮早已高悬，气温也迅速降下来。唐梓航和向小葵用裹着车座布的木头把车围了起来，唐梓航在这圈木头上浇上汽油，整整浇了半箱汽油。然后点火，熊熊的火焰围着车燃烧起来，向小葵刚才还冷得瑟瑟发抖，一下子热浪扑面而来，感觉舒服极了，这才佩服唐梓航有先见之明，要不然还没到深夜温度就降那么低，到后半夜非冻死她不可。

"唐梓航，取暖的话，生个火堆就够了，放这么大一个火圈，会不会太浪费了？"向小葵和唐梓航坐在车顶上，车里的座椅皮都拆了，坐着反而难受，就干脆坐在车顶上。

"车里还有一箱油，放心，油足够我们烧两天的。"唐梓航把斧头放在身边，眼神戒备地观察四周的情况，心里想着，狼最怕火，只有这样，狼才不会靠近。

"没想到这么快，我们又有机会在一起看星星了。"向小葵靠着唐梓航，吃着饼干，对他说，"我从没看过这样的星空。真的太美了。我再复习一下上次你说的星座，看看对不对。"

静寂之夜，群星璀璨。

四周没有一幢建筑遮挡，天际一直蔓延到地平线，格外壮丽，别有一番风味。高海拔和鲜少的光污染让沙漠的星空格外澄净。

唐梓航苦笑一声："你倒挺乐观的，不怕吗？"

"怕，我怕黑，小时候我们家住在弄堂里，有一段路没路灯，特别黑，每次要走夜路，我都拉着向阳陪我走，只要有他在，我就不怕了。"向小葵悠悠地叹了口气，说，"可惜向阳马上就是刘漫的了，以后的夜路，我都不能再指望他陪我走了。希望刘漫没事，我们现在也是心有余力不足。不知道怎么会变成这样，希望大家都大难不死珍惜以后的生活。"

"路线我已经告诉唐伯了，超过八小时没有出沙漠，他一定会安排人来找我们的。刘漫这边也不会有什么危险，那女人如果想动手早动手了。"

"梓航，既困之则安之。我有心理准备的。哭闹发愁都解决不了问题。就算再出不去了，就在沙漠里生活好了。有手有脚还怕饿死么？"

唐梓航低头看这个比自己想象中坚强的女孩，莫名地触动，她跟以往那些撒娇无理取闹的富家小姐真的不一样，她们现在遇到这种情况只会哭哭啼啼，埋怨自己，怒目相向吧。向小葵会做饭，养花弄草，而且对待工作兢兢业业，善良热情，关键是乐观有趣，棋逢对手，酒逢知己。

熊熊火光找照着她的脸，看上去生动极了，特别是眼眸，她眼神本就清澈,火和星辰在她眼眸中交相辉映,简直绚烂。

向小葵的手,轻轻穿过唐梓航的手臂,然后随意地把头也凑过来,似乎在说,我今后的夜路,就承包给你了。好不好?

唐梓航过去的认知里,一个女人如果爱上一个男人,就会不断索取,时间、精力,乃至金钱,爱得越深,索取得越多,用以满足她们莫名的安全感。

他原本对此反感,不愿意牺牲自由,直到遇到向小葵,他发现只要向小葵找他,不论事大事小,他第一反应不是烦,而是一种类似使命感的情绪,就像一个兵王,擦枪的时候接到上级命令,公主需要你,然后心里默念"终于有用武之地了"那种感觉。

他也弄不清这是种什么心态,尽管他读了那么多年心理学,感觉一旦自己遇到问题,书就跟读到屁股里去了一样,就像再厉害的医生也无法为自己开刀,他也拿自己的情感问题没辙。就像……那个女人伤自己太深了,她要的他都有,他都给,可是最终她还是为了不为人知的目的,选择了别人的怀抱不是么?

"向小葵,你以后的夜路……"

向小葵抬起头,一脸期待地看着他,期待他说,你这辈子的夜路我奉陪到底了。

然后按照言情小说的套路就是,别说话,快吻我,搞不好还有车震。然后出了沙漠,顺理成章在一起了。太刺激了。完美。

"快找个人陪你走吧,女孩子终究是要找个人依靠的。和我们男人不一样。"唐梓航露出惯用的笑容。

向小葵听他这么说,挺委屈的,自己已经那样主动了,却被他拒之千里,就像小孩拿着心爱的玩具,要和喜欢的人分享,却被一把推开,甩句"一边玩去"。

他自己也不知道为什么会这么说,他心里是想顺着她的话答应的,这样才不破坏氛围,可是话要出口的一瞬间,他犹豫了,他觉得自己还没准备好,他心里有太多杂质,身上有太多烙印,他甚至怀疑自己还有没有真正去爱的能力和勇气,不忍心这样草率地去回应一个对爱情怀着纯真理想的女孩,而且，曾经也有一个女孩这样依偎在他怀里，跟他说着一生一世，他在异国他乡给她拼一个未来，满怀期待地回来，那个女孩已经成了他婶子。

多狗血。

人家都说强扭的瓜不甜，可是向小葵却不在乎它甜不甜，她只想把瓜扭下来，扭下来她就开心了。甜不甜是扭下来以后才需要操心的事情。对于自己喜欢的人和认定的朋友也是这样，我并不在乎刘漫需不需要她去救，反正是我朋友我就得两肋插刀。

"为什么你不能陪我走？你们男人是不是都喜欢尤物那种类型啊，会撒娇能作的腐女。你果然肤浅，她是肤白貌美大长腿，可是我也不差，不黑不丑不矮，你不要是你的损失，我跟你讲。"

唐梓航不置可否，"矫情地说，我心里有伤。所以我……"

小葵支着耳朵眼睛亮晶晶地看着唐梓航，唐梓航在这样静谧的夜里喝了两罐啤酒，一不留神就暴露了自己的秘密，自己用心爱过的女孩明慧，几经波折才在一起，又几经离合，还是在他归心似箭的求学日子里，没有遵守诺言等他，嫁给了他叔叔。搁谁头上谁不难受？

她这才想起来，那个他之前爱过的明慧，那时候也是因为明慧，她才彻底放下对唐梓航的喜欢。但是，现在他们两个没有在一起啊。

"你内心里真正喜欢的人是怎样的？"小葵看向他。

"品位相同，趣味相同，向往同一种美好的生活，那种到骨子里的认同感，才能让你秀一辈子恩爱啊。"

他什么时候都是把自己的内心包裹得严严实实的，何曾跟人提起？你得承认，有些女孩，让你特别愿意跟她坦露自己的秘密。

"所以啊，小葵，你别傻了，像我这样有伤的男人……"

"有伤的男人，有魅力。鉴定完毕！"

听得唐梓航一呆，这女人果然与众不同啊。他受伤的心里似乎被劈开了一道缝，有道光大摇大摆地照进来。

那个啤酒是进口的，他也是第一次喝，有一股甜麦芽的香气，还有古怪的辛辣,从舌尖冲进胸腔,让人有点眩晕。他差点就想跟小葵继续掏心掏肺了。

小葵等了半头,也没等到人家回应下文,实在撑不住了,困得不行,把手从唐梓航胳膊里抽出来,爬下车顶,说:"你慢慢矫情吧,我困了,去车里睡了。"

唐梓航感觉屁股下车身一震,然后往车顶上一躺,敲了敲车顶,问向小葵:"怎么了,生气了?"

"我睡着了。"

唐梓航自讨没趣了一回,笑了两声不再说话,稍稍躺了一会儿,缓了缓全身的酸痛,但他不敢睡死,狼是夜行动物,万一这一带真有狼的话,睡着离死也就一线之差。

半夜温度越来越低,薄外套根本不取暖。唐梓航忍不住打了几个喷嚏。向小葵一直没有睡着,她在等唐梓航下来,毛毯已经暖热了外面还有忽明忽暗的火光,他不怕冷吗?看起来那么放荡不羁的一个人就是这样当柳下惠的么?

"嘿,柳下惠,你冷不冷?怎么不进来,怕我吃了你?我可是正经人家的好姑娘。"

"呵呵,好姑娘,不冷,啊……嚏。"

小葵把毛毯抱到上面。车顶已经起了一层薄薄的水雾,唐梓航的衣服都是潮的,他侧躺着看着远方,手撑着头,另只手握着斧头。

"你这是干嘛?"

"为好姑娘放哨。"

"放眼千里,能有什么,鬼都没有一个,你就编吧,你怕我强了你,然后不对你负责吧?"

唐梓航头顶有一大片乌鸦飞过。这正经人家的好姑娘真是什么都敢说啊。

两人挤在一起背靠背裹着毛毯,撩骚了一会儿,小葵上下摸了他的衣服,差不多干了。唐梓航突然从背后圈住她。

"松开,我要下去睡觉了。这上面也太危险了。柳下惠,有本事你下来啊。"

唐梓航还真乖乖松了手。

哪怕你再霸道一点呢。小葵撇撇嘴从车窗翻了进去很快就睡着了。

唐梓航躺了一会儿，昏昏欲睡，他不踏实，坐起来用冷水洗了把脸，准备坚守到天亮，他两手握着斧头的柄，下巴靠在手背上，又坚持了几个时辰，其间给矮下去的火墙加了点油，到黎明时分，一大波困意来袭，睡神在他耳边轻轻地唱着，睡吧睡吧，我的小宝贝。

半梦半醒间，他隐约看到天边亮起一排绿油油的灯笼，像一颗颗跳跃的弹珠，由远及近，如鬼魅般悄无声息地极速朝他飘过来。

"狼！"他急忙翻下车顶去找向小葵，但已经来不及了，一群土黄色的巨狼在夜幕下展现出身躯，领头的那匹狼足有一人大，它跑起来风驰电掣，眼神冰冷泛着绿油油的光，只见它从黑暗中猛地窜出来，从车里咬住向小葵的肩膀，往外拖，沙地里鲜血飞溅。

之后狼群一拥而上，咬住向小葵的双腿，拖着她往漆黑的夜幕中去。

"唐梓航，我引开狼，你快跑啊！"向小葵的两只手拼命地挥，跟狼群做斗争，但终究没有一点用，唐梓航迈开双腿，用尽全身的力气去追，奈何怎么也跑不过狼群，眼睁睁地看着向小葵被狼群撕咬得血肉模糊，沾满血和沙的头颅遗落到唐梓航脚边，他定睛一看，分明变成了在骆驼刺中滚下来的那个沙兔的头，脸上有两条刺眼的一指粗的疤。

一切来得太突然。

他还没来得及让她知道他内心真正喜欢却不忍伤害的人，是她啊。

他感觉自己快要窒息，难过得要死去。当初自己得知明慧结婚的时候都不如这样的痛彻心扉。父亲因奸人陷害潜水溺海都没有这样的肝肠寸断！

他脑子里满是那双狡黠的亮晶晶的眼睛，她提着鞋说，我明天还来骚扰你。

她在农场自作聪明，识破诡计般，说，这都是你泡妞的套路吧。

她站在剧场门口小得意地说，唐屁屁，你都追星追到杭州了，还说不是我的粉丝，你就承认了吧！

她在机场大厅泪眼婆婆地说，你知道好朋友就应该两肋插刀么？

她在车顶上无限感慨地说,没想到这么快又跟你一起看星星了。

她听了他的故事和心事,不服气地说,你不喜欢本姑娘,是你的损失,我跟你讲。

她明明刚才还在车里撩他,说,柳下惠,有本事,你下来啊。

她对他说的最后一句话竟然是,唐梓航,我引开狼,你快跑啊!

唐梓航泪如雨下,所有的理智分崩离析,内心绞痛,哽咽着对着苍天大喊一声:"小葵啊!"

10
好姑娘，你一定要活着出去

"小葵啊！"唐梓航猛然惊醒，从车顶滚了下来，脸朝下，沙子钻进每个器官，他顾不得这些，胡撸一把眼睛才回过神来原来只是个梦。

太好了，居然是梦啊。

他吐了几口沙子，梦境里的血腥场景让他心有余悸，他急忙站起来，从车窗里看到向小葵睡得正香，歪着小脑袋蜷缩在冲锋衣里，一颗悬着的心才缓缓放下。这个梦很真实，他眼角还有泪，看来是真的走心的一个梦啊。

他摇了摇头，心想可能是自己太敏感了。现在这种心情好比，失去又得到的美丽。他真想打开车门紧紧拥抱那个软糯的小人儿，跟她说，让我保护你，余生不管什么路我都豁出去，奉陪到底。

然后一定要使劲儿亲一下她的额头。

如果这样做了，她会不会给自己一拳，以为自己想占她便宜？

这时天边已经泛起浅浅的鱼肚白，他靠在车门上，点起一根烟，深深地吸了一口，透过慢慢委顿下来的火墙，望向天际，他想不起来有多久，没享受过这样的宁静了，万籁俱寂，连风都沉默，只有火焰在跳舞，还有"沙、沙"的声音？

唐梓航突然听到"沙沙"的声音，贴着火墙从火墙外传来，似乎有什么东西在火墙外走动！唐梓航警觉地竖起耳朵，那声音却又渐止。

"难道幻听了？"唐梓航回想梦境，背上一道寒气沿着脊背直达脑门。他提了油桶，慢慢靠近火墙，用茶杯接了点油，洒在矮下去的火墙根上，火焰顿时一高,与此同时,他听到了火墙外传来清晰的脚步声,甚至是喘息声!

"真的有狼?!"唐梓航一惊,反应过来后立马加筑火墙,沿着火墙挨着浇油,直让火墙蹿到半人高。

"吼!"一声清晰的咆哮声从火墙外传来,声音低沉有力,充满暴戾的气息,随着这声吼,火墙外瞬间骚动起来,脚步声从不同方向环绕着火墙传来,真的是狼,而且是群狼!唐梓航连连后退,虽然被火墙和浓密黑烟阻挡,他看不到外面的情况,但听声音,他也知道外面的狼不下五头!

"向小葵,醒醒!"唐梓航用力地拍了拍车门。

向小葵睡眼惺忪地坐起来,问他怎么了。

"快,爬到车顶上去。"唐梓航拉开车门,把一脸懵懂的向小葵拉下车,然后托着她爬到车顶,然后自己也三下五除二上来。向小葵刚爬上车顶,就听见火墙外传来窸窸窣窣的声音,下意识地判断外面有什么东西围着他们在跑,她心一下子紧张起来,问唐梓航外面是不是有怪物。

"狼!"唐梓航简洁明了地回答她。

向小葵脑子"嗡"的一下,瞬间懵了,两腿一软,手撑在车顶上,喃喃地重复着:"狼、狼!怎么办?怎么办?"

"看着我,不要紧张。"唐梓航拉着向小葵的手,给了她一个坚定的眼神,对她道:"什么都不要想,就当是走一条不寻常的夜路,你说过,向阳陪你走,你就不怕了,对不对,今天我陪你走,我一定比向阳靠谱,绝对不会让你受伤的。"

"唐梓航,是我把你害成这样的,你耐力好,如果有机会逃,你一定不要管我,你是心理专家社会价值比我大。我拖住狼群,你就快跑。"向小葵紧紧地抓着唐梓航的手,交代后事一般。

唐梓航心头一紧,这句话跟梦里的小葵,何其相似,她怎么能这么傻,这个时候还这么理智分析谁活着社会价值大,她怎么永远先考虑别人。

"我不会丢下你的。永远不会,今后你的夜路,我承包了。"唐梓航擦掉她脸颊上的泪水,强挤出一丝笑容给她一个坚定的眼神。

"唐梓航,你是不是考虑了一晚上,觉得不从了我,是你的损失?"向小葵紧紧地握了一下他的手带着发抖的哭腔开玩笑。

"对,柳下惠决定从了好姑娘。不过,等我们冲出突围再调情好不好?"他握着小葵的手把她往身后拉。

小葵的牙齿已经开始不听话地抖了,长这么大第一次跟野生动物如此近距离接触。

这时,一阵风吹过,拨开火墙的黑烟,向小葵看到一双绿油油的眼睛从火墙后面,死死地盯着自己,那匹狼咬着嘴唇,对她露出狰狞的牙齿,似笑非笑。

它的身边还傍着两匹狼,一匹冲她龇牙咧嘴,一匹张大了血盆大嘴,仰天长啸。她再次吓得浑身发抖,那些情话根本不适合现在说。

"不能露怯。"唐梓航小声说。

"我们怎么办,油还能烧多久?"

"一箱快烧光了,另一箱最多坚持到太阳完全升起,最多六个小时。"

"要是六个小时,还没人找到我们怎么办?"向小葵身子一颤,带着哭腔问。

唐梓航摇了摇头:"唐伯应该已经知道我们在沙漠里遇险,他会告诉我爷爷,或许会动用直升机,很快就能找到我们,如果等警方或是等只是一般的救援队的话,起码得等到下午,他们兴许能看到我们烧的烟,找到我们,但眼下要对付的是这群狼,不能坐以待毙。"

"那,怎么办?"

唐梓航深深地吸了口气,一字一顿地说:"沙漠里的狼和一般的狼群不一样,这里食物很少,一旦有大型动物落入它们的视线,它们一定不会放弃,不管多久它们都会守着我们,所以,我们得把这群畜生干掉。"

向小葵不知道唐梓航有什么底气说出把它们"干掉"这样的话,他没有枪也没有炮,只有一把斧子,难道他在斧头帮拜过师学过艺?但面对饥肠辘辘的狼群,别说他了,给李逵一把板斧站在狼群中间都不敢说能四肢健全地走出去,唐梓航虽然身材好,但和狼群搏斗,显然是没丝毫胜算的。

唐梓航看出向小葵的疑虑,其实他自己心里也没底,但他知道自己绝对不能乱,如果连他都慌乱了,那真的死定了。

唐梓航安慰过向小葵后,开始琢磨怎么把这群狼干掉,靠体力和武力肯定没戏,几头狼一拥而上,他两只脚都拿斧头也没用,绝对是被撕碎的下场,那是美国队长干的事,他不是美国队长,中国队长都算不上,唯一当过的队长是少先队队长,还只是个小队长。

所以必须得靠智慧,也就是战术,说到战术,他现在在火墙内,好比守城,狼群要进入火墙,好比攻城,守城战术有几个?空城计?狼才不吃这一套,诸葛亮亲来也是身死道消的下场,实用一点的,瓮城战术?把围三缺一反过来用?!

唐梓航一拍大腿,对,用瓮城战术,把火墙放开一个缺口,在缺口后面埋下汽油罐做成的地雷,等狼群冲进来的时候,"轰"一声,一定能炸死大半。

然后呢?一定还有没炸死的狼会冲进来,这个时候用什么战术?高地战,占领车顶高地?围点打援?火烧赤壁?唐梓航看了看车,心生一计。

他打开车后备箱,把那筒没开封的油拿出来,把汽油往车身上浇,然后给三面火墙泼油,留出一面火墙,任它矮去。接着他撕下自己的袖子,绕成团,塞在油桶口上,再把这箱油埋在矮去火墙里面的沙子里,再用另外那残留的小半箱油,在埋油箱的地方四周浇上汽油,一路延伸到车头后面,一会儿油箱爆炸的时候,正好拿车头当屏障。

做完一切之后,他把车里的灭火器拿出来,教向小葵怎么用,万一大水冲了龙王庙把他自己给烧了,他得确保向小葵能救他。

然后就是安静地等待了,等待那扇火墙矮下去,他把向小葵扶下车顶,和他一起躲在车头侧面,安静地等待狼群发动攻击。

几分钟后,那面火墙渐渐地矮了下来,向小葵躲在唐梓航背后,紧张地抓住他的肩膀,指甲都快抠到他肩膀肉里去了。

只见火焰升腾间,火墙外的狼群已经在那面矮火墙外面集结,唐梓航数了数,能确定的足有七头。

"七匹狼,不错。"唐梓航突然笑了。

"你还笑得出来?"向小葵捏了他一把。

唐梓航笑得更甚,说:"记得七匹狼男装的广告词吗?"

"男人不只一面。"

"对,我今天让你看看我的另一面。"他邪笑着举起斧头,在向小葵眼前晃了晃。

"不知道你的心是怎么长的,都这个时候了还开玩笑。"向小葵捶了他一拳,不过被他插科打诨这么一说,她心里倒不是那么紧张了。

"说正经的,一会儿它们冲进来,我点着那边的油箱,爆炸以后,你就不顾一切地往车顶跑,用最快的速度,生机就在那一瞬间。"唐梓航按着向小葵的后脑勺,把她的额头顶在自己的额头上。

向小葵这么近距离地对视着唐梓航的双眼,心嘭嘭直跳,唐梓航说这句话的时候很认真,从他的双眼中看得出来,他认真起来,眼神很有杀伤力。她不知道自己能不能熬得过接下来的几分钟,如果逃不过一死,至少不该留下遗憾。

所以她做了一个大胆的举动,双手扣住唐梓航的脖子,她想给他一个鼓励的拥抱。在这一瞬间,身体被束缚进一个有力的怀抱,脸靠得很近,他看到她眼里雾蒙蒙水润润的,清纯夹杂着妩媚,还有隐忍的紧张和害怕,他情难自禁低头含住她的唇,没有说出口的话都淹没在满是情意的吻里。温热的舌滑入她口中,贪婪地攫取属于她的气息,用力探索每一个角落,这一瞬间的悸动,使彼此忘记了周围的一切危险。

狼群开始躁动,单身狼最见不得人类秀恩爱。等下都要变成食物了,去肚子里腻歪吧。

"记住你对我的承诺,我余生的夜路,你要陪伴我走过。"分开后向小葵舔了舔嘴唇上残留的余温,用哭腔对唐梓航说。

唐梓航郑重地点了点头。"好姑娘,你一定会活着出去,平安无事。"

这时,火墙的缺口已经成型,唐梓航一手提斧头,一手护着向小葵,用犀利的目光扫视群狼,火墙后面露出一颗颗狰狞的狼头,个头都很大,浑身覆盖着黑黄相间的毛,有几只微张着嘴巴,有几只不耐烦地走来走去,但它们的眼睛都死死地盯着火墙缺口这端的唐梓航，眼神凶残，眼珠子泛着绿幽幽的光。

唐梓航想不通，这么贫瘠的沙漠，是怎么把这几头狼养得这么膘肥体壮的。他不敢露怯，装腔作势地翻起嘴唇，朝狼群露出牙齿。露出牙齿，在动物界中，就是最严重的挑衅。看到唐梓航做出这个动作，一头比其他狼高大得多，通体蜡黄的狼挤到火墙边。

它一挤上前，其他狼自动退后一步，给它让出一个位子，看起来它就是头狼，一只大黄狼！

向小葵也看到了那只头狼，她紧张地拉了拉唐梓航的手臂，唐梓航感觉到她的手在发抖。

"吼！"头狼蓦然朝唐梓航吼了一声，它张开血盆大口，铁齿钢牙狰狞在外，睁着赤色的眼睛，用无比凶残、愤怒的眼神瞪着他！在和它眼神对视的一刹那，唐梓航感觉到一道冰冷的死亡意志贯穿他的胸膛，仿佛一柄冰刀直插心口，令他不寒而栗。

"畜生，想吃我，就来吧。"唐梓航吼完咬紧牙关准备战斗，心想一会儿最好它先跳进来，不论如何必须用埋在"瓮城"里的汽油桶炸弹把它炸死，如果它进来了，只要把它炸死，狼群就会群狼无首，组织不了有效的进攻。

火墙的缺口越来越低矮，有几头狼已经在往前挤，跃跃欲试了，向小葵心都要跳出来了。

"别怕……"唐梓航转头刚想安慰她一句，一只狼就猛地蹿过火墙的缺口！唐梓航没想到狼这么狡猾，在占据绝对优势的情况下，还要趁人不备才发动进攻。

不过那只狼越过火墙后，并没有立刻扑向唐梓航他们，而是在空地上原地转了几圈，仿佛在试这里有没有陷阱？

"梓航，它们进来了！"向小葵紧闭双眼，视死如归般喊道："快，快点火！"

"不行，要先炸头狼！"唐梓航站起来，把斧头藏在身后，手里捏着打火机，对着头狼龇牙扮鬼脸，大吼："畜生，来呀！"

那头狼咆哮一声,威风凛凛地抖了抖身上的毛,压低身子,两只碧绿的眼睛直勾勾地盯着唐梓航,黑色的嘴唇微微翻起,露出骨白色的犬牙,它很谨慎也很狡猾,不过任它再狡猾,也永远猜不透人的心,料不定人的智慧。

它转过头,咬住一只想先它一步跨进火墙的狼,猛地往后一甩,其它狼嗥叫着退到它身后,它盯着唐梓航原地踱了几圈,突然身子一跃,跨过火墙,然后身形一滞,似乎随时退到火墙后面。

唐梓航与它对峙,眼神如针尖对麦芒,头狼低下头,在地上嗅了嗅,发出愤怒的"呜呜"声,唐梓航心一紧,狼群要正式进攻了!

头狼转过头朝身后的狼群大吼一声,然后掉转头就向唐梓航发起冲锋,说时慢那时快,唐梓航意识到情况不对,迅速把打火机点着扔到脚下的汽油里!

火蛇从唐梓航脚下钻出,沿着略带弯曲的小径,瞬间钻到头狼的脚下,没入它脚下的沙中!

头狼见到那条火蛇,心知不妙,但身后的群狼已经接踵而至,避无可避。

唐梓航在扔下打火机的一瞬间,立即拉着小葵快跑几步,扑倒,把她压在身下保护好。

"轰!!"一声巨响,一个油箱在不足50米的地方炸开,冲击波和声浪之大,完全超出了唐梓航的想象,原本靠着车躲避火团,没想到爆炸把车上仅存的挡风玻璃掀成了玻璃碴子,如暴雨般,噼里啪啦砸在他们身上。

风平浪静后,唐梓航抬起头,看到向小葵脸色通红,一边帮她检查,一边问她有没有事。向小葵把头瞥在一边,尴尬道:"你好重。"唐梓航这才意识到自己还压在她身上,微微一笑,侧身从她身上翻下去,然后查看周围的情况。

油桶爆炸在地面上炸出一个漆黑的深坑,中心还在着火,三头狼当场被炸死了,一只支离破碎,两只缺胳膊断腿,还有一只身上火势正旺,躺在地上奄奄一息,唐梓航一斧头给了它一个痛快,可惜没找到那只头狼的尸体,应该逃了吧,他抬头眺望,发现果然有两只狼在沙丘上狂奔,一只尾巴上还着了火,另外那只也受了伤,一条后腿缩着不能着地。

只是，这两只都不是头狼，那头狼呢？他沿着车找了一圈，也不见头狼的踪迹，难道被炸蒸发了？

"梓航，你真棒！"向小葵没想到唐梓航真能把狼群赶走，当他告诉她说要把狼干掉的时候，她的第一反应是这男人疯了吗？可是，没想到他真的能做到！

初吻，和狼群决斗，他一天之内给她这么多惊喜。

向小葵兴奋地向他跑过去，想给他一个拥抱，可是，唐梓航看着她，脸色突然变了！他脸上的表情瞬间由喜转悲，仿佛看到了无比可怕的画面，两只眼睛死死地瞪着她，不，他瞪着的，是她身后的某个地方！

向小葵怔怔地站在原地，她已经猜到，她的身后，有某种可怕的东西，慢慢回头，一只狼正带着仇恨，从车底下爬出来。是那只头狼，它带着来自地狱的怒火，带着烧焦的半张脸，从车底爬了出来，发出愤怒的"呜呜"声，两只眼睛迸发出凶光，要把唐梓航和向小葵连骨头都不剩的吃进肚子里！它带着死去弟兄们的血海深仇，要和人类决一死战。

"别动。还记得我跟你说过什么吗？"唐梓航见向小葵吓得发抖，深吸一口气，往她面前走过去，但两眼始终盯着那只狼，毫不示弱。

"我记得。"向小葵点点头，她记得唐梓航说过，往车顶上跑。

"跑！"唐梓航大吼一声，举起斧头向她身后劈了过去。

"吼！"一声震耳欲聋的吼声贴着她的头皮从她脑后传到她耳朵里，与此同时，她感觉自己的双肩被狼的两只爪子搭住！一股热气喷在她后脖子上，吓得她胆都差点炸了。

唐梓航的斧头刚刚避过向小葵的头，往她身后的狼头上劈去，头狼把向小葵推开，借力往后一闪，避过唐梓航的斧头。

唐梓航斧刃一沉，把向小葵往自己身后一拉，然后双手握着开山斧，迎着那只头狼冲了上去，头狼左突右闪，迂回躲闪两次后，暴怒地咆哮一声，不管不顾地朝唐梓航跃了起来，而且是正对着他的脖子！

唐梓航情急之下，一斧子按在它背上，但这一斧子劈得仓促，没能用上全力，不过也让头狼咬偏了位置，原本冲着他脖子去的那一口，咬在了右肩膀上!

　　唐梓航的肩膀传来一阵剧痛，斧头脱手而去，狼的背上被劈了一刀，落地后跌跌撞撞几步才把自己的重心稳住。

　　"梓航!"向小葵看到唐梓航肩膀受伤，跪倒在地，而狼站稳后，不给他喘息的机会，又猛地朝他扑了过去，她的心像被抽了一鞭子，因害怕而僵硬的身体层层瓦解，不知道什么时候，唐梓航在她心里已经变得那么重要，重要到让她完全无法承受失去他的空白。

　　他在她的生命里存在得那么短暂，几乎是一瞬，但就是这一瞬，重要到没有任何可以替补，重要到让她本能地向狼扑去，赤手空拳。

　　她不知道这一刻她在想什么，或许是承蒙唐梓航照顾太久了吧，总算轮到她保护他一回，她有很多话想对他说，可惜一直没机会，以后，恐怕也没机会了吧。

　　"唐梓航!"她尖叫着闭上眼，像一只迎着悬崖撞去的鸟，大脑一片空白，唯一的念头，是希望自己最后留在唐梓航脑海中的印象不那么难看，可是她知道，自己最终大概会被撕成一片片的吧。

　　她一头撞在一块略坚硬的物体上，恍惚了两秒，睁开眼抬头看去，看到一张血色斑驳但无比坚毅的脸，逆着光，横亘在她整个视界中，狼的血牙镶嵌在他的肩上，血在她眼前磅礴，他的双眼，略带责备，略带不舍，布满血丝，凝视着她的脸庞。

　　"向小葵，你这么不珍惜自己，问过我的意见么？"唐梓航苍白的脸没有一丝血色，嘴角弯起一个弧度，他居然勉强自己笑了出来。咬着他的狼头在他肩膀缓缓滑落，它的胸前一道狰狞的血痕，深到连心脏都暴露在空气中。

　　唐梓航手中的斧头镶嵌在它的身体里，血一滴一滴往沙漠里滴着鲜血，一丝风都没有，满世界都是他苍白的笑脸。

　　向小葵觉得整个世界仿佛静止了，像电影里面的慢镜头，还自带凄凉的背景音乐。直到唐梓航伸出沾满鲜血的手，抚摸她脸颊的那一刻，她五脏六腑才骤然疼起来。

　　她的英雄，在她最危险的一刻，拼尽全力践行那句，好姑娘你一定会活着出去，平安无事。

他那张因为失血过多，无比苍白的脸，保持着谜一般的微笑，错身瘫软在她怀里，她死死地抱着他，像抱住余生的每一个黑夜。

"唐——梓——航——"

医院里，小葵劫后重生，接到的第一个电话来自一陈。

一陈本想自己来新疆，Bobo坚持推选身强力壮的保安老朱陪同，他自己也自告奋勇请求保护一陈的安全。一陈脑子过了一遍剧团几个保安，就老朱熟一点，跟自己聊得来，也就同意了。俩人在乌市警局奔波一天毫无收获，第二天才联系上小葵，人在第二人民医院。他和老朱火急火燎地赶了过去。

几天不见，向小葵瘦得脱了形，也晒黑了一圈。头发蓬乱着，右半边脸还挂了彩，手背也裹了纱布。医生给她做了检查说没什么大事儿就走了。

一陈帮小葵准备了汤，小葵却喝不下去，有些委屈地问他："你怎么也来了？"

"担心你们啊，小葵，你为什么要一个人冒这么大危险来这里，你可以跟我们商量啊，大家一起想办法救刘漫对不对，还好你没事，谢天谢地。"

"这一次拖累唐梓航了，你去问问医生他怎么样了，快去。"小葵只想知道他在哪里，他伤得怎么样。

一陈沉默了一会儿，问她："你上次说喜欢的人是他吧？"一陈云淡风轻地问，眼神里掩饰不住的失落。

"是啊，你见过他了？"小葵没有一丝犹豫。连眉角都飞起来了。好歹两个人也算同生死共患难过了。

一陈的心仿佛被高明的小偷伸进胸腔摘走，留下一片空白郁结在胸间，他整个人都僵住了，向小葵，她怎么可以回答得这么干净利落，手起刀落，他的心就不见了，本来觉得自己做好思想准备了，没多痛，就是空了。

他藏了一肚子话想跟小葵说，尤其是这几天知道她身处险境，内心更是煎熬，他怕自己以后没有勇气，也没有机会说。

"一直以来,我的生活很简单,早上八点钟准时开始排戏,下班回家,看看剧本,追追剧,偶尔去健身,去图书馆,酒吧,然后回宿舍,路过24小时便利店的时候,总要进去转转,买些日用品,即便有时什么都不缺。"

"这样的生活似乎没什么不妥,只是有时半夜蓦醒,便会睁着眼睛到天亮。只有这样的时候,我才敢憧憬未来,我憧憬我在上海能站稳脚跟,能有一个属于自己的窝,而我所有美好憧憬的主角,都是你,你曾靠在我的肩膀,那种满足的感觉,仿佛整个世界春暖花开。"

"你拒绝我以后,我失去了追求幸福的权利,也曾放纵过,失落过,迷茫过,破罐子破摔过,肆无忌惮大笑过,就是再也触碰不到幸福。我的生活一如既往的平静,如同死水,我也失去了从这潭死水中走出去的欲望。"

向小葵看着一陈,说:"对不起啊一陈,这些以后再说可以吗?眼下乱糟糟的。"

"小葵,我真的是关心你啊,你有喜欢的人我真的替你高兴,可是你知道唐梓航过的是什么生活吗?他和我,和你不一样!根据我的调查,他白天是个道貌岸然的医生,是个养尊处优的富二代,但晚上呢?他就是条蛰伏的狼,等月亮升起来,他就逛遍整个城市的灯红酒绿,寻找猎物,然后一口吞下。向小葵,你以为你是他的唯一吗?我告诉你,百分之一都算不上,你只是他的猎物!"

"一陈,"向小葵笑笑,"我知道你是为我好,我有眼睛会自己看,有心会自己感受。拿出这种调查的精神查查刘漫在哪里吧。"

一陈沉默了。

每一个坠入情网中的女人果然都失明了,智商为零。

比一陈更难过揪心的要数向阳了。

向阳刚来到新疆,就得知唐梓航重伤住院的消息,向小葵给他打那个电话的时候哭得泣不成声,从小到大只有在妈妈去世的那段时间她哭成这样过,向阳的心一下子揪了起来,只能暂时把刘漫的事放一放,第一时间赶去看唐梓航。

向阳赶到医院的时候，唐梓航已经转出重症监护室，因为失血过多还在昏迷，生命体征平稳，转移到了一个位于住院部顶楼的特殊加护病房，是个套间，有会客室，他进去的时候和老朱撞个正着，老朱正帮忙倒热茶。

"朱师傅你们也来了，请问里面情况怎么样？他是我兄弟。"向阳下意识地问道。

老朱憨厚一笑，说了下医生交代的情况。他还没醒，不过专家说已经过了危险期，没什么事儿了，小葵和他的家人在里面照顾他。

向阳点了点头，走进会客室，发现里面三三两两坐了很多人，他唯一认识的，只有坐在沙发上，一言不发的一陈。

他和一陈打了招呼，站在病房的玻璃窗外，朝病房里看去，向小葵神情萎靡地守在唐梓航身边，像个做错事的孩子。

唐梓航的另一边，坐着一个美到令人窒息的女子，她十指修长，一手捏着一柄小刀，一手握着一只苹果在削皮。这么漂亮、修长的手指，这种手指应该在钢琴的琴键上穿梭，用来削苹果简直是暴殄天物。

"明慧？"

向阳一下就认出了这个女人，她不是嫁人了吗？她怎么还有脸来看唐梓航？尽管每次被人提起他都是自嘲自黑，只有他自己知道他心里有多痛，伤得有多深。当年的唐梓航可是锋芒毕露，学校的风云人物，可为了这个女人，他逐渐磨平了自己的棱角。

他还记得当年她第一次要求分手那天，下着大雨，唐梓航一个人在操场上跑，一圈一圈地跑，他告诉明慧，要是她不下来把分手的理由说清楚，他就一直跑下去，跑到死为止，那天他绕400米一圈的操场跑了四十八圈，谁劝也不停，最后是向阳把他背到医院的。年轻时候的想法真幼稚，以为芳心可以靠同情博得。

那个女人多狠心啊。

还有更狠的，后来因为什么原因和好的就不清楚了，然后梓航为了证明自己的实力出国深造，就三年，她都等不及，连分手都不说了，直接嫁作人妇，嫁就嫁吧,你倒是死得远远的好不好,她倒好,嫁给了唐梓航的叔叔,等他学成欢天喜地归来,突闻噩耗,未婚妻升级为准婶婶,低头不见抬头见的,一定要这样折磨自己一生吗?

他醒来看到她,该用什么心情?

小葵呢,发生这么多事情又该是怎样的心情?

向阳想推门进去,却被守在门口两个穿西装的大汉拦住,问他:"你是哪位?"

"我是唐梓航的朋友。"

"稍等。"

一个西装兄先他一步进去,走到病房的窗台边,向阳从门缝里张望,看到原来病房里还有个人,是个拄着拐杖的老人,穿着合体的西服,神情严肃地面向窗外。西装兄恭敬地在老人耳边耳语了一句,老人点了点头。

西装兄出门后,对向阳做了个"请"的手势。向阳微微一怔,和唐梓航认识这么久,只知道他是富三代,但从来没想过他的家族到底多有钱,他平时行事也很低调,现在看来,绝非一般的小富小贵。

"小葵。"

向小葵木讷地转过脸,看向向阳,她的脸上没有一丝血色,眼睛倒是布满血丝,头发虬结,身上的衣服好几天没洗了,还带着细沙,脸上也两条泪渍鲜明。

"哥。对不起。"向小葵的声音沙哑了,向阳看着心疼,让她去把脸洗了。

"我不去,我要等他醒,医生说他快醒了。"向小葵倔强地看着唐梓航。

"怎么会弄成这样?"向阳看着唐梓航戴着呼吸面罩,肩膀上缠满了绷带,心里无比内疚,为了刘漫,哥们儿差点连命都搭进去了。

"原来她是你妹妹。"明慧抬头看了向阳一眼,把削好的苹果递给向小葵,对她说:"吃点东西吧,梓航福大命大,一定会醒来的。"

向小葵摇了摇头,明慧无奈一笑,把苹果放在果盘里,对向阳说:"老同学,你一定有很多话想问我吧,我也有些话要问你,跟我来。"

明慧把向阳带出病房,走到走廊尽头,点了根摩尔,问他:"你知道梓航来新疆的目的对吧。"

向阳点点头，说："怎么会变成这样，他们遭遇到了什么？"

"他们的车在沙漠里抛锚了，遇到了狼群攻击，梓航拼了命保护你妹妹，我们的直升机找到他俩的时候，他已经失血过多，晕过去了，好在你妹妹还有点急救常识，要不然，梓航怕是死在沙漠里了。"明慧吐了口烟，呢喃道，"他还是这样啊，一点没变，情种。"

"没变？他的心早死了。"向阳冷笑，"你怎么有心情来看他？"

明慧低下头，沉默半晌："我毕竟，毕竟是他的家属，这次，来这边是陪他叔叔来酒店开董事会。"

"真的不可思议，你当初，是怎么想的？就因为他叔叔在家族里地位高，比梓航有钱？"

"你想听实话吗？你保证不告诉梓航。"

向阳将信将疑，看她没开玩笑的意思，郑重地点点头。

"你以为我想吗？你以为我不想嫁给自己爱并且爱自己的人吗？梓航的爸爸为什么能出狱你知道吗？他叔叔手里掌握了能置他爸爸于死地的证据链你知道吗？甚至会连累梓航你知道吗？他回国之前，投资几千万买地建的诊所你以为都是凭空来的？那老东西觊觎我已久，如果牺牲我能换梓航安稳的未来，我为什么不？我还有别的选择吗？"

"这么说……"

"没错，我爱的一直都是梓航。"明慧惨笑着，对向阳说，"常人看来，我现在是个幸福的女人，有个有钱的老公，有跑车有豪宅，即使他外面还有小三小四谁又在乎呢。有谁知道，我想要的，只是在无欲无求的年纪，陪在我身边的那个人；那个为了我，傻乎乎绕着操场跑了四十多圈的人；陪我去吃廉价火锅，只因为我喜欢那个味道的人；为我去国外深造，有理想有志气的唐梓航啊，向阳，这个人，看来要便宜你妹妹了。"

明慧转过身，看着窗外，她的身子微微有些发颤，从玻璃的倒影里，向阳看到她流下了眼泪，他隐约记得她原本是个腼腆爱笑的女孩。

恍恍惚惚间，唐梓航似乎听到一个女孩的抽噎声，他费力地睁开眼睛，发现眼前白茫茫的一片，看什么东西都有重影，他眨了眨发酸的眼睛，慢慢感觉到自己的脖子，然后是背，剧烈的疼痛让他说不出话来，那种像蹲了很久很久以后突然站起来时的酸麻，像有很多蚂蚁啃噬他的身体。

"梓航？你醒了？你醒了！"向小葵慢慢从凳子上抬起屁股，揉了揉眼睛，摸着他的脸，眼泪"吧嗒吧嗒"地掉在氧气罩上，唐梓航虚弱地舔了舔嘴唇，看着向小葵，眼神说不出的欣慰。

四目相对，像越过了千山万水。他手指挠了一下她手心的那细微动作，让她心跳加速，她知道，他回来了。

这段日子啊，真像生死过山车。还好有惊无险，她有多害怕，她再不能喊他唐屁屁，她不能再听见有人叫她向问天，他举手投足都带着痞气，但是关键时刻正义感爆棚，他帮她捉贼，还陪她练台词。他免费给她房子住还照顾她自尊心，他去给她捧场还假装顺便给她惊喜，他撩她却不动歪心思怕伤害她，生死关头哪怕有一线生机还要留给她。

她不能回忆更多了，她早上预感他要醒，已经洗了澡，化了明媚的妆，被眼泪冲花了多丑。她要确保先照顾好自己，然后再等他好起来。她早看出那个叫明慧的女人，就是伤害过他的人，她心里还有他。她也是他的软肋，可是小葵已经给自己穿上了铠甲。过往她不想追问，与她无关，但是未来，她很想领衔主演他的下半生。她不要天崩地裂的爱恋，只想要天长地久的温暖相伴。

真爱来晚了又如何，只要是他，晚点也没关系。

她一向觉得自己挺俗气，现实，遇到他，想起一句很酸的话：见山是山，见海是海，唯独见了这个男人，云海开始翻涌，江潮开始澎湃。

你无需开口，我便和天地万物通通奔向你。

你要不要啊？梓航。你要，我等你，你不要，我过些时日再来问你。

他慢慢地伸手摘掉呼吸罩,用嘶哑的声音对向小葵道:"渴,我好渴。"然后微微活动了一下手脚,还好都健在。

"好,好,我这就去给你拿水。叫医生。"

唐梓航突然往回拉向小葵的手,虚弱地说:"来,再让我摸一下你肋骨没事吧。"

都什么时候了,这人还有心情开玩笑。先担心自己吧。

他就是抓住她的手不放,也不再说话,深情凝视。这一下反而叫向小葵瘪了瘪嘴,想哭出来。那人站在面前她还是想他,那种没来由的思念、渴盼、迷乱、不安,是怎样的缠人撩人、折磨人啊。

"来人,拿点水来。去叫陈主任。"一直站在窗口的老人走进来,顿了顿拐杖打破了沉默,中气十足地吩咐道。

"爷爷。"唐梓航朝那老人看过去,那口气真像小时候找大人要糖吃的那种撒娇。

向小葵当着老人的面连忙挣脱唐梓航的手,红着脸也朝老人鞠了一躬。没想到是在这种环境下见了家长,心里还是很慌张的。

老人身后的助理拿了水进来,小葵去接,老人咳嗽了一声,那年轻人赶紧看向他,试探性说了一句:"董事长?"意思是我这杯水是给她还是不给她?

唐董事长黑着脸对小葵说:"你出去吧,我来。"

唐梓航作势要坐起来,被小葵摁了回去,怕他扯到伤口。她给他披好被角,笑笑说,"我出去拿检查单。你好好躺着,爷爷很担心你呢,这两天一直在医院守着你。"

她刚出房门就听见一声特别严厉的呵斥:"胡闹。"

小葵心一沉。在老人看来胡闹是正常的,为了个朋友差点丢了性命。放着好好的白富美不要,跟灰姑娘眉来眼去,暧昧不清的,可见还是挣脱不了那些偶像剧俗气的套路,门不当户不对必然是要受到家长阻挠的。

刚下了几级楼梯,一陈正被几个小报记者围得团团转:"您是一陈吧?

听说向小葵和刘漫争剧院一姐的位置，把刘漫逼得走投无路，才来新疆的是吧？您能具体说说吗？"

"这些你都是听谁说的？"本就憋了一肚子无名火的一陈，听记者这么捕风捉影的瞎猜，气得一把将记者的话筒掀翻在地上。

"呦，名气不大，脾气还不小，刚才你在病房里的话我们都听到了，我看还是这个消息劲爆，主演一陈暗恋向小葵未果，被富二代横刀夺爱！"

有人喊了一句："向小葵来了，我们去采访她吧。问问到底什么才是真相。"

一陈也看见了小葵，一把抓住那记者的领口，把他按在墙上，让小葵快走。记者想把他推开，两个人推搡起来，站在一旁的老朱看到此情此景，想起走之前Bobo跟他说的话，上前一拳打在记者脸上。小葵也参与到了这场混战中。

这一幕把旁边两个做笔录的警察看傻了，竟敢当着警察的面动手打人，真当他们是木头人了！还有王法吗？

"你们干什么？！当我们是死人啊，住手！再不住手全带走喽！……还打，妈的，全部带走！"

场面可真够乱的。

向阳能在这么混乱的局面里，保持理智地分析现状真不容易，他跟王志汇报了他听见老朱给Bobo打电话说一陈的行踪和新疆的动态。王志也提供了Bobo电话监听的结果，两人分析Bobo坚持让老朱来新疆其实另有目的。

为了证明自己判断无误，缩短查证时间，第二天向阳把一陈和老朱从警局保释出来以后，把自己的想法悄悄跟唐梓航说了。

"梓航，你可别小看一个保安，我曾经就遇到一个案子，小小保安犯下惊天命案，一家四口被他肢解，而且当过兵反侦查能力非常强。更何况'小宝贝'事件，Bobo应该是始作俑者，他只是工具而已。"

唐梓航从病床上坐起来活动了一下筋骨，"你把他叫进来，我进到他精神世界看看。难道他是那个会催眠的高手？"

老朱进来的时候，目光里带着明显的祈求和畏惧，他到底在害怕什么？

唐梓航假装要问一些那天打架的事情，示意让他坐沙发上。他仔细观察了一下老朱，对方使劲搓着手明显表现出来很紧张，不敢坐，无神的眼睛愣愣地看着唐梓航。

唐梓航看了他三秒，突然拿起枕边的一本杂志在老朱眼前挥了一下。就是这个动作触发了催眠，随后精神世界没有防备的老朱就进入了被催眠的状态，在催眠结束前，唐梓航给他设置了一个记忆障碍，然后才把他唤醒，所以老朱对催眠过程一无所知。

催眠得到的结果是老朱长期的经济和精神压力，使他染上了一些怪癖，比如恋足癖，偷窥癖。他打刘漫的主意，可是他有贼心没贼胆。他和"小宝贝"案子没有任何关系，不会催眠，也不是什么心理学高手，Bobo交代他做的只是盯住一陈的一举一动，他也仅仅是服从。

那还会有谁？

11
他从牙缝里挤出一个人名：夏秋生！

　　向阳坐在鄯善县派出所大队长的办公室里，他的脑袋乱哄哄的，好几天了，他用尽一切办法，用尽所有资源，都没有刘漫的半点消息，刘漫像缕青烟，消散在了大漠中，他跟着鄯善县的警察进沙漠找了两天，但没什么发现，那边的警察告诉他，让他做好最坏的准备。

　　"他们的车找到了，遗弃在沙漠边缘，靠近3012沙漠高速的地方。"大队长告诉向阳，刘漫和那个戴金丝边眼镜的女子所驾驶的租来的三菱汽车在沙漠边缘被找到，听到这个消息，向阳的手紧张地捏紧了自己的衣角，他咽了口唾沫，强装镇定地问："有什么特别的发现吗？里面有没有……"

　　"没发现尸体，我们以车为轴心，十五公里为半径，仔细地查找过，你最担心的情况，并没有发生。痕检组在车里收集了一些指纹和衣物纤维，检验没那么快。"

　　向阳捏着衣角的手缓缓松开，并深深地吐出一口浊气。

　　"还有这个，我们在上面提取到刘漫的指纹。"

　　透明自封袋里，一枚圆形鸡翅木挂坠静静地躺在里面。绳子是被扯断的。刘漫平时都带着，连洗澡、亲热的时候都不曾取下来。

　　向阳的心被锥子扎了一下，尖锐地疼了起来。那个挂坠是他亲手给刘漫做的，向阳平时没事的时候就喜欢雕刻。雕刻的时候最全神贯注，能让自己浮躁的心静下来。他送给刘漫很多礼物，都是商场买的，只有这个最不值钱。刘漫说，可是这是最走心的礼物。她说圆形代表太阳，太阳代表向阳，她挂在心尖儿上，能保佑向阳每次出警平安。

不久前那个沐浴完带着香气，眼睛里都是魅惑的女子，伏在他身上，这个挂坠就在眼前晃啊晃。转眼她就不见了。如果他知道是这样的结果，他就不应该让刘漫参与那个狗屁引蛇出洞计划，他就应该守在她身边，不让任何人伤害到她。

他紧紧地抓着挂坠，断裂的地方让他无限遐想。是被人硬生生从她脖子上扯下来的吗？她有没有受伤？她有没有绝望？她写那些微博的时候是怎样的心情？她知道自己在想尽办法救她吗？

刘漫，你到底在哪里？

他克制住悲痛的心情，定定神，问："那个戴金丝边眼镜的女人，你们排查过吗？能确认身份吗？"

队长摇摇头，说从监控中调取的画面来看，这个女人起码没有前科，而且这个女人的反侦察意识很强，很难确定身份。

"知道了，谢谢你，有消息的话，请尽快通知我。"向阳起身，对队长表示谢意。他申请带走了那枚挂坠，放在贴身的衬衣口袋里。走出鄯善派出所后，他在街上游荡，期许着能在人群中找到刘漫，或者只是不知道该去哪里，他走到鄯善最热闹的街，买了啤酒在马路上喝起来。

正在他一筹莫展的时候，手机响了起来，他摸出来一看，是表哥夏秋生。

"向阳你在新疆做什么？"夏秋生压低声音，带着质问的语气问他。

"说来话长，咦，你怎么知道我在新疆？"向阳皱了皱眉头。

"我在调查你。"夏秋生的语气又硬又重，不像是在开玩笑，向阳被他问得丈二和尚摸不着头脑，心想他一个云南缉毒警察无缘无故调查他干嘛？自己又没贩毒，云南也很久没去了，真是莫名其妙。

"夏秋生，你不好好地干你本职工作，来查我做什么？我也在办案！"

"你以为我想查你？刘漫跟你一起吗？"

"刘漫，你怎么知道我在找她？你有她消息？！"向阳听到刘漫的名字，惊得从马路牙子上跳了起来。

夏秋生冷哼一声："电话里不方便说，我现在已经在机场了，三个小时后，就到乌鲁木齐，你在鄯善县等我，我来找你，你小子要是敢跑，别怪哥翻脸不认人！"

向阳好歹也是个警察，听夏秋生这么一说，马上反应过来："刘漫……涉毒案了！什么案件？这……不可能！"

"反正你给我等着，有什么情况，等下当面说。"

"好，我去机场接你，你一到，我立即向你反映情况。"

向阳得到消息后，立即赶去乌鲁木齐机场，在国内到达大厅外焦急地等待，烟一根接一根地抽，他不敢想刘漫到底怎么了，也不能问，他知道规矩，在排除嫌疑之前，夏秋生是一句都不会向他透露的，他给他打那个电话，已经冒着很大的风险了，要不是相信向阳的为人，依着夏秋生的性子，亲爹也不会透露一丝风声。

掐灭了第十三根烟的时候，夏秋生一行终于到了，还是那样英俊潇洒，高高瘦瘦的，比去年过年晒黑了一些，拖着黑色行李箱，带着一男一女，从机场走了出来，眼神在人群中环顾一圈，锁定在向阳脸上。

向阳急忙朝他走了过去，夏秋生见到向阳的样子吓了一跳，只见他脸上布满胡楂，眼袋深得泛紫，跟葡萄似的挂在眼睛下面，头发油渍斑驳，气色差得只剩下气，没色了。

"靠，你这什么造型？跟吸毒过量似的。"

向阳揉了揉脸："刘漫找不到了，我好几天没合眼了，体谅下。"

夏秋生微微一怔，面色沉了下来："到底怎么回事？"

"上车说。"

四人上了一辆来接他们的车，车上，夏秋生介绍他两位同事张冒和李瑾给他认识，然后向阳把这段时间发生的一切，包括"小宝贝"的案子，告诉了夏秋生，说了足足两个多小时，夏秋生才完全弄明白。

"这么说，刘漫是被绑架了？"夏秋生搓了搓手，觉得情况比自己想象的复杂。

他告诉向阳，三天前，云南边检快递渠道查获了一个可疑的邮包，邮包内是三条普通的地毯，总重约44千克，邮包由云南寄出，寄到鄯善县。经查发现，犯罪分子将毒品灌装在塑料管内，两头热封，再用与地毯颜色相同的羊毛纤维将塑料管裹覆,混同其他毛线编织到地毯之中。

这种藏匿手法极其隐蔽,边检的缉毒犬对其进行嗅别时,对平铺于地面上的地毯也毫无反应,而只有将地毯卷起后,当地毯表面织纹显露空隙时,缉毒犬才会嗅出毒品,此藏匿手法在国内尚属首次发现。

因为跨地域贩毒,云南警方和新疆方面成立了专案组,目前云南那边的寄件人已经控制住,随时准备收网,而夏秋生此行,是作为专案组的副组长,配合新疆这边的缉毒队和鄯善县公安,缉拿这单毒品的收件人。

"这单毒品的收件人,写的是刘漫的名字,我们通过筛查,发现刘漫在四天前曾在鄯善县租过一辆车,还登记了一个旅馆,接下来又查到你也在新疆,我这才生疑,给你打了那个电话。"夏秋生对向阳说。

"你们打算什么时候行动?"

"越快越好,今天连夜和这里的缉毒队碰头,明天就开展抓捕工作,不过如果你今天提供的消息准确的话,案情可能比我们想象的要复杂,涉及绑架,需要更多的支援。"

"我能参与行动吗?"向阳问他。

"可以是可以,不过,"夏秋生拍了拍向阳的背,安慰他道,"千万不要意气用事,需要你配合的时候我来安排。"

向阳叹口气,靠在车窗上支着头休息。心里像吊了十五个水桶。此刻他什么都做不了,太过于疲倦,闭着眼睛养精蓄锐,就梦见了刘漫。

"啪!"一击响亮的耳光打在刘漫的脸上,然后一个饭盒粗暴地丢在她面前,脸上横着条刀疤的男人粗暴地对她吼道:"吃!"他按着刘漫的头,一把把她的脸按在地上散出来的米饭中,粗鲁地吼道:"再不吃就喂你毒!"

刘漫含着眼泪艰难地吃着他们吃剩的残羹冷炙,她怎么也想不到,宾馆里的一次偶遇,竟然会把她骗进了毒窟,那个叫崔琦的女人,表面看起来那么仗义的人,竟然是毒贩!

刀疤见刘漫动口吃饭,咧嘴笑了笑,对崔琦道:"这次的货怎么这么长时间还没到？比平时晚了一天半了。"

崔琦冷冷地斜了刀疤一眼，对他说："你心里就想着货，我在沙漠里险些被断臂阿九黑吃了，这个仇你帮不帮我报？"

"这个傻b，你放心，等这批货一到，我就找老桑托要人，他要敢不给，我捏不出他屎来算他早上拉得干净！"刀疤脸上横肉一甩，捏着崔琦的脸蛋说。

"算你还有点良心。"

这时，电话铃声响了起来。崔琦一笑："应该是货到了。"

她拎起电话，摁下免提，那头传来一个声音："请问，是刘漫吗？"

"是。"

"你有快递，是送到华隆宾馆501室对吧？"

刘漫听电话那头传出来的声音，觉得异常熟悉，是向阳！她灵机一动，踢翻了放脸盆的木架，脸盆乒乒乓乓掉在地上，她忙大喊："对不起，对不起，我不是故意的！"

"好，你的快递待会儿给你送来，请稍等。"听到刘漫的声音，向阳的声线激动得有些发颤，为了不露破绽，他迅速挂断了电话。

"刘漫在里面！"

华隆宾馆对面一幢楼的三楼上，夏秋生把望远镜递给向阳，对他说道："刘漫刚才应该认出了你的声音。"

向阳点了点头，说："行动没问题吧？"

"我们已经掌握了这两个毒贩的情况。"夏秋生拍了拍向阳的肩膀，让他放心。向阳在窗帘后用望远镜死死地盯着对面的房间，哪里能放心得下。他很想变成苍蝇飞进去看看。

崔琦理了理头发，对刀疤说："老规矩，我到下面拿货，有情况就通知你。"

刀疤点了点头，崔琦乘电梯到一楼，发现两部电梯，一部在修理，心里觉得怪怪的，那部电梯不是刚检修过么？与此同时，她发现今天来登记入住的人有点多，前台表情似乎有些紧张，等等，为什么来入住的都是男人？

崔琦不动声色,打电话给刀疤,只说了一句话:"快递小哥还没来。"

"被发现了。"夏秋生狠狠地砸了下桌子,他看到刀疤已经把窗帘拉上,立即下令行动!

崔琦立即往回走进电梯,在电梯快要关上的一瞬间,一双大手掰开了电梯门。早已等候在此的便衣警察挤进电梯。

特警立刻封锁酒店大门,关闭电梯,一众人员沿消防通道往上走逐层封锁!

"妈的!站起来。"刀疤拉开嵌在墙壁里的排气扇,用枪指着刘漫的头,让她钻进排气管道,刘漫没办法,只能照做,他们沿着排气管道,来到地下室,刀疤拖着刘漫爬上一辆早就准备好的车,车子在停车场转了两圈,突然冲着一堵墙撞了过去,刀疤"嘻"了一声,深踩油门,"嘭"的一声脆响,墙皮和三合板被车撞碎,刘漫坐在副驾驶位置上,惊险过后,她的视线豁然开朗。原来这个宾馆是刀疤他们精心挑选的,它不仅有通风管道,地下车库还跟旁边一个康复中心的地下停车场相连,只隔开一堵虚墙。

刀疤把车从停车场的坡道缓缓开出,驶上绿洲中路,一路上有不知多少辆警车从她们对面的车道呼啸而过,刀疤异常警觉,在下个路口就驶离主干道。果然刚开下主干道没多久,两辆警车就赶到那个路口,进行半幅封道。

刀疤将车开到一个偏僻的老旧小区,下车后他用枪指着刘漫,将她带到了一栋高七层的楼房前边,刀疤来到四楼右手边,按了按门铃,老式的铁门上装着先进的安防系统,戒备森严。

刀疤将自己的脸凑到摄像头之前,对着麦克风道:"老桑托,是我,开门吧。"

"好的,刀疤,家里有客人……啊!"单元门的门锁应声打开,刀疤刚推开门,就听见对讲机里传出老桑托的声音,当他听到"家里有客人"这句话的时候,整个人为之一颤,脸色"唰"的一下变成雪白,而他听到对讲机里传出老桑托痛苦的呻吟声后,他愤怒地一拳狠狠砸在麦克风上,大吼道:"他妈的！究竟是谁在出卖我！"

"都是你这瘟神！你他妈到底什么来头。"刀疤两眼泛着暴怒的红光，用枪指着刘漫，把怨气都撒她身上。刘漫脸色苍白倔犟地不说话，他一枪托砸在刘漫脑门上，暴怒地大吼一声，转身往后撤，但他刚撒开腿，一个明亮的红点就照在了他的脸上。

"靠，居然有狙击手！"

"既然来了，就进来坐坐吧，刀疤。"对讲机里传出一个声音，刀疤一听，深深地咽了一口唾沫，额头渗出密密麻麻的汗珠，机械地转过头，看向单元楼黑漆漆的楼道口，重重地叹了一口气，从牙缝里挤出一个人名，恨不得把他嚼碎："夏！秋！生！"

"呜呜……"警笛声由远及近，从四面八方响起，刀疤颓然地转过头，看向对面居民楼的屋顶，黑洞洞的枪口正对着他的眉心，但他不甘心就这样束手就擒，因为一旦被抓，等待他的不是死刑就是无期，横竖都是死，不如拼一把，至少现在手上还有个人质。

"你过来点，站直喽！"刀疤抓着刘漫的肩，用她做盾牌，挡住对面狙击手的视线，自己猫腰躲在刘漫的身后，用枪抵着她的脑袋，一步一步地往楼道里退，他不能出去，外面一定埋伏了狙击手，都虎视眈眈地等着崩他脑袋呢。

虽然楼道里也绝非安全，但至少在这么狭小的空间，警察不敢贸然开枪，怕误伤人质。关键是崔琦那个女人随便带来的游客，到底是什么来头他还没搞清楚，怎么会引来这么大动静。

向阳看着楼道里的监视器传回来的画面，面色凝重地对夏秋生道："他进来了。"

夏秋生点点头，用手指敲了敲屏幕："张冒，把图像放大，他拿的是把'五四'，保险已经打开了，好在他心理素质不错，不到退无可退，不会贸然对人质下手。不过棘手的是，怎么把刘漫毫发无损地从他手里救出来。"

向阳问他："你怎么知道这家伙会来这里？你很了解他？"

"对，他曾是云南那带的毒枭，我抓了他两次，他脸上的刀疤就是拜我所赐，我比他亲爹还了解他，他一年半前才出来，我关注了他半年，后来他对我发誓说改邪归正，要去新疆做正经生意，说得挺实诚的，但我不信。这次边检一查出毒品，我第一个怀疑的对象就是他。"夏秋生咬了咬牙，说，"贩过毒的人，很难再静下心来做正经生意，要么死，要么越做越大，反正走上这条路，没见过有好下场的。"

"夏队，他看见摄像头了。"张冒对夏秋生道。

夏秋生看向屏幕，张冒给刀疤的脸来了个特写。

"夏秋生，我们做个交易，你给我一辆车，我找个地方把这女的放了！"刀疤扯着嗓子朝楼道里喊，他知道夏秋生一定在老桑托的房子里，他听得见。

夏秋生正在沉思，向阳沉着脸摇头，对夏秋生道："表哥，你出去可能会给他太大压力，请让我去跟他谈试试。"

"你打算怎么谈？"夏秋生抽了一口烟，眉头紧锁。

"让他把枪口从刘漫的脑袋上移开。"向阳双眼低垂，问夏秋生，"我刚看过他档案，他亲弟弟在和警察的枪战中，被流弹打死了，他在审讯时不断地问打死他弟弟的人是谁，是吧？"

夏秋生怔了怔，若有所思地看着向阳："你想承认，然后激怒他，让他乱了阵脚，把枪移到你身上？"

向阳捏紧了拳头，重重地点了点头，对夏秋生道："就是这个意思。我必须铤而走险，刘漫是我的未婚妻。你们都跟他交涉过，知道他什么事情都干得出来，刘漫在他手里多一分钟就多一分危险。新疆警方他不信，我可以说云南话跟他交涉。为了刘漫，我必须试试。"

就这一句话，不需要过多解释，夏秋生知道，对向阳这种男人来说，这个理由足够了，非要再加一句的话，还有警察这个身份，如果今天他和向阳角色对调，他也会做出和向阳一样的决定。

"我会找最出色的神枪手配合你，在他调转枪口的一瞬间，将他击毙。"夏秋生说着，环顾四周，然后默默拔出了自己的配枪，道："这个人就是我。"

"夏秋生，我再给你一分钟时间考虑，要是你再不给我答复，我先打烂这娘们儿的手！"刀疤被困在单元门口，不能出去，进来又怕在楼道里中埋伏，进退维谷，气急败坏。

刘漫被捆绑的双手已经麻木，听到夏秋生的名字稍许安慰。她很早以前就听小葵说过她表哥的英勇事迹和传奇爱情故事，云南缉毒队的颜值担当。看来，这次她连累他了。

这几天她没少挨刀疤和崔琦的打骂，她恨自己，为什么着了魔似的来到新疆，那天在如家旅馆一觉醒来，仿佛做了个漫长的梦，醒来就置身于陌生之地，她不知道是什么古怪的念头在她脑中作祟，让她做出了这么荒唐的决定，以至于把自己陷入这样危险的境地。

向阳一定很担心她，小葵一定很担心她，妈妈一定很担心她。只是她不知道小葵已经追来了新疆，还差点和唐梓航一起在沙漠送命。

"啪，啪！"正在她胡思乱想的时候，楼道里传来脚步声，一个满脸憔悴的男人从楼道里走下来，看到刀疤拿着枪指着刘漫，没有吓得趴墙蹲地屁滚尿流，依旧镇定地一步一步往下走。

"站住！你再往下走一步，我就打爆她的头！"刀疤转过头，眯起眼睛一看便知道这个男人是个警察。

那男人停下了脚步，举起双手，示意没带武器，用慵懒而富有磁性的嗓音说："我是警察，别乱来，跟你聊聊。不好意思，我好几天没睡了，精神状态不太好，你将就一下。"说着打了个呵欠坐楼梯上。

刘漫的心开始狂跳，但是她没有表现出来。因为不反抗不挣扎就不会受伤。她怕露出破绽让她和他的处境更危险。他真的如他所说，状态真的很不好，从没有见过他如此颓废不修边幅的样子。

向阳匆匆一瞥，眼神仅有三秒的对视，刘漫的状态也好不了哪里去，他轻轻地点了一下头，表面波澜不惊内心却汹涌澎湃。继而看向面目狰狞的刀疤。

"你是谁？滚，我要见的是夏秋生！"

"我是他的头儿，夏秋生的话没有我的话管用。"

刘漫知道向阳一定有自己的方法，她不敢乱说话，打乱向阳的计划。

"头儿？"刀疤皱了皱眉头，将信将疑，"管你是谁，你们决定好了没有？我的条件就是一辆车，很简单，不要跟着我，我到了自己觉得安全的地方，就会把这个女的放了。"

"可以。我们已经安排好车了，在来的路上。"向阳一屁股坐在台阶上，伸手摸自己的口袋，"要不要来根烟？"

刀疤有点乱了分寸，恶狠狠道："别耍什么花样。"

向阳慢慢把手伸进口袋，拿出一包扁扁的香烟盒，抽出来两根，问刀疤要不要，刀疤谨慎地摇了摇头。向阳自己点起来，深深地吸了一口，问刀疤："你做这门生意几年了？"

"休想从我这里套话，废话少说，赶紧把我要的车开来，我的忍耐是有限的，否则我的枪走火也说不准。这娘儿们有来头吧，能让你和夏秋生都跟来，不简单啊。"

说着拿枪敲了一下刘漫的头，刘漫一贯冷静，沉默。刀疤对于这样死倔的人质还是挺无奈的。

向阳的眉头越皱越紧，却佯装云淡风轻地说，"车马上就到了。她能有什么来头，一个普通游客而已。可是，你有没有想过，打死她你还走得掉吗？自己是肉包子就别怪狗跟着。"

"想套我话没那么容易，不过，你好像对我很了解啊，我们之前打过交道？"

"我没和你打过交道，我倒是和你们老大半天云打过交道。半天云啊半天云，坊间都说他在云南遮住半个天，给了他这样一个绰号，呵呵，可惜死了，也就什么都遮不住了。"

向阳一边观察他的反应，一边说。

刀疤突然脸色突变：心猛地一颤，眼圈瞬间发红。

"天……天哥的案子是你办的？"他问的时候，略带哽咽，眼神越来越凶狠。

"是啊。"向阳吸了口烟，面不改色地点了点头。

"那么，我弟弟卓伟呢？"他开始发疯一样地吼叫。

向阳沉声道："令弟，是我亲手打死的，我瞄得很准，本来可以打腿，我故意瞄准了他的心脏。"

向阳比了一个手枪的姿势。"职责所在，没办法。所以他们在我立功的路上有过汗马功劳。包括你，今天的下场也一样。"

刀疤这才反应过来，根本没有车，什么在路上，什么少安勿躁都是屁话，眼前这个男人出现在这里的目的，就是要解救人质和活捉他。他想当英雄，他已经当过两次英雄了，一次还是用自己亲弟弟的命立的功！

他的眼逐渐赤红，一字一顿地问向阳："你知道你在说什么吗？"

"知道，我说我杀了你弟弟。"向阳扯着嘴角笑了，"那又怎么样，你们这种亡命天涯的人会在乎生死吗？你们的双手沾染过多少无辜百姓的鲜血？祸害过多少良民走上不归的道路？你们眼睛里只有毒品，只有钱。哪里有人性？"

刀疤整张脸都写着"报仇雪恨"，朝他吼道："你他妈在放屁！你他妈根本就没打算放我走！还有时间在这给我上思想政治课，我先打死这娘们儿，再崩了你，给我弟弟报仇。"

他虽然这么说，但是枪根本没有从刘漫的头上移开，只是情绪暴躁不安，如果真的走火，向阳不敢再想下去。

他呼了一口气，毕竟心理素质还是很强的。"我打算放你走，只是不想让你走得这么爽。"向阳咧开嘴，笑得更肆意，"怎么样？眼睁睁地看着杀你弟弟的凶手站在面前，却不能报仇，心里什么滋味？你不敢杀我的，对吧。"

"我要杀了你，你怎么知道我不敢杀你？老子今天还就要杀了你为我弟弟报仇，反正我还有人质。"刀疤气得脸皮发颤。

刘漫也跟着发抖。

向阳把烟头按在地上，笑笑："来杀啊，开枪啊。你不杀我，我肯定要杀你。"

刀疤咬着牙，两眼死死地盯着向阳，对他道："我问你最后一个问题，我就这么个弟弟，他是我唯一的亲人，他涉毒不深，抓到最多判三四年，你为什么不给他个活的机会呢？"

"机会是准备给改过自新的人的，你弟弟和你一样，你问问你自己，有改过自新的想法吗？"

"你杀他之前问过他吗？你问过吗？你凭什么说他不想改过自新，他和我不一样，他还只是个孩子，二十出头的孩子！去死吧，你！"听了他的话，刀疤暴怒，恶向胆边生，一手仍旧抓住刘漫的领口，另一只手把枪甩过一个弧度，指向向阳。

"砰！"一声巨响响彻整个楼道，在这近乎密闭的空间中，枪声响如雷炸。

"向——阳——"

刘漫一直拼命隐忍的情绪在这一刻终于到了崩溃的边缘，她撕心裂肺地喊他的名字，她没有想到自己带给他的竟是这样的结局。

重逢竟是生死离别的场景。

她一句话还没来得及跟他说，她还没有等到他的求婚啊。

她一直以为自己爱他多一些，她没有想到，因为她的任性他们竟然抵不过命运的摧残，他可以为她去死。

她后悔没有留挂坠在身上，她想给警察一些线索。

她的向阳哥啊，她宁愿这一枪打在自己身上。

她腿一软，眼前一黑，晕倒在地。

夏秋生在黑暗里，蹲在刀疤头顶的楼道上，他手上的枪冒着一缕青烟。他也被刘漫突如其来的爆发力震到了，还好自己枪法快、准。否则还真不好给她交代。

好半天刘漫醒来，她感觉一双温柔的手攀住了她的肩膀，一个温柔的略带沙哑的声音在她耳边响起："漫漫。"

是向阳。

她的身子彻底软了下来，把头靠在向阳的肩头，用脸去蹭他的额头，"哇"的一声哭了出来，眼泪哗哗地往下流。

"你没死，你没死。吓死我了。刀疤呢？"

"没事了，没事了。是他死了，别回头。"向阳摸着她被勒红的双腕，把她的头埋进自己的胸膛，抱着她走出楼道口，这时救护车已经开进小区。

到医院给刘漫做完检查，没什么大碍，他才放下心来，给小葵打个电话报平安。

小葵的手机在桌上振动，不过她没心情管。

她一边给唐梓航的手臂换药，一边旁敲侧击问："你爷爷好像很生气啊？"

沙漠回来以后，小葵过山车一样的心情也逐渐回归到陆地。之前的冲动也慢慢平静。她没有认为在沙漠里情急之下的许诺可以当真。这两天她见到了很多他的各路朋友来医院看他，很多都是开豪车的，一张嘴都恨不得谈的生意都是几个亿的。向阳、一陈都说过他们是两个世界的人，也许他们说得对，她也逐渐试图冷却自己的热情，等他伤好了，等找到刘漫，她就该回归自己的生活轨道了。

其他的，都顺其自然吧。

"爷爷，他……"

唐梓航的欲言又止，好像要上演偶像剧，省略号向小葵已经自行脑补，"爷爷他认为我们不匹配，不过我会努力争取。"

唐梓航可是最擅长不伤害人的自尊，包括从来没有提过自己是富几代，也没有开豪车炫富过，更没有伤害过别人的人格，诋毁过谁。

怎么都是优点呢。

"爷爷他对我的英雄救美表现非常满意。汇报完毕。"

"瞎说，你爷爷那天说的是胡闹，别以为我没听见。"

"你没听完好么，爷爷说的是，哼，胡闹，怎么能让这么如花似玉的姑娘干护工的活呢？"

小葵知道套不出来实话了，他还有心逗她开心，说明他心情还不错。

小葵的电话还在执着地响，是向阳。

唐梓航接了向小葵的电话。接完转告向小葵，刘漫找到了。

"什么？！找到漫漫了？他们在哪里？"向小葵一激动，用力过头，绑纱布的时候把唐梓航拉扯得疼，脑袋突突地发涨。

"就在住院部三楼，医生已经给她检查过，没什么大碍，不过需要静养，

259

还有补充营养。"唐梓航龇牙补充。

"好,我马上去看看!等会回来再给你换药。"向小葵兴奋地拉起唐梓航的手,暂时忘了刚才还在讨论的严肃话题。

"你去吧,这种事本来就让护士来做比较好。"唐梓航干笑着让她赶紧走,手法不专业还净添乱。

向小葵开心得像只小鸟,走路带风,飘到三楼后,见到向阳和一陈并肩立在病房门口的走廊上抽烟,一陈那次打人事件虽然没被拘,但是这几天他也没怎么来看向小葵,见到向小葵淡淡地笑了一下。

向小葵知道自己那天的话说得有点难听,原本想找机会给他道歉,但今天刚找到刘漫,不想破坏兴奋的心情,便只跟一陈打了个招呼,就立马拉着向阳要他带着夫看刘漫。

"她现在睡着了,你在外面看一眼得了,别吵醒她。"向阳摸着她的头说。他脸上依旧布满倦容,但表情不再僵硬,眼神不再彷徨到无所适从。他提着的那颗心,终于放下了。

向小葵透过病房门口的窗户往里望,发现刘漫满脸都是伤,问向阳她脸上的伤是怎么来的?

"她一到新疆,就被人绑架了,应该不是偶然。绑架她的就是那个戴金丝边眼睛的女人,叫崔琦,她还有个同伙叫刀疤,他们是毒贩,利用漫漫的身份做交易的掩护,东窗事发后,又挟持她做人质,漫漫脸上的伤,都是他们弄的,身上也有。"

向小葵恨恨地咬了咬牙,问:"抓到他们了吗?"

向阳眼底锋芒一盛,点头道:"当然,那女的抓起来了,至于那个刀疤,哼,明年的今天是他的忌日。"

向小葵瞪大眼睛:"你已经把他杀了?向阳,你不是这里的警察应该没资格参加办案,你不会……"

"是夏秋生开的枪,就在我眼前。"向阳拍了拍她的肩膀:"你哥没那么鲁莽。"

这时,躺在病床上的刘漫突然整个人抽动一下,然后胸膛开始剧烈起伏,脸上不断变换着表情，惊恐、难受、害怕，到最后头不自觉地转动起来，身子也害怕到蜷曲。

向阳、一陈和小葵立马推门进去，刘漫额头上布满了豆大的汗珠，向阳心疼地把刘漫的手拉进自己怀里，用纸巾给她擦汗水。

"我去打点热水，拿块毛巾来。"一陈两手插袋，寻思着站在这也没他什么事，看人家秀恩爱还不如自己找点事做。

一陈前脚刚走，刘漫就惊醒了过来，她一脸惊恐地睁开眼睛，看到向阳就在自己身边，才略微松了口气，扑到向阳怀里，紧紧地抱着他的腰，好久都不松手。

"漫漫，你醒啦？这几天经历了那么多，一定把你吓得不轻，都是我不好……"向小葵握着刘漫的手，对刘漫道。

"不！小葵，不是你的错。"刘漫紧紧地抓着向阳的手，"向阳哥，你相信我，我不是故意要来新疆的，小葵，我不是故意要你们担心的……我，我一直做噩梦，梦见有人追我，但是只要我一回头，那个人就消失了，我好害怕，真的好害怕，我想跑，跑得越远越好，但……我也不知道该怎么说，我不知道自己为什么会来新疆，我真的不知道！"

向阳怔怔地看着刘漫的眼睛，她的惶恐和不安深深地感染着他，让他感同身受。

"漫漫，我知道你刚经历了什么，我知道你现在的不安和害怕，不过你放心，他们再也不会来害你了，崔琦被绳之以法，还有那个刀疤，你这辈子都不会再见到他了。"

"不是的，向阳哥！被他们关起来的日子，我是很害怕，但和那个人比起来，我觉得他们的存在反而是一种保护。那个人……向阳哥，我有种感觉，他来了，他就在附近，我能感觉到他！"

向阳的眉头深深皱了起来："那个人到底是谁？！"

"我不知道，我想不起来，一点也想不起来！"

向阳深深地吸了口气，看向小葵，问她："唐梓航能下床走动了吗？"

"可以。"向小葵点了点头。

261

"让他来一趟，小葵你去扶着点。"

唐梓航下来后，向阳把一陈和小葵支开，他告诉唐梓航，想让他帮助刘漫恢复被封印的记忆。

"你想清楚了，那些记忆可能让刘漫更不适，对你也不见得是好消息。"唐梓航抽了根烟，对向阳道。

向阳重重地点了点头，说不管在她身上发生过任何事，他对刘漫的心都不会有任何改变，原本不想解开这个谜团，是不想让刘漫受伤害，但现在看来，再不解开这个谜团，可能对刘漫的伤害更大。

"虽然作为一个警察应该用证据说话，但这个推测即便没有一丝证据，我也要说，我怀疑，在漫漫潜意识的记忆里追她的那个人，就是"小宝贝"案件的凶手！这是我作为警察的直觉！"

唐梓航把烟掐灭，问："打算什么时候开始？"

"你可以的话，就现在！"

"好。"唐梓航道，"老规矩，你在门外等，我催眠的时候别让任何人打扰我。"

向阳掐灭烟头，朝唐梓航庄重地敬了个礼。

向小葵回到唐梓航的病房，气呼呼地一屁股坐在沙发里，她想不通唐梓航和向阳两个人搞什么鬼，神秘兮兮的，连她都要回避。

正在气恼的时候，一陈一声不响地走了进来，他的气色不太好，眼神有点怪怪的，向小葵抬头看到他悄无声息地站在门口，吓了一跳，埋怨道："一陈你干嘛呀？进来也不吱一声。"

"我有话想对你说，跟我来。"一陈说完，就转身走出病房。

向小葵奇怪他有什么话不能在这里说，不过转念一想，他想说的话肯定不想让任何人听见，她正好也想把话对他说明白，对上次伤他的话，也想道个歉，便跟着他走出病房，走进了电梯。

"一陈，你要带我去哪里？"向小葵跟着一陈走出电梯，走进地下车库，她发现一陈一路沿着指向太平间的箭头往前走，心里发毛，加上一陈今天整个人跟撞邪了似的，不管向小葵问什么话，他都不回答，眼神呆滞地只看前面的路,让向小葵很没安全感。

"一陈,有什么话,就在这里说,这里也没人……站住!你再不停下,我就回去了!"向小葵对一陈喊道。

但一陈依旧像什么都没听见似的往太平间的方向走。

向小葵想冲上去拉住他,却突然闻到一种很古怪的味道从她身后飘过来,她一转身,循着香味的方向看去,发现墙边阴暗的角落里,放着一只香炉,上面飘着屡屡青烟。

"啪。"突然她耳边响起一声响指,吸引了她的注意力,然后脖子似乎被一只大手钳住,大手的大拇指按进了她的某处穴道。她惊恐地转过头,在她转头的一瞬间,突然一种无比强烈的乏力感从骨子里渗出来,她突然觉得好疲惫,累得眼皮仿佛重若千钧。

"睡吧,你很累,不要抵抗身体的疲惫,让肩膀放松,它已经紧绷了好久,让双手放松,自然地垂下……"

向小葵在朦胧间,依稀看到一张熟悉的脸,带着魅笑,眼底凶意毕现。

12
爱情里总有一个人先要流氓

"现在我每说一句话,你都会感觉更加放松,你的内心充满了平静,在大风大浪过后,天空变得清澈,湖水倒影着笔直的垂柳,没有风,湖面没有一丝涟漪,你置身湖中央的小船上,小船微微摇晃,放松……这感觉从你的脚趾开始,现在到了你的小腿,继续往上,又到了腰部……放松,好,你现在全身都放松了,再没有什么能够打扰你,你现在唯一要做的就是倾听我的指令,你的思维在慢慢飘远,你的记忆在缠绕,你看到你记忆的发丝,千头万绪弥漫在湖面下,他们发着幽幽的蓝光,你注意到了,整个湖面都发着幽幽的蓝光,只有一小片是黑暗的,你慢慢荡起双桨,轻轻拨动碧蓝的湖水,往那片黑暗划去,对,你划到了那片黑暗处,你往下看,那是一条时空隧道,通往一个叫瑞曼巴的酒吧。"

刘漫在一片浑噩中醒来,她的周围是喧嚣的人浪和节奏感极强的电子音声,她看了看自己的酒杯,觉得不太对劲,她明明记得只喝了半杯芝华士,还掺了冰红茶的,怎么感觉已经醉醺醺了呢?

她抓起包,本能地往酒吧外走,被屋外冷风一吹,头更是昏涨。

她被一群小流氓围攻……被老朱救了还和他聊了好久的天……然后,老朱不知道去了哪里,她强忍着头晕,挣扎地想向前走……

走着走着,没走出多远,双腿就仿佛被人点了穴,怎么也迈不开了。她咬牙往前走,她记得只要再走过一个转角,就到大路了,这个点,大路上应该还有不少人。

"啪嗒,啪嗒……"她一步一晃地走着,突然身后传来了脚步声!

她警觉地回头,却没发现一个人影。她只觉得后背发凉,地面像海浪似的晃得厉害,但她的意识是清醒的,和醉酒不一样,她感到危险在向她靠近。

她回过头,扶着路边的车往前走,悄悄地观察汽车的后视镜,后视镜里似乎有个人影,跟得很紧,只是路灯昏暗,看不太清晰。

她立马回过头,身子瘫软地靠在车上,用尽力气发出声音:"出来!谁……谁在跟着我?"

但让她恐惧的是,她身后依旧没有一个人影。

她的声音是那么孱弱,只有她自己听得到,她害怕极了,手脚一起用力,扶着墙,一步一步地往前迈,一步一回头。

"啪嗒,啪嗒……"她身后又响起脚步声!

"出来!"她再一次转过身,身后依旧什么都没有,她静静站了半分钟,害怕得全身战栗,到底是谁在跟着她,想对她做什么?

"我知道你在跟着我,我看见你了,你出来!"刘漫往后退了一步,却感觉后背撞上了什么东西。

"你在叫我吗?"一个低沉的声音贴着她的头皮从她脑袋后面钻进耳朵,刘漫惊恐地转过头。

"一陈!怎么是你?你要干什么?啊——"刘漫猛地睁开眼睛,她不知道睡梦中的恐惧已经让她的表情变得狰狞,她猛地坐了起来,双手护胸挪着屁股往后退,直到看清眼前的人是唐梓航。

"一陈?那个跟踪你的人是一陈!"唐梓航沉声说道。

"是……是他,怎么会是他?我可是把他当朋友啊,他对我做了什么?我为什么什么都想不起来?"刘漫特别崩溃,双手捂着脸,哭得很是伤心。

索绕在刘漫梦中的恶魔,居然是一陈。向阳震惊地张了张嘴,呢喃道:"竟然是他!"然后一拳打在墙上,咒骂了一句脏话。

"你曾说过,这个凶手一定精通催眠术,不是普通的三脚猫功夫,但一陈是个演员啊,有大好前途,看着不像啊,怎么会是他呢?刘漫跟他没什么过节啊。会不会，会不会搞错了？"向阳细细地想了想，有点不敢相信，问唐梓航。

"演员的身份只是掩饰。第一次催眠刘漫的时候，我在她潜意识里搜索到一次一陈的名字，然后就中断了，我再怎么暗示都无法再次获取到想要的信息。"唐梓航对向阳道，"如果他真的是'小宝贝'案件的凶手，他一定精通催眠术，而且应该也在健身房里认识这两个死者，化名在健身群里。那些有迷幻作用，却又不是任何一种市场流通的蓝色安眠药，也跟他有关。日本来的。"

向阳有点疑惑："如果凶手只有他一个人的话，他怎么可能有能力自己研发出一种药物来呢？还是药片，不是胶囊。到底怎么回事？我们办案是讲究证据的。"

"他肯定没有研发药物这个能力，但是有一个人可以。"

向阳瞪大眼睛，后背起了一层薄汗："谁？"

"日本心理学、药理学奇才，川本育郎！我已经让我师兄在查他们之间的关系了。等会就有结果。"

"这个川本是什么人，跟这件事情有什么关系？"

唐梓航慢慢踱步："川本育郎本是日本心理学大咖。国宝级的天才，16岁就在SCI期刊发表心理学论文，23岁在早稻田大学拿到心理学和临床医学双硕士学位，26岁进入日本最著名的制药公司KNG株式会社，直到37岁，他还是心理学界一位神般的存在，我刚去美国那年，很多美国老师还向我提起他，尽管那时离他陨落已经好几年了。"

"陨落？他是怎么陨落的？"

"婚姻裂变和事业不顺吧。传说他当年研制的一种药物刚上市没多久就传出患者吃了之后发生不良反应，没多久就被多个国家列为禁药，一年后连日本本土也封杀了他的药，正在这时，他的妻子又自杀，割腕自杀，据说死不瞑目，直到被人发现都没闭上眼睛。再之后，川本育郎就销声匿迹了，至今快有将近十年了吧。"

向阳急忙打电话回上海，通知同事查他早年的详细资料。

唐梓航电话响了。接完电话，翻出微信里刚收到的照片，脸色突变。

照片上是川本和一陈的合影。

他边穿外套边语速飞快地对向阳说："情况跟我推断的差不多。我师兄查出来了，川本有个关门弟子叫原野，你来看照片，这不就是一陈吗？一陈有双重人格病史，国内多次治疗无改善，十几岁时，父亲多次带他去日本找川本治疗，川本给他用的药正是自己研发没有上市的。这种药可以控制双重人格不复发，但是正常人吃了以后会暂时性精神分裂，产生幻觉头晕恶心嗜睡，极个别人会梦游。川本用这种药物暂时控制了他的病情，同时也控制了他的心智，并且收了他做关门弟子学习催眠术，可惜川本事业上的失败让他把一陈第二人格里的原野带上了邪路。"

"妈的！老子亲自去抓他，我一定要让他把对刘漫做的事，加倍奉还！"向阳实在是气愤。

唐梓航提醒，既然一陈跟过来，一旦他的第二人格原野被唤醒，肯定是不达目的不罢休，先保护刘漫和小葵要紧，然后再通知新疆警方。

他打了个电话给小葵。

这时，突然一段音乐从不远处响起，向阳认得这个音乐是小葵的手机铃声，循着声音看去，发现老朱跌跌撞撞地跑了过来，看到向阳和唐梓航，一脸的惊慌失措。

"向老师被一陈叫走了，电话没拿。都这么半天了还没回来。"他脸色惨白，手上拿着的手机还在欢快地响着，唐梓航看到手机上挂着他送给小葵的挂坠，暗叫不妙。

他一把夺过手机，解开密码锁，发现短信箱里留有一条一陈发来的短信，上面写着："当你看到这条短信的时候，相信你已猜出我的身份。实其半个月前，在我发现刘漫停止服药的时候，我就知道自己已经露出脚马。当时我心如死灰在前佛忏悔，我本以为你等通过那些丸药会很快确定我的身份，现在想来还是太高估一你了，原本这次我应该一人个来新疆，把最后一件未完成的艺术了结。刘漫是个意志坚强的女子，我用了很多方法去摧毁她的心理

267

防御机制,让她接受自杀暗示,结果功亏一篑,现在你们一定是将她严密地保护起来了,我知道没有机会了,那么,只能用她最好的朋友向小葵代替了。"

向阳夺过手机,看完后额头上渗出层层冷汗,立即打电话报警,要求他们封锁医院封锁街道,但他自己也知道一陈现在可能已经逃出去了。

"让他们去红光山。"唐梓航对向阳道,"让警察去红光山脚下等着,我去会会那个一陈。"

"你怎么知道他去了红光山?这条短信里写着吗?"

唐梓航指着手机屏幕,对向阳说:"你没发现吗?第二句话开头,'其实'两个字掉了,这是个开头,告诉我这段话隐藏信息的规律,第二句话第二小段'在我',其实是我在,第三小段'马脚'他也掉个了,'佛前'也调个了,还有'等你',高估后面的'你一',再后面的'个人来',最后'了结'二字说明讯息结束,后面的话里没有调字现象。所有的讯息都藏在第二句话里,一小段一个,加起来就是:我在马脚佛前等你,你一个人来。乌鲁木齐唯一寺庙前有座马雕像,就是红光山的玉马碑,他在玉马碑下等我,要我一个人去。"

向阳怔怔地看着屏幕,点点头说:"有道理,刚才太急了,没注意。"

唐梓航道:"一般人很少会注意,我只是认定他是个完美主义者,所以他不会允许自己一句话出那么多错,他一定是故意的,第一眼我也只看出一个错误,只是我仔细地看了两遍而已。"

玉马碑矗立在红光山的一座山头上,碑高十四米,通体白色,碑前四匹洁白的玉马栩栩如生,腾云驾雾宛若天马,马脚下正好有一处陡坡,落差有四五层楼高,中间没有横生的枝桠,只露着赤裸的红色岩面,像条天堑。

向小葵此时正被纱布蒙着双眼,站在陡坡顶端,只要向前迈出三步,就会摔下去。一陈,噢不,原野则斜靠着玉马的马脚,双眼低垂,安静打坐。

"来得挺快的。"他听到山间小道上传来沙沙的脚步声,抬眼望向走上来的那个男人,他的手臂还缠着绷带,眼角残留着结痂,不过目光炯炯,一副气势凌人的样子。

"你还是有点本事的嘛。"

唐梓航看着平心静气地坐在玉马碑下的男人，他是一陈，若论容貌的话，完全正确，他就是一陈，但唐梓航知道，眼前这个男人，和一陈绝对不是同一个人，不论眼神，不论性格，他和一陈是躲在同一个躯体里的两种截然相反的人格。

"还叫你一陈的话，大概会显得对你不尊敬吧？"唐梓航对他道。

那人冷笑，脸上的表情变得说不出的邪魅，一个众人眼中的老好人露出凶恶的眼神，让人寒到骨子里，比大漠里的狼更让人心寒。

"你可以叫我原野。"那人侧过头，对唐梓航道，"你不认识我，但我认识你，通过一陈的眼睛，我知道早晚有一天，会被认出来，那个人是你，也只会是你。"

"一陈知道吗？他知道自己的身体里，住着一个叫原野的人格吗？"唐梓航问他。

"他不知道，他父母知道，他老师知道，但他不知道。他或许有时候会觉得累，觉得好像一整晚都没睡觉，但他察觉不到我的存在。"他有些得意，停顿了一下说，"一陈是个好人，他总是那么软弱，那么容易受人摆布，受人欺负，我不知道要是没有我，他会被人欺负成什么样子。"

"所以你杀的，都是那些欺负过一陈的人吗？"唐梓航问他，"李琳琳、刘漫，他们怎么欺负一陈了？"

"他们怎么欺负一陈了？哈哈哈。"原野仿佛听到了好听的笑话，笑得前俯后仰。平静下来后，他双眼沉淀着暴虐的凶光，对唐梓航道，"你以为我会为了这种小孩子似的报复心理杀人吗？我的确在保护一陈，但不会为此杀人。我只是在做一陈不敢做的事情而已。"

"这么说，你否定那些人是你杀的。"

"不，这些人就是我杀的。"原野沉默了一会儿，说，"我只是说，我不是为了一陈才杀这些女人。"

原野转过头，看了看一旁的向小葵，对唐梓航说："听说你为了她，可以连命都不要，其实我一直想不明白，女人和男人之间的牵绊，到底是一种什么样的东西，我跟我师傅研究了那么多年心理学，看得越多，思考得越复杂，也就越不明白,爱究竟是什么?性行为究竟有什么意义?人克服了那么多原始的冲动,为什么不能克服性这种原始的欲望?"

"你找我来,是讨论学术的吗?"

"没错。"

"能不能把小葵放了,我们找个地方好好喝一杯,慢慢聊?"

"在哪?监狱还是地狱?"原野凄然一笑,问他,"你为什么喜欢她?从本我的角度回答。"

"本我的角度?从本我的角度出发,一个男人喜欢一个女人,是原始冲动,性欲使然。原野先生应该也曾有过心爱的女人吧。"

唐梓航仔细地观察原野的面部表情,他现在的弱点被死死地捏在原野手里,他必须用最快的速度找出原野的弱点,每个人的弱点都藏在他人生最阴暗低潮处,如果唐梓航的猜测没有错的话,原野的弱点,应该就在他刚才的问题里。

"不简单啊,这个时候了,还想反击吗?还想找出我的弱点,催眠我?"原野嘴角轻轻一勾,然后抬手打了一个响指,听到他的响指,向小葵突然往悬崖走了一步!

唐梓航脸上的表情剧烈地波动了一下,原来对于顶尖的催眠师来说,他们只要在受害者心穴中埋下种子,而这颗种子何时发芽就看'触发器'如何设置,对于向小葵来说,响指就是'触发器',他完全控制了向小葵的心智,一旦他再打两次响指,向小葵就肯定掉下去,她靠陡坡太近了,他没有把握在她摔下去的一瞬间能拉住她。

"吃下它,全都吃下,这可是我师傅的心血,给你体验体验欲死欲仙的效果,做你想做而不敢做的事情。"原野把一瓶蓝色的药丸丢在唐梓航脚下,他斜着眼睛看向小葵,准备随时抬手启动触发器。

唐梓航也看了眼向小葵,尽管向小葵在拼命摇头,他还是倒出一把药丸,毫不犹豫地塞进嘴里。

"这种药入口即化,含在嘴里也没用。"原野笑着说,"唐梓航,你破坏了我的好事。你毁了我的研究,我的艺术,你让我失去了圆满,你知道吗?

刘漫不是第三个,而是第十个,都说凡事十全十美,但现在我无法十全十美了。所以尽管我很欣赏你,也必须请你付出代价。"

"你果然是个完美主义者。"唐梓航惨笑道,他感觉自己的头有点晕,可能是药物起作用了。他知道他必须尽快找到他的弱点,要不然他和向小葵都会有危险。

"虽然不能十全十美,但对于你俩,双宿双飞也不错。"原野笑了笑,"你不想体验飞翔的感觉吗?像大鹏展翅,自由自在翱翔天际?"

他已经开始给吃过药的唐梓航制造幻想。唐梓航耳边有风吹过,他感觉自己的双臂快要变成翅膀,自己变得越来越轻盈,双脚不由自主想踮起脚尖。

不对。他晃晃头咬破自己的胳膊,牙齿上的血腥和疼痛感让他暂时清醒。他不能被对方控制心理弱点。他脑子里浮现李琳琳和大丫死前的表情,原野在旁边说,用自己的血做成"小宝贝",风干成标本,这一辈子你就永远是他的心肝宝贝,他永远忠诚于你,你们会幸福快乐的。唯美啊。

"我已经吃了你的药,暂时对你已经没有威胁了,你能回答我一个问题吗?"唐梓航问他。

原野点点头:"为了让你死得瞑目,允许你问,问吧。"

"你到底为什么杀她们?"

"我没有杀她们。"原野冷酷地笑着,"我只是让她们的灵魂,换了一个容器。我一直不明白自己是怎么跑到一陈的身体里的,我早就应该死了,在我七岁的时候,面对飞奔而来的汽车,推开一陈的一刹那,我就该死了。"

"你曾是真正的人?!你是寄生形人格!"唐梓航头痛欲裂,这种药的作用就是能让普通人精分,他一下吃了那么多,脑子涨痛得像无数针刺一般。

"不错,我是寄生形人格,我是通过一陈的执念形成的,他接受不了我死去的事实,内疚不已,从而让我死而复生,但是你有没有想过,我作为这样的人格,有多寂寞?"原野邪笑起来,"我永远被关在笼子里,只有夜深人静,等一陈睡熟的时候,才敢偶尔驾驭这具身体,走一走,看一看。那种滋味,你永远体会不了!"

"这和你杀人有什么关系?"

"因为我需要陪伴,虽然只是个人格,但我也需要陪伴,需要游离在他身体里的时候,有美人陪着我,和我说说话!"

唐梓航头痛得跪倒在地上,用仅存的思维推测着,"所以,你嫉妒那些抱得美人归的男人,所以你杀了他们的未婚妻子?"

"不,她们没死,她们都是我的'小宝贝',我也喜欢她们。她们只是和我一样,变成了这个身体的一部分。"他对唐梓航道,"她们没有死,只是来陪我了,从一个容器,转移到另一个容器,李琳琳,出来和唐医生打个招呼吧。"

"唐医生你好。"原野突然收起笑容,收起狂虐的表情,眼神变得水汪汪的,说话的气息变了,甚至连声音都变了,变得像个女人!

"多重人格分离症!"唐梓航听到这个女声,感觉一盆冷水当头浇在他脸上,让他从头凉到尾:"你杀人,竟是为了夺取别人的人格?!"

"没错!你猜对了!"

他毫不留情地抬手,做好了打响指的准备,电话响了。他看了一眼屏幕漫不经心地接起来,"你讨厌的人我帮你解决,我马上就要做到了,她的小命就在我手里。怎么?想我了?骚货。药继续吃,别停……"

唐梓航意识到刚才的电话是Bobo打来的,难道她也在吃药?也被催眠?被他控制了?

天呐,真不敢想象他到底还祸害了多少人?

唐梓航的心脏剧烈地跳动起来,伴随着头疼欲裂,世界开始变形,颠倒。这种药迷幻效果这么强烈,怪不得吃了以后,连自杀的催眠指令都会遵循。

他定定神,不断用自我催眠的方法抗争药物的副作用,捏了捏拳头,准备随时奔向向小葵,如果不能救起她,是不是可以和她一起坠落,像古装戏一样开挂,飞到另一个空间,过世外桃源的生活?还是摔成肉饼,尸骨无存?

向小葵听到响指声,开始抬脚,原野猖狂大笑。唐梓航的心都要跳到嗓子眼,可是浑身却没有力气,他决定积攒一点力量去拉她。

小葵却若无其事地循着唐梓航声音的方向，以迅雷不及掩耳之势快速倒退了几步，站到了他的身边！

就这样奇迹般的剧情神转折。

唐梓航紧紧地拥抱她，缓了一口气，解开了她的眼罩。世界突然光明，阳光有点刺眼。身边那个打着石膏吊着胳膊的男人正用柔和疼惜的眼神看着自己。

再看看刚才自己站的位置，不禁腿一软，万丈悬崖啊，如果自己不是蒙着眼，也可能不是掉下去摔死，而是被吓死。

她真的不敢相信世界上竟然真的有多重人格这么一说，平时的他春风化雨，阳光明媚，他到底经历了什么，才会变成恶魔？这么多年他一直在痛苦中度过吗？

"不，不可能，你明明已经被我催眠了。"收好电话的原野，被这突如其来的画风吓得大惊失色。

向小葵笑笑："唐医生教过我怎么抵抗催眠，保持内心的强大力量，坚定信念，坚守自我，只要做到这几点就没有人能蛊惑我。我们没事的时候常练习，刚开始的时候我确实抵挡不了，但现在，我参透了其中的奥妙。你明显只能甘拜下风，承认吧，魔鬼。"

原野苦笑："还真是我掉以轻心了，以为小丫头片子很好对付……演得真像啊。比 Bobo 那老女人心机多多了。一陈那傻 x 怎么会喜欢你这种心机深又不专一的女人呢？"

这时，向阳带着一帮警察走了出来，怒气冲冲道，"原野，刘漫来新疆是因为你的催眠，落入贩毒团伙也是你事先就安排好的对不对？你为什么这么折磨她？"

"折磨她？No，是折磨你。我讨厌警察，我要让警察付出代价。七岁时那场车祸肇事司机逃逸，因为警察无能到现在都没有找到凶手，我父母有多受折磨你们知道吗？他们终日吵架，我母亲因为思念成疾得了精神疾病终年住在疗养院里，无人问津。崔琦和一陈一样，是我儿时最好的玩伴，她也是我最爱的女人。可惜一陈这个破躯壳，让我只能心动却不能行动，废物一个。

她让我在这票生意上找个替罪羊,她的愿望我当然要满足。刘漫那天情绪崩溃自然受我操控,我他妈说得够清楚了吧,你们这群傻x。"

其实夏秋生也调查出来崔琦还有同犯,只是还没办法跟一陈温文尔雅的形象对号入座,还在乌鲁木齐缉毒总队进一步核实中。

大家对于原野既惋惜又愤怒。向小葵哭得泣不成声。

"梓航,做坏事的是原野,一陈是无辜的是不是?"小葵拉着梓航的手,戚戚然问。

此时的唐梓航聚精会神地盯着原野的眼睛。汗一滴滴从他额上滑落,五脏六腑像在滚筒洗衣机里高速运转。

随着警察的步步逼近,原野看看眼前这一群渐渐向中间聚拢的警察,笑得惨淡、诡异、肆无忌惮,一边笑,一边打着响指,特别有节奏,然后后退,嘴里数着:"三二一……"

"向阳,退后。"唐梓航和药物做最后的抵抗。

"原野,你自杀吧!你快跳吧!"唐梓航大喊一声,然后猛地向他扑了过去,左手按住他颈下的一个穴道,右手食指撑开他的眼皮,用大拇指压住他的眼球,不让他的眼球动一下,保证原野这个人格不隐藏到幕后。

向阳和几个警察似乎早有准备,在唐梓航冲上去的瞬间,也同时冲了上去,按住原野的双手双脚。

"你……你们干什么?!"原野开始挣扎,力气特别大,但是被四五个壮汉压着,哪里还动弹得了。

"你还记得你是怎么催眠那些女孩,让她们自杀的吗?一会儿你会告诉我的,然后,我会用同样的方法,让你自杀,以其人之道还治其人之身!"唐梓航目光坚毅地说道。

"不,我死也不会说的!"原野挣扎道,"除非你把我和一陈都杀了!"

"是吗?"唐梓航冷冷一笑,拿出瓶蓝色的小药丸,让人捏开原野的嘴,对他道,"你也来点,一会儿等药力发作,我看你怎么抵挡我的催眠?!"

"啊!死,我也要拖个垫背的,一陈!你禁锢了我那么久,今天就和我一起去死吧,就当七岁那年我没救你!这么多年你活着多痛苦,明明是男人却不能享受真正男人的乐趣，当个太监有什么意思？跟我一起去极乐世界吧。"原野突然暴喝一声，不知道哪来的力气，挣脱五六个人的控制，然后一个漂亮的转身，果断从悬崖边一跃而下，一气呵成。

原野平展着双臂，和纷纷飘落的枯叶一起向悬崖深处坠落。他作恶多端，再也不存在了，他去了应该去的地方。

山崖有鹰飞过，山谷传来原野撕心裂肺，惊心动魄的喊声"啊——"

唐梓航长出一口气，看着躺在地上的一陈，回头看向小葵，对她道："他经过应激治疗，知道原野这个人格，已经跳崖自杀了，现在一陈身体里还有些被害者的人格，不知道原野死后，那些人格还会不会出来。我会持续关注的。"

向小葵走到唐梓航身边，看到一陈睡得安详，抽噎着问唐梓航："是不是结束了，一切都结束了？"

唐梓航点点头，说："傻丫头，别害怕，都结束了。"

因为原野的自我毁灭，"小宝贝"案子告终，一陈在医院接受脑电波检查。回上海的头一晚，集体入住锦江酒店。小葵和刘漫心照不宣选择了之前住的1006。经历了这么多，俩人也坐各自在花园的吊床上吹着夜风看着星星无限感慨。

"漫漫，这下你可以放心嫁了吧，向阳都为你出生入死了，他都没这么对我好过。"

"宝贝儿，你还说我，如果没有唐梓航，你都差点被狼吃了。我再也没有这么好的好姐妹了。"

"你还好意思说，还不是因为一心急着救你，你以后啊，少玩失踪的戏码，你就算活腻了，起码也带上我。"

"好、好，都怪我，不过话说回来，咱俩都确定了自己的未来老公是盖世英雄。一个可以杀狼，一个可以杀敌。好棒。遇到这样的好男人，咱就放心嫁了吧。一起生双胞胎，呵呵想想真是太有意思了。老天爷待我们真不薄，也算是功德圆满，因祸得福了……"

刘漫还在巴拉巴拉规划未来，无限憧憬，也许这么多天没有正经说话，突然有倾诉的欲望，让她根本停不下来，敞开心扉以后，滔滔不绝，延绵不断……

这口才也突飞猛进了。这应该是个好现象。

通常大会进行到这一项，向小葵会兴致勃勃地抢过话头发表总结陈词，只是这次向小葵却异常地沉默了。她八字还没一撇呢，胜算只有百分之五十几。

两天前，唐董在医院的 vip 接待室召见了她。

老爷子跟所有小说里的戏码，台词和电视剧里的狗血剧情编得大差不差。

"首先感谢这几天，梓航受伤向小姐的悉心照顾，我看得出来向小姐和梓航走得很近，如果他不是出于真心喜欢，也不会因为你去沙漠救人。我顺便提一件事，《哈拉和卓公主》这部剧是我们集团赞助投资的，我的项目负责人推荐你做主演，我看过首演，只能说还凑合，我才知道这是梓航的主意。我也差人调查过向小姐的背景，这么大胆启用新人还是首次。当然这只是项目试水，结局并不重要。梓航看好你，你肯定是有你的优点，我希望这仅仅是合作上的关系，梓航作为我的长孙，将来有很多重要的事情和位置需要他来担当，关于终生伴侣，他有更合适的人选，可以帮他在商业道路上走得更稳、更远，我想向小姐应该明白我的意思。你的出现让他失去理智的判断，把他的生活搞得乱七八糟，还差点丧命。所以如果你有自知之明的话……"

"爷爷，请允许我这样称呼您。您想说，如果我有自知之明的话就远离他对吧，我不否认我爱他，我也不觉得我们有多不匹配。人分三六九等，可是爱没有高低贵贱。人都是有思想的高级动物，所以找的另一半叫爱人，您年轻的时候一定也有爱的人吧，你都是先看表面的门当户对吗？不在乎精神层次的契合么？人生苦短，我觉得选爱人一定要和有趣的人在一起，用舒服的方式，乐观的态度相爱，彼此打磨白首不分离。如果是工具是棋子是提钱木偶那活着还有什么意思？所以他选择怎样的人生是他的态度，并不妨碍我爱他，他选择我，我愿意执子之手，他选择放手，我也会试着接受，相忘江湖。但是美好的记忆永远都在，对于我，这一段记忆都在心里，这趟新疆，不虚此行。"

这态度，不卑不亢，掷地有声。她为什么要因为爱他，就替他做决定，就要继续当灰姑娘，就得藏得好好的，让他和没有感情的人商业联姻，然后独自黯然神伤，谁给她的权利让她做这样的决定了？

这样棘手的问题，交给他去决策就好了。

这皮球踢的，没毛病。

说到放手，心里会刺痛。好像他真的会为了商业利益放手一样，她情不自禁有眼泪不停地流。她仰着脸没让老爷子看见。

她其实还是有把握拿到她的胜算的。他以为她没有听见他在沙漠里做的噩梦然后大喊她的名字？

那具有穿透力的磁性声音喊她的名字太扎心了，还有那满脸的泪痕，以及趴在车窗上看她，大口喘气的表情，他还小声地安抚自己，卧槽，吓死我了，还以为这傻丫头真被狼叼走了……

她一直看着窗外皎洁的月光，一夜无眠啊，她知道他在车顶冻得瑟瑟发抖为她站岗放哨，她一直在默默感受什么是真情实意。

悬崖边，他为了她只身赴约，吞下大把安眠致幻药，他用智慧找对手的弱点和他周旋，她退到他身边，他第一反应是把她紧紧拥入怀里，然后摘眼罩，左看右看，揉她的头发轻轻安抚。

可是，两天了，一切都过去了，风平浪静了，爷爷肯定告诉他这次谈话了，可是他没有任何举措，让她有些吃不准，他在纠结权衡利益关系还是别的什么原因。

时间越久，她越觉得，他犹豫了，她反而动摇了，她如果知道让他这样为难，她也许不敢大言不惭地跟老爷子说出那样一番洒脱的豪言壮语。

你看这样结局怎么样？

她也该按套路出牌,跟唐董谈判,说:"如果我不离开他呢。"

然后老爷子说:"这世界上就没有钱搞不定的事情,开价吧。"

然后俩人讨价还价一番,得到比在剧场工作一辈子还多的筹码,向小葵屁颠屁颠地离开了他,抛开感情不说,其实是双赢模式,也许会失落,难过一阵子,但是并不排除拿着不劳而获的钱,再找匹配的有缘人,底气足得多。

停,停下这些不靠谱的推断好吧。

如果爱情可以凑合,她早和一陈在一起了啊,她也不至于当单身狗二十多年啊。他呢,更别说了,一看就不是凑合能过日子的人,他找不到精神世界爱的人,大概会打光棍一辈子吧。

夜深了,刘漫口吐莲花,把过去一年讲的话都用这一夜跟小葵说了,都是正能量,美好的幻想以及未来的方向。她满心欢喜,满满的鸡血,所以并没有察觉小葵蔫不拉叽的异样,只是以为小葵听够了太累了或者装睡。她沉浸在劫后重生的欢喜里,哼着小曲儿进房间洗澡了,向阳适时来访。俩人肯定要腻歪,秀恩爱,小葵特别识相地起身离开。

"小葵。"

隔壁院子里茶香四溢,夏秋生跷着二郎腿坐茶桌旁招呼她,院门开着,好像知道她要来一样。

"哈哈,表哥你还没睡啊,大半夜的喝普洱,你也不怕睡不着觉。"

"走哪里都要带上家乡的茶,没事喝上两口。来尝尝,要是你嫂子泡的味道更好。"

"才离开几天,就想她了,开口第三句话就离不开黎晓。你们都这么多年了,你又经常不在她身边陪她,她不抱怨吗?感情保鲜的秘诀是什么?"

夏秋生想了想,一脸幸福的样子,"还真没总结过,她也有自己的事业要忙,最近还迷上了创作小说,每天过得特别充实,几乎没空来找我吵架。

无形中就给对方充裕的时间和空间。她从没埋怨过我的工作危险和出差,小别胜新婚。你嫂子情商多高,保鲜的关键是她积极乐观的态度。"

"所以秘诀是要找个情商高的?"

"嘿嘿,感情这条路没有秘诀,没有捷径可走,唯有找个合拍的人,用心经营。"他顿了一下,"要不你跟她视频,她可想你了,昨天还让我把你带回去好好休个假。"

合拍的人?用心经营?

小葵还在思考表哥总结的要点,秘诀,就见他要去拿手机开视频。小葵拼命摆手,"不要啊,最怕你们当着单身狗的面秀恩爱,还有她准提给我介绍对象的事儿。"

"哪里还需要我们介绍,你嫂子也是太操心了,像唐医生这样的优质男打着灯笼也难找,你可得捂住了,真心不错。妹子好眼光。"

"哥,那如果门不当户不对,家长反对呢?"

夏秋生坐正,清了清嗓子,"门当户对和情投意合哪个更重要对吧?我有个姐,叫香香,她有个著名的鞋子理论。她说感情好比买鞋,门当户对代表好看,情投意合代表舒服,穿自己脚上,你选择好看,就别怕虐待了自己的脚,磨出泡都得忍着。鞋舒不舒服只有自己知道。所以你看上的唐医生,肯定不仅仅是好看的皮囊,他应该还有丰富的内涵和有趣的灵魂。妹子,我知道选择权在他手里,你千万不要傻到自作聪明逼他选择好看但不喜欢的鞋。这都什么年代了,幸福基本靠抢。谁还委曲求全,成全别人的碧海蓝天?"

一席话惊醒梦中人,厉害了,我的哥。

这两口子真有默契啊,晓晓打来电话。

"亲爱的,哇哦。老婆你太棒了,我要当爹了。我明天一早就回来,你明早睡个懒觉,乖乖和小小夏在家等我,如果飞机不晚点你一起床就能吃上我做的早餐。别来接,我车就在机场……"

悲喜交加。喜的是自己要升级当小姨了,悲的是自己空荡荡,一无是处的心。

告别兴奋得手舞足蹈的表哥,不知不觉就走到后花园湖边。

依旧是郁郁葱葱的大树,微波荡漾的湖面,随风摇曳的花草,小葵照旧脱了鞋踩在木头栈道上,沿着湖边慢慢走,脚底传来的余热让她重温上次来时的路。微风带起她的发梢,淡淡的熟悉的花果香味夹杂在草木气息中扑鼻而来,她含着水汽的双眼流转起潋滟波光,那栋若隐若现的别墅"虞美人"就近在咫尺。

他一回酒店,就被爷爷叫走,肯定是洗脑去了,她的胜算更小了吧,儿女私情和事业前程在他心里究竟是怎样的位置?就算他选择沙漠里说的话算放屁,那明天早上的飞机,自己就要走了,他都不打算亲口跟她告别吗?传说中的处处留情风流倜傥的唐少真的叫倒霉的自己遇上了么?

都怪这边疆的夜色太美,都怪上次他笑容太迷人,让自己无限沉溺在甜蜜虚幻的漩涡里,无法自拔。混蛋啊,撩了我然后不负责任地走了。

那栋楼一盏为她亮着的灯都没有,沉默得理所当然。黑漆漆的夜路,还不是得自己走回去。真的是自己一厢情愿吗?她突然有一股委屈和酸楚,从眼眶喷薄而出,势不可当。

混蛋,混蛋。

她对着湖面喊。

虞美人二楼阳台的感应灯亮了。

院子里突然有东西在动。小葵也被吓了一跳,原来自己有这么大的爆发力,火焰龟受到突如起来的惊吓,从草丛里窜出来,慌不择路往假山的方向奔去。奈何太笨,碰到石头翻盖了。

"Jior,你怎么会在这里?吓到你了吗?对不起啊,我也不是故意吓你的。"向小葵走过去把火焰龟捧起来检查有没有哪里受伤。

"那个混蛋把你扔在这里不管了是不是?真够混蛋的啊,他一直都是这样不负责任是不是?你还知道什么他混蛋的地方都告诉我,明早我们一起离开这里,忘了这混蛋,以后我养你啊好不好?"

哪里有烟味?

她一抬头,就看见二楼阳台上,唐梓航穿着白色的T恤运动裤倚在汉白玉栏杆上悠闲地看着她和它的表演。气定神闲,悠然自得。烟头一明一灭。

她呢，一脸愤慨，委屈小媳妇的样子，火焰龟则是四脚悬空不停地探头探脑，不明所以。

给 Jior 配画外音：卧槽，老子睡梦中被吓醒。这谁啊，真是混蛋啊。

"喏，还给你。"她把 Jior 小心翼翼地放在草地上，欲往外走。还真沉得住气啊，搞得好像我自己送上门来一样。

刚迈出两步，湖边伸出的铁门"咔嚓"就合上了，就像快镜头一样，生怕向小葵跑路。可是据后来唐梓航描述，那铁门从伸出来到合上，至少有40秒，以向小葵撒开脚丫子追贼的速度往外冲，绝对可以轻松逃脱。窜出二里地不成问题。

所以俩人各执一词，这么多年过去了，至今难分胜负。

唐梓航说，也许是那晚夜色太美，也许是她抚摸 Jior 的模样特别性感，也许她骂混蛋的时候刚好让他心头一软，他快速从二楼走下来，走到院子里忸怩作态的向小葵身边，摸了一下她通红的脸，都没问她愿不愿意，就把她横抱起来。

"我刚才去你和刘漫的房间找你了，没想到竟然是向阳开的门。春光无限啊。我还以为自己走错了，你怎么不给我打电话？谁允许你一个人走夜路了，嗯？"

她佯装捶打他，"混蛋，你开门啊，我要出去。"

他勾了勾嘴角，"既然都是混蛋了，不如留你过夜，不能浪得虚名吧。反正你也回不去了，我已经替你跟向阳请假了。"

"好哇，你老实说，你就是想约炮，对不对？"她不干了，弹着小腿撅着嘴要下来。

"别闹，我伤还没好。"

"正面回答问题。"

"我发现，我真的喜欢上你了。真的，第一次你傻不拉叽地站在这里背

281

台词就成功吸引到了我。"薄荷味的热气和低沉的嗓音喷在她耳边、脖颈,真像一颗春药。他逐渐感觉到他怀里的女人,像只安静的小猫,温柔得一塌糊涂。

"向小葵,我喜欢上你了,一辈子做不知名没抱负的唐医生的女人,你愿不愿意?"

向小葵当然知道,他后面这句话的意义,他为她放弃了,他已经做好选择了,他让她做好思想准备。

她内心有小小的震撼和感动。

她情商高就高在避重就轻,懂得幽默自黑。有些话题是会破坏气氛的,不适合调情的时候提。

他在等她回答,谁知他胸前传来带鼻音的,糯糯的一句:"你到底是喜欢我,还是喜欢上我?"

谁知那混蛋接了一句特别混蛋的话,"先上了再说,夜长梦多,管不了那么多。谈恋爱么,总得有一个人先耍流氓吧。"

向小葵自从被他抱起来以后,贴在他胸膛的感觉,就像在大海中汹涌澎湃地漂流,此刻已经漂到了床中央,噢,不,是海中央,整个人都春心荡漾了起来呢。

Come on!裙子里的性感小内衣终于派上用场了。

图书在版编目（CIP）数据

意外演员 / 那时迷离著. — 南京：江苏凤凰文艺出版社，2017.10
 ISBN 978-7-5594-1132-7

Ⅰ.①意… Ⅱ.①那… Ⅲ.①言情小说－中国－当代 Ⅳ.①I247.5

中国版本图书馆 CIP 数据核字(2017)第 231224 号

书　　名	意外演员
著　　者	那时迷离
责任编辑	李　黎
出版发行	江苏凤凰文艺出版社
出版社地址	南京市中央路 165 号，邮编：210009
出版社网址	http://www.jswenyi.com
印　　刷	江苏扬中印刷有限公司
开　　本	880×1230 毫米 1/32
印　　张	9
字　　数	250 千字
版　　次	2017 年 10 月第 1 版　2017 年 10 月第 1 次印刷
标准书号	ISBN 978-7-5594-1132-7
定　　价	35.00 元

（江苏凤凰文艺版图书凡印刷、装订错误可随时向承印厂调换）

2